AF279933

Runningback's lonely Melody

Lovis Hamlin

Wesley

„Du bist auf einem guten Weg, Wesley." Matt, einer der Physiotherapeuten bei den *Seagulls,* ruft den speziell für mich erstellten Rehabilitationsplan auf seinem PC auf und beginnt, die neuesten Daten einzutragen. „Ich denke, du kannst im nächsten Spiel gegen die *Ohio Orcas* wieder auflaufen. Ich werde Coach Meyers gleich über deine Fortschritte informieren, und wenn du auch das Okay vom Doc bekommst, woran ich keine Zweifel habe, kannst du wieder zum Team dazustoßen." Endlich! Auf diese Worte habe ich jetzt etwa drei Monate gewartet. Seit ich mir im Training das vordere Kreuzband gerissen habe. Leider nicht zum ersten Mal, so dass die Rehabilitation diesmal länger gedauert hat als üblich. Vielleicht auch, weil mein Körper mit meinen dreißig Jahren, davon knapp zehn Jahre in der NFL, nicht mehr so geschmeidig ist und Verletzungen dieser Art nur noch widerwillig verzeiht. Wohlgemerkt, niemals vergisst, das spüre ich, aber noch ist auf meinen Körper Verlass. Ich springe von der Liege, um mir und Matt zu beweisen, dass ich wirklich vollkommen wiederhergestellt bin.

„Danke, Matt. Ohne dich hätte ich es niemals so schnell wieder auf die Beine geschafft." Und ich meine es so, wie ich es sage. Matt ist einer der besten Physios, mit denen ich jemals zusammengearbeitet habe.

„Es ist mein Job, dich wieder fit zu bekommen, Wes“, winkt er ab, den Blick immer noch auf den Bildschirm gerichtet. Er tippt noch ein paar Daten ein, dann klappt er den Laptop zu.

„Allerdings solltest du dir darüber klar werden, dass du irgendwann nicht mehr Football spielen kannst. Nicht heute oder morgen, obwohl in diesem Sport auch das passieren kann, aber bei all den Verletzungen, die du dir im Laufe deiner Karriere schon zugezogen hast, solltest du dich früh genug damit beschäftigen, was du tun willst, wenn Football nicht mehr dein Leben bestimmt.“ Er sieht mich ernst an, denn er kennt mich zu gut, um nicht zu wissen, dass Nichtstun keine Option für mich ist. Ich habe zwar genug Geld, mehr als genug sogar, aber ich war noch nie der Typ, der sich an den Strand legt und sich von hübschen Frauen und leckeren Drinks davon ablenken lässt, dass er Langeweile hat. Ich brauche etwas Sinnvolles zu tun, das war schon immer so. Ich habe bereits mit sechs Jahren meiner Mutter dabei geholfen, die Betten in der kleinen Frühstückspension zu beziehen, die sie damals geführt hat. Ich habe Unkraut gejätet und bin zum nahegelegenen Bäcker gegangen, um frische Brötchen für das Frühstück der Gäste zu kaufen. Ich habe den Gästen die Schlüssel der Zimmer überreicht, so bald ich die Zahlen kannte, und manchmal habe ich John, unseren Nachbarn, geholt, wenn es etwas zu reparieren gab, was Mom alleine nicht konnte. Und ich war sehr stolz, meiner Mom helfen zu können, weil es meinen Dad zu der Zeit schon nicht mehr gab. Er ist gestorben als ich fünf Jahre alt war. Dieser scheiß Krebs hat ihn innerhalb von nur einem halben Jahr dahingerafft.

Meine Mom hat danach noch ein paar Jahre versucht, uns mit der Pension über Wasser zu halten, aber am Ende war die Trauer und die Verantwortung für mich und das B&B zu viel für meine Mom. Sie hat die Pension verkauft als ich etwa zehn Jahre alt war. Finanziell hat es ihr nicht viel gebracht, weil die Hypothek einen Großteil des Verkaufserlöses verschlungen hat, aber wenigstens die Verantwortung für das Geschäft abgeben zu können, hat ihr sehr geholfen. Sie ist dann mit mir nach Illinois gezogen, wo meine Großeltern leben, und mit ihrer Unterstützung hat sie es dann endlich geschafft, sich ein neues Leben aufzubauen. Heute arbeitet sie als Servicekraft in einem großen Hotel, denn sie hat den Job immer geliebt, nur war die Selbstständigkeit nichts für sie. Leider habe ich, seit ich professionell Football spiele, kaum noch Zeit, sie öfter als zwei-, dreimal im Jahr zu besuchen. Am Anfang fiel es ihr schwer, mich gehen zu lassen, aber inzwischen hat sie sich einen neuen Freundeskreis aufgebaut und ist glücklich dort. Trotzdem vermisst sie mich. Und ich sie.

Als ich merke, dass Matt mich fragend ansieht, räuspere ich mich, um den Kloß zu bekämpfen, den die Erinnerung an meine Mutter in meiner Kehle hat wachsen lassen. Das ist Vergangenheit, hier geht es um meine Zukunft.

„Ja, ich weiß, Matt. Deshalb habe ich meinen Manager beauftragt, mir ein paar passende Optionen für die Zeit nach meiner Karriere herauszusuchen. Ich kann ja, wenn es passt, erst mal nur als Investor einsteigen und mich dann, wenn Football mal keine Option mehr ist, stärker einbringen." So der Plan, allerdings hat Blake Russel, mein Manager, mir bisher nur Geschäftsideen

vorgelegt, die aus verschiedenen Gründen nicht für
mich infrage kommen. Ich will etwas haben, mit dem
ich mich identifizieren kann. Etwas, von dem ich mir
vorstellen kann, es für den Rest meines Lebens zu
machen. Es soll mich ausfüllen, auch wenn ich nicht
näher definieren kann, was ich mir darunter vorstelle.
Dabei kommt es nicht in erster Linie darauf an, Gewinn
einzubringen. Und ich will etwas machen, wobei ich
nicht mehr so im Rampenlicht stehe, wie jetzt noch. Es
gehört momentan zu meinem Job, aber für meine
Zukunft wünsche ich mir mehr Privatsphäre.
„Und? Hast du schon was im Auge?" Matt lehnt sich
auf seinem Stuhl zurück, während ich in meine Hose
schlüpfe.
„Nicht wirklich. Bisher war noch nichts dabei. Blake
hat nur die lohnenswerte Investition im Kopf. Etwas,
mit dem ich Geld verdienen kann. Er kann nicht
nachvollziehen, dass Gewinnoptimierung für mich
keinen hohen Stellenwert hat. Dass ich stattdessen nach
etwas suche, dass mich... erfüllt?" Ich lasse es wie eine
Frage klingen, weil ich nicht näher definieren kann,
worin diese Erfüllung bestehen soll. Matt sieht mich
nachdenklich an.
„Was genau meinst du damit?"
„Wenn ich das nur wüsste. Blake hat eine lange Liste
von Investitionen, die er für geeignet hält. Eine
Sportsbar, zwei Fitnessstudios, sogar einen kleinen,
zum Verkauf stehenden Verlag für eine ortsansässige
Zeitung hat er schon aufgetan. Aber bei keinem dieser
Angebote hatte ich das Gefühl, dass es das ist, wonach
ich suche."

„Wobei... eine Sportsbar könnte ich mir schon vorstellen. Getränke aus erster Hand und immer ein paar hübsche Groopies am Start...“ Matt lacht und wackelt anzüglich mit den Augenbrauen.
„Du weißt genau, dass ich nicht so bin. Groopies habe ich noch nie abgeschleppt. Viel zu anstrengend, sie davon zu überzeugen, dass ich nicht der Mann fürs Leben bin.“ Es klopft an der Tür, die gleich darauf aufgerissen wird. Oder vielleicht ist sie auch von dem energischen Anklopfen ganz von allein aus den Angeln gesprungen.
„Falls du nicht gleich deinen offenbar wiederhergestellten Arsch zum Training schleppst, Milford, werde ich dir so viele Strafrunden aufbrummen, dass dein gerade geheiltes Kreuzband um Hilfe schreit!“, keift Coach Meyers. Offenbar hat er in seinem Büro bereits den von Matt an ihn weitergeleiteten Bericht gelesen. Oha. Wenn der Head Coach sich persönlich herablässt, einen seiner Spieler höchstselbst an das Training zu erinnern, ist die Kacke am Dampfen. Verstohlen sehe ich auf die Uhr an der Wand und tatsächlich hat das Training für die Offense bereits vor zehn Minuten begonnen. Fuck. Ich habe mich mit Matt verquatscht.
„Ich muss noch das Okay vom Doc...“, wage ich einzuwerfen, aber der Coach kneift nur die Augenbrauen zusammen.
„Hab ich schon eingeholt, sonst wäre ich nicht hier!“, schnauzt er und sieht mich auffordernd an.
Mit einem „Bin schon weg!“ eile ich an ihm vorbei und freue mich, wieder mit den Jungs trainieren zu dürfen. Die folgende Trainingseinheit, bestehend aus einem anstrengenden Agilitätstraining, die der Coach neben

Carson, unserem Offensetrainer stehend, verfolgt, zeigt
mir einmal mehr, dass ich nicht ewig so weitermachen
kann. Sämtliche Gelenke, Bänder, Muskeln und jeder
Knochen in meinem Körper protestieren gegen die
Höchstleistungen, die ich ihnen abverlange. Noch bin
ich einer der besten Runningbacks des Teams, aber die
jungen, hungrigen Jungs stehen in den Startlöchern. Es
wird also wirklich Zeit, mich um mein Leben danach
zu kümmern.

Melody

„Setz dich bitte, Mel, wir müssen etwas besprechen.“
Elias, mein Bruder, klingt ernst und ich ahne, um was
es geht. Um unser kleines Bed & Breakfast, das Mom
und Dad uns hinterlassen haben, als sie kurz
nacheinander vor fünf Jahren gestorben sind. Dad hat
man im Straßengraben gefunden, angefahren und
liegengelassen wie einen alten Lumpen. Er starb nach
vier Monaten im Koma auf der Intensivstation. Mom
hat das alles nicht verkraftet und erlitt einen Monat
später einen Herzinfarkt. Stress-Kardiomyopathie ist
der Fachbegriff dafür, aber das klingt mir zu nüchtern.
Die Liebe meiner Eltern zueinander war bis zum
Schluss tief und harmonisch. Sie haben immer wieder
einen Weg gefunden, den Alltag für kurze Zeit hinter
sich zu lassen, um sich ein paar romantische Stunden
zu gönnen, daher weigere ich mich, Moms Tod mit
nüchternen, medizinischen Fachbegriffen zu erklären.

Ich bevorzuge den Begriff Broken-Heart-Syndrom.
Mom wollte nicht ohne Dad leben und starb
letztendlich an einem gebrochenen Herzen.
„Ich war heute bei der Bank, Mel. Wir können die
Hypothek nicht mehr bedienen." Seine Stimme klingt
nüchtern und abgeklärt. Aber auch erschöpft.
„Wir werden das *Melias* nicht verkaufen, Eli!"
„Mel, bitte, uns steht das Wasser bis zum Hals. Die
paar Gäste, die wir in den letzten Monaten hatten,
decken nicht mal die laufenden Kosten, die wir haben.
Von dem Abtrag der Hypothek ganz zu schweigen. Und
die Reparaturen, die demnächst auf uns zukommen?
Wovon willst du die bezahlen? Wir haben keinerlei
Rücklagen, Mel! Das Dach muss erneuert werden, die
Zimmer müssten neu gestrichen werden und die Möbel
sind nicht mal mehr retro. Auf dem Steg darf keine
Möwe landen, sonst bricht er zusammen... Soll ich
weitermachen?", zählt Eli auf und meine Brust zieht
sich schmerzlich zusammen. Meine Mutter musste eine
hohe Hypothek auf das *Melias* aufnehmen, um die
horrenden Behandlungskosten meines Dads bezahlen
zu können. Das B&B war zu der Zeit fast abbezahlt,
aber bereits damals schon in die Jahre gekommen.
Meine Eltern hatten sich hier kennengelernt, als beide
zufällig zur gleichen Zeit hier Urlaub gemacht haben.
Sie haben sich ineinander verliebt und sind geblieben.
Sie haben das B&B sogar nach Elias und mir benannt.
Melody und Elias. *Melias.* Es ist also viel mehr als nur
irgendein B&B für mich. Es ist das Vermächtnis meiner
Eltern. Und so sollte es eigentlich auch für Elias sein.
„Ich weiß das alles, Eli. Schließlich kümmere ich mich
allein um das *Melias,* während du deine Surfschule
weiter ausbaust, also rede nicht immer von uns, wenn

es um das *Melias* geht." Ich zwinge mich, meine Stimme ruhig und vernünftig zu halten, aber in mir brodelt es. Die Schwierigkeiten haben wir nicht erst seit kurzer Zeit, es gab schon immer mal Engpässe. Bainbridge Island ist zwar touristisch voll erschlossen, aber genau da liegt auch das Problem, weil der Tourismus unberechenbar ist. Spielt das Wetter mit, kommen mehr Gäste, ist es windig und kalt, bleiben sie weg. Bainbrigde Island ist eine Region, die mit ihrer Natur und vielen Outdooraktivitäten punktet. Für alles andere bleiben die Menschen eher in Seattle. Viele kommen sogar überhaupt nur für einen Tagesausflug mit der Fähre auf die Insel.

„Ich kann das Dach selbst reparieren, das weißt du. Ich werde die Zimmer im Winter, wenn wir keine Gäste mehr haben, neu streichen und der Steg... den repariere ich auch!" Ich höre selbst, wie trotzig ich klinge, aber dieses Bed & Breakfast ist das einzige, was wir noch von Mom und Dad haben. Es war ihr großer Traum. Und jetzt ist es seit fünf Jahren meiner.

„Ach ja? Und von was willst du die Farbe für die Zimmer kaufen? Wo willst du das Geld für die Dachschindeln hernehmen? Oder das Holz für den Steg?" Eli fährt sich frustriert durch die Haare und schüttelt den Kopf.

„Mel, wenn wir das *Melias* verkaufen und einen guten Preis erzielen, bleibt vielleicht etwas übrig. Du weißt, dass ich mit dem Gedanken spiele, das *Surf & More* um Jetskis und vielleicht auch einen Motorbootverleih zu erweitern. Ich habe eine Marktanalyse erstellen lassen. Das hat hier am Standort viel mehr Potential als ein B&B, von denen es hier schon genug gibt. Noch dazu eins mit Renovierungsstau. Das musst du doch einsehen!" Er schüttelt verständnislos den Kopf.

„Du vergisst, dass deine Surfschule dein Ding ist, Eli. Ich kann nicht mal schwimmen und hasse das Wasser. Das *Melias* ist mein Ding und ich werde es nicht verkaufen! Für keinen Preis!", schnauze ich ihn an.

„Aber ich, Mel.", sagt er plötzlich und klingt schuldbewusst, aber auch entschlossen.

„Ich werde meinen Anteil auf jeden Fall verkaufen. Ich habe es schon an einen Makler übergeben und..."

„Du hast WAS?" Ich fasse es nicht. „Du kannst doch nicht einfach..."

„Doch, kann ich und habe ich bereits, Mel. Wenn du zur Vernunft kommst und bereit bist, deinen Anteil ebenfalls zu verkaufen, haben wir bessere Chancen auf dem Markt. Wenn nicht..." Er zuckt die Schultern und ich würde ihm am liebsten den Hals umdrehen. Oder ihn so lange schütteln, bis er Vernunft annimmt und... keine Ahnung. Um das *Melias* kämpft? Ich habe nämlich nicht das Gefühl, dass es ihm besonders viel ausmacht, das B&B zu verkaufen. Er hat sich von Anfang an nur für sein vor vier Jahren gegründetes Wassersportcenter interessiert.

„Wenn du weiter so starrsinnig bleibst, bekommst du wohl einen Teilhaber." Seine Stimme klingt unbeteiligt, kalt und endgültig. Tränen steigen mir in die Augen. So kenne ich meinen Bruder nicht. Wir waren immer ein Team. Mussten es sein und wollten es sein. Und jetzt? Lässt er mich hängen. Weil ihm sein Traum von der Surfschule wichtiger ist als mein Traum. Vielleicht ist es falsch, so zu denken, aber im Augenblick kann ich gerade nichts anderes fühlen als Bitterkeit über seine Entscheidung. Und Enttäuschung.

Wesley

Ich fühle mich wie durch einen Fleischwolf gedreht. Oder wie von einem Laster überfahren. Oder auch wie nach einem Sturz aus dem vierten Stock. Such dir was aus. Wir haben die *Orcas* mit 37:33 geschlagen, aber am Ende war es knapper als es hätte sein müssen. Paxton, unsere Nummer 49, hat ein nicht zu erklärendes Problem mit Jace' Ansagen und der Farbe Pink. Okay, möglicherweise kommt es nicht nur Pax seltsam vor, dass Jace' Ansage der Spielzüge in dieser Saison einer Farbbestellung im Baumarkt ähnelt, aber es gehört einfach zu Jace dazu, dass er sich jede Saison neue Synonyme für die wichtigsten Spielzüge des Playbooks ausdenkt. Mal sind es Städte, dann Flüsse, und diese Saison eben Farben. Versteht niemand, aber so lange es funktioniert... Sobald Jace aber das Wort Pink in den Mund nimmt, ist Pax ein reines Nervenbündel. Man munkelt, es habe etwas mit einer Frau zu tun, die gerade sein Haus für eine Homestory umgestaltet. Keine Ahnung, ob ihr Name Programm ist und sie aus seinem Junggesellenhaushalt eine pinkfarbene Glitzerhölle macht, oder ob er eher damit Probleme hat, dass ihm diese Frau unter die Haut geht. Die Wetten auf letzteres stehen jedenfalls bei dem Rest unserer Truppe hoch im Kurs. Wenn ich nicht schon darüber nachgedacht hätte, dass das meine letzte Saison bei den *Seagulls* und überhaupt im Profifootball sein

könnte, so müsste ich heute damit anfangen, mir
darüber Gedanken zu machen. Jeder Knochen, jeder
Muskel und jede Sehne stöhnt gequält auf und erinnert
mich an daran, dass ich meine Halbwertzeit als
Runningback längst überschritten habe. Meine Position
ist eine der kraftraubendsten und anspruchsvollsten im
Football und so langsam muss ich anerkennen, dass ich
ein alter Sack bin.

„Hey, Wes! Du warst heute erstaunlich wendig für so
einen alten Mann wie du es bist!", spottet Camden,
unser Kicker. Er boxt mir gegen die Schulter, was mich
unwillkürlich zusammenzucken lässt. Ich habe ein paar
wirklich harte Blocks hinter mir, bei denen es sich
angefühlt hat, als würde ich mit voller Wucht gegen
eine Betonwand rennen. Die Defense der *Orcas* besteht
nämlich zu einem großen Teil aus entschlossenen,
wütenden Hulks, die keinen Spaß verstehen und gegen
alles anrennen, was sich ihnen in den Weg stellt. Wozu
ich ein paarmal gehört habe.

„Während du langsam eine Brille brauchst, Cam! Seit
wann triffst du nicht mehr?", kontere ich. Cam hat
heute ein paar Punkte verschenkt, weil er aus 40 Yards
nicht zwischen die beiden Goalposts getroffen hat.

„Hey, ich bin ausgerutscht. Das kann passieren!",
verteidigt er sich.

„Du bist also dreimal ausgerutscht?Auf furztrockenem
Kunstrasen?", mischt sich Pax ein, der sich gerade die
Schulterprotektoren vom Körper schält.

„An deiner Stelle würde ich die Klappe halten,
Wycombe. Ich sage nur: Pink! Pink, pink, pink!",
säuselt Cam in einem süßlichen Ton. Dabei verzieht er
das Gesicht wie ein dreijähriges Kind, das seinem
Kumpel die Schokolade geklaut hat und *Ätsch!* ruft.

Fehlt nur noch, dass er die Daumen in die Ohren steckt und mit den Händen wackelt. Kindergarten! Ich schüttele grinsend den Kopf. Ich liebe diese Mannschaft, das freundschaftliche Necken, das Füreinandereinstehen und auch, dass es sich anfühlt, als wären wir eine Familie. Aber ich spüre auch, dass sich für mich etwas verändert. In mir. Mir reicht das alles nicht mehr. Ich will mehr vom Leben. Ich weiß noch nicht genau, was das sein könnte, aber ich weiß, dass es nichts mit Football zu tun haben soll. Ich will am Ende meines Lebens nicht bei Wikipedia über mich lesen müssen: *Wesley Milford war ein bekannter Runningback bei den Seattle Seagulls. In seiner aktiven Zeit erlief er 12.146 Yards, in zwei Spielzeiten blieb er ohne Fumble und schaffte darüber hinaus zweiundzwanzig Tochdowns. Außerhalb des Sports ist nichts über ihn bekannt.*

Natürlich bin ich stolz auf meine sportlichen Leistungen, auf meine Karriere, für die ich viele Opfer gebracht habe. Aber das kann nicht alles sein. Es muss doch etwas geben, das mich nach meiner Karriere antreibt, mich *erfüllt*?!

„... noch mit ins *Seagull's Nest*?“ Ich blinzele als ich feststelle, dass Cam mich gemeint hat. Auffordernd sieht er mich an, aber ich schüttele den Kopf.

„Heute nicht. Ich habe noch einen Termin.“

„Uhhhh... hat dein Termin einen strammen Hintern und zwei hübsche“, feixt er und fasst sich theatralisch an die Brust, „Augen?“ Ein paar der Jungs lachen. Nein, mein Termin hat eher ein paar behaarte Beine in einer Anzughose.

„Ich weiß nicht? Findet jemand von euch Blake Russels
Augen hübsch? Oder seinen Hintern stramm?" Ich
wackele mit den Augenbrauen und von
Würgegeräuschen über Schnauben und Lachen ernte
ich alle Reaktionen. Auch Cam lacht.
„Immer noch auf der Suche nach einer lohnenden
Investition?" Einige Spieler wissen, dass ich mich nach
etwas umsehe, das meinem Leben nach meiner aktiven
Laufbahn Sinn gibt.
„Jep. Blake verzweifelt inzwischen wahrscheinlich.
Beim letzten Mal hat er mir das Exposé eines
Golfplatzes, der zum Verkauf stand, vorgelegt."
„Ach du Kacke. Weiß er denn nicht, dass du keine
kleinen Bälle magst?" Wieder streicht sich Cam über
die Brust, klimpert mit den Wimpern und leckt sich
albern über die Lippen. Ich muss lachen. Der Kerl hat
wirklich nur Frauen im Kopf.
„Melde dich, wenn du aus der Pubertät raus bist, Cam.
Dann können wir gerne ein Bier trinken gehen!" Ich
klopfe ihm freundschaftlich auf die Schulter und beeile
mich dann, meine Ausrüstung abzulegen. Ich muss
noch duschen und dann in Blakes Agentur, weil er
glaubt, dass er diesmal wirklich das Richtige für mich
gefunden hat.

Melody

Das ist nicht fair!
Mein Herz klopft und Tränen sammeln sich in meinen
Augen, so dass die Buchstaben auf dem Papier

verschwimmen. Leider verlieren sie dadurch nicht ihre
Gültigkeit.

Zwangsversteigerung! lautet die Überschrift und ich
muss kein weiteres Wort lesen, um zu wissen, was das
bedeutet. Seit sechs Monaten tue ich alles, um die
Raten begleichen zu können. Ich kümmere mich hier
im *Melias* um die Gäste, aber weil das leider nicht so
viele sind, dass ich ausgelastet wäre, kellnere ich noch
im *Fish & Ships,* fahre für die ortsansässige Reinigung
Bettwäsche und Handtücher in die umliegenden
Pensionen und Hotels - die im übrigen wesentlich
besser ausgelastet sind als das *Melias,* warum auch
immer - und gebe Yogakurse unten am Strand. Ich
schlafe nie mehr als fünf Stunden und trotzdem reicht
es nicht. Ich bin mit drei Raten im Rückstand und die
Bank hat gerade den Kredit gekündigt. Bis heute haben
sie keinen Käufer für Elis Anteil gefunden, aber wer
will schon die Hälfte einer Bruchbude kaufen und sich
dann auch noch mit einer halsstarrigen Teilhaberin
herumärgern? O-Ton Elias. In Bezug auf mich fiel dann
noch der Begriff sturer betriebswirtschaftlicher
Totalausfall. Ach ja, und er sagte auch noch, dass ich
eine verblendete Romantikerin mit Realitätsverlust
wäre, das sähe man daran, dass ich mich stur dem
medizinischen Fachterminus verweigere und
stattdessen darauf beharre, dass Mom an gebrochenem
Herzen gestorben ist. Das würde beweisen, dass ich
Schwierigkeiten damit hätte, Realitäten anzuerkennen,
so wie die, dass das *Melias* nicht zu halten ist.
Das war vor zwei Wochen und seitdem sprechen wir
kaum noch miteinander. Er war und ist immer noch
wütend, weil ich dem Verkauf nicht zugestimmt habe

und er deswegen aus seiner Surfschule noch kein Wassersportcenter machen konnte. Und ich bin wütend, weil er mir nicht hilft, das *Melias* doch noch irgendwie zu retten. Okay, vielleicht nicht wütend, aber traurig. Und vielleicht bin ich ja naiv und romantisch, hänge der Vergangenheit nach und glaube daran, dass jemand allein aus Kummer sterben kann, aber das gibt ihm nicht das Recht, mir deswegen Vorwürfe zu machen. Und eigentlich ist Eli auch nicht so aufbrausend und herabsetzend. Das zeigt nur, dass er unter enormem Druck stehen muss. Ich wische mir die Tränen ab und atme durch. Es hilft ja nichts. Das *Melias* steht zum Verkauf und ich kann nichts daran ändern. Ich sollte mich lieber darum kümmern, wie es jetzt für mich weitergeht. In Elias' Wassersportcenter, sollte denn so viel vom Verkauf übrig bleiben, dass er es tatsächlich in Angriff nehmen kann, werde ich auf gar keinen Fall arbeiten. Soll er sehen, wie er klarkommt. Er hat nämlich vollkommen recht damit, dass ich stur bin. Ich weiß auch nicht, ob ich hier in Tolo, oder überhaupt auf Bainbridge Island bleiben will. Zu sehen, wie jemand das B&B übernimmt und alles verändert... oder es so lässt und nur modernisiert... und es dann vielleicht erfolgreich führt... Ich weiß nicht, ob ich mir das antun will. Es ist nie schön, mit dem eigenen Versagen konfrontiert zu werden, aber in diesem Fall kommt noch dazu, dass es alles ist, was ich habe. Was mir geblieben ist. Das Erbe meiner Eltern.
Ich wische mir mit den Händen durchs Gesicht, weil immer noch stille Tränen nachkommen.
„Hey Mel, ich..." Ich blicke auf und in Elis Gesicht. Wo kommt er denn jetzt auf einmal her?

„Oh, ich sehe, du hast den Brief schon bekommen." Er
zeigt auf das Blatt, das ich immer noch in den Händen
halte. Seine Stimme klingt bedauernd und in seinen
Augen sehe ich einen Schimmer schlechten Gewissens,
aber ansonsten wirkt seine Miene entschlossen und
hart.

„Was willst du? Willst du mir unter die Nase reiben,
dass es so gekommen ist, wie du es gesagt hast? Dass
ich eine betriebswirtschaftliche Null bin und ich mir die
letzten Jahre mit vier Jobs und wenig Schlaf hätte
ersparen können, wenn ich gleich auf dich gehört
hätte?"

„Es hätte nicht so kommen müssen, wenn du dem
Verkauf schon viel eher zugestimmt hättest, Mel!" Er
klingt frustriert und ein wenig aufgebracht. Ich stoppe
ihn mit hochgehaltener Hand.

„Nein, Eli, bitte kein weiteres Wort. Ich will weder dein
Mitleid noch deinen Trost."

„Das weiß ich, Mel. Ich bin hier, weil ich dir sagen
will, dass es mir leidtut, wie es jetzt letztendlich
gekommen ist. Ich weiß, wie sehr du am *Melias* hängst.
Viel mehr als ich es je getan habe. Aber nüchtern
betrachtet..."

„Weißt du, was *mir* leidtut? Dass du mich hast hängen
lassen. Dass du nicht wenigstens versucht hast, das
Melias zu retten. Ich bin nicht so eine
betriebswirtschaftliche Null wie du es von mir denkst,
Eli. Ich weiß, dass das *Melias* tief in den roten Zahlen
steckt! Aber weißt du, was mich enttäuscht? Viel mehr
als der Verlust des *Melias*?" Ich atme tief durch. Es tut
gut, Eli das alles zu sagen. Er ist mein Bruder und trotz

20

allem liebe ich ihn, aber er soll wissen, dass sein Verhalten mich verletzt.

„Du hast mich enttäuscht, Eli. Du hast dich überhaupt nicht um das *Melias* gekümmert, so wie du dich nicht um mich gekümmert hast."

„Ich habe mich...", versucht er, sich zu rechtfertigen.

„Nein, hast du nicht. Du hast keinen Finger gerührt, um mir hier zu helfen. Du hast lieber deine geliebten Bretter nach Farben sortiert oder mit deinen Kunden in deinem Büro Kaffee getrunken, während ich Betten bezogen und Frühstück für die Gäste gemacht habe. Du bist nur gekommen, um in die Bücher zu sehen und festzustellen, dass sich das *Melias* nicht rentiert. Du hast nichts, aber auch gar nichts getan, um daran etwas zu ändern, Eli!" Ich wische mir über die Stirn, denn es ist inzwischen heiß geworden. Oder vielleicht kocht auch nur mein Blut.

„Ach, und übrigens: So dumm, wie du offensichtlich glaubst, bin ich nicht. Ich habe zwar nicht Betriebswirtschaft studiert, aber ich habe trotzdem bemerkt, dass du immer mal wieder Geld von unserem Geschäftskonto abgeholt hast, wahrscheinlich um neue Surfbretter oder was auch immer zu kaufen, Eli!" Seine Miene verhärtet sich, Ärger blitzt in seinen Augen auf. Ja, ich habe es bemerkt und ärgere mich über mich selbst, dass ich ihn nicht eher damit konfrontiert habe. Ich habe lange Zeit geglaubt, oder sollte ich vielleicht besser sagen: gehofft?!, dass er mit den Beträgen einen Teil der Hypothek abbezahlt. Ich habe viel zu lange stillgehalten und die Augen vor dem verschlossen, was wirklich mit dem Geld passiert ist. Aber jetzt will ich mich nicht länger von Eli für dumm verkaufen lassen.

„Mir gehört immerhin die Hälfte des *Melias,* Mel. Also auch die Hälfte der Einnahmen!", schnauzt Eli mich an. Ein schlechtes Gewissen scheint er deswegen jedenfalls nicht zu haben. Ich frage mich, ob er mich tatsächlich für so unfähig hält, dass ich ihm das als Rechtfertigung durchgehen lasse.

„Man kann nicht nur nehmen, Eli. Dir hätte die Hälfte vom Gewinn zugestanden, aber nicht die Hälfte der Einnahmen. Das zumindest habe ich in meinen Abendkursen in Betriebswirtschaft gelernt. Da gibt es einen Unterschied. Und da das *Melias* schon lange keinen Gewinn mehr abwirft, hätte dir nichts zugestanden."

„Komm schon, Mel. Es macht doch keinen Sinn, immer wieder Geld in diese Hütte zu stecken und nichts kommt dabei rum. Du hängst an der Bruchbude, weil du den Gedanken, dass Mom und Dad sich hier kennengelernt haben, *sooo* romantisch findest!" Er verdreht genervt die Augen, während seine Worte mich tief im Inneren treffen, weil sie zwar eine Menge Wahrheit enthalten, aber auch zeigen, wie wenig Elias mich versteht.

„Es war und ist viel sinnvoller, in das *Surf & More* zu investieren. Das schreibt wenigstens schwarze Zahlen!" Ich habe lange Zeit die Augen davor verschlossen, dass mein Bruder ein egoistisches Arschloch ist. Vielleicht, weil er die einzige Familie ist, die ich noch habe. Oder vielleicht einfach auch nur, weil ich nach Dads und Moms Tod keine Kraft mehr dafür hatte, mich mit ihm zu streiten.

„Ich möchte, dass du jetzt gehst, Elias. Ich hoffe, dass nach dem Verkauf noch so viel übrig ist, dass

wenigstens du dir deinen Traum erfüllen kannst." Ich
wende mich ab, weil ich einfach nicht mehr mit ihm in
einem Raum sein kann. Er steht noch ein paar
Augenblicke wie angewurzelt vor der kleinen Theke,
die als Rezeption dient, dann schüttelt er den Kopf und
geht. Zurück bleibt die Enttäuschung und der Schmerz
über den Weg, den wir beschritten haben. Und der, wie
es scheint, uns immer weiter voneinander entfernt.

Wesley

„Hallo Mr. Milford, schön Sie zu sehen", begrüßt
Schwester Margery mich mit einem freundlichen
Lächeln. Der strenge Haarknoten in ihrem Nacken und
die harten Linien in ihrem Gesicht vermitteln auf den
ersten Blick ein Bild von ihr, das nicht weiter von der
Realität entfernt sein könnte. Ich habe nie eine Person
kennengelernt, die gütiger und freundlicher ist als sie.
„Hey Schwester Margery, ich habe Ihnen etwas
mitgebracht." Ich hole die große Schachtel Pralinen
hinter meinem Rücken hervor und halte sie ihr hin.
„Sie wissen, wie man Frauen verwöhnt, Sie alter
Charmeur", lacht sie, wird aber ein kleines bisschen rot
dabei. Sie nimmt mir die Pralinen ab und stellt sie
hinter den Tresen. Dann deutet sie auf das in blaues
Papier eingepackte Päckchen, das ich in der anderen
Hand habe.
„Für Timmy?"

„Ja, ich habe ihm ein von allen Teamkollegen signiertes
Trikot mitgebracht. Meinen Sie, er wird sich darüber
freuen?" Sie verdreht die Augen und lacht.

„Ich denke, der Überwachungsmonitor, an den er noch
angeschlossen ist, wird explodieren. Sie wissen doch,
dass er ein glühender Fan der *Seagulls* ist!" Sie tippt
mir gegen die Brust. „Wie ich übrigens auch, Mr.
Milford." Tatsächlich klimpert sie mit den Augen wie
ein junges Mädchen, obwohl sie schätzungsweise kurz
vor der Rente steht.

„Ich hab's verstanden, Schwester Margery. Das nächste
Mal bringe ich Ihnen auch ein Trikot mit!" Wir lachen
beide, dann wird sie ernst.

„Es war ein langer Weg bis hierhin, aber Timmy geht es
jetzt besser, Mr. Milford. Er wartet schon auf Sie." Mir
fällt ein Stein vom Herzen. Ich habe den kleinen Kerl in
mein Herz geschlossen. Seine Mom ist alleinerziehend
und hätte ohne die finanzielle Unterstützung der *Seattle
Seagulls* die aufwendige Operation, die sein Leben
gerettet hat, nicht bezahlen können. Das neue
Management der *Seagulls* hat es sich zur Aufgabe
gemacht, verschiedene Hilfsprojekte durch
Benefizspiele oder andere Aktionen zu unterstützen,
und wir Spieler sind gehalten, uns ein Projekt
auszusuchen, für das wir die Patenschaft übernehmen.
In meinem Fall arbeite ich schon lange ehrenamtlich
für die *Heartbeat* Organisation, die sich um herzkranke
Kinder kümmert. Das Schicksal der kleinen Patienten
geht mir immer wieder unter die Haut. Zu sehen, wie
tapfer sie selbst, aber auch ihre Familien sind,
relativiert vieles. Man erkennt, dass die eigene
Gesundheit keine Selbstverständlichkeit ist. Aber es

macht auch deutlich, dass man mit Geld viel ermöglichen kann. Wenn man es hat. Es macht mich traurig, dass die Gesundheitsversorgung in den USA immer noch zwischen arm und reich unterscheidet.

„Wenn Timmy sich weiter so gut erholt, kann er in zwei, drei Wochen entlassen werden." Schwester Margerys Stimme klingt warm und man hört ihre Empathie für ihre kleinen Patienten immer mitschwingen.

„Da wird er sich freuen. Er ist ja immerhin schon ein paar Monate hier im Krankenhaus. Dabei sollte er mit seinen Freunden spielen und zur Schule gehen, wie andere Kinder in seinem Alter." Timmys Operation musste immer wieder verschoben werden, weil er schon so schwach war, dass er immer wieder einen Infekt hatte oder sein Allgemeinzustand eine so schwere Operation nicht zuließ.

„Ja, das sollte er, Mr. Milford. Aber wenn er sich weiterhin so gut macht, wird er das in ein paar Monaten auch wieder können." Schwester Margery klingt optimistisch und mich freut das für den kleinen Kerl.

„Gehen Sie jetzt ruhig zu ihm, seine Mutter kann heute nicht kommen, sie muss arbeiten, lässt Sie aber grüßen. Und sie bedankt sich bei Ihnen und dem gesamten Team für die Unterstützung." Ich winke ab, weil ich mich unwohl dabei fühle, den Dank einer hart arbeitenden Mutter anzunehmen, die sich trotz mehrerer Jobs niemals die notwendige Operation für Timmy hätte leisten können. Diese Frau arbeitet jeden verdammten Tag hart dafür, sich und ihren Sohn irgendwie durchzubringen, und am Ende reicht es doch nicht. Ich dagegen bin einfach gut im Laufen und Bälle fangen, was mir zudem noch wahnsinnigen Spaß macht, und verdiene damit so unverschämt viel, dass ich nicht mal weiß, wie ich die Millionen Dollar, die ich bereits verdient habe,überhaupt ausgeben soll.

„Oh, hallo Wesley!!", begrüßt mich Timmy ein paar Augenblicke später, nachdem ich die Tür zu seinem Zimmer hinter mir geschlossen habe. Er ist immer noch sehr blass, aber in seinen Augen erkenne ich endlich wieder diesen Kampfgeist, den ich die Wochen vor der OP vermisst habe.

Ich ziehe mir einen Stuhl heran und setze mich.

„Ich habe gehört, du hast jetzt eine Superman-Herzklappe bekommen."

„Ja, das war aber ganz langweilig. Ich hab' alles verschlafen!", stellt er beleidigt fest. Timmy ist acht Jahre alt und will seit seiner Diagnose Herzchirurg werden, weswegen er gerne bei seiner eigenen OP zugeschaut hätte. Ich muss mir ein Grinsen verkneifen, weil er das tatsächlich ernst meint.

„Das wäre bestimmt interessant gewesen, aber wahrscheinlich hättest du den Doc nur durch deine Fragen abgelenkt und dann hätte er sich nicht mehr darauf konzentrieren können, dich zu operieren."

Timmy scheint zu überlegen, dann seufzt er.

„Ja, Mom sagt auch immer, dass ich viel zu neugierig bin." Dabei verdreht er übertrieben die Augen.

„Hey, egal was deine Mom sagt, man kann nie zu neugierig sein. Wenn man etwas wissen will, muss man fragen." Ich reiche ihm das kleine Päckchen, das er neugierig annimmt und sogleich auspackt.

„Oh, wow! Das ist ja ein Trikot! Mit deiner Nummer 10! Und... sind da alle Unterschriften drauf?" Ungläubig sieht er mich an und drückt das Trikot mit leuchtenden Augen an seine Brust. Ich habe ein bisschen Angst, dass die unübersehbare Freude zu viel für seine neue Herzklappe sein könnte, aber Timmys Strahlen ist das Risiko wert.

„Das ist das schönste Geschenk, das ich jemals...“, verkündet er überschwänglich, stoppt aber mitten im Satz und sieht verlegen auf die Bettdecke.

„Äh, also das Zweitschönste nach dem Fahrrad, das Mom mir letztes Jahr geschenkt hat. Ich habe mir schon sooo lange ein Fahrrad gewünscht, aber Mom musste erst dafür sparen, hat sie gesagt. Deshalb hat es so lange gedauert, bis sie es mir schenken konnte.“ Seine Stimme ist nur noch ein Flüstern, fast so als würde er sich dafür entschuldigen, dass er diesem Fahrrad gegenüber meinem Geschenk den Vorzug gibt. Es bricht mir das Herz, weil der kleine tapfere Kerl in seinem bisherigen Leben schon so viel zurückstecken musste.

„Es ist vollkommen in Ordnung, dass du das Fahrrad lieber magst, Timmy. Weißt du, Dinge, für die man sparen muss, sind viel wertvoller als Dinge, die man sich einfach so kaufen kann. Weil für etwas sparen zu müssen heißt, sich immer wieder daran zu erinnern, dass man etwas so sehr haben möchte, dass man dafür auf andere Dinge verzichtet.“

Timmy ist ein nachdenkliches, ruhiges Kind, das viel mehr hinterfragt als seine Alterskameraden es tun. Und auch jetzt denkt er lange über meine Worte nach. Und ich lasse ihn. Es ist nicht unangenehm, mit ihm zu schweigen. Schließlich nickt er.

„Ja, ich glaube, ich verstehe, was du meinst. Man kann sich ganz viel wünschen, aber dann muss man sich entscheiden, was man am meisten haben möchte. Und

je länger man spart oder je mehr Geld man hat, desto
größer kann der Wunsch sein."
„Ganz genau, Timmy."
Er nickt, dann fängt er an, an der Bettdecke zu zupfen.
„Und dann gibt es auch Wünsche, die kann man sich
nie erfüllen, egal, wie lange man spart." Ein trauriger
Ausdruck schleicht sich in seine Augen. Mein Herz
wird schwer, denn er sagt das mit so viel
Hoffnungslosigkeit, dass ich mich räuspern muss,
damit er nicht merkt, wie belegt meine Stimme klingt.
„Was würdest du dir denn wünschen, wenn du so viel
Geld hättest, dass du dir alles kaufen könntest?"
Er lächelt mich an, aber es ist ein resigniertes Lächeln.
„Dass meine Mom nicht mehr so viel arbeiten muss
und dass wir zusammen mal wieder einen Urlaub am
Meer machen können, wie damals." Enttäuschung ist
nicht das richtige Wort für das, was da in seinem
Tonfall mitschwingt, es ist eher eine Mischung aus
Akzeptanz und Resignation, aber es berührt mein Herz
und sorgt dafür, dass sich meine Brust zusammenzieht.
„Man muss gar nicht so weit weg fahren, wenn man ans
Wasser will, Timmy. Hier in Seattle gibt es auch ein
paar schöne Strände", sage ich, aber er zuckt nur mit
den Schultern.
„Ja, schon, aber Mom hat nie Zeit. Wenn sie nicht
arbeitet, dann muss sie kochen. Und putzen." Und
schon konfrontiert er mich wieder mit der
unangenehmen Wahrheit. Timmys Mom ist eine hart
arbeitende Frau, die wenig oder sogar überhaupt keine
Freizeit hat. Und wahrscheinlich fehlt ihr auch das
Geld, mit Timmy einfach mal so Ausflüge zu machen
und unbeschwert Burger oder Eis zu essen.

„Weißt du, Mom und ich waren einmal im Urlaub. Ganz nah am Wasser. Auf Bainbridge Island, das war toll." Ich kann seiner Stimme anhören, mit wie viel Freude und schönen Erinnerungen er sich an diese Zeit erinnert.

„Aber das war nur ein einziges Mal. Weil wir danach kein Geld mehr hatten, weil Mom doch ihren Job verloren hat, als ich krank wurde und sie sich um mich kümmern musste." Fuck! Warum ist die Welt so ungerecht und bestraft eine Mutter dafür, bei ihrem kranken Sohn sein zu wollen?!

„Weißt du, ich habe gehört, wie der Arzt mit Mom gesprochen und gesagt hat, dass ich eine Re... Rehabi... also dass ich irgendwohin fahren sollte, damit ich mich da weiter erholen kann, aber das geht ja nicht, weil Mom kein Geld hat und außerdem auch nicht frei nehmen kann, weil sie dann kein Geld verdient." Er wird etwas rot und nestelt verlegen an seiner Bettdecke herum.

„Ich wollte nicht lauschen, ich schwöre, aber Mom stand mit dem Doc vor der Tür und die war nicht richtig zu, und ich lag doch hier im Bett und konnte nicht weg, und da hab ich gehört, was sie gesagt haben, und ich wurde ganz traurig, weil Mom danach geweint hat, und..." Er rattert die Entschuldigung wie Maschinenpistolenschüsse herunter. Ich nehme seine kleine, schmale Hand in meine, um ihn zu beruhigen. Es ist bestimmt nicht gut für ihn, wenn er sich so aufregt. Er scheint das auch zu merken, denn er hält inne und atmet einmal tief durch. Dann zeigt er auf die Schublade seines Beistelltisches.

„Ich habe ein Bild von dem Strand, wo wir damals waren, das können Mom und ich uns ja angucken, wenn ich wieder zuhause bin. Oder wenn wir beide traurig sind, weil wir nicht wegfahren können, damit ich diese Re... Reha... machen kann, weil Mom kein Geld dafür hat." Verdammt! Seine Stimme zittert und ich spüre deutlich, dass er sich die Schuld an ihrer finanziellen Lage gibt, weil er krank ist. In meinem Inneren formt sich ein glühender Ball aus Wut und Verzweiflung, weil kein Kind der Welt so denken sollte. Ich muss schlucken, nehme Timmys Hand und drücke sie, weil ich weiß, dass mir meine Stimme im Moment nicht gehorcht. Plötzlich lächelt Timmy mich an.

„Willst du mal sehen?", fragt er und ich brauche einen kurzen Augenblick, bis ich weiß, was er meint. Er nickt mir zu, ich ziehe die Schublade auf und nehme das Bild heraus, von dem Timmy gesprochen hat. Es zeigt einen wunderbaren Strand, der in tiefblauem Wasser verschwindet. Dazu ein Steg, auf dem zwei Personen stehen. Seine Mom und er. Wunderschön ausgearbeitet, detailgetreu wie ein Foto und doch ist es ein gemaltes Bild, wie ich feststelle, als ich es näher betrachte. Es hat etwas Romantisches, weil die sanften Farben und die Abendstimmung den Eindruck des Betrachters fesseln, ohne die beiden Personen in den Hintergrund treten zu lassen. Es ist wunderschön, einzigartig. Meine Kehle wird eng.

„Woher hast du das, Timmy? Das ist... wunderschön."

„Das hat mir die Frau geschenkt, der die Pension gehört, wo wir damals waren. Sie hat es gemalt, als Andenken, damit Mom und ich etwas haben, das uns immer an diesen Urlaub erinnert. Mom kann es bestimmt an unseren Kühlschrank hängen wie diese Magnete, die man immer von Orten kauft, an denen man gewesen ist. Und dann können wir uns immer daran erinnern, wie schön es dort war und wie viel Spaß wir dort hatten." Sein kleines, schmales Gesicht strahlt, aber es liegt auch eine gewisse Traurigkeit in seinem Blick. Ich muss schlucken.

„Das ist eine gute Idee, Timmy." In diesem Augenblick fasse ich einen Entschluss. Ich kann nicht die Welt retten, aber ich kann sie wenigstens für den kleinen Kerl hier ein wenig besser machen.

Melody

Seit meinem Gespräch mit Eli sind ein paar Tage vergangen und ich habe nichts weiter von der Bank gehört. Aber ich weiß, dass es eine trügerische Ruhe ist. Ich war nochmal bei Mr. Torres, aber außer ein paar mitleidigen Blicken habe ich nichts von ihm bekommen. Die Zahlungsrückstände sind zu hoch, ich habe keinen Businessplan, auf den die Bank eine weitere Stundung der Kredite stützen könnte, keine Sicherheiten, die ich anbieten kann. Nichts. Vor Wut und Enttäuschung kommen mir die Tränen, denn meine Situation ist ein Hamsterrad, aus dem ich nicht herauskomme. Natürlich kann ich keinen Businessplan vorlegen, weil mir das Geld für die notwendige Renovierung fehlt. Und das bekomme ich nicht, weil ich leinen Businessplan habe, der erklärt, wie ich mehr Gäste nach Tolo locken will. Was ohne Investitionen in das *Melias* nicht passieren wird. Mein Herz wird schwer, weil ich einsehe, dass ich mich geschlagen geben muss. Aber wenigstens habe ich gekämpft und nicht das *Melias* von vornherein auf dem Altar des Scheiterns geopfert wie Eli es getan hat.

„Mel, ich weiß, dass es schwer für dich ist, aber du musst es akzeptieren." Amy, meine beste Freundin seit Kindertagen, legt mir tröstend eine Hand auf den Arm und drückt leicht zu. Wir sitzen am Strand und sehen der Sonne zu, wie sie rotgolden über den Horizont wandert. Gleich wird sie hinter dem gegenüberliegenden Ufer von Brownsville verschwinden und sie wird einen weiteren Tag voller Hoffnung mit sich nehmen.

„Ich weiß, Amy, aber ich will mir nicht irgendwann vorwerfen, ich hätte nicht alles versucht, um das *Melias* zu retten." Ich nehme eine Handvoll Sand und lasse ihn gedankenverloren durch meine Finger rieseln. „Es ist doch das Letzte, was ich noch von meinen Eltern habe. Es war ihr Traum, ihr ganzer Stolz."

Amy schweigt einen Moment, dann räuspert sie sich.

„Ja, Mel, es war *ihr* Traum. Sie haben sich ihn erfüllt, aber ist es auch deiner?"

„Sie haben immer gehofft, dass Eli und ich das *Melias* eines Tages übernehmen. Oder wenigstens einer von uns."

„Ja, Mel, eines Tages! Aber sie haben bestimmt nicht gewollt, dass du dir mit neunzehn Jahren schon diese Verantwortung aufbürdest. Glaubst du, sie hätten gewollt, dass du drei Nebenjobs machst, nur um über die Runden zu kommen? Und dass es trotzdem nicht reicht?" Sie schnaubt. „Ich habe deine Eltern gekannt, Mel, und ich bin sicher, *das* haben sie sich nie für dich vorgestellt!" Ich weiß nicht, was ich darauf sagen soll, denn sie hat recht. Meine Eltern haben zwar darauf gehofft, dass ich das B&B einmal übernehme, aber sie wollten auch, dass ich mir sicher bin, dass es das ist, was ich wirklich will. Bevor ich allerdings darüber nachdenken oder mich mit etwas anderem beschäftigen konnte, hatte das Schicksal andere Pläne für mich. Ich hatte damals mit dem Gedanken gespielt, Kunst am *Royal College of Art* in London, oder, noch lieber, an der *Accademia di Belle Arti di Firenze* in Florenz zu studieren. Florenz! Bei dem Gedanken an diese unglaubliche Stadt mit all ihren Kunstschätzen zieht sich mein Herz immer noch schmerzhaft zusammen. Aber alles davon, jeder Traum, jede Fantasie und jeder Wunsch, der mit der Zeit vor dem Tod meiner Eltern zusammenhängt, gehört in die Vergangenheit.

„Ich habe mich damals entschieden, das *Melias* weiterzuführen, weil ich es wollte. Es ist mein Erbe, Amy", antworte ich ihr in einem Ton, der keine Zweifel aufkommen lässt, dass ich diese Diskussion nicht weiterführen werde. Ich weiß, dass Amy es nicht böse meint, aber ich bin nicht in der Stimmung, mir von ihr sagen zu lassen, wie ich mein Leben zu leben habe.

„Mel...", versucht sie es nochmal, aber ich stehe auf und wende mich ab.

„Ich hole schnell etwas Holz, dann können wir ein Feuer machen. Es wird jetzt immer so schnell kühl, nachdem die Sonne untergegangen ist." Selbst mir kommt es so vor als würde ich vor der Wahrheit, mit der Amy mich konfrontiert hat, flüchten. Aber es ist zu schmerzhaft für mich, irgendwelche Zweifel an meiner Lebensweise oder dem, für das ich mich entschieden

habe, zuzulassen. Weil das bedeuten würde, alles, was
ich bis heute getan habe, infrage zu stellen.

Wesley

Ich weiß nicht, zum wievielten Mal ich hier in Blakes
Büro sitze und mir anhöre, welche neuen Ideen er hat,
um mich davon zu überzeugen, in sie zu investieren.
Der Besuch bei Timmy ist jetzt eine Woche her und ich
habe es in die Wege geleitet, dass er und seine Mom für
ein paar Wochen in eine geeignete Rehaklinik kommen.
Mrs. Cunninghams jetziger Arbeitgeber ist zum Glück
ein Fan der *Seagulls*, so dass er sofort bereit war, zu
helfen. Timmys Mutter wird für vier Wochen
freigestellt, ich übernehme ihren Verdienstausfall und
die Kosten für eine kurzfristige Aushilfe in seinem
Bistro und zusätzlich bekommt er zwei VIP-Karten für
das nächste Spiel. Darüber hinaus war er bereit, Mrs.
Cunningham danach Vollzeit einzustellen, so dass sie
ihre anderen Jobs kündigen und sich mehr um Timmy
kümmern kann. Mir ist bewusst, dass das nur ein
Tropfen auf dem heißen Stein ist, aber für Timmy und
seine Mom wird es ihr Leben zum Besseren verändern.
Ich würde gerne mehr helfen, aber ich weiß leider
nicht, wie ich das bewerkstelligen soll.
„Ich glaube, das hier ist genau das, was du suchst,
Wes!", unterbricht Blake meine Gedanken. Mit
glänzenden Augen breitet er einen Stapel Papiere vor

mir aus. Er tippt auf das oberste Blatt und nickt wie ein Wackeldackel.

„Es ist noch nicht öffentlich ausgeschrieben, aber die *Miami Sharks* suchen ab der nächsten Saison einen neuen Talentscout!" Begeistert sieht er mich an, aber in mir regt sich nichts. Klar, ich wäre ein geeigneter Talentscout, weil ich als Profi sowohl praktische Erfahrung als auch einen tiefen Einblick in die Welt des Profifootballs mit bringe, aber ich hatte eigentlich nicht vor, nach meinem Karriereende noch viel zu reisen.Und als Talentscout für ein NFL-Team müsste ich im gesamten Land die Colleges nach Nachwuchstalenten abklappern. Ich lebe jetzt schon seit über zehn Jahren überwiegend aus dem Koffer, kenne mehr Hotels als Spielzüge in Jace' Playbook, da will ich es in Zukunft ruhiger angehen.

„Was ist, Wes? Das ist doch...", versucht Blake, mich mit seiner Begeisterung anzustecken, aber...

„... nicht das Richtige! Das Angebot ist sicher toll, aber ich will nicht mehr so viel herumreisen." Blakes Blick flackert kurz, bevor er die Augen schließt und durchatmet.

„Okay, Wes, dann vielleicht das hier." Wieder breitet er Papiere vor mir aus, nachdem er die anderen zusammengeschoben und zur Seite gelegt hat.

„*Becker & Son* suchen einen Teilhaber. Es handelt sich um..."

„Eine Agentur, die Sportler unter Vertrag nimmt, um sie entsprechend zu vermarkten. Ich kenne *Becker & Son*. Und... nein."

„Warum nicht?" Blake klingt jetzt beinahe verzweifelt.

„Weil ich kein Teil einer Industrie mehr sein möchte, die Menschen vermarktet, nur um einen möglichst

großen Profit mit ihnen zu machen." Das war ich
notgedrungen lange genug. Bin ich enttäuscht? Ja, aber
nicht von Blake. Er gibt sich wirklich Mühe, aber
bisher haut mich nichts vom Hocker. Blake lässt kurz
die Schultern sinken und fährt sich frustriert durch die
Haare.

„Ich habe wirklich gedacht, diesmal könnte ich dich
überzeugen, Wes. Aber so langsam gehen mir die Ideen
und Angebote aus. Außerdem bin ich dein Manager,
nicht dein persönlicher Assistent. Ich habe eigentlich
gar keine Zeit, mich mit deiner *Vision*", er setzt das mit
den Fingern in Gänsefüßchen, „zu befassen. Ich mache
das nur, weil wir befreundet sind."

„Und du außerdem dafür eine Menge Kohle
einstreichst, Blake", erinnere ich ihn mit
hochgezogenen Augenbrauen.

„Ja, das auch", grinst er, wird aber schnell wieder ernst.
„Wenn du wenigstens etwas präziser benennen
könntest, in welche Richtung ich suchen soll..."

„Wenn ich das so genau wüsste, würde ich es tun."
Inzwischen bin ich selbst ratlos.

„Hast du noch das Angebot von diesem Fitnessclub
unten am Hafen dabei? Vielleicht sollte ich mir das
doch mal genauer ansehen." Überzeugt bin ich nicht,
aber vielleicht kann ich mich ja doch dafür begeistern,
wenn ich einen zweiten Blick darauf geworfen habe.
Blake lässt seine edle Lederaktentasche aufschnappen
und sieht einige Papiere durch.

„Hier habe ich die Unterlagen." Er zieht sie aus der
Tasche, allerdings gleiten auch ein paar buntbedruckte
Blätter mit hinaus, die auf den Boden segeln. Ich bücke
mich, um sie aufzuheben. Das Deckblatt zeigt ein etwas

heruntergekommenes Haus mit hellblauem Anstrich, weißen Fensterrahmen und hellgrauem Dach. Viel spektakulärer ist allerdings die Lage. Die Holzterrasse führt direkt über ein paar Stufen zum Strand. In einiger Entfernung kann man einen Steg erkennen, der ein gutes Stück in das ruhige Wasser ragt. Und mein Herzschlag setzt für ein paar Takte aus, jedenfalls fühlt es sich so an. Ich schnappe mir die Blätter und sehe Blake fragend an.

„Was ist das hier?" Blake sieht zu mir auf, weil er gerade die Unterlagen des Fitnessclubs sortiert.

„Äh das?" Er zieht das Blatt zu sich herüber und kraust seine Stirn.

„Keine Ahnung." Er sieht genauer hin, dann erhellt sich sein Blick. „Das sind Jills Unterlagen. Muss ich aus Versehen eingesteckt haben. Sie wird mir die Hölle heiß machen, weil sie es gerade erst hereinbekommen hat und heute noch online stellen will, wozu sie das Exposé hier braucht. Ich sollte sie schnell anrufen und mich entschuldigen, weil es versehentlich in meine Tasche geraten ist. Du kennst sie ja." Er grinst mich schief an. „Dieses Versehen wird mich mindestens ein romantisches Dinner kosten." Blakes Frau Jill ist Immobilienmaklerin. Er will mir den Stapel aus der Hand nehmen, aber ich schüttele den Kopf.

„Hier steht, dass das ein B&B ist und zum Verkauf steht."

„Ja, und?" Er zieht fragend die Augenbrauen zusammen. Ich blättere weiter durch die Unterlagen und mein Herz beginnt, aufgeregt in meiner Brust zu schlagen. Dieser Strand, dieser Steg... Das alles sieht ganz genau so aus wie auf dem Bild, das Timmy mir im Krankenhaus gezeigt hat. Ich muss plötzlich an

Timmys Worte denken, dass er so gerne wieder einmal einen Tag am Strand verbringen würde. Das hier wäre so ein Ort. Ein wunderbarer Strand, wie es scheint, ziemlich abgelegen, aber hier hätten Kinder wie er ihre Ruhe und könnten sich erholen, wenn... Man könnte hier ein Paradies für die Kleinen schaffen, mit einem Spielplatz, mit Paddelbooten und... Mein Herz klopft schnell in meiner Brust und bei den Bildern, die vor meinem inneren Auge entstehen, fühle ich, wie ein aufgeregtes Zittern durch meinen Körper rauscht.
Ich habe nicht genau gewusst, was ich wollte, aber ich fühle, dass ich gerade gefunden habe, wonach ich die ganze Zeit gesucht habe.
„Ruf bitte Jill an. Ich will es haben." Blake starrt mich ungläubig an, dann schüttelt er den Kopf.
„Ich bitte dich, Wes! Das kann nicht dein Ernst sein! Was willst du mit einem B&B? Du hast doch überhaupt keine Ahnung davon, wie man so was führt."
„Ich will nicht das B&B, Blake. Ich will das Grundstück. Wenn das Gebäude noch saniert werden kann, dann werde ich es nutzen, aber nicht als B&B. Oder vielleicht doch, jedenfalls so ähnlich. Bitte ruf Jill an und kläre ab, was es mit dem Angebot auf sich hat", bitte ich ihn, was er auch tut, allerdings nicht ohne mir einen Blick zuzuwerfen, als würde er an meinem Verstand zweifeln. Was ich ihm nicht verdenken kann, denn selbst mir scheint diese Idee irgendwie verrückt zu sein.
Minuten später weiß ich, dass das B&B zwangsversteigert werden soll, bisher von einem Geschwisterpaar betrieben wird, die sich aber daran verhoben haben und nun verkaufen müssen, weil die

Bank ihnen den Kredit gekündigt hat. Das Grundstück
umfasst fünf Hektar. Daraus kann man etwas machen.
Ich bin zwar ziemlich sicher, dass es das ist, was ich
will, aber trotzdem möchte ich mich lieber erst vor Ort
davon überzeugen, dass es für meine Pläne geeignet ist.
So gerne ich auch sofort loslegen würde, muss ich
einen klaren Kopf behalten, denn meine Investition
sieht ja nicht nur den Kauf des Geländes vor, sondern
wird darüber hinaus ein enormes Budget erfordern.
In Gedanken überlege ich, wann ich mir das Gelände
ansehen könnte. Wir haben am Donnerstag ein
Heimspiel gegen die *Pittsburgh Pickers*, Freitag
Nachbesprechung und leichtes Lauf- und
Koordinationstraining, und dann Samstag und Sonntag
frei. Zwei Tage reichen für den Anfang, um mir einen
ersten Eindruck von dem Gelände zu verschaffen.
Buchen werde ich nicht, falls das B&B eine Bruchbude
ist, schlafe ich lieber in Bainbridge Island. Umsehen
kann ich mich dort auch so, und es ist ja nicht so, als
wäre ich an dem Gebäude interessiert. Falls es nicht
geeignet ist, werde ich sowieso nicht drumherum
kommen, es abreißen und etwas Moderneres und
Größeres dort bauen zu lassen.
„Ich weiß nicht, ob ich dir dazu raten soll. Ich meine,
deine Idee und dein Engagement in allen Ehren, aber...
Ich hoffe, du machst keinen Fehler, Wes." Blake
schlägt mir zum Abschied auf die Schulter.
Nein, das ist kein Fehler, denn endlich habe ich eine
Vision.

Melody

Ich trage den letzten Korb frische Wäsche durch den Hintereingang des *Bainbridge Resorts*, des größten Hauses am Platz, nicke im Vorbeigehen Mrs. Harris, der Empfangsdame, zu, die gerade im Pausenraum Kaffee trinkt, und wuchte den schweren Korb dann im Wäscheraum auf den großen Tisch. Ich wische mir den Schweiß mit dem Ärmel meines Shirts von der Stirn und hoffe, dass Amy bald kommt, um mir den Empfang zu quittieren. Amy ist für die Buchhaltung des Resorts zuständig. Wir beide sind hier auf Bainbridge Island groß geworden, haben uns nur getrennt, weil sie aufs College gegangen ist, während ich bereits mit neunzehn für das *Melias* verantwortlich war. Sie hat Management und Controlling studiert und arbeitet jetzt seit einem halben Jahr hier im Resort, das ihren Eltern gehört, und das sie eines Tages übernehmen wird.

„Hey Mel, ich habe leider nicht viel Zeit", begrüßt sie mich, während sie abgehetzt in den Wäscheraum stürmt.

„Hey Amy, ich auch nicht. Ich habe gleich am Strand einen Yogakurs."

„Ja, ich weiß. Dad ist froh, dass du unser Sportangebot um Yoga erweiterst." Sie verdreht die Augen, denn sie weiß ganz genau, dass ihr Vater mir kaum etwas dafür bezahlt, dass ich den Gästen des Resorts am Strand den Sonnengruß beibringe. Immerhin macht sie die

Buchhaltung und sieht, dass ich für eine Stunde Yoga nur zwanzig Dollar bekomme. Das Resort verlangt allerdings zwanzig Dollar pro Stunde *pro Person*. Aber immerhin kann ich mir so etwas hinzuverdienen.

„Hast du mal wieder Zeit für einen Kaffee?", fragt Amy mich, während sie den Auslieferungsbeleg unterschreibt. „Wäre schön, wenn wir uns mal wieder treffen könnten. Quatschen, lästern..." Sie grinst mich verschwörerisch an.

„Ich lästere nicht, Amy. Niemals!", verteidige ich mich entrüstet, was uns beide zum Lachen bringt.

„Nein, du hast nur eine sehr direkte Art, über Menschen und ihre Unzulänglichkeiten zu sprechen", lacht sie. Es tut gut, mal für einen Augenblick die Tatsache zu vergessen, dass mein Leben gerade den Bach runtergeht.

„Wie sieht es mit heute Abend aus, Mel? Ich könnte dein Leben mit ein paar Geschichten über vergessene Dildos in Hotelzimmerschubladen bereichern. Oder dir von Frau *Ich-darf-keine-Namen-nennen* erzählen, die sich in einem Bunnykostüm mit einem, nun ja, Plug mit Puschel aus ihrem Hotelzimmer ausgesperrt hat." Sie wackelt grinsend mit den Augenbrauen und ich muss laut lachen.

„Ich bin schon gespannt, wie es dazu gekommen ist und wie die Geschichte weitergeht, aber heute Abend habe ich Schicht im *Fish & Ships*."

„Warum tust du dir das immer noch an, Mel? Vier Jobs und das *Melias* wird trotzdem verkauft." Traurig sieht sie mich an. Sie hat natürlich mitbekommen, was damals mit meinen Eltern passiert ist und auch alles, was danach kam.

„Ich kann nicht einfach so alles hinschmeißen, Amy.
Selbst wenn etwas Geld von dem Verkauf übrig bleibt
wird es nicht reichen, um mich auf die faule Haut zu
legen. Ich werde mir eine Wohnung nehmen müssen
und..." Ich seufze und winke ab. Amy weiß das alles.
„Du könntest hier im Hotel anfangen, Mel. Ich kann
mit Dad reden..." Sie meint es gut, aber wenn es
jemanden gibt, für den ich noch weniger arbeiten will
als für Elias, dann ist es Mr. Walker. Es gibt etwas, das
Amy nicht weiß, und das ich ihr auch nicht sagen
werde, aber das macht es mir unmöglich, hier zu
arbeiten.
„Ich weiß, du meinst es nur gut, Amy, aber ich komme
schon klar." Sie zögert, will noch etwas sagen, schüttelt
dann aber den Kopf. „Okay, ich meine nur. Denk
drüber nach, Mel." *Werde ich nicht.* Lieber suche ich
mir noch zwei Jobs, um über die Runden zu kommen.
„Es tut mir leid, aber ich muss jetzt los. Ich muss noch
das Waschbecken in Zimmer drei und die Dusche in
Zimmer vier reparieren, wobei ich hoffe, dass sie nur
verstopft ist." Ich wackele mit den Augenbrauen, weil
ich Amy damit signalisieren will, dass es keine allzu
große Sache ist. Insgeheim bete ich, dass es nicht an
den alten Leitungen liegt. Ein Austausch wäre... nicht
mehr meine Sache, weise ich mich selbst traurig auf die
Realität hin. Ich muss mir abgewöhnen, das *Melias*
immer noch als mein B&B zu betrachten. Und es macht
auch keinen Sinn, es soweit in Schuss zu halten, dass
jederzeit Gäste einziehen können. Die Wahrheit ist,
dass keine Gäste kommen.
„Mel...", will Amy mich auf das Offensichtliche
hinweisen, aber ich unterbreche sie schnell, weil ich

mich lieber weiter belüge als mich der traurigen Wahrheit zu stellen. Mitfühlend sieht sie mich an, denn sie kennt mich besser als irgendjemand sonst. Und sie weiß auch, dass ich im Moment nur funktionieren kann, wenn ich so tue, als sei alles in Ordnung. Aber sie wird für mich da sein, wenn ich meinen Halt verliere.

„Vielleicht solltest du noch mal mit Eli...“

„Nein!“ Es gibt darauf nur diese eine Antwort.

„Redest du immer noch nicht mit ihm?“ Sie sieht mich traurig an, und zum ersten Mal weiß ich nicht, ob sie wegen mir traurig ist, oder wegen Eli. Ich habe ihr nicht erzählt, warum zwischen uns Funkstille herrscht. Das geht nur Eli und mich etwas an. Stattdessen setze ich eine neutrale Miene auf.

„Nein. Und ich muss jetzt auch gehen.“ Ich drücke sie kurz und will gerade das Hotel durch den Lieferanteneingang verlassen, als mich eine Stimme zurückhält, die mir immer noch das Blut in den Adern gefrieren lässt.

„Hallo Mel! Warte mal kurz.“ Mr. Walker kommt den Gang hinter mir her. Ich tue so, als hätte ich ihn nicht gehört und eile weiter zu meinem Auto, aber bevor ich dort ankomme, hat er mich erreicht und hält mich am Arm zurück

„Ich wollte kurz etwas mit dir besprechen.“ Er wartet darauf, dass ich ihn frage, über was er mit mir reden will, aber was es auch ist, es interessiert mich nicht. Ich fühle mich in seiner Gesellschaft immer noch unwohl, obwohl der Vorfall zwischen uns schon vier Jahre zurückliegt. Damals hat er mir angeboten, mir finanziell unter die Arme zu greifen, wenn ich mich dafür in ganz besonderer Weise erkenntlich zeigen würde. Er hat mich in eine Ecke gedrängt und mir an die Brust gefasst, während er versucht hat, mich zu küssen. Ich habe erst richtig realisiert, was er tat, als er mir seine Zunge in den Mund schob. Dann allerdings habe ich ihm mein Knie in seine Weichteile gerammt, ihm eine Ohrfeige verpasst und bin abgehauen. Abgesehen davon, dass er vom Alter her mein Vater hätte sein können, ist er Amys. Er kennt mich, seit wir beide eingeschult worden sind und außerdem ist er verheiratet. Seitdem hat er noch ein paarmal versucht, bei mir zu landen, aber er ekelt mich einfach nur an. Ich habe es Amy nie erzählt, weil es mir peinlich ist und ich mich schäme, obwohl ja er sich schämen müsste. Aber das ist der Grund, warum ich niemals im Bainbridge Resort arbeiten werde.

„Willst du gar nicht wissen, was ich für Neuigkeiten habe?“, fragt er lauernd und ich ahne, dass er mir gleich etwas unter die Nase reiben wird, was mir nicht gefallen wird.

„Ich habe gerade bei der Bank ein Angebot für das *Melias* abgegeben.“ Mir wird schlecht. Es ist schon hart genug, dass das B&B verkauft wird, aber mir ihn als neuen Eigentümer vorzustellen lässt mir die Galle in den Rachen steigen. Und einen dicken, fetten Stein in meinen Magen fallen.

„Ich denke, wenn die Formalitäten unter Dach und Fach sind, können wir beide gerne darüber reden, ob du weiterhin dort arbeiten kannst.“ Er lächelt mich süffisant an, während er seinen Blick anzüglich über meinen Körper gleiten lässt. Ich will nicht, dass er sieht, wie sehr er mich anwidert. Oder wie sehr mir diese Neuigkeit den Boden unter den Füßen wegreißt, daher drehe ich mich kommentarlos um und steige in

44

meinen Pick-up. Sein fieses Lachen verfolgt mich die gesamte Fahrt zurück zum *Melias.*

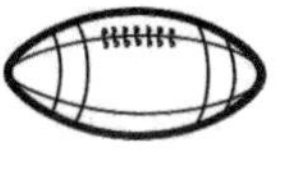

Wesley

Vielleicht war es Schicksal, dass mich Callum MacLeary, einer der Linebacker der *Pickers,* ziemlich übel erwischt hat. Sein Tackle war so hart, dass ich mir im letzten Viertel des Spiels gestern eine leichte Gehirnerschütterung zugezogen habe. Aber selbst bei leichten Verletzungen am Kopf kennt die Liga keine Gnade. Um das Risiko, an CTE zu erkranken, möglichst gering zu halten, ist man bei dieser Diagnose erst mal raus. In meinem Fall mindestens eine Woche, in der ich mich schonen muss. Allerdings werde ich, mit Wissen und Duldung des Head Coaches und des GMs das Notwendige mit dem Nützlichen verbinden und mir endlich das B&B ansehen, das Jill im Portfolio hat. Ich habe eine Woche und das sollte reichen, mir vor Ort ein Bild darüber zu machen, was auf mich zukommt, wenn ich das Objekt tatsächlich ersteigere. Von Seattle aus nehme ich die Fähre nach Bainbrigde Island und mit jeder Meile, die wir durch den Puget Sound schippern und die Skyline von Seattle langsam kleiner wird, fällt auch eine Last von mir ab. Eine Last, die mich in den letzten Wochen zunehmend nachdenklich und unsicher hat werden lassen, weil ich keine klare Vorstellung hatte, wie ich mein Leben nach meiner Karriere gestalten soll. Ich weiß nicht, ob es die

frische Seeluft oder das befreiende Gespräch mit
Meyers ist, das mich durchatmen lässt. Vielleicht ist es,
weil ich damit endgültig die Weichen in Richtung
Abschied gestellt habe. Ich habe ihm gestern, nach
meiner Diagnose, gesagt, dass ich darüber nachdenke,
meine aktive Karriere nach der Saison zu beenden. Er
hat es zwar mit Bedauern, aber auch mit Verständnis
zur Kenntnis genommen. Es kommt mir so vor, als
könne ich plötzlich leichter atmen, und das tue ich. Ich
sauge die salzige, feuchte Luft gierig in meine Lungen
und fühle mich... frei. Es fühlt sich ein bisschen nach
Urlaub an. Genau das, was ich gerade brauche. Die
Saison ist noch nicht alt und ich bin schon körperlich
ziemlich am Limit. Ein weiterer Beweis, dass ich
langsam an ein Ende meiner Karriere denken sollte. Im
Augenblick gibt es dazu noch genug Unruhe im Team,
weil wir einen neuen Owner haben und der räumt
gewaltig auf. Einen Physio und den Teamarzt hat er
bereits gefeuert, weil sie in eine unschöne Dopingsache
verwickelt sind, die dem Ansehen der Franchise und
auch unserem ehemaligen Wide Receiver, Dex Taylor,
sehr geschadet hat. Dex' Nachfolger, Tyler Edwards,
scheint, aus welchen Gründen auch immer, ebenfalls
auf seiner Abschussliste zu stehen, und so ist es nicht
verwunderlich, dass unser Coach und das gesamte
Team ganz erheblich unter Druck stehen. Irgendwie
stehen die Zeichen auf Neuanfang und ich weiß nicht,
ob ich noch ein Teil davon sein will. Natürlich liebe ich
Football, aber zehn aktive Jahre in der NFL sind mehr
als genug.
Als die Fähre anlegt und ich langsam mit meinem
Toyota Camry, den ich immer dann nehme, wenn ich

möglichst unauffällig bleiben möchte, über die Straße in Richtung Tolo fahre, verstärkt sich dieses Urlaubsgefühl in dem Maße, wie die Bebauung abnimmt. Gleichzeitig beginne ich zu ahnen, warum dieses *Melias* in den roten Zahlen steckt. Je weiter ich mich vom Highway in Richtung Tolo bewege, desto weniger hat die Gegend etwas von einem Touristenhotspot. Während das Leben rund um den Fähranleger pulsiert, wird es hier immer einsamer. Laut Navi bin ich fast angekommen und tatsächlich scheint sich der Wald weiter vorne zu lichten. Dahinter schimmert es blau und als ich schließlich die letzte Kurve nehme... wow! Der Ausblick der sich mir bietet, raubt mir den Atem. Direkt hinter den Bäumen glitzert tiefblaues Wasser, in dem sich die Sonne in tausend kleinen Lichtern bricht. Davor erstreckt sich ein breiter Strand, der auf dem Exposé viel kleiner wirkte. Stattdessen ist der Anblick spektakulär. Vielleicht wurde der Strand als Verkaufsargument vernachlässigt, weil der Fokus eher auf dem B&B und damit auf dem Gebäude liegt. Die Bilder des Exposés haben allerdings nicht im mindesten den Zauber dieses Ortes eingefangen. Das einzige, das diesen phänomenalen Ausblick stört, ist... ein ziemlich heruntergekommenes Haus mit hellblauem Anstrich und weißen Fensterrahmen. Das hellgraue Dach schient, wie das gesamte Gebäude, schon bessere Zeiten gesehen zu haben. Die sind aber leider bestimmt schon fünfzig Jahren her. Als ich näher herangehe, kann ich deutlich erkennen, dass der Putz teilweise abblättert, ebenso wie die weiße Farbe an den Fensterrahmen. An dem ziemlich heruntergekommenen Eindruck können auch die liebevoll bepflanzten Blumenkästen nichts ändern.

Die Optik ist leider nicht das einzige, was den friedlichen Eindruck dieses Ortes stört. Lautes metallisches Knirschen, gefolgt von einem noch lauteren Fluch, stören die Ruhe und ich folge dem Lärm um das Haus herum. Zuerst sehe ich nur einen halb verfallenen Carport, unter dessen Dach ein alter, staubiger Pick-up steht. Seine ursprüngliche Farbe könnte ein mattes Olivgrün gewesen sein, vielleicht aber auch...

„Nicht jetzt, Meister Yoda! Die Macht mag mit dir sein, aber ich bin trotzdem diejenige, die dich mit Benzin füttert! Und gestorben wird erst in 880 Jahren hast du mich verstanden!", keift eine weibliche Stimme und ich suche automatisch nach der Person, zu der die Stimme gehört. Sie klingt so angepisst und der Vergleich mit dem Altmeister aus Starwars ist so... eigenwillig, dass ich nicht anders kann als zu lachen.

Auf den Anblick, der sich mir bietet, als die Frau, zu der die Stimme offenbar gehört, hinter den Pick-up auftaucht, bin ich allerdings nicht vorbereitet. Ein ölverschmiertes weibliches Wesen in einem Jeansoverall, mit einem haarsträubend unordentlichen Knoten auf dem Kopf, schiebt sich in mein Blickfeld. Die Hände in die Hüften gestemmt, kommt sie auf mich zu. Unförmige Boots treten den traurig verdorrten Rasen platt, der ebenso nach Aufmerksamkeit lechzt wie das gesamte Anwesen. Das Gesicht der jungen Frau ist mit schwarzen Schlieren übersät, so dass ihre blitzenden Augen noch mehr hervorstechen. Sie sieht aus wie die Reinkarnation von... von...

„Was gibt es da zu lachen?! Hat Ihnen niemand gesagt, dass es unhöflich ist, sich über jemanden lustig zu machen, der offenbar gerade einen Disput mit seinem Auto hat, weil es entgegen aller Fürsorge und Pflege beschlossen hat, sein zwanzigjähriges Dasein zu beenden?" Sie sieht so aufgebracht aus, dass ich mir ein weiteres Lachen verbeißen muss. Humor hat sie jedenfalls. Und schlagfertig ist sie auch.

„Was machen Sie hier überhaupt? Ich meine, außer sich offenbar darüber zu amüsieren, dass Meister Yoda ganz plötzlich beschlossen hat, meinen ohnehin schon unzähligen Problemen ein weiteres hinzuzufügen, indem er einfach an Altersschwäche stirbt? Ich meine, jeder weiß doch, dass er 900 Jahre alt wird, also noch viele viele Jahre vor sich hat." Sie schnaubt und sieht mich herausfordernd an.

„Nun ja, vielleicht liegt es daran, dass Ihr Meister Yoda ein altes Auto und kein unsterblicher Jedi ist?" Ich versuche, möglichst ernst zu bleiben, denn ihr Anblick reizt meine Lachmuskeln. In der übergroßen Latzhose und dem ebenso unförmigen Shirt sieht sie aus wie ein Michelinmännchen im Sommer. Sie ist nur nicht so strahlend weiß. Sondern von den Haarspitzen bis hin zu den Boots mit schwarzen Motoröl verschmiert. Wieder muss ich ein Lachen unterdrücken. Ich weiß selbst nicht, wo das herkommt, aber ihr Anblick bohrt sich wie ein... Splitter in meine Augen. Sie schnaubt.

„Ach, und das wissen Sie so genau, weil...", ätzt sie, hält aber plötzlich inne, als ihr Blick auf meinen gepflegten dunkelblauen, neuen!, Toyota Camry fällt. Ich verschränke die Arme vor der Brust und genieße, wie sie das Ende ihres Satzes verschluckt und trotzig das Kinn hebt.

„...Sie sich mit alten Autos und Jedis auskennen? Sieht mir nicht so aus.“ Mit dem Kinn nickt sie in Richtung meines Toyotas. Dann schnauft sie wenig damenhaft und schüttelt genervt den Kopf.

„Warum diskutiere ich das überhaupt mit Ihnen? Sind Sie im Auftrag von George Lucas hier und auf der Suche nach einem neuen Meister Yoda für eine Neuauflage von Star Wars? Spoiler: Sie haben recht, mein Meister Yoda ist nur ein altes Auto, also kommt er dafür nicht infrage.“ Sie mustert mich abfällig.

„Oder haben Sie sich einfach nur verfahren? Oder kommen Sie im Auftrag der Bank um...“ Sie verstummt, beißt sich auf die Zunge und verschränkt die Arme abwehrend vor ihrer Brust.

„Nein, man hat mir gesagt, dass ich hier ein Zimmer bekommen könnte.“ *Was zur Hölle!!* Diese Gehirnerschütterung ist offenbar heftiger als gedacht. Ich will nicht in dieser Bruchbude übernachten, ich will... wollte doch in Bainbridge in dieses exklusive Resort einchecken?!

„Ein Zimmer?“, fragt sie misstrauisch und beäugt mich, als hätte ich sie nach der PIN ihres Handys gefragt. Oder der Geheimzahl ihrer Kreditkarte.

„Na ja, das hier ist doch ein... B&B?“ *Bleib cool, Wes. Vielleicht ist es ja gar nicht so schlimm, wie es von außen aussieht. Und vielleicht ist es sogar von Vorteil, hier zu übernachten, weil du dann... weil du...*

Okay, wenn ich ehrlich bin, dann reizt mich nichts daran, auch nur einen Fuß in dieses Haus zu setzen. Außer vielleicht diese hübsche kleine Furie, die sich so absurd anders verhält, als ich es von Frauen gewohnt bin. Ich gehe nie auf irgendwelche Avancen von Frauen ein, die mich offensichtlich anflirten, aber dass eine so ablehnend und unfreundlich auf mich reagiert, kommt auch nicht alle Tage vor.

„Ja, das hier ist ein B&B, aber Sie sehen nicht so aus, als ob Sie ausgerechnet hier einchecken wollen." In ihre hübschen, grünen Augen tritt ein misstrauischer, abschätzender Ausdruck.

„Ich sehe nicht so aus, als ob..." Verdutzt sehe ich an mir herunter. Shirt, Hose, Schuhe. Was gibt es daran zu bemängeln?

„Ich will Ihnen ja nicht zu nahe treten, aber Sie sehen nach ziemlich viel Geld aus." Sie deutet auf das Logo meines Shirts, dann auf meine Uhr und die teuren Sneaker. „Und deswegen frage ich mich, was Sie ausgerechnet hierhin führt. In Bainbridge Island gibt es ein paar Hotels, die sicherlich eher..."

„Sie machen Werbung für andere Hotels, anstatt mir ein Zimmer anzubieten?" Verblüfft und auch ein bisschen verärgert unterbreche ich sie. Kein Wunder, dass sie in finanzielle Schieflage geraten ist.

„Nein, ich möchte nur nicht, dass Sie sich hinterher darüber beschweren, dass es hier keine Sauna, keinen Wellnessbereich und keinen Fitnessraum oder was sonst noch in diesen Häusern angeboten wird, gibt."

„Okay." Ich drehe mich um und gehe zu meinem Auto. Das hier ist eine ganz schlechte Idee. Und eigentlich will ich ja hier auch gar nicht...

„Warten Sie bitte. So habe ich das nicht gemeint, es ist nur...", höre ich ihre Stimme und sie klingt resigniert und auch ein wenig entschuldigend. Ich drehe mich um und sehe, wie sie verlegen auf ihre Füße starrt. Dann hebt sie ihren Kopf und sieht mich an. Die vielen

schwarzen Flecken und Schlieren in ihrem Gesicht
verbergen nur unzureichend, dass sie darunter rot wird.
„Es ist nicht so, dass ich... also ich meine, wenn Sie
wirklich hier übernachten möchten, dann möchte ich,
dass Sie wissen, worauf Sie sich einlassen. Das Haus
ist alt und...“ Verlegen zieht sie mit ihren Boots Kreise
auf den verdorrten Rasen. Sie seufzt, streicht sich mit
dem Handrücken über die Stirn und verschmiert das Öl
dadurch nur noch mehr. Dann wischt sie sich die
Handflächen an ihrer Hose ab und hält mir ihre Hand
hin. Immer noch schwarz, jetzt nur großflächiger
verteilt. Nach kurzem Zögern ergreife ich ihre Hand,
lasse sie aber sofort wieder los. Das muss an
Höflichkeit reichen.
„Entschuldigen Sie bitte! Aber ich bin völlig durch den
Wind. Dass jetzt auch noch mein Auto den Geist
aufgibt, kann ich wirklich nicht gebrauchen. Ich...“ Sie
unterbricht sich erneut.
„Nein, das ist nicht das, was ich eigentlich sagen
wollte. Herzlich Willkommen im *Melias,* wenn Sie
immer noch hier wohnen wollen. Das gerade eben
war... unprofessionell und ich würde mich freuen, wenn
Sie die letzten zehn Minuten einfach vergessen könnten
und... nun...“ Sie wedelt unangenehm berührt zwischen
mir und sich hin und her.
„Also, es wäre nett, wenn wir in zwei Minuten nochmal
von vorne anfangen könnten, wenn ich mich kurz frisch
gemacht habe!“ Damit stapft sie an mir vorbei und lässt
mich einfach stehen. Ich höre sie noch murmeln:
„Nicht dein Ernst, Mel. Du bist so... so... dämlich!“,
dann ist sie über die Holzterrasse im Haus
verschwunden.

Melody

Oh mein Gott!

In dem Bewusstsein, dass ich mich gerade nicht nur blamiert, sondern auch den einzigen zahlenden Gast der letzten Wochen angeblafft habe, ziehe ich mich in Windeseile um. Saubere Jeans, sauberes Shirt, kurz durch die Haare kämmen und das Vogelnest in eine etwas ansehnlichere Form bringen. Und Hände waschen. Und... arghh... das Gesicht waschen! Wie habe ich es nur geschafft, dass das Motoröl, das ich Meiser Yoda wie eine lebensrettende Bluttransfusion eingeflößt habe, in dieser Menge in meinem Gesicht gelandet ist? In dem großzügig verteilten Schwarz leuchten meine Augen geradezu wie die eines Opossums bei Nacht.

Oh. Mein. Gott! Dieser Mann muss denken, ich sei irgendeine vollkommen gestörte Irre, die die eigentliche Besitzerin in den Keller - den ich hier gar nicht habe, aber das weiß er ja nicht! - gesperrt und ihre Identität geklaut hat.

Ein letzter Blick in den Spiegel. Geht so. Mehr kann ich in der Kürze der Zeit nicht machen, sage ich mir, denn diesen attraktiven Mann noch länger warten zu lassen, kann ich mir nach diesem Auftritt gerade nicht leisten. Attraktiv? Nein, Mel, nicht diese Richtung. Er ist ein Gast. Also noch nicht, aber gleich wird er es sein. Warum auch immer er das will. Vielleicht ist er ein gesuchter Millionendieb oder ein Betrüger und muss sich für ein paar Tage irgendwo verstecken? Das hätte mit gerade noch gefehlt!

Ich winke ihm von der Tür zu und er tritt ein. Tatsächlich muss er sich ein wenig bücken, weil er so groß ist. Beeindruckend groß und... *Mel!!!*

„Ja dann. Also, ich bin Melody Davis und ich heiße Sie im *Melias* herzlich willkommen." Ich strecke ihm meine inzwischen halbwegs saubere Hand erneut entgegen. Er ergreift sie mit nur schlecht unterdrückter Belustigung und sagt: „Angenehm, Wesley Milford, aber nennen Sie mich doch Wesley. Ich habe das Gefühl, Sie schon ziemlich gut zu kennen, also wäre es nur passend, wenn ich Sie auch Melody nennen dürfte?" Warum nur habe ich das Gefühl, dass er sich über mich lustig macht? Und mich vielleicht etwas lauernd ansieht, als er seinen Namen nennt? Sollte, müsste ich ihn kennen? Gibt es bereits einen öffentlichen Strafbefehl gegen ihn? Mit einem Steckbrief?

Ich mustere ihn heimlich, aber ich bin mir sicher, dass ich ihn nicht kenne. Ich würde mich daran erinnern, wenn ich einen Mann wie ihn schon mal irgendwo gesehen hätte! Also lächele ich seinen misstrauisch reservierten Blick einfach weg, weil es mein Mantra ist, mich bis zur letzten Sekunde, die ich noch Eigentümerin des *Melias* bin, professionell und freundlich zu verhalten. Dass das nicht immer klappt, habe ich vorhin bewiesen, aber da hat er mich auf dem falschen Fuß erwischt. Das wird sich nicht wiederholen. Der Gast ist König, und wenn er mich Melody nennen möchte, soll er das tun.

„Gerne." Lächeln. Professionell sein. Freundlich sein. Mein Mantra. „Wie lange möchten Sie denn bleiben?"
„Äh... eine Woche?" Er sieht selbst nicht überzeugt aus. Eher so, als würde er sich fragen, was zum Teufel er hier gerade macht.
„Eine *Woche*?!" Ich klinge ungläubig, fast spöttisch, weswegen ich mir in Gedanken ärgerlich vor die Stirn schlage. Schnell räuspere ich mich. Professionalität, Mel. Er will eine Woche, er kriegt eine Woche!
„Gerne. Würden Sie das dann hier bitte ausfüllen?" Ich lege ihm den Anmeldebogen hin und habe endlich Zeit, ihn genauer zu betrachten. Er ist älter als ich, aber nicht so viel, vielleicht fünf, sechs Jahre. Sein dunkles Haar trägt er an den Seiten kürzer, das Deckhaar fällt ihm wild verwuschelt in die Stirn. Sein dunkler Bartschatten verrät, dass er sich zumindest heute noch nicht rasiert hat, und seine Augen passen sich seinem düsteren Erscheinungsbild an. Sie könnten dunkelbraun sein. Oder auch schwarz, falls es das gibt. Was mich aber vollkommen irritiert und nicht zu seinem verwegenen Äußeren passt, ist das brav wirkende Poloshirt in... pink! Ich meine, welcher Mann trägt schon ein Shirt in dieser Farbe? Und an welchem Mann sähe das nicht... unmännlich aus? *An ihm*!, schreit meine eingerostete Libido und erinnert mich mit einem Prickeln, das durch meinen Körper rauscht, daran, dass ich viel zu lange... nun ja. Mein Ex hat auch oft Polos getragen, aber an ihm sahen sie immer spießig aus. Langweilig. An diesem Wesley jedoch sieht selbst das Pink atemberaubend männlich aus. An diesem athletischen Körper, mit den vielen Muskeln und... und... mein Mund wird trocken und ich muss mich räuspern. Professionell bleiben, Mel!

„Dann zeige ich Ihnen mal Ihr Zimmer." Verlegen, weil
ich ihn so angestarrt habe und mir sein amüsiertes
Grinsen verrät, dass ihm das nicht entgangen ist, nehme
ich den Anmeldebogen und lege ihn neben meinen PC.
Ich werde die Daten später in mein Buchungsprogramm
übertragen. Wesley hat die Arme auf der Rezeption
abgestützt und beobachtet mich interessiert. Was sich
so professionell anhört ist ein einfacher, weißer Tresen,
auf dem ein paar Prospekte liegen, die auf die
Ausflugsmöglichkeiten hier auf Bainbridge Island
hinweisen, und hinter dem verborgen mein PC steht,
mit dem ich die - nicht existenten - Buchungen
verwalte. Die Schlüssel für die sechs Gästezimmer
hängen an einem Bord hinter der Theke, und da keiner
fehlt, ist es nicht schwer zu erraten, dass keines der
Zimmer derzeit belegt ist. Wie kleine, hämische
Kobolde hängen sie da, jeder mit einem hübschen,
geschnitzten Holzanhänger, in den die Zahlen eins bis
sechs eingebrannt sind, und erinnern mich mit ihrer
bloßen Existenz an mein Versagen, das B&B
erfolgreich zu führen. Statt an dem Brett sollten sie in
den Taschen von Urlaubern ihr Dasein fristen und ihnen
nach einem erlebnisreichen Tag die Tür zu ihrem
behaglichen Zimmer... Mel, krieg dich ein! Ich räuspere
diese Fantasien weg
„Sie bekommen die Drei, Wesley. Die Aussicht ist...",
sage ich, während ich nach dem passenden Schlüssel
greife, doch er schüttelt den Kopf.
„Kann ich bitte die Vier haben? Das ist meine
Glückszahl", lächelt er mich dermaßen unschuldig an,
dass selbst ein Blinder erkennen könnte dass er mich
nur provozieren will. Die Vier ist seine Glückszahl?!

Wie bescheiden! Nun, meine ist Zweihunderttausend, dann wäre das *Melias* gerettet!

Ich zucke nur einlenkend mit den Schultern, hänge den Schlüssel zurück und greife stattdessen nach dem mit der Vier. Ich hatte das schönste Zimmer für ihn vorgesehen, mit einer atemberaubenden Aussicht auf das Wasser... Aber nun ja, wenn er meint. Dann soll er sich eben ein paar dürre Kiefern ansehen, statt auf das Wasser und den Strand zu blicken, wenn er aus dem Fenster der Vier blickt. Und wenn er mich damit ärgern will... sein Problem.

„Wie Sie wünschen." Er nickt zufrieden und folgt mir den Gang hinunter.

„So, bitte, das ist Ihr Reich für die nächste Woche."
Falls du es hier überhaupt so lange aushältst! Ich deute in das Zimmer, das mit einem einfachem Bett, einem kleinen Tisch und einem eintürigen Schrank ausgestattet ist. In der Ecke steht ein kleiner Kühlschrank, in dem immer eine Flasche Saft und ein Wasser liegen, die ich allerdings meistens selbst trinken muss, da das Verfalldatum erreicht ist, bevor ein Gast das Zimmer auch nur betreten hat. Eine Kaffeemaschine auf dem Tischchen, neben der eine Schale mit Kaffeekapseln und zwei Tassen stehen, komplettiert die Ausstattung des Wohnraumes. Die Tür zum Bad ist angelehnt und ich weiß, dass dahinter eine kleine Dusche, ein WC und ein Waschtisch auf ihn warten. In bahamabeige. Immerhin nicht in ochsenblut. Klein, aber sauber. Wesley wirkt in diesem Zimmer allerdings so fehl am Platz wie ein Panther in einem Kaninchenstall. Oder wie Goliath im Land der Liliputaner. Er muss den Kopf unter dem Türrahmen einziehen, und in das eigentlich große Doppelbett wird

er sich wohl quer reinlegen müssen. Er ist bestimmt knapp zwei Meter groß und nicht gerade schmal. Er sieht sich um, seufzt und nickt dann schließlich. Nicht unbedingt enthusiastisch, aber auch nicht entsetzt. Er wirkt eher wie jemand, der sein Schicksal akzeptiert hat? Unsinn, Mel. Diese Zimmer sind kein Schicksal. Sie sind einfach nur... einfach. Und renovierungsbedürftig.

„Gibt es hier in der Nähe ein Restaurant, in dem ich zu Abend essen kann?“, fragt er mit einem leicht resignierten Unterton in der Stimme, während er das Zimmer weiterhin mit kritischem Blick mustert. Und das macht mich wütend. Ich weiß, das sollte es nicht, ich sollte die Blicke, mit denen manche Gäste das Interieur mustern, nicht persönlich nehmen, aber das tue ich. Das *Melias* ist nicht schäbig, nur... Was hat er denn geglaubt, was hier auf ihn wartet?! Zu dem Preis? Goldene Wasserhähne und eine Regenwalddusche mit Dampfsauna?!

„Hier in Tolo nicht, aber in Bainbridge gibt es mehrere, die ich empfehlen kann. Zum Beispiel...“ Ich bemühe mich, meinen Ärger aus meiner Stimme herauszuhalten und weiterhin freundlich und professionell zu sein.

„Danke, aber ich finde mich dann schon zurecht“, unterbricht er mich und ich blinzele irritiert. Ich wollte nur freundlich sein, aber es scheint so, als habe er mit dem Lachen vorhin sein Pensum für Freundlichkeit für heute erschöpft. Sein Lachen über mich, wohlgemerkt!

„Brauchen Sie noch sonst noch etwas, Wesley?“ Ich muss mich wirklich bemühen, weiterhin ruhig und freundlich zu bleiben, obwohl ich innerlich mit den Zähnen knirsche. Falls das geht.

„Nein." Damit nickt er mir zu und geht an mir vorbei.
„Ich hole dann mal meine Tasche. Ab wann kann ich
morgen frühstücken?"
„Wann Sie möchten."
„Gut." Er überlegt, dann zuckt ein kleines, diabolisches
Grinsen um seine Mundwinkeln.
„Dann um 5.30 Uhr? Ich bin ein Frühaufsteher." Er
lächelt mich so unschuldig an, dass ich meine Hände
kurz an meinen Seiten zu Fäusten balle. Bleib ruhig,
Mel.
„Aber sehr gerne, Wesley!" *Arschloch.* Meine Schicht
im *Fish & Ships* geht bis um 22 Uhr, und weil Meister
Yoda heute offenbar seine verbleibenden 880 Jahre
abgelebt hat, werde ich mit dem Fahrrad zur Arbeit
fahren müssen. Es sind zwar nur knapp 7 Meilen, aber
da der Weg uneben und es zudem dunkel ist, muss ich
langsam fahren, weil die kleine Lampe an meinem
Fahrrad nur unzureichend den Weg erhellt.
Straßenlaternen gibt es den Weg entlang nicht, deshalb
hat man Dad vielleicht nicht.... ein scharfer Stich fährt
mir ins Herz und ich schlucke schnell den Kloß
hinunter, der sich wie immer, wenn ich an ihn und das,
was ihm passiert ist, denke, in meiner Kehle bildet. Ich
werde also nicht vor Mitternacht im Bett sein. Und da
ich mich gestern schon mit Amy nach meiner Schicht
verquatscht habe, und mir deswegen ein paar Stunden
Schlaf fehlen, wäre ich froh gewesen, wenn ich mal bis
sieben Uhr hätte schlafen können. Aber nein, mit Mr.
Wesley Milford ist ausgerechnet ein Frühaufsteher
mein Gast. Aber die Blöße gebe ich mir nicht. Wenn er
um 5.30 frühstücken will, werde ich ihm pünktlich
eines servieren.

„Gut, dann wünsche ich Ihnen einen schönen Abend." Ich will schon an ihm vorbeigehen, da hält mich seine Stimme zurück.

„Äh, Melody, was ist denn, wenn ich noch Fragen habe? Oder den Schlüssel verliere? Kann ich Sie dann irgendwie erreichen?" *Nein! Wenn du noch Fragen hast, ruf die Auskunft an, und wenn du den Schlüssel verlierst, schlaf im Wald, Arschloch!* Ich seufze innerlich, weil ich langsam glaube, dass dieser Wesley eine ganz besondere Prüfung des Himmels ist. Oder vielleicht schickt ihn auch die Hölle, weil er denen da unten auf den Sack geht und sie mal eine kurze Pause brauchen und ihn für eine Woche zu mir schicken. Und ich frage mich zum ersten Mal, warum ich mir das noch antue. Immerhin wird seine Buchung hier mich nicht retten. Vielleicht sollte ich...

„Ich gebe Ihnen selbstverständlich gerne meine Nummer, nur für den Fall, dass Sie diesen altmodischen, großen Schlüssel mit dem sehr unhandlichen Holzanhänger tatsächlich verlieren, was allerdings noch kein Gast vor Ihnen geschafft hat!" Irgendwann ist es genug! Auch ich habe meine Grenzen! Das Lächeln, das ich auf mein Gesicht tackere, macht dem von *Joker* bestimmt alle Ehre.

„Ich rufe Sie kurz an, dann haben Sie auch meine Nummer." Er klingt tatsächlich unbeeindruckt, als ob er die Spannung zwischen uns nicht bemerken würde. Fast... nett und freundlich. Er will schon tippen, da lege ich ihm meine Hand auf den Arm.

„Danke, nicht nötig. Ich kann mir wirklich keine Situation vorstellen, in der ich *Ihre* Nummer oder *Ihre* Hilfe benötigen könnte, Wesley, denn ich habe noch nie

meinen Schlüssel für das *Melias* verloren, und sollte
das wirklich mal passieren, dann weiß *ich* ja, wo der
Ersatzschlüssel liegt." Ich lächele ihn mit unschuldiger
Miene und so süß, wie es meine Wut zulässt, an.
Morgen bin ich dann wieder professionell!

Wesley

Die Kleine hat wirklich Nerven! Ich bin ein Gast. Ein
zahlender Gast, der bereits jetzt schon, bevor er
überhaupt eines der altbackenen Zimmer gesehen hat,
die es hier sehr wahrscheinlich geben wird, sehnsüchtig
an die luxuriösen Suiten denkt, die er im *Bainbridge
Resort* hätte haben können. Allein die Tatsache, dass
ich hier und nicht dort bin, sollte ihr ein Anliegen sein,
mir freundlich und zuvorkommend zu begegnen. Sie
sollte wenigstens versuchen, den ersten Eindruck von
dieser etwas heruntergekommenen Location mit
Freundlichkeit abzumildern! Stattdessen versprüht sie
eine unterschwellige Aggressivität und Ablehnung, als
wäre ich unverschämt und würde sie gerade bei etwas
sehr Wichtigem stören. Wie zum Beispiel der Reparatur
dieses alten Pick-ups. Und das hat mich so genervt,
dass ich mich habe dazu verleiten lassen, ein Arschloch
zu sein, indem ich ein anderes Zimmer gefordert und
eine sehr herausfordernde Frühstückszeit vorgegeben
habe. Diese Frau reizt mich mit ihrem frechen
Mundwerk förmlich dazu, sie aus der Reserve zu
locken. Warum auch immer. Ja, meine Stichelei war

vielleicht etwas drüber, immerhin habe ich gesehen,
dass es ihr schwer fiel, ihre freundliche Fassade
aufrecht zu erhalten, aber etwas an dieser Frau bringt
mich dazu, mich wie ein ungehobelter, unfreundlicher
Klotz zu verhalten. Dazu gehört auch, dass ich morgen
gar nicht vorhabe schon um 5.30 Uhr zu frühstücken.
Ich bin an freien Tagen nämlich, entgegen meiner
Aussage, alles andere als ein Morgenmensch.
Wahrscheinlich ist das ein neuer Arschlochtiefpunkt in
meinem Leben - und irgendwie tut es mir jetzt auch
schon leid, sie derart provoziert zu haben -, aber
trotzdem sollte sie sich professioneller mit meinen
Anliegen beschäftigen. Sie hat äußerst routiniert auf
meinen spontanen Wunsch reagiert, ein anderes
Zimmer beziehen zu wollen, und ich wollte schon fast
glauben, dass die mangelnde Auslastung jedenfalls
nicht auf unfreundlichem oder unflexiblem Umgang
mit Gästewünschen beruht, aber jetzt bin ich mir da
nicht mehr so sicher. Die kleine Mistbiene war ziemlich
angepisst, als ich ihre Handynummer haben wollte,
dabei wollte ich doch nur... ja, was wollte ich nur? Wir
sind hier nicht im Dschungel und eigentlich gibt es
kaum etwas, das ich von ihr wollen könnte, jedenfalls
nichts, wozu ich ihre Nummer benötigen würde, aber...
Ich brauche sie, weil ich... sie eben brauche, zum
Beispiel, wenn ich das *Melias* kaufe. Ja, deswegen.
Und ganz bestimmt nicht, weil ich diese Frau irgendwie
ganz... unterhaltsam und irritierenderweise attraktiv
finde. Es ist erfrischend, mal nicht von Leuten
umgeben zu sein, die mir in den Arsch kriechen.
Außerdem ist sie niedlich, wenn sie wütend ihre Nase
kraust und ihre Augen glühen wie funkelnde Turmaline.

Aber ihre Nummer brauche ich wirklich nur, weil wir über viele Dinge reden müssen, wenn ich dieses B&B hier wirklich kaufe. Über so Dinge wie... Dinge eben. Ich stelle die Tasche im Zimmer ab und sehe mich erst mal gründlich um. Vorhin, als sie neben mir stand, konnte ich nur einen flüchtigen Blick riskieren, aber eigentlich hat der schon gereicht.

Die Betten sind frisch bezogen und es ist sauber. Das ist aber schon alles, was man an positiven Dingen hervorheben kann. Die Möbel haben ihre beste Zeit hinter sich, wie übrigens das gesamte Gebäude, und man sieht, dass es hier einen heftigen Investitionsstau gibt. Die Kaffeemaschine ist ein nettes Accessoire, aber ich denke, wenn die Kleine einen Besuch vom Gesundheitsamt bekommt, wird sie feststellen, dass es eine Bazillenschleuder ist, jedenfalls wenn sich nur ganz sporadisch mal ein Gast Kaffee macht und sie danach nicht jedes Mal professionell gereinigt wird. Und auch dieser kleine, stromfressende Minikühlschrank ist mehr als unwirtschaftlich. Bei einer Zimmeranzahl von sechs wäre es wirtschaftlicher, einfach einen großen im Foyer aufzustellen, aus dem sich die Gäste bedienen können. Und selbstverständlich bezahlen müssen, auch wenn das Wasser und der Saft, wie ich nach einem Blick hinein feststelle, eine nette Geste sind. Aber eben eine, die sich ein finanziell angeschlagenes Unternehmen wie dieses B&B nicht leisten kann, wenn es ums Überleben kämpft. Ich kenne kein Hotel, das sich die Nutzung der Minibar nicht fürstlich entlohnen ließe. Und selbst meine Mom hat das so gehandhabt, als wir noch unser B&B hatten. Ich habe schon früh gelernt, auf solche Kleinigkeiten zu achten, immerhin wäre es eine Option gewesen, mal

das B&B meiner Eltern zu übernehmen. Dass dann alles anders gekommen ist, ändert nichts daran, dass ich nicht doch einen gewissen Einblick in das Führen eines B&Bs bekommen habe. Aber das sind alles Überlegungen, die ich gar nicht anstellen sollte. Dieses Haus hier kann so oder so nicht stehen bleiben, ob mit oder ohne Kühlschrank und Kaffeemaschine. Zu marode, zu gefährlich für die Kinder. Dabei bin ich mir noch gar nicht sicher, ob ich das *Melias* wirklich kaufen will. Ich habe mir von Jill noch zwei weitere Immobilien raussuchen lassen, die hier auf Bainbridge Island zum Verkauf stehen. Und sie hat auch noch ein paar geeignete Objekte am Lake Whatcom...
Aber nein, was mache ich mir vor?! Eigentlich ich bin mir sicher. Ich brauche mir keine anderen Objekte anzusehen. Seit ich aus dem Auto gestiegen bin und diesen unglaublichen Blick auf das Wasser gesehen habe, oder vielleicht schon, seit ich das Bild von Tommy und seiner Mom genau hier an diesem Strand, gesehen habe, bin ich mir sicher. Ich will das Grundstück. Bei dem B&B habe ich da aber noch so meine Zweifel.
Gut gelaunt, weil ich diese Entscheidung getroffen habe, steige ich in mein Auto und mache mich auf den Weg nach Bainbridge. Ich werde dort etwas essen und hoffen, dass ich nicht sofort erkannt werde. Immerhin bin ich offiziell mit einer Gehirnerschütterung für ein Spiel gesperrt, und wenn mich hier jemand erkennt, gibt das bestimmt wieder einen Shitstorm. Auch etwas, das mich an meinem viel zu öffentlichen Leben stört. Jeder hat eine Meinung zu allem. Ich hasse das.

Es ist gar nicht so einfach, einen Parkplatz zu bekommen, was mich daran erinnert, dass die Insel durchaus touristisch erschlossen ist. Nur vielleicht nicht Tolo, weswegen es erst recht geeignet ist, erholungsbedürftige Kinder dort unterzubringen. Wenn es nicht reicht, das *Melias* einfach nur zu modernisieren und vielleicht anzubauen, lasse ich es abreißen und ein neues, größeres Haus bauen. Ja, vielleicht sollte ich wirklich größer denken. Das Grundstück ist schließlich weitläufig genug.

Ich bleibe abrupt stehen, weil mir ein verführerischer Geruch nach frisch gebratenem Fisch in die Nase steigt und entscheide spontan, in das Lokal zu gehen, vor dem ich mich befinde. *Fish & Ships.* Nicht sehr originell. Hoffentlich kochen sie besser als sie Marketing betreiben. Im Inneren ist es überraschend gemütlich. Es gibt nur etwa ein Dutzend Tische, die mit blau-karierten Tischdecken gedeckt sind. Fast alle Tische sind besetzt, aber ziemlich weit hinten ist noch einer frei. Kurz nachdem ich mich gesetzt habe, kommt eine Kellnerin auf mich zu und... ich stutze. Ich kenne sie. Das ist doch Melody?! Sie stutzt ebenfalls, hat sich aber sofort wieder im Griff und setzt ein neutrales Lächeln auf.

„Guten Abend, Wesley." Sie legt eine Karte vor mir auf den Tisch, zieht ein PDA aus ihrer Bauchtasche und nickt mir zu.

„Was machen Sie denn hier?", rutscht es mir heraus, obwohl es mehr als offensichtlich ist, dass sie hier kellnert.

„Ich weiß nicht, welche Schlüsse Sie daraus ziehen, dass ich hier mit einem PDA", sie wedelt mit dem kleinen Bestellcomputer, der sehr an einen Scanner erinnert, vor mir herum, „vor Ihnen stehe, und darauf warte, dass Sie etwas zu essen bestellen, aber es könnte etwas damit zu tun haben, dass ich hier *arbeite!*", fährt sie mich genervt an. Dann beißt sie sich ertappt auf die Unterlippe, weil sie bemerkt, dass sie sich im Ton vergriffen hat. Sie räuspert sich leise und strafft die Schultern.

„Ich kann heute besonders das Kabeljaufilet mit Oliveneis und Fenchelpüree empfehlen. Oder auch den Red Snapper mit grüner Mojo", zählt sie mit geschäftsmäßig neutraler Stimme auf. Abwartend sieht sie mich an.

„Ich nehme den Kabeljau mit dem Olivenreis." Ganz kurz verdreht sie die Augen und schüttelt sichtbar genervt den Kopf, so, als hätte ich gerade einen Tigerkopf auf Eis bestellt.

„Oh, in diesem Fall müsste ich erst fragen, ob Josh, das ist unser Koch, den Oliven*reis* noch bis Schichtende zubereiten kann."

Irritiert sehe ich sie an.

„Sie sagten doch: Kabeljau mit Olivenreis. Also werden Sie den doch vorrätig haben?"

„Nein, ich sagte Oliven*EIS*! Also entweder habe ich eine R-Schwäche in der Aussprache, oder Sie haben nicht genau hingehört." Wieder schenkt sie mir ein zuckersüßes Lächeln, das leider so falsch ist wie ein blauer Dollarschein.

„Oder Ihre Synapsen können Oliven und Eis nicht in einen sinnvollen Zusammenhang bringen, weswegen Sie das nicht vorhandene R einfach so dazu hören. Aber keine Angst, das *Fish & Ships* ist der perfekte Ort, um neue Dinge zu lernen und die Sinne zu schärfen", fügt sie bissig hinzu. So langsam verliere ich die

Geduld mit dieser Person. Wenn Unprofessionalität und Renitenz einen Namen hätten, hießen sie Melody! Sie schießt mit scharfen Worten und überheblicher Arroganz auf mich wie eine verdammte Cowboylady mit ihrer Winchester! Ihr verdammt loses Mundwerk geht mir gehörig auf den Wecker. Und schon tut es mir nicht mehr leid, dass sie morgen leider um 5.30 Uhr vergeblich darauf warten wird, dass ich zum Frühstück erscheine! Stattdessen werde ich hier in Bainbridge frühstücken. So um 10 oder 11 Uhr. Nachdem ich ausgeschlafen habe!

„Ich nehme dann also das Oliven*EIS* mit dem Kabeljau. Und ein Bud Light", versuche ich, meine Stimme ruhig und entspannt zu halten. „Ach, und wenn Sie ein R finden, setzen Sie es ruhig mit auf die Rechnung!", füge ich mit einem ebenso falschen Lächeln, wie sie es auf ihrem Lippen trägt, hinzu. Ihre linke Augenbraue hebt sich und sie öffnet ihre hübschen Lippen, aber wenn sie etwas hatte sagen wollen, schluckt sie es tapfer hinunter. Sie tippt ohne einen weiteren Kommentar meine Bestellung in ihr PDA und verschwindet im hinteren Teil des Restaurants.

Gott sei Dank hält sie beim Servieren den Mund und ich bin tatsächlich überrascht, als ich dieses Oliveneis probiere. Ich schmecke außer den Oliven noch Ziegenfrischkäse und einen leicht sauren, zitronigen Unterton. Interessant. Tatsächlich habe ich so was noch nie gegessen. Auch der Kabeljau und das Fenchelpüree sind vorzüglich. Essen kann man im *Fish & Ships* wirklich hervorragend, nur das Personal lässt zu wünschen übrig!

Trotzdem muss ich grinsen, als ich auf der Rechnung tatsächlich ein *'R – geht auf's Haus'* als letzten Posten finde.

Melody

Dieser verdammte... dieser...
Ich habe mich um 5 Uhr aus dem Bett gequält, den kleinen Tisch im Aufenthaltsraum gedeckt, habe frischen Orangensaft ausgepresst, Kaffee gekocht, Rührei mit Speck gebraten und eine kleine Auswahl an Marmeladen und Cerealien dazugestellt, falls Wesley gerne süß in den Tag startet. Ich hätte Sägespäne statt Müsli hinstellen und Katzenpisse statt Kaffee warmhalten sollen! Inzwischen ist es nach 7 Uhr und von ihm ist nichts zu sehen. Ich muss gleich nach Bainbridge, weil ganz spontan die Anfrage vom Resort gekommen ist, ob ich um 9 Uhr eine neue Yoga-Gruppe übernehmen könnte. Ich fühle mich wie einmal im Schleuderprogramm mit 2000 Touren durchgedreht. Und wahrscheinlich sehe ich auch so aus, aber heute morgen hatte ich keine Zeit, die Schatten unter meinen Augen wegzuschminken und jetzt interessieren sie mich nicht mehr. Ich bin müde, ausgelaugt und kaputt. Na und? Warum soll man mir nicht ansehen, dass es mir beschissen geht? Und noch dazu nervt mich dieser Wesley. Was will er überhaupt hier? Er würde eher nach Seattle ins *Four Seasons* passen. Aber was soll es? Es

spielt ja doch keine Rolle, ob ich mir hier den Arsch aufreiße oder nicht. Der Kaffee ist inzwischen kalt und die Rühreier haben die Konsistenz von Weingummi. Ich überlege noch, ob ich alles demonstrativ hier stehen lasse oder es besser abräume, aber schließlich siegt die Vernunft über meinen Trotz. Es gibt hier Waschbären und so niedlich sie auch aussehen, es sind ganz impertinente Räuber! Deswegen tragen sie ja auch diese schwarzen Masken rund um die Augen, wie die berühmte Panzerknackerbande von Walt Disney. Und sie haben die beängstigende Fähigkeit, irgendwie in Häuser zu kommen, auch wenn sie nicht eingeladen sind. Man sollte also gewarnt sein und sich nicht von ihrer gespielten Unschuld ablenken lassen. Sie sind mit allen Wassern gewaschen, wenn es um Futter geht! Besonders...

„Hey Digger", begrüße ich ein Exemplar besagter Spezies, das schnuppernd um den Tisch kreist und mich dabei auffordernd ansieht. Möglicherweise habe ich die Terrassentür mal wieder nicht geschlossen.

„Hast du Lust auf Frühstück?" Es erstaunt mich immer wieder, dass Waschbären eigentlich nachtaktiv sind, Digger aber öfter mal am frühen Morgen oder auch in der Abenddämmerung bei mir vorbeischaut. Wahrscheinlich habe ich ihn damals unwissentlich *umerzogen,* als ich ihn mit der Flasche aufgezogen habe. Da musste er nämlich meinem ziemlich menschlichem Rhythmus folgen. Ich beuge mich zu dem kleinen Kerl herunter. Digger ist ungewöhnlich zahm, obwohl ich ihn schon lange ausgewildert habe. Er kommt immer mal wieder zum *Melias,* um nach dem Rechten zu sehen und sich als Lohn dafür einen Happen abzuholen. Ich versuche, ihn von dem Speck abzuhalten und fische stattdessen ein paar Haselnüsse aus dem Müsli, das noch auf dem Tisch steht. Wenigstens einer weiß meine Mühe zu schätzen.

„Ist das etwa ein... Waschbär?!", höre ich eine entsetzte Stimme. Ich drehe mich langsam zu Wesley um. Und verschlucke mich fast. Heute trägt er ein Henley-Shirt, das sich eng an seinen Oberkörper schmiegt und seine Muskeln betont. Seine Haare sind noch feucht, er hat also grade erst geduscht und wider Erwarten den bahamabeigen Albtraum überlebt.

„Oh mein Gott! Das ist ein Waschbär?! Und mir haben sie in der Tierhandlung gesagt, es wäre eine Katze!" Ich lege in gespieltem Entsetzen eine Hand auf meine Brust und versuche, möglichst unschuldig auszusehen. Dieser Kerl bringt mich auf die Palme. Kommt hier hin, verhält sich wie ein verwöhnter, arroganter Städter und hat zu allem was zu sagen! Und erscheint anderthalb Stunden zu spät zum Frühstück!

„Das ist nicht lustig!", schnaubt er angepisst und deutet auf Digger, der ihn neugierig und aus sicherer Entfernung beäugt. „Waschbären sind keine Haustiere, und das hier ist ein verdammter Frühstücksraum, Melody. Es gibt Hygienestandards und in keinem davon kommt vor, dass Waschbären zu tolerieren sind! Es sind Schädlinge, die alles fressen, die beißen und Tollwut übertragen und...", knurrt er, während er und Digger sich ein misstrauisches Blickduell liefern.

„Jetzt kriegen Sie sich mal wieder ein!", unterbreche ich ihn wütend. „ Digger frisst nur das Frühstück, das Sie nicht wollten! Und Tollwut? Ich bitte Sie." Ich zeige auf den kleinen Waschbären, der die Szene mit einer gehörigen Portion Zurückhaltung betrachtet, bereit, das Weite zu suchen, sollte Gefahr von diesem aufgeblasenen Städter drohen.

„Sieht er für Sie aus als hätte er die Tollwut?!“

„*Er* nicht.“

Hat er das wirklich gerade gesagt?! Oh. Mein. Gott! Was für ein Arschloch!

„Äh, also, das kann man nicht immer sofort erkennen, meine ich damit“, korrigiert er sich schnell, um seinen unangebrachten Kommentar zu überspielen, aber er kann sich diesen lächerlichen Versuch, seine Provokation zu entschärfen, sparen.

„Haben Sie gerade wirklich gesagt, was ich gehört habe?!“ Fassungslos stemme ich die Hände in die Hüften und funkele ihn wütend an. Ich bin nicht gewillt, das auf mir sitzen zu lassen. Er räuspert sich und falls, *falls!*, er gerade noch einen Hauch verlegen war, weil er mich beleidigt hat, so hat er sich jetzt wieder unter Kontrolle. Oder besser gesagt, sein altes Arschloch-Ich ist zurück.

„Nicht jeder will mit einem Waschbären sein Frühstück teilen! Das ist unhygienisch und das hier“, er deutet mit der Hand durch den Raum, „ist keine Auffangstation für Wildtiere, falls Sie das verwechselt haben. Das hier ist ein B&B! Kein Wunder, dass Sie keine Gäste haben“, doziert er und in mir steigt bittere Galle hoch. Nicht auch das noch. Das ist mein wunder Punkt. Mein Trigger. Meine Archillesferse.

„Woher wollen Sie wissen, dass ich keine Gäste habe?“ Ich bin selbst überrascht, wie beherrscht meine Stimme klingt, obwohl ich innerlich austicke.

„Wollen Sie etwa das Gegenteil behaupten? Ich bin Ihr einziger Gast und so muffig, wie es in meinem Zimmer riecht, bin ich seit sehr langer Zeit der erste!“ Ich zucke

getroffen zusammen. Das war unter der Gürtellinie.
Dieses arrogante Arschloch trifft mich da, wo es am
meisten weh tut. Mein Herz zieht sich zusammen und
ich kann die Mischung aus Wut, Schmerz und leider
auch der Wahrheit, die heiß in mir aufsteigt, nicht so
schnell runterschlucken, wie mein Mund reagiert.
„Falls es in Ihrem Zimmer unangenehm riecht, dann
erst, seit Sie mit Ihrem aufgeblasenem Ego und ihrer
selbstgefälligen Aura darin wohnen! Wenigstens weiß
ich jetzt, wie Arroganz und Unfreundlichkeit gepaart
mit viel Geld, stinken! Bitte, Sie können gerne heute
noch eine andere Unterkunft in Bainbridge beziehen.
Damit täten Sie mir einen großen Gefallen! Ich habe
mich sowieso schon gefragt, welche teuflischen Mächte
Sie hierher geschickt haben, um mich in den Wahnsinn
zu treiben! Sie mäkeln an allem herum, bestellen
Frühstück für 5.30 Uhr, tauchen aber gar nicht auf. Sie
beleidigen mich und haben zu allem, was Sie überhaupt
nichts angeht, eine Meinung“, schnauze ich ihn an,
während er nur da steht und mich anstarrt. Und blinzelt.
Einmal, zweimal. Ich atme tief durch. Es bringt ja
nichts, mich mit ihm anzulegen. Ich brauche das
bisschen Energie, das ich noch habe, dafür, mir
Gedanken um meine Zukunft zu machen, und nicht, um
mich mit diesem aufgeblasenen, unverschämten Mr.
Universum hier anzugiften. Also...
„Und jetzt entschuldigen Sie mich, ich habe zu tun!“
Mein Herz klopft wie der Flügelschlag eines Kolibris
auf Speed. Bittere Tränen der Wut sammeln sich in
meinen Augen und in meiner Kehle steckt ein Kloß von
der Größe des Mount Rainiers. Aber diesen verletzten,
traurigen Anblick von mir werde ich ihm nicht gönnen.

Ich laufe schnaubend an ihm vorbei und höre gerade
noch, wie er etwas von *Tollwut* und *schon angesteckt*
murmelt.

Wesley

Der Anflug eines schlechten Gewissens, weil ich
Melody wegen des Frühstücks tatsächlich versetzt habe
und mich dafür entschuldigen wollte, war in dem
Augenblick verflogen, in dem ich sie diesen
Waschbären füttern sah. Mit meinem Frühstück. Nun
ja, mit dem Frühstück, das ich ohnehin nicht mehr
angerührt hätte, weil es nach der langen Zeit ohne
Kühlung wahrscheinlich ungenießbar ist. Soll sich doch
dieser Waschbär daran den Magen verderben. Eine
ausgewachsene Magenverstimmung ist das letzte, was
ich jetzt gebrauchen kann. Wir haben zwei
Auswärtsspiele vor uns und Meyers zählt auf mich.
Zumindest bei dem Übernächsten.
Ich kann es nicht fassen, dass Melody einen
Waschbären füttert! Am Frühstückstisch! Ich meine, wo
einer ist, sind bestimmt noch viele andere, und sie sind
bekannt dafür, dass sie, nun ja, sich in Dachstühlen
breit machen, Mülltonnen ausräumen und überhaupt
lästige Viecher sind. In Washington D.C., Seattle und
überhaupt in Nordamerika sind sie eine Plage. Und hier
stellen sie außerdem eine unkalkulierbare Gefahr für
potentielle Gäste dar und sind... nun mal keine
Haustiere. Obwohl manche Menschen das offenbar
anders sehen. Sie hat ihm sogar einen Namen gegeben!

Das Ausmaß der Dinge, die hier schief laufen und augenscheinlich dazu führen, dass niemand hier übernachten will, wird immer größer! Das ungute Gefühl, das mich bei ihrem emotionalen Ausbruch beschlichen hat, schlucke ich einfach herunter. Weil es andernfalls hieße, dass mich ihre offensichtliche Verletztheit irgendwie berührt. Es scheint sie tief zu treffen, dass ich sie derart kritisiere. Aber ich bin nicht hier, um freundlich zu sein. *Nein, aber auch nicht, um sie zu verletzen, was du getan hast, so wie sie aussah!* Was soll's, sie wird schon klar kommen. Immerhin habe ich ja nur die Wahrheit gesagt.

So wie es aussieht, bekomme ich hier heute kein Frühstück mehr, und selbst wenn, würde ich es nicht mit diesem Waschbären teilen wollen. Also werde ich nach Bainbridge fahren und dort etwas essen. Mir hat es gestern sehr gut in dem quirligen Ort gefallen. Vielleicht sollte ich mich doch lieber dort nach einer besseren Unterkunft umsehen? Nein, das ist im Hinblick auf meine Bekanntheit zu gefährlich. Je mehr Zeit ich dort verbringe, um so größer ist die Gefahr, das mich jemand erkennt. Außerdem ist es gerade die Abgeschiedenheit und Ruhe hier in Tolo, die ich suche. Und die, neben der unglaublichen Kulisse, fast ein Alleinstellungsmerkmal ist.

Immer noch sauer über diese Frau, beschließe ich, wenigstens den Orangensaft aus dem Minikühlschrank zu trinken, um meinem knurrenden Magen zumindest etwas zu tun zu geben. Ich hoffe, das hat keine Folgen, denn der Saft war kurz vor dem Verfalldatum!

Genervt laufe ich wenig später durch den Ort und suche nach einem netten Café oder einer Bar, die Frühstück

anbieten. Tatsächlich finde ich schnell ein Café, das mit einer umfangreichen Frühstückskarte aufwartet. Sie haben einen kleinen Außenbereich mit Blick auf den Yachthafen und ein Stückchen Strand vor einem größeren Hotel. Ich bestelle bei der wohltuend freundlichen Bedienung Rührei mit Speck - mein Wunsch nach einer Extraportion Eiweiß wird hier lächelnd und kommentarlos entgegengenommen, so wie es sein sollte! - Obstsalat und einen großen Kaffee. Während ich auf mein Frühstück warte, wird meine Aufmerksamkeit von einer Gruppe laut schnatternder Frauen angezogen, die, allesamt in hautengen Gymnastikhosen und bauchfreien Tops, das Hotel neben dem Café verlassen. Sie tragen bunte Yogamatten und streben auf das Stückchen Strand zu, das man von hier aus sehen kann. Mein Kaffee wird serviert und ich lasse meinen Blick genüsslich über die Gruppe attraktiver Yogamäuse wandern als... Ich kneife die Augen zusammen und fixiere einen türkisfarbenen Punkt in ihrer Mitte, der wild gestikulierend etwas zu erklären scheint. Dieses türkisfarbene Etwas, das in ultraheißen, hautengen Yogatights steckt und ein farblich passendes, bauchfreies Shirt trägt, kommt mir bekannt vor. Nachdem sich alle Teilnehmerinnen auf ihre Matte gesetzt haben und nur noch sie steht, um eine Yogaposition vorzugeben, kann ich auch erkennen, warum sie mir bekannt vorkommt. Es ist die kleine Hexe aus dem *Melias*!
Melody, die Waschbärenflüsterin.
Was macht sie hier? Offenbar gibt sie, anstatt sich um ihre Gäste, äh, ihren Gast, zu kümmern, Yogakurse am Strand! Das wird ja immer besser. Sie sollte in ihrem eigen B&B sein, da gäbe es nämlich auch eine Menge

zu tun! Aber ganz offensichtlich kümmert es sie gar nicht mehr, nachdem sie weiß, dass es verkauft wird. Was auch erklären würde, warum sie sich mir gegenüber so oft im Ton vergreift. Weil es ihr egal ist, ob ich mich als Gast im *Melias* wohlfühle. Oder vielleicht ist sie gerade wegen ihrer vielen anderen Beschäftigungen nicht in der Lage, sich um ihre Pension so zu kümmern, wie es ein Beherbergungsbetrieb nun mal erfordert?! Sie kellnert und yogakurst sich hier fröhlich durchs Leben, und das erste, das ich tun werde, nachdem ich das *Melias* gekauft habe, wird sein, sie rauszuwerfen. Ich hatte eigentlich vorgehabt, sie noch bis zum Umbau oder Abriss zu weiter zu beschäftigen, vielleicht als eine Art Hauswart, und sie vielleicht auch darüber hinaus noch anzustellen, aber das war, bevor ich sie und ihre unverschämte Art kennengelernt habe! Und mit ihr werde ich auch gleich diesen Waschbären entsorgen! Nein, so meinte ich das nicht. Ich werde dafür sorgen, dass er und seine Sippe sich einen anderen Frühstücksplatz suchen, das wollte ich sagen. Und ich werde mich nach einer zuverlässigen Person umsehen, die hier vor Ort, wenn ich nicht selbst anwesend sein kann, den Umbau für mich beaufsichtigt. Das hätte sie sein können, aber jetzt...

Mein Frühstück kommt, aber so richtig genießen kann ich es nicht, weil ich immer wieder zu diesem türkisfarbenem Fleck sehen muss, der sich geschmeidig verbiegt und seinen Körper in Positionen bringt, die die Fantasie eines jeden Mannes... Ich wollte sagen, ihre Beweglichkeit nötigt mit ihren sexy... äh, mit ihren geschmeidigen Biegungen dem Sportler in mir Respekt

76

ab. Aber wem mache ich hier etwas vor?! Frustriert
stelle ich fest, dass mich ihr schlanker Körper entgegen
aller Beteuerungen, mich nicht zu interessieren, über
Dinge fantasieren lässt, die ich in Bezug auf diese,
meine Geduld strapazierende Frau, nicht haben sollte.
Ich schlinge mein Frühstück hinunter und mache mich
schnell auf den Weg zurück. Ich rede mir ein, dass ich
die Gelegenheit nutzen muss, mich unauffällig auf dem
Grundstück umzusehen, solange Melody hier den
sterbenden Schwan vorturnt, aber vielleicht ergreife ich
auch still und heimlich einfach nur die Flucht. Ich habe
mir selbstverständlich das Exposé ausführlich
angesehen, aber natürlich geht nichts über einen
persönlichen Eindruck vor Ort, und den werde ich mir
jetzt verschaffen.
Und tatsächlich wird mir im Laufe der nächsten
Stunden klar, dass eine Renovierung leider sehr
wahrscheinlich teurer wird als ein Abriss und Neubau.
Alles an dem B&B ist alt, laut Baujahr mehr als siebzig
Jahre, und da hilft es nicht, nur neue Möbel zu kaufen
und die Fassade neu zu streichen. Das Gebäude braucht
neue Elektroleitungen, einen zuverlässigen,
modernisierten Anschluss an die Kanalisation, wie mir
das schlecht ablaufende Wasser in der Dusche und im
Waschbecken verrät. Also Abriss und Neubau. Das
fühlt sich für meinen Neuanfang nach dem Sport auch
passender an. Außerdem will ich für die Kinder die
besten Voraussetzungen schaffen, gesund zu werden,
und dazu gehört ein modernes, gemütliches und
professionell auf ihre Bedürfnisse abgestimmtes
Ambiente. Das Klingeln meines Handys unterbricht
meine Tagträumereien und ich sehe, dass es Jill ist.

„Hey Jill, gut dass du anrufst. Ich habe mich entschieden. Ich will das *Melias* haben.“

„Tatsächlich rufe ich deswegen an, aber es gibt da wohl noch einen anderen Interessenten. Du wirst auf die Summe etwas drauflegen müssen, um den Zuschlag zu bekommen. Ich würde dir allerdings davon abraten, dich auf einen Bieterstreit einzulassen. Das ist die Immobilie nicht wert.“ Ihre ehrliche Einschätzung verdanke ich der Tatsache, dass wir befreundet sind, und ich schätze das, aber ich will das *Melias* wirklich haben. Nach dem Streit mit Melody heute morgen erst recht. Weil ich sie und diesen verdammten Waschbären gerne zum Teufel jagen möchte.

„Erhöhe das Angebot jeweils um Fünfzigtausend bis ich den Zuschlag bekomme.“ Sie schnappt nach Luft.

„Bist du dir sicher, Wes? Hast du mal kalkuliert, was da noch auf dich an Kosten zukommt, wenn du die Immobilie auf den neuesten Stand bringen willst?“ Habe ich und interessiert mich nicht. Schließlich habe ich in den letzten zehn Jahren mehr Geld verdient als ich in drei Leben ausgeben könnte.

„Habe ich, Jill. Aber ich denke, allein die Lage rechtfertigt den Kaufpreis. Die Immobilie darauf interessiert mich nicht.“ Und Melody und der Waschbär noch viel weniger.

„Wes...“

„Sei doch froh, wenn der Kaufpreis steigt. Immerhin erhöht sich damit auch deine Provision“, scherze ich, aber sie geht nicht darauf ein.

„Die Provision werde ich mir mit der Bank teilen müssen, schließlich habe ich die Immobilie nur in Kommission.“ Sie seufzt, aber ich weiß, dass es ihr nicht um das Geld geht. Sie und Blake verdienen genug, um mehr als gut davon leben zu können.

„Wes, es gibt unzählige Objekte in ähnlicher Lage. Und allein diese Lage rechtfertigt es *nicht*, jeden Preis zu bezahlen. Es ist unvernünftig und wirtschaftlich absurd, mehr zu bieten.“ Sie seufzt und ich verstehe sie. Natürlich hat sie recht. Es ist wirtschaftlich vollkommen unverantwortlich, jeden Preis zu bezahlen, aber... Ich sehe wieder Timmys Bild vor mir und es erscheint mir wie ein Zeichen, dass es hier genau so aussieht. Oder sogar sehr wahrscheinlich genau der Ort ist, der dort abgebildet wurde.

„Wie weit soll ich also mitbieten, Wes?“ Jill klingt resigniert und vielleicht auch etwas unwirsch, aber sie kennt mich gut genug, um zu wissen, dass es mir ernst damit ist. Und deswegen diskutiert sie auch nicht weiter mit mir.

„Ich will es, Jill. Reicht dir das als Limit?“

Melody

Es ist schon nach Mitternacht, als ich endlich zuhause ankomme. Nach dem Yogakurs habe ich bei einem Schrotthändler nach einem Ersatzteil für Meister Yoda gesucht und mich dann nach bezahlbaren Wohnungen umgesehen.

Mir liegt schwer im Magen, dass ich Amys Vater grinsend die Bank habe verlassen sehen. Wenn er das *Melias* wirklich bekommt, werde ich keinen Schritt

mehr hineinsetzen, auch wenn mir das Herz bluten
wird. Und da ich in einem kleinen Zimmer dort wohne,
werde ich also in Kürze obdachlos sein, wenn es so
kommt. Es ist nur leider so, dass es wenig Wohnraum
für Dauermieter auf Bainbridge Island gibt. Viele
vermieten ihre Wohnungen und Zimmer über Airbnb
als Ferienwohnungen. Die paar Immobilien, die
überhaupt als Dauerwohnraum genutzt werden, sind
mit den Saisonkräften belegt, die hier in den Hotels,
Restaurants oder Souvenirgeschäften arbeiten. Zwar
kann man bequem von Seattle aus pendeln, aber dort ist
der Wohnraum noch teurer als auf der Insel, weswegen
viele versuchen, hier etwas zu bekommen. Nach der
Saison wird es etwas besser, aber bis dahin müsste ich
erst mal eine gewisse Zeit überbrücken.
Nach dieser ernüchternden Erkenntnis stimmte dann zu
allem Überfluss abends bei der Abrechnung im *Fish &
Ships* die Kasse nicht und wir mussten den Fehler
suchen. Es stellte sich immerhin irgendwann heraus,
dass nur ein Tisch falsch gebucht und über einen
anderen mitkassiert wurde, so dass wir die Summe
noch umbuchen und den Fehler korrigieren konnten.
Aber das hat gedauert und nach dem Schlafmangel der
letzten Nächte bin ich jetzt wirklich fertig. Ich stelle
mein Fahrrad neben Meister Yoda ab, für den ich mir
auch noch eine Lösung überlegen muss. Er kann nicht
hier stehen bleiben, wenn das B&B verkauft ist, aber
zumindest im Augenblick habe ich kein Geld, um ihn
reparieren oder auch nur in eine Werkstatt abschleppen
zu lassen. Vielleicht bleibt nach dem Verkauf des
Melias ja wenigstens etwas übrig, damit ich mich um
ihn und eine neue Bleibe für mich kümmern kann.

Immerhin scheint mein nerviger Gast bereits im Bett zu sein, oder vielleicht ist er auch gar nicht da, denn alles ist still und dunkel. Wenn ich Glück habe, ist er sogar ganz ausgezogen. So oder so bleibt mir wenigstens erspart, mich heute noch über ihn ärgern zu müssen. Ich könnte mir vorstellen, dass er mich wieder bittet, ihm um 5.30 Uhr Frühstück zu servieren, nur um dann nicht aufzutauchen. Falls er noch da ist. Oder dass er sich nochmal darüber beschwert, dass hier Waschbären ihr Unwesen treiben. Oder... Ich weiß auch nicht, aber ihm würde bestimmt eine Menge einfallen, um mich zu nerven. Wenn es nicht so schlecht um das *Melias* stehen würde, würde ich vermuten, er wäre Hoteltester.

Als ich über die Veranda leise ins Haus schleichen will, damit ich Mr. Grumpy keinen weiteren Anlass gebe, sich über den *Lärm*, zu beschweren, den ich verursache, werde ich allerdings eines Besseren belehrt. Jedenfalls was die Hoffnung betrifft, dass er friedlich schlafen könnte. Oder, noch besser, ausgezogen ist.

„Wo kommen Sie denn jetzt her?", fragt mich eine tiefe, raue Stimme und ich zucke erschrocken zusammen. Ich blinzele, um ihn im Dunkeln auszumachen, und tatsächlich, da sitzt er, seelenruhig auf einer der Holzstufen und... ja, was macht er eigentlich hier? Mondlicht beleuchtet seine Gestalt, und so, wie es aussieht, sitzt er wirklich nur da und schaut in den Himmel. Oder vielleicht besieht er sich auch nur mit dieser diabolischen Attitüde, die ihn wie beißender Gestank umgibt, die vielen kaputten Dachschindeln. Leider ist der Mann im Mond ein schadenfreudiger alter Sack, der seinen silbrigen Leuchtfinger ausgerechnet heute auf die undichte Stelle im Dach

richten muss, die ich schon längst hätte reparieren
müssen. Wenn ich denn das Geld dafür gehabt hätte.
„Was geht es Sie an, wo ich gerade her komme? Haben
Sie tatsächlich Ihren Schlüssel verloren, und warten
jetzt darauf, dass ich Ihnen aufschließe?“ Ich weiß
nicht, warum mich dieser Mann ständig dazu bringt,
meine gute Kinderstube zu vergessen und ihn
anzupflaumen. Meine Haut wird mit jedem Tag dünner
und ich reizbarer, was keine Entschuldigung ist, aber
immerhin eine Erklärung.
„Ich...“, beginnt er, aber ich würge ihn gleich ab. Es ist
mir wirklich egal, warum er hier Sterne zählt oder über
den Urknall philosophiert. Ich bin einfach nur müde
und frustriert und will ins Bett. Und auf gar keinen Fall
will ich mich auf irgendeine Diskussion mit diesem
anstrengenden Höllenfürsten einlassen.
„Falls Sie nicht schlafen können, können Sie in
Ermangelung von Schafen ja die kaputten
Dachschindeln zählen. Garantiert sind Sie
eingeschlafen, bevor Sie wissen, wie viele es sind.“ Ich
deute auf die Stelle im Dach, um die es geht, und krame
meinen Schlüssel heraus. Dieser Mann bringt mich
ohne besonderen Grund einfach so auf die Palme. Es
reicht, dass er einfach nur da sitzt. Und mich ständig
dazu verleitet, mich pampig und unfreundlich zu
verhalten. Weil... weil ich mich in letzter Zeit immer
angegriffen fühle. Ich bin empfindlich geworden
gegenüber Menschen, die ich nicht einordnen kann, und
so jemand ist dieser Wesley. Mal ist er nett, dann
wieder schroff und unfreundlich. Meine Nerven sind
heute, oder soll ich besser sagen, in den letzten
Wochen?, ohnehin nicht die besten. Außerdem bin ich,

wie gesagt, müde und habe Hunger, weil ich noch keine Zeit hatte, etwas zu essen, außer dem Sandwich heute Nachmittag. Leider macht mich Hunger selbst dann unausstehlich, wenn mein Tag voller Regenbogenglitter und Einhornumarmungen war, was in der letzten Zeit eher selten vorgekommen ist. Oder gar nicht, um genau zu sein. Und die Sorge, dass Amys Vater vielleicht bald der neue Eigentümer des *Melias* sein könnte, liegt mir noch zusätzlich im Magen.

„Warum sind Sie eigentlich immer so schnell auf hundertachtzig?", will er verärgert wissen. Sein Ton ist plötzlich scharf und schneidend. *Er* ist verärgert?! *Er?* Über was regt er sich denn so auf? Dass ich ihm keine Gutenachtgeschichte vorgelesen habe?! Ich spüre, wie der gesamte Frust, die Angst, die Enttäuschung, die Hilflosigkeit angesichts der Situation, in der ich mich befinde, und ja!, auch der Hunger, in mir brodeln wie heiße Lava. Sie kratzen bedenklich an der Oberfläche meiner Beherrschung. Trotzdem zwinge ich mich, ruhig zu bleiben, auch wenn ich innerlich bereits koche. Er ist hier Gast. Meine Mutter hat immer gesagt: *Der Gast ist König.*

„Es tut mir leid, Wesley, aber ich habe zur Zeit eine Menge um die Ohren. Mir ist klar, dass ich das nicht an Ihnen auslassen sollte, weil Sie nichts dafür können, dass mein Leben gerade den Bach runtergeht, aber ich bin auch nur ein Mensch. Ich bin müde, habe Hunger und..." Ich fasse mir an den Kopf und atme ein paarmal tief durch. Das geht ihn nun wirklich nichts an und es interessiert ihn garantiert auch nicht, also...

„Wann möchten Sie morgen frühstücken?" Da er nun mal noch hier ist und ich Übernachtungen mit Frühstück anbiete, muss ich ihn das jetzt wohl fragen.

Auch wenn ich keine Lust habe, mich morgen wieder
verarschen zu lassen. Denn ich habe da so ein Gefühl...
Weil er nicht sofort darauf antwortet, sehe ich zu ihm
hinüber. Seine Brauen sind gerunzelt, so viel kann ich
im schwachen Mondlicht erkennen, aber ansonsten ist
seine Miene nichtssagend. Nach einer Weile nickt er.
„Wenn es Ihnen recht ist, würde ich gerne so gegen
acht Uhr frühstücken."
„Sind Sie sicher, dass Sie das schaffen?", provoziere
ich ihn, beiße mir aber sofort auf die Lippe. Mist.
„Tut mir leid, ich bin nur wirklich gerade müde. Gute
Nacht." Damit gehe ich in mein Zimmer. Aus
Kostengründen habe ich vor vier Jahren meine
Wohnung in Bainbridge gekündigt und stattdessen
eines der Zimmer für mich hergerichtet. Ja, ich habe
viele Opfer dafür gebracht, das *Melias* zu halten.
Persönliche und auch finanzielle, aber das jetzt zu
bereuen, hieße, alles in Frage zu stellen, was ich bisher
geleistet habe. Und das werde ich nicht.

Wesley

Am nächsten Morgen sitze ich um genau 8 Uhr an
einem liebevoll gedeckten Frühstückstisch auf der
Terrasse und fühle mich wie das letzte Arschloch.
Melody sah gestern Abend so müde und unglücklich
aus, dass ich mich im Nachhinein für jede Stichelei, die
ich provoziert habe, geschämt habe. Ich weiß nicht, was

genau mit mir los ist. Im Allgemeinen bin ich ausgeglichen und freundlich, aber diese Frau hat etwas an sich, das mich permanent reizt, sie herauszufordern. Vielleicht gefällt es mir, wie schlagfertig und ungefiltert sie auf mich reagiert. Dabei ist sie so natürlich und trägt ihr Herz auf der Zunge. Das gefällt mir an ihr. Und natürlich bin ich auch nicht blind. Sie ist attraktiv, auf eine unaufdringliche, zurückhaltende Art, die man selten findet. Sie unterscheidet sich wohltuend von den vielen Frauen, die einem Schönheitsideal nacheifern, das auf Social Media propagiert wird, ohne zu erkennen, dass es sie zu beliebigen, austauschbaren Massenprodukten macht. Kein Post mehr ohne aufgespritzte Lippen oder gemachte Brüste und Filter. Diese Fakewelt ist es, die ich nicht vermissen werde, wenn ich der Öffentlichkeit den Rücken kehre.

„Kaffee oder Tee?", reißt mich Melodys Stimme aus meinen Gedanken. Sie klingt müde, obwohl sie heute Nacht genug Schlaf abbekommen habe müsste. Es sei denn, sie konnte genauso wenig schlafen wie ich. Weil ich ständig dieses Bild von ihr in diesem knappen Yogaoutfit vor Augen hatte. Und auch, weil mich die traurige, resignierte Aura beschäftigt hat, die sie umgibt wie ein undurchdringlicher Kokon und ich mich ständig frage, was sie so traurig macht. Es kann nicht allein daran liegen, dass sie in Kürze das B&B aufgeben muss. Oder? Wenn es ihr so viel bedeuten würde, hätte sie doch nicht immer wieder Gelder entnommen und wer weiß was damit gemacht. Sie hätte doch investieren können. Das mit der Fremdentnahme weiß ich aus den Bankunterlagen, die Jill mir inzwischen gemailt hat. Zu dem Geschäftsbericht gehörte auch eine

Auflistung der Einnahmen und Ausgaben, um die
Rentabilität des Unternehmens darzustellen und dem
Käufer eine objektive Übersicht zu verschaffen.
Wohlgemerkt, eine Rentabilität, die es schon lange
nicht mehr gibt. Aber letzten Endes geht mich das auch
nichts an.
„Kaffee, bitte.“
Sie nickt, dreht sich um und geht in die Küche, nur um
etwas später mit einem Tablett zurückzukommen, auf
dem eine Thermoskanne und ein Teller mit mit Rührei
und gebratenem Speck steht, und der Duft lässt mir das
Wasser im Mund zusammenlaufen. Aber bevor sie alles
auf dem Tisch abstellen kann, knickt sie um, und
während die Thermoskanne mit einem dumpfen Knall
und dem Geräusch splitternden Glases auf dem Boden
aufkommt und sich das Rührei mit dem Speck auf dem
Holzboden der Terrasse verteilt, landet sie an meiner
Brust. Reflexartig schlinge ich meine Arme um sie,
damit sie nicht neben der Sauerei ebenfalls auf dem
Boden endet und... atme sekundenlang ihren Duft ein.
Ihr Haar riecht nach Wind, Salz und Meer. Kein
Parfum, nichts Künstliches verfälscht den Eindruck,
den ich bereits von ihr hatte. Es ist ihre
unvergleichliche Authentizität, die ihren Reiz
ausmacht. Ich weiß nicht genau, wie lange es dauert,
bis sie sich aufrappelt, wahrscheinlich nur Sekunden,
aber es hat gereicht, um etwas in mir anzusprechen, das
ich nicht beschreiben kann. Eine eigenartige Ruhe, oder
besser ein Zur-Ruhe-Kommen. Es fühlt sich vertrauter
an als es sollte..
„Oh fuck! Mist! Digger!“, zerstört sie mit einem lauten
Fluchen den Zauber des Augenblicks. Sie windet sich

aus meiner Umarmung, äh, aus meiner einem Reflex geschuldeten Stabilisierung ihres Körpers durch meine Arme!, und sieht sich hektisch nach diesem Waschbären um, der sich schon gestern hier rumgetrieben hat. Tatsächlich hockt das Tier etwas abseits des Tisches und stößt ein seltsam hoch klingendes, schrilles Fiepen aus. Eine Pfote hält er in einer ungewöhnlichen Schonhaltung und tatsächlich tut mir der kleine Kerl in diesem Augenblick leid. Er will eindeutig flüchten, humpelt auf drei Beinen davon, aber Melody eilt ihm nach und schnappt ihn, bevor er hinter den Bäumen verschwinden kann.

„Oh mein Gott, Digger, ich habe dir wehgetan!" Sie drückt den Waschbären an sich und krault ihn wie einen Hund hinter den Ohren. Ich kann es immer noch nicht glauben, dass sie so vertraut mit ihm umgeht. Und dass er sich das gefallen lässt. Er ist zwar klein, aber immer noch ein Wildtier, das sich beißend und kratzend wehren kann. Könnte, um genau zu sein, aber er tut es nicht. Stattdessen fiept er leise weiter und kuschelt sich förmlich in Melodys Arme. Ich blinzele ungläubig, aber das Bild bleibt dasselbe.

„Entschuldigen Sie, Wesley, aber ich... ich muss mit Digger zum Tierarzt. Könnten Sie ausnahmsweise in der Stadt frühstücken? Ich bezahle Ihnen selbstverständlich auch das Frühstück dort." Sie wartet meine Antwort nicht ab, sondern verschwindet mit diesem Waschbären im Arm um die Ecke, nur um kurze Zeit später mit ihrem Fahrrad, eine Hand am Lenker, die andere das fiepende Fellbündel umklammernd, wackelig an mir vorbeizufahren. So, wie sie versucht, die Balance zu halten, wir sie nie und nimmer heil dort ankommen, wo sie hinwill. Ich weiß nicht, was mich dazu veranlasst, aufzustehen, meinen Autoschlüssel zu holen und ihr nachzufahren. Nach wenigen Augenblicken habe ich sie eingeholt, drossele das Tempo und knurre sie an: „Los, ich fahre Sie und diesen... Waschbären zum Tierarzt. Ich will nicht schuld sein, dass sie womöglich noch stürzen und sich verletzen. Ich habe keine Lust, mein Bett selber zu beziehen oder mir mein Frühstück den Rest der Woche selber zu machen." Ich klinge genervter als ich bin, aber Tatsache ist, dass ich mich frage, was ich hier eigentlich mache. Immerhin bin ich im Begriff, einen Waschbären zum Tierarzt zu fahren! In Seattle gibt es Jäger, für die diese Tiere eine Plage darstellen und die sie abschießen, damit die Schäden, die durch ihre Raubzüge entstehen, nicht überhand nehmen! Und ich bringe eines dieser Tiere zum Tierarzt, damit der sich seine verletzte Pfote ansieht! Innerlich schüttele ich den Kopf über mich. Melody hat inzwischen angehalten und sieht mich ungläubig und mit großen Augen an. Mit wunderschönen grünen Augen, die wie Moos leuchten, als ein Sonnenstrahl sich durch die Blätter der Bäume stiehlt und sie zum Leuchten bringt.

„Meinen Sie das ernst?", fragt sie unsicher. Ich beiße die Zähne zusammen. *Nein, aber so wie es aussieht, tue ich es trotzdem.*

„Jetzt steigen Sie schon ein. Ich muss sowieso nach Bainbridge, wenn ich frühstücken möchte, wie Sie ja gerade selber festgestellt haben. Also kann ich sie auch genauso gut mitnehmen." *Ja, rede dir nur ein, dass das der einzige Grund ist, Wes.*

„Äh, okay, dann..." Sie lehnt das Fahrrad an einen

Baum und lässt sich auf den Beifahrersitz fallen. Dann hält sie mir den Waschbären entgegen.

„Können Sie ihn mal kurz halten, damit ich mich anschnallen kann?" *Nein, um Gottes Willen, kann ich nicht!* Und schon macht es sich das pelzige Etwas auf meinem Schoß gemütlich. Ich umklammere das Lenkrad und wage es nicht, mich zu bewegen oder zu atmen. Blinzeln vielleicht, das geht. Immerhin ist das... das ist ein... Raubtier?! Ein Bär. Ein kleiner zwar, aber ganz sicher hat er das Bär nicht umsonst in seinem Namen.

„Digger scheint Sie zu mögen", stellt Melody kurz darauf verblüfft fest.

Ja, danke auch. Auf meiner Zehn-Punkte-Liste, was ich schon immer mal wollte, ist, von einem Waschbären gemocht zu werden, garantiert nicht unter den Top Zwanzig.

„Ich meine, er ist schon zahm, aber bei Fremden ist er normalerweise eher... vorsichtig", fügt sie hinzu und sieht mich überrascht an.

„Ja, wunderbar, ich freue mich, dass er mich mag. Ich gehe davon aus, dass er Menschen, die er mag, nicht beißt?", frage ich vorsichtshalber. Er macht zwar nicht den Anschein, als hätte er es auf ein saftiges Stück meines Oberschenkels abgesehen, aber man kann ja nie wissen.

„Nein, er beißt eigentlich nur, wenn er sich bedroht fühlt. Solange Sie ihn also in Ruhe lassen, ist er ein sehr freundliches Tier." Ich höre ganz genau, dass sie sich ein Lachen verbeißen muss. Wahrscheinlich sieht es komisch aus, dass sich ein ausgewachsener Mann mit einem Lebendgewicht von gut 100 kg bewegungslos und nur flach atmend an das Lenkrad seines Autos klammert, um sich tot zu stellen, nur damit ein verletzter Waschbär auf seinem Schoß nicht auf dumme Gedanken kommt. Grinsend greift sie nach quälend langen Sekunden, die mir wie Stunden vorkommen, nach dem Tier und setzt es sich auf ihren eigenen Schoß.

„Sie können wieder atmen und sich bewegen, Wesley, die Gefahr durch einen harmlosen Waschbären verletzt zu werden, ist gebannt." Sie kichert und das Geräusch gefällt mir. Erst jetzt bemerke ich, dass ich sie noch nie lächeln gesehen oder lachen gehört habe. Jedenfalls nicht dieses echte Geräusch, das sie jetzt von sich gibt. Und es gefällt mir viel zu gut.

Melody

Digger sieht mich beleidigt an. Seine Pfote ist nicht gebrochen, Gott sei Dank, und er nimmt es mir übel, ihn zu diesem seltsamen Fremden gebracht zu haben, der ihn wie ein gefährliches Raubtier behandelt hat. Dr. Williams hat sich dicke Lederhandschuhe übergezogen, um Digger zu untersuchen, weil sich der kleine Kerl natürlich dagegen gewehrt hat, von einem Fremden angefasst zu werden. Umso ungewöhnlicher ist es, wie friedlich er sich bei Wesley verhalten hat. Digger ist nicht wirklich zahm, er duldet mich nur, weil ich ihn mit der Flasche aufgezogen habe. Und weil er immer etwas Leckeres bekommt, wenn er mich im *Melias*

besucht. Dafür nimmt er es in Kauf, von mir angefasst und, wenn er einen guten Tag hat, auch mal auf den Arm genommen zu werden. Für dreißig Dollar, die ich eigentlich nicht übrig habe, hat Dr. Williams mir dann noch einen Vortrag darüber gehalten, dass Waschbären keine Haustiere sind. Ach nein?! Dass Digger kein Haustier im eigentlichen Sinn ist, habe ich ihm nicht erklärt. Digger kann kommen und gehen, wann er will. Er lebt im Wald rund um das *Melias* herum und entscheidet selbst, wann er mich besuchen kommt. Wesley war so nett und hat im Auto auf mich gewartet, und ich bin ihm dankbar, denn mit einem zunehmend unwilligen Waschbären durch Bainbridge zu laufen ist nicht das, was ich mir für heute vorgenommen habe. Umso überraschter bin ich, als wir wieder am *Melias* ankommen und Wesley, nachdem ich mit Digger ausgestiegen bin und ihn auf den Boden gesetzt habe, eine volle Einkaufstasche vom Rücksitz zieht. Digger nutzt die Gelegenheit und verzieht sich humpelnd in den Wald, und ich vermute, dass ich ihn nach diesem Erlebnis nicht so schnell wiedersehen werde.
„Sie schulden mir ein Frühstück", brummt Wesley und hält mir die Tasche mit dem Logo eines ortsansässigen Lebensmittelgeschäftes hin. Verdutzt sehe ich ihn an.
„Sie haben in Bainbridge gar nicht gefrühstückt?"
„Dazu war die Zeit zu knapp", grummelt er. Was natürlich nicht so ganz stimmt, denn der Einkauf hat ihn ja auch Zeit gekostet, und schließlich hätte er nicht auf mich warten müssen.
„Äh, okay, dann gehe ich mal in die Küche." Ich weiß nicht, was ich davon halten soll, dass er plötzlich fast umgänglich wirkt, aber mir soll es recht sein.

Nach einem Blick auf die Uhr entscheide ich, dass ein einfaches Frühstück nicht reicht. Es ist fast Mittag, daher bereite ich ein Omelette zu, das ich mit Tomaten, etwas Lauch und Paprika verfeinere und mit Käse überbacke. Dazu brate ich ihm die Würste, die er eingekauft hat und wasche den Salat, den ich mit einem schnellen, selbstgemachten Dressing in einer Schüssel anrichte. Nebenbei püriere ich eine Kiwi, eine Banane und eine handvoll Haferflocken mit einem Becher Joghurt als Nachtisch, und fertig ist das improvisierte Spätfrühstück, das ich Wesley auf der Terrasse serviere.
„Ich wünsche Ihnen einen guten Appetit, Wesley. Ich hoffe, es schmeckt Ihnen." Er legt den Kopf schief und mustert erst die Teller auf dem Tablett, dann mich. Unglücklicherweise knurrt mein Magen in diesem Augenblick. Gestern habe ich spät abends nur ein Stück Käse und etwas Weißbrot gegessen, weil ich viel zu müde war, um mir noch etwas zu kochen.
Ich nicke ihm zu und wende mich schnell ab. Ich werde mir gleich ein Sandwich machen. Viel mehr gibt mein Kühlschrank nicht mehr her. Ich habe Wesleys Einkauf ausschließlich für sein Omelette, den Salat und den Joghurt-Smoothie verbraucht. Er hat es bezahlt, es ist seins.
„Jetzt setzen Sie sich schon zu mir, Melody. Das ist selbst für mich zu viel und sie haben unüberhörbar ebenfalls Hunger." Ich spüre, wie ich rot werde.
„Äh... das ist nur... das ist nicht nötig. Ich werde mir gleich ein Sandwich machen. Drinnen...", stottere ich unbeholfen, weil ich nicht weiß, wie ich seine plötzliche Freundlichkeit einordnen soll. Er verwirrt mich mit seinen ständigen Stimmungswechseln.

„Melody!" Er zieht auffordernd einen zweiten Stuhl
neben den Tisch und klopft einladend auf die
Sitzfläche. Ich habe früher öfter mit Gästen am Strand
gesessen, wir haben gegrillt, oder einfach nur geredet,
aber mich jetzt hier mit diesem Mann an einen Tisch zu
setzen fühlt sich... nicht richtig an. Die letzten Tage
haben gezeigt, dass wir in der Gegenwart des jeweils
andern gereizt reagieren und das ist nicht das, was ich
herausfordern sollte, wenn ich mich jetzt neben ihn
setze.
„Ich denke nicht..."
„Melody, setz dich!" Ich zucke etwas zusammen, weil
seine Stimme keinen Widerspruch zulässt. Vielleicht
auch, weil er mich plötzlich duzt. Ich will etwas darauf
erwidern, ihm klarmachen, dass das keine gute Idee ist,
weil... Stattdessen setze ich mich wie ein braver Hund,
der auf das Kommando seines Herrchens hört. Mit
einem Nicken und einem zufriedenen Gesichtsausdruck
nimmt Wesley das zur Kenntnis, teilt das Omelette und
stellt eine Hälfte vor mich. Da ich nur Besteck für ihn
auf dem Tisch liegen habe, schiebt er mir die Gabel hin,
während er zum Löffel greift und sich, wenn auch
etwas umständlich, ein großes Stück abteilt und in den
Mund schiebt. Ich bin immer noch misstrauisch, was
diesen Frieden angeht, der plötzlich zwischen uns
herrscht, schiebe mir aber ebenfalls einen Bissen in den
Mund. Es vergeht eine Zeit, in der wir nur schweigend
essen, bis Wesley seinen leeren Teller von sich schiebt
und sich mit der Serviette den Mund abwischt. Dann
lehnt er sich zurück und mustert mich neugierig.
„Was hat es mit diesem Waschbären auf sich? ", fragt
er. „Warum ist er so zahm?"
Ich schlucke den letzten Bissen hinunter.

„Ich habe Digger mit der Flasche aufgezogen, daher ist
er zutraulicher als andere Waschbären. Ich habe ihn
verletzt im Straßengraben gefunden, seine Mutter war
überfahren worden, und so habe ich ihn
mitgenommen." Es war genau an der Stelle, an der
mein Vater angefahren worden ist. Und zur gleichen
Zeit, weshalb ich vermute, dass der Fahrer des Wagens,
der meinen Vater überfahren hat, vielleicht versucht
hat, der Waschbärenmutter auszuweichen. Genau
wissen werde ich es nie, denn es gab damals keine
Zeugen und der Fahrer des Unfallwagens konnte nie
ermittelt werden. Aber das geht Wesley nichts an.
„Und ja, ich weiß, dass Waschbären keine Haustiere
sind, das habe ich spätestens dann erkannt, als Digger
als Heranwachsender in meinem Zimmer randaliert
hat." Ich muss lächeln, weil ich mich daran erinnere,
wie der kleine Kerl damals in seiner Neugier kurzen
Prozess mit allem gemacht hat, was nicht fest
angeschraubt oder zu schwer für ihn war, um es zu
untersuchen. Als ich zu Wesley sehe, mustert er mich
mit einem Blick, den ich nicht deuten kann. Seine
Augen sind viel zu dunkel, um eine Regung erkennen
zu lassen.
„Ich habe ihn, sobald er in der Lage war, sich selbst zu
versorgen, frei gelassen, aber er denkt trotzdem
manchmal, dass er hier noch zuhause ist. Er kommt
regelmäßig vorbei und sieht nach dem Rechten." Ich
weiß selbst, dass ich sein Verhalten damit
vermenschliche, aber es fühlt sich einfach besser an, zu
denken, er käme als Freund, statt der sich Tatsache zu
stellen, dass ihn die Essensdüfte anlocken. Wesley legt

den Kopf etwas schief und sein Blick bohrt sich in meinen.

„Brauchst du denn jemanden, der nach dem Rechten sieht, Melody?" Er sagt das in einem Ton, der tief in meinem Inneren etwas hervorholt, das ich immer wieder herunterschlucke, weil es etwas ist, das ich in den letzten Jahren nie wirklich hatte. Jemand, der sich um mich kümmert. Elias kommt nur, wenn er Geld braucht oder mich dafür kritisiert, dass ich seiner Meinung nach alles falsch mache. Oder um mich zu überreden, in sein Geschäft miteinzusteigen. Selbst mein Ex hat mich im Stich gelassen, als es schwierig mit dem *Melias* wurde. Ich habe nur Amy, aber sie hat ihre eigenen Sorgen, und außerdem steht die Sache mit ihrem Vater zwischen uns. Sie kann nichts dafür, ja, sie weiß ja noch nicht einmal was damals passiert ist, aber seitdem bin ich vorsichtig geworden, auch ihr gegenüber. Weil ich befürchte, ihr Vater könnte meine Freundschaft zu ihr dazu benutzen, mich damit zu erpressen. Ob das Sinn macht? Oder ob ich total überreagiere? Ich weiß es nicht. Nur, dass ich mich seit diesem Vorfall nur noch isolierter und einsamer fühle.

Wesley

Was soll das? Warum frage ich sie, ob sie jemanden braucht, der nach dem Rechten sieht? Fuck! Es hört sich ja fast so an, als wollte ich dieser Freund sein! Wahrscheinlich hat mich die rührselige Geschichte mit

diesem Waschbären aus dem Konzept gebracht. Aber
Melody hörte sich so verloren an, als sie mir erzählte,
wie sie zu ihm gekommen ist. Da war etwas in ihrer
Stimme, ein leichtes Vibrieren, das mich glauben lässt,
dass ihr dieser kleine Kerl mehr bedeutet, als sie mir
verraten hat. Ich fühle förmlich die tiefe Traurigkeit,
die sie, wenn auch unbewusst, ausstrahlt, und frage
mich, woher sie rührt. Melody weckt einen seltsamen
Beschützerinstinkt in mir, und das ist nicht gut. Ich will
das B&B. Sonst nichts. Um alles andere sollen sich ihre
Eltern, ihr Bruder oder ihre Freunde kümmern! Wobei
ich mich frage, warum all diese Menschen es überhaupt
so weit haben kommen lassen, dass Melody jetzt in
dieser Lage ist.
„Nein, ich brauche niemanden, ich komme gut alleine
klar!" Ihre alte Angriffslust ist zurück, ihr Blick ist
herausfordernd und auch die Traurigkeit, die sie gerade
eben noch umgab, ist wie weggewischt. Mit einen
Wimpernschlag ist diese seltsame Stimmung zwischen
uns verflogen. Sie stapelt die Teller aufeinander und
verschwindet so schnell im Haus, dass ich gar nicht
darauf reagieren kann. Vielleicht ist es auch besser so.
Ich will mich gar nicht ständig mit ihr streiten, aber sie
hat etwas an sich, das das Arschloch in mir triggert.
Wenn ich nett wäre, würde ich ihr jetzt helfen, den
Tisch weiter abzuräumen, aber stattdessen stehe ich auf
und gehe zu meinem Wagen. Abstand ist das einzige,
was ich ihr an Höflichkeit entgegenbringen werde.
Abstand, damit wir nicht wieder aneinandergeraten.
Die wenigen ruhigen Minuten gerade am Tisch waren
erholsam, aber wahrscheinlich nicht von Dauer, also
mache ich das, was ich heute morgen schon machen

wollte. Mich in Bainbridge umsehen und vielleicht etwas über das *Melias* zu erfahren, was nicht in dem Exposé steht. Das ich aber vielleicht wissen sollte. Es gelingt mir, eine Stunde entspannt und vor allem unerkannt durch die kleine Stadt zu streifen, bis mich ein paar Jugendliche erkennen und um die obligatorischen Selfies und Autogramme bitten. Ich beantworte freundlich ihre Fragen, auch nach meiner Gehirnerschütterung, und schließlich ziehen sie glücklich und stolz über ihre Ausbeute ab. Ich denke, ich habe sie überzeugt, dass ich hier bin, um mich zu erholen. Entweder habe ich Glück und sie behalten meinen Aufenthaltsort für sich, oder sie posten es, und dann könnte es hier für mich unruhig werden. Auch darum mache ich mich schnellstmöglich auf den Weg zurück nach Tolo, denn dort werden sie oder die Presse mich garantiert nicht vermuten.

Als ich auf den Hof fahre, habe ich so etwas wie ein Déjà-vu. Ich höre aus Richtung des alten Pick-ups lautes Fluchen. Neugierig und auch amüsiert gehe ich näher heran, bemüht, mich nicht durch laute Geräusche zu verraten.

„Yoda, ich warne dich! Wenn du dich trotz neuer Zündkerzen und eines neuen, wunderschönen Keilriemens weiterhin tot stellst, dann kündige ich dir deinen kuscheligen Standplatz hier bei mir und du ziehst auf den Schrottplatz um!", keift Melody ihren Wagen an. Wieder höre ich sie grummeln, etwas ächzt und schnaubt, und dann, nach ein paar staubigen Hustern, startet tatsächlich ein Motor. Er rumpelt und stottert, so als wenn man einen Bären aus dem Winterschlaf weckt, aber Meister Yoda scheint immerhin ins Leben zurückgefunden zu haben. Ich

kann gerade noch zurücktreten, als der Wagen schon an
mir vorbei tuckert. Er macht immer noch komische
Geräusche, aber er fährt. Ich sehe Melody hinter dem
Steuer, glücklich grinsend und auf das Lenkrad
klopfend, dann holpert Meiser Yoda mit der weiblichen
Ausgabe von Plo Koon am Steuer vom Hof. Grinsend
schaue ich ihr eine Weile hinterher. Diese Frau ist
einfach anders. Sie hat mir in den letzten Tagen so viele
Facetten von sich gezeigt, dass sie wie ein ganzes
Kaleidoskop voller bunter Farben auf mich wirkt.
Wobei sie auch ein Hauch dunkle Traurigkeit umgibt.
Ich frage mich, ob das damit zu tun hat, dass sie das
B&B aufgeben muss, oder ob mehr dahinter steckt.
Und noch viel irritierender ist es, dass ich mich das
frage. Es kann mir schließlich egal sein, wie sie sich
fühlt. Daran, dass das *Melias* verkauft wird, ist sie
selbst schuld, auch wenn es nicht ihr allein gehört.
Allerdings habe ich ihren Bruder noch nicht hier
gesehen, also wird er sich bereits von dem *Melias*
distanziert haben. Kluger Kerl. Wahrscheinlich hat er
eher als sie erkannt, dass rote Zahlen zwar hübsch auf
weißem Papier aussehen, aus kaufmännischer Sicht
aber nicht umsonst die Farbe einer Warnleuchte haben.
Aber es interessiert mich schon, warum er sich nicht
mehr um seine Schwester und das B&B kümmert.
Vielleicht sind sie nicht so eng miteinander, dass es ihn
interessiert, was mit seiner Schwester ist? Ich google
auf dem Handy nach Elias Davis, Bainbridge Island,
und sofort baut sich eine Seite von einer Surfschule in
Yeomalt auf. Die beigefügte Karte verrät mir, dass sie
nur knapp 7 Meilen von hier entfernt in südöstlicher
Richtung liegt. Keine Ahnung, warum es mich

interessiert, aber ich will plötzlich wissen, warum er
diese Surfschule betreibt, während seine Schwester
offensichtlich mit der Führung des B&B überfordert ist.
Wenn er so erfolgreich ist, wie es im Internet scheint,
wie kann es dann sein, dass das B&B so defizitär ist?
Offensichtlich ist er derjenige, der sich mit Zahlen
auskennt. Warum also lässt er es dann zu, dass seine
Schwester das *Melias* immer weiter
herunterwirtschaftet?
Obwohl ich langsam und entspannt fahre, bin ich
bereits nach einer knappen Viertelstunde auf dem
Parkplatz des *Surf & More*. Ich steige aus und sehe
schon auf den ersten Blick, dass es sehr geschäftig
zugeht. Obwohl der Herbst bereits weiter
fortgeschritten ist, tummeln sich hier einige Menschen
in engen Neoprenanzügen, mit oder ohne Brett, die
darauf warten, endlich ins Wasser gehen zu können
oder auch zuerst eine Einweisung zu bekommen. Ein
dunkelhaariger Mann, der etwas jünger als ich zu sein
scheint, kommt mit einem iPad in der Hand aus einem
weißen Flachbau, und so wie es aussieht, teilt er die
Anwesenden in Gruppen ein, denn er nennt eine Reihe
von Namen, die sich daraufhin zum Wasser begeben.
Es ist die Gruppe, die bereits mit Surfbrettern
ausgestattet ist. Am Wasser werden sie von einem
Typen erwartet, den ich ohne weiteres auch am Strand
von Miami, Los Angeles oder Hawaii finden würde.
Blonde Surferlocken, gepaart mit einem blendend
weißen Lächeln. Sofort übernimmt er das Kommando
und paddelt mit seinem Brett der Gruppe voran auf das
Wasser. Die andere Gruppe hat sich inzwischen
ebenfalls formiert, allerdings wird sie von einer

attraktiven Frau mit einem blonden Dutt angewiesen, die ihnen Trockenübungen vormacht.

„Kann ich Ihnen helfen?", reißt mich eine Stimme aus meiner Betrachtung des Geschehens. Ich wende mich um und vor mir steht der Typ mit dem iPad.

„Äh... ich habe gerade in Bainbridge erfahren, dass es hier eine Surfschule gibt, und da wollte ich..." Während ich noch versuche, mir eine Ausrede einfallen zu lassen, warum ich hier bin, reißt der Typ die Augen auf. „Oh mein Gott! Sie sind... Sie sind... Wesley Milford!" Interessiert mustert er mich wie ein außerirdisches Wesen. Na super. Warum muss ausgerechnet er es sein, der mich auf Anhieb erkennt? Die Jungs vorhin konnte ich leicht abwimmeln. Aber wenn er mich kennt, wird er wissen, dass ich gerade wegen einer Gehirnerschütterung außer Gefecht bin, und wie soll ich es dann erklären, warum ich mich ausgerechnet für eine Surfschule interessiere, wo ich doch gerade keinen Sport machen darf?

„Äh ja, das bin ich, aber ich wäre Ihnen dankbar, wenn das unter uns bleiben könnte."

„Oh Gott, ja, selbstverständlich. Sie wollen bestimmt Ihre Ruhe haben", mutmaßt er und sieht sich verstohlen um. Dann nickt er in Richtung des Gebäudes.

„Wir können gerne reingehen, dann können Sie mir verraten, warum es Sie hierhin nach Yeomalt verschlägt. Oder überhaupt nach Bainbridge Island." Auffordernd sieht er mich an, und wenn ich nicht ganz wie ein Idiot wirken will, sollte ich ihm wohl folgen. Hoffentlich fällt mir auf dem Weg hinein ein, was ich jetzt sagen soll.

„Gehen wir doch in mein Büro, Mr. Milford", fordert er mich auf, als wir das Innere des Gebäudes betreten, das sich als erstaunlich geräumig erweist. Es gibt hier einen Tresen, hinter dem eine brünette junge Frau sitzt, einen Wartebereich, der aus Bänken besteht, die aus Surfbrettern zusammengebaut worden sind, und gerade durch gibt es zwei Türen, die beide geöffnet sind. Hinter der einen Tür scheint es einen Gemeinschaftsraum zu geben, denn ich erkenne Spinde, Bänke, einen Tisch und ein paar Stühle. Hinter der zweiten Tür scheint ein Büro zu sein, auf das wir beide jetzt zusteuern.

„Bitte, setzen Sie sich. Möchten Sie etwas trinken? Einen Kaffee? Wasser?" Mein Gegenüber lässt sich hinter dem Schreibtisch nieder und mir bleibt nichts anderes übrig, als mich ebenfalls zu setzen.

„Ein Wasser bitte, wenn es keine Umstände macht." Er nickt, geht dann zu einem groß, neuwertigen Kühlschrank und entnimmt ihm eine kleine Flasche Wasser, die er mir zusammen mit einem Glas hinstellt. Sofort muss ich an den alten Minikühlschrank im *Melias* denken und irgendetwas daran stört mich, aber bevor ich mir Gedanken darüber machen kann, was das ist, oder was ich hier überhaupt mache, fährt mein Gegenüber schon fort.

„Oh Mann, ich glaube, ich träume! Wesley Milford hier in meinem Büro!" Er klingt wie ein männliches Groopie. Unangenehm.

„Ich bin ein riesiger Fan der *Seagulls*, müssen Sie wissen. Ich kann nur nicht so oft ins Stadion kommen, wie ich es möchte, weil mich das hier", er deutet vage in den Raum, „zu sehr vereinnahmt." Er hat keine

Frage gestellt, also warte ich ab, denn es scheint so, als
wäre er noch nicht fertig mit dem, was er sagen will.
„Also ich bin gerade dabei, zu expandieren. Sie sehen
ja, was hier los ist, dabei ist es gerade eine eher ruhige
Jahreszeit. Ich plane, ein Wassersportcenter zu
eröffnen. *Think big.*" Er zwinkert mir zu als wären wir
alte Bekannte. Dann schlägt er sich vor den Kopf.
„Oh mein Gott, ich habe mich ja noch gar nicht
vorgestellt! Elias Davis. Mir gehört die Surfschule." Er
hält mir die Hand hin. Ich will nicht unhöflich sein,
also schüttele ich seine kurz, aber irgendetwas an ihm
stört mich. Ich weiß nur noch nicht, was es ist.
„Sie wollen expandieren?" Er ist der Typ Mensch, den
man nur dazu bringen muss, zu reden. Ich denke nicht,
dass es ihn noch interessiert, warum ich hier bin. Oder
jedenfalls nicht so sehr, dass er nachfragen würde.
„Oh ja, sobald mein B&B verkauft ist werden
hoffentlich finanzielle Mittel frei, die mir das
ermöglichen. Das hier", dieses Mal umfasst die Geste
seiner Hand einen wesentlich größeren Bereich, „ist
mein Traum. Ich wollte schon immer etwas Eigenes
haben. Etwas, das mit Wassersport zu tun hat." Seine
Augen leuchten und seine Stimme vibriert förmlich vor
Enthusiasmus. Sein gesamtes Auftreten unterscheidet
sich von dem seiner Schwester wie die Nacht vom Tag.
„Äh... Sie sagten, Sie verkaufen gerade ein B&B?"
„Oh ja. Eigentlich gehört es meiner Schwester und mir,
aber es läuft schon lange nicht mehr gut. Der
Verkaufserlös ist hier besser angelegt. Schließlich
bringt es nichts, ein totes Pferd zu füttern." Wieder
zwinkert er mir zu, und so langsam glaube ich, dass es
eher ein Reflex ist als bewusst gesteuerte Mimik. Ich

102

muss an Melody denken, die immer ein Hauch Resignation und Traurigkeit umgibt, und die damit das genaue Gegenteil von dem ist, was ihr Bruder ausstrahlt.

„Oh, dann freut sich Ihre Schwester sicherlich, dass sie das B&B bald los ist." Ich frage mich, ob ich mit meiner Vermutung richtig liege. Nämlich, dass Melody das ganz anders sieht. Und tatsächlich winkt ihr Bruder ab und schnaubt.

„Mel hängt an diesem alten Kasten. Sie will nicht einsehen, dass der alte Schuppen ein Fass ohne Boden ist. Es lohnt sich schon lange nicht mehr, auch nur einen Penny dort hineinzustecken. Das hier", wieder diese Geste in den Raum, „ist die Zukunft." Fragt sich nur, ob Melody das auch so sieht. Das Bild, das ich von ihr habe, beginnt, sich langsam zu verändern. Ich sehe sie vor mir, wie sie abgekämpft und müde abends von ihrer Schicht in diesem Restaurant kommt. Und dann morgens am Strand, wie sie in ihrem türkisfarbenen Outfit irgendwelchen reichen Schnepfen die aufgehende Sonne vorturnt. Wenn es so wäre, dass sie hier mit ihrem Bruder zusammenarbeiten wollte, warum ist sie dann nicht hier? An der Rezeption arbeitet eine hübsche Brünette, und Elias hat gleich zwei Angestellte für die Surfkurse. Warum also hat Melody diese zwei Jobs plus das B&B?

„Mel sträubt sich noch, aber ich denke, mit der Zeit wird sie schon einsehen, dass es das Beste ist, das *Melias* zu verkaufen." Seine Stimme hat diesen überheblichen Unterton eines Menschen, der von dem, was er sagt, überzeugt ist. Und zwar in einer Weise, die keine andere Sichtweise zulässt. Da er gerade das *Melias* erwähnt hat...

„Oh, sagten Sie das *Melias*?", hake ich nach, weil ich wissen will, wie er reagiert, wenn ich ihm sage, dass ich dort abgestiegen bin. Und weil es nicht ausgeschlossen ist, dass er dort aufkreuzt und ich dann dumm dastehen würde, wenn ich es nicht erwähnt hätte.

„Sie kennen es?" Verblüfft zieht er eine Augenbraue hoch.

„Ja, ich wohne dort. Für ein paar Tage." Er sieht mich an als hätte ich den Verstand verloren.

„Sie... wohnen da?", fragt er überflüssigerweise nach. Dann räuspert er sich.

„Aber warum? Warum wohnt jemand wie Sie in dieser Absteige und nicht im *Bainbridge Resort?* Das hat fünf Sterne und..." Er schüttelt irritiert den Kopf.

„Mein Manager hat es für mich gebucht", lüge ich. „Ich wollte ausdrücklich etwas, das abgelegen ist, damit ich meine Gehirnerschütterung in Ruhe auskurieren kann. In einem großen Hotel besteht viel eher die Gefahr, dass ich erkannt werde und keine Ruhe vor den Fans habe." Klingt logisch, oder?.

„Okay, das verstehe ich, aber ausgerechnet das *Melias*? Hat meine Schwester neben ihren drei Jobs denn überhaupt Zeit, sich um Sie zu kümmern?" *Drei* Jobs?

„Sie hat nebenbei drei Jobs?" Die Frage ist raus, bevor ich mich zurückhalten kann.

„Ja, sie kellnert, gibt Yogastunden im Resort und arbeitet für eine Wäscherei, indem sie Wäsche ausliefert." Er hebt entschuldigend die Arme. „Ich sage ihr auch immer wieder, dass sie das nicht muss, aber sie bildet sich ein, so das *Melias* irgendwie retten zu können. Nur dass es zu spät ist. Der alte Kasten wird

verkauft, auch wenn sie sich noch hundert Jobs sucht,
um das zu verhindern." Irgendwie klingt er nicht so, als
würde es ihm leid tun, das *Melias* aufzugeben. Eher...
zufrieden, so als wäre es genau das, was er sich
gewünscht hat.
„Aber...", will ich einhaken, aber dann erinnere ich
mich daran, dass es mich gar nichts angeht, was
zwischen Melody und ihrem Bruder abgeht. Auch Elias
scheint genug von dem Thema zu haben, denn er
wechselt schnell das Thema.
„Interessieren Sie sich für Wassersport, Mr. Milford?"
Nein.
„Nun ja, es wäre Neuland für mich, aber warum nicht
mal über den Tellerrand hinaussehen?" Ich kann den
Moment genau erkennen, in dem Elias zu dem
professionellen Geschäftsmann wird, der er sein muss,
um Erfolg zu haben. In der nächsten Stunde erfahre ich
alles über seine Surfschule, die geplante Erweiterung
zu einem Wassersportcenter, in dem mehr als nur
Surfen angeboten werden soll, und darüber, was er sich
für mich als Ausgleichssport vorstellen kann. Also
Jetski hört sich tatsächlich interessant an, aber das ist
Zukunftsmusik. Am Ende nimmt er mir noch das
Versprechen ab, seine Flyer in der Mannschaft zu
verteilen. Und ich frage mich einmal mehr, warum er
diese durchaus positive Energie ausschließlich auf
seine Vision richtet, statt seiner Schwester zu helfen,
das B&B zu behalten. Er hat nicht ein einziges Mal von
wir geredet. Oder überhaupt von Melody. Und zum
ersten Mal überkommen mich Zweifel, ob ich ihr nicht
vielleicht unrecht tue, weil ich davon überzeugt war,
dass sie ganz alleine dafür verantwortlich ist, dass das
B&B so heruntergewirtschaftet ist.

Melody

Das kann doch alles nicht wahr sein! Meister Yoda stottert bedenklich, und wenn es möglich wäre, würde er sagen: *Du dich damit abfinden musst! Du dich nicht immer so aufregen darfst. Es dir nichts bringen wird.* Aber ich *will* mich gerade aufregen! Und es bringt mir sehr wohl etwas! Reinigende Wut, ja, das bringt es mir! Wobei: Wenn ich an mir heruntersehe, ist reinigend vielleicht der falsche Ausdruck. Ich bin wieder mal mit Öl verschmiert, weil ich gerade die Ölablassschraube an der Ölwanne erneuert habe. Ein paar Meilen hatte ich heute morgen das Gefühl, dass es für Meiser Yoda und mich vielleicht doch noch ein Happy End gibt, aber dann hat er mich eines besseren belehrt. Er hat mir mit einer eindeutigen Warnung in Gestalt einer roten Warnleuchte zu verstehen gegeben, dass er Öl verliert. Da ich gerade kein Geld für die Werkstatt übrig habe, habe ich mir ein Tutorial im Internet angesehen, in Bainbridge eine passende neue Schraube besorgt, meinen Wagenheber rausgeholt und den störrischen alten Jedi aufgebockt. Es hat auch alles geklappt, die neue Schraube sitzt bombenfest, nur Meister Yoda stöhnt und röchelt immer noch. Leider bin ich jetzt mit meinem Latein am Ende. Ich hatte so gehofft, dass das der Grund dafür wäre, dass er beim Anlassen nur gurgelt und röchelt. Frustriert schlage ich auf die Motorhaube und trete gegen den Vorderreifen. Zu allem

Überfluss habe ich in zwei Stunden einen Yogakurs, den ich kurzfristig übernehmen soll. Verwünschungen ausstoßend eile ich Richtung Haus, als der schicke neue Camry auf den Hof fährt. Der nicht röchelt oder stottert, sondern im Gegenteil leise wie ein sanftes Säuseln einer Brise dahingleitet. Der hat mir gerade noch gefehlt. Also Wesley. Ich werde aus ihm einfach nicht schlau. Erst die Sache mit Digger, da hat er mich ehrlich überrascht. Ich hätte nie im Leben für möglich gehalten, dass er das für mich tut. Und für einen... Waschbären. Dann das gemeinsame Frühstück. Es fühlte sich mit einem Mal so vertraut an. Es war schön, nicht allein da zu sitzen und zu essen. Sich mit jemandem unterhalten zu können, auch wenn das Thema für meinen Geschmack vielleicht etwas zu privat war. Aber etwas war da zwischen uns, das es mir leicht gemacht hat, mich ein kleines bisschen zu öffnen. Er hat mir zugehört und ich hatte das Gefühl, es würde ihn interessieren. *Ich* würde ihn interessieren. Bis er diese blöde Bemerkung machte, die mich mehr getroffen hat, als er ahnen kann. Und die mich gleichzeitig berührt und verärgert hat. Ja, ich hätte jemanden gebraucht, der mir in meinem Chaos den Weg gezeigt hätte. Der mich unterstützt und an mich geglaubt hätte. Jemand, der mir geholfen hätte, das *Melias* zu betreiben. Verdammt. Mein Ex hat gleich nachdem es schwierig wurde, mit mir Schluss gemacht. Aber es gab und gibt ja noch jemanden, der mir hätte helfen, mich unterstützen können, und der mir näher stehen sollte als es ein Freund jemals könnte. Meinen Bruder. Stattdessen hat er mich nur ausgenutzt, um sich seinen Traum zu erfüllen. Ganz so, als wäre meiner unwichtig. Aber Familie kann man sich nicht

aussuchen. Freunde schon, nur hatte und habe ich nicht
genug Zeit, diese Freundschaften zu pflegen. Also
bleibt es meistens bei oberflächlichen Bekanntschaften.
Außer bei Amy.

„Macht Meister Yoda wieder Ärger?", fragt Wesley
mich, nachdem er ausgestiegen ist. Sein Blick bleibt an
mir hängen und seine Mundwinkel zucken. Er beißt
sich auf die Lippe, um das Lachen zu unterdrücken und
genau das ist es, was mich wütend macht. Er steigt in
seinem Hundert-Dollar-Shirt aus einem Auto, das
vielleicht nicht Oberklasse ist, aber gegen Meister Yoda
aussieht, als hätte es alle Preise der Autoindustrie
gewonnen. Und auch wenn ich nicht viel Ahnung vom
Leben der Reichen und Schönen habe, so gehört
Wesley garantiert dazu. Und er lacht über mich, weil
ich... weil ich...

Ein weiteres Auto fährt in den Hof. Oh, bitte, lieber
Gott, kannst du es nicht ein mal gut sein lassen?!

„Hey, Wesley, Sie haben das hier bei mir vergessen!"
Das Arschloch von meinem Bruder springt aus einem
Pick-up. Einem fast neuen und vor allem fahrtüchtigen
Pick-up, und wedelt mit einer Brieftasche durch die
Luft. Wesley kraust die Stirn, fasst an seine hintere
Hosentasche und sieht dann zu Eli.

„Oh, danke. Das habe ich noch gar nicht bemerkt." Ich
schlucke alles, was ich sagen wollte hinunter. Was geht
hier vor sich? Woher kennen sich Eli und Wesley?

„Ja, ich dachte, ich bringe sie Ihnen lieber persönlich
vorbei. Ich wusste ja, dass Sie im *Melias* abgestiegen
sind." Wie immer, wenn mein Bruder von dem B&B
spricht, wird sein Tonfall abwertend. Es ist kein Zufall,

dass er *abgestiegen* sagt. Ich weiß genau, was er damit andeuten will.

„Ihr kennt euch?", mische ich mich ein. Es schmerzt ein bisschen, dass Eli mich noch immer nicht wirklich begrüßt hat, dafür aber Wesley anstarrt, als wäre er die Sonne, um die sich die Erde dreht.

„Ja, Mr. Milford kam heute in die Surfschule um sich nach Kursen zu erkundigen", erklärt Eli, wobei er mich nur kurz mustert, wieder zu Wesley sieht, dann aber stutzt und die Stirn runzelt.

„Wie siehst du überhaupt aus, Mel? Hast du wieder versucht, den alten Karren zu reparieren? Herrgott, warum nur steckst du immer wieder Geld und Kraft in Dinge, die dem Untergang geweiht sind?!" Ich schlucke, denn seine harten Worte treffen mich mehr als ich mir eingestehen will. Ich öffne den Mund zu einer Erwiderung, dann wird mir klar, dass Wesley direkt neben uns steht und uns zuhört. Und das, was zwischen mir und Elias ist, geht ihn nichts an.

„Nicht jeder kann sich einen neuen Pick-up leisten, Eli." Ich deute auf sein Auto, das ich noch gar nicht kenne. Und ich frage mich, wie er das bezahlt hat. Obwohl, wirklich fragen muss ich mich das nicht. Elias schnaubt nur und winkt ab.

„Du hättest das alles hier nicht machen müssen, Mel. Wir hätten das *Melias* schon lange verkaufen sollen, dann wäre es gar nicht so weit gekommen, dass..." Jetzt scheint auch er zu merken, dass Wesley uns immer noch zuhört.

„Egal. Es ist nun so, wie es ist." Dann wendet er sich wieder an Wesley.

„Also ich kann Ihnen nur noch mal anbieten, Sie ins *Resort* umzubuchen. Selbstverständlich erstatten wir

Ihnen in diesem Fall den Preis für die restliche
Mietzeit." Wesley zieht die Augenbrauen zusammen
und ich... ich...

„*Wir* buchen hier gar nichts um, Elias!", fauche ich,
während mir Tränen in die Augen steigen, die ich
mühsam wegblinzele. Warum tritt Eli immer alles mit
Füßen, was mir etwas bedeutet? Und es ist mir jetzt
auch egal, dass Wesley das alles mitbekommt. Aber
irgendwann ist der Punkt erreicht, an dem auch ich
nicht mehr kann. Meine Enttäuschung, mein
emotionaler Schmerz, meine Verzweiflung... das alles
bricht sich seine Bahn und bricht aus mir heraus.

„Spiel dich jetzt nicht so auf, als wenn dich meine
Gäste interessieren. Als wenn du um ihren Komfort
oder ihr Wohlbefinden besorgt bist, Eli! Seit Jahren
kümmerst du dich nicht darum, was mit dem B&B
passiert. Du und dein großer Traum von diesem...
diesem Wassersportcenter!", spucke ich, während es
mir nicht gelingt, die Tränen der Demütigung
zurückzuhalten, die Elias' Verhalten in meinen Augen
emporsteigen lässt..

„Ich bemühe mich, so gut ich kann, das *Melias* zu
führen, während du in deiner Surfschule hockst und nur
kommst, wenn du wieder mal Geld für deine
verdammten Bretter brauchst." Ich hole Luft und sehe
erst jetzt, dass nicht nur Eli mich anstarrt, sondern auch
Wesley. Okay, gut, ich will vielleicht doch nicht, dass
er da mit hineingezogen wird, also schlucke ich den
Rest, den ich meinem Bruder an den Kopf werfen
wollte, herunter und versuche, mein heftig klopfendes
Herz und meine Atmung wieder auf ein normales Maß
herunterzufahren. Dann winke ich ab. Es bringt ja doch

alles nichts mehr. Jede Rechtfertigung, jede Erklärung,
warum es so ist, wie es ist, ist bedeutungslos.

„Es tut mir leid, Wesley. Ich... Wenn du wirklich
auschecken möchtest, dann lege ich dir natürlich keine
Steine in den Weg. Ich bin nicht dumm oder weltfremd.
Das *Melias* ist so viele Kategorien unter deiner
Wohlfühlschwelle, dass ich verstehen kann, wenn du...
also wenn du...“

„Ich werde nicht ausziehen, Melody. Jedenfalls nicht,
bevor ich ohnehin wieder nach Seattle muss.“ Seine
Stimme klingt fest, fast sanft, und ich sehe ihn
ungläubig an. Der Blick, den er mir zuwirft, macht
etwas mit mir. Er ist warm, fast entschuldigend, obwohl
er nichts getan hat, für das er sich entschuldigen
müsste. Und mein stacheliger Panzer, den ich aus
Schutz um mich errichtet habe, damit niemand sieht,
wie verletzlich ich in Wirklichkeit bin, bricht an einer
kleinen Stelle auf. Ich wische mir verstohlen die Tränen
aus dem Gesicht und versuche mich an einem kleinen
Lächeln.

„Okay. Dann bekommst du aber ein Upgrade.“ Ich
sehe, wie Wesley fragend die Augenbrauen hochzieht,
während Elias erneut abfällig schnaubt.

„Ein... Upgrade?“ Wesley sieht so irritiert aus, dass ich
grinsen muss. Wahrscheinlich sehe ich mit all dem Öl,
das meine Tränen garantiert verschmiert haben, eher
aus wie ein Gruselclown, aber das macht mir nichts
aus. Es ist schließlich nicht das erste Mal, dass Wesley
mich so sieht.

„Ja, Zimmer Nummer Drei hat einen fantastischen
Ausblick auf den Strand und das Wasser.“

Wesley

Ich würde diesen Penner Elias am liebsten unangespitzt in den Boden rammen. Auch wenn er jetzt selbst ein bisschen unbehaglich aus der Wäsche guckt. Er sieht Melody nach, wie sie im Haus verschwindet und ich glaube fast, dass ich ein kurzes, trauriges Aufblitzen in seinen Augen erkenne, aber das kann nicht sein, oder? Nicht, nachdem was er sich gerade geleistet hat.

„Es...", er räuspert sich, „es tut mir leid, dass Sie... dass Sie das hier mitbekommen haben. Ich versuche seit Jahren, Mel davon zu überzeugen, dass sie dieses B&B loslässt. Es tut ihr nicht gut. Emotional und auch...", er schüttelt verzweifelt den Kopf. „Sie arbeitet in drei Jobs, plus das B&B, und will nicht einsehen, dass es vorbei ist. Eigentlich schon vorbei war, als wir es übernommen haben. Die Hypothek..." Wieder schüttelt er den Kopf, führt aber nicht weiter aus, was es mit dieser Hypothek auf sich hat.

„Ich will immer noch, dass sie bei mir mit einsteigt, aber sie weigert sich. Wasser und alles, was damit zu tun hat, ist nicht ihr Ding, sagt sie. Aber dieses B&B ist es leider auch nicht, das weiß ich." Mit diesen kryptischen Worten dreht er sich um und geht ohne ein weiteres Wort zu seinem Pick-up, steigt ein und fährt los. Ich stehe noch eine Weile einfach nur da und überlege, was ich mit dieser Situation jetzt anfangen soll. Melody hat gerade so verloren, so verletzt

ausgesehen, dass ich sie am liebsten in den Arm
genommen und getröstet hätte. Sie berührt etwas tief in
mir. Ich will sie halten, sie trösten, sie beschützen. Ich
weiß nicht, woher diese Gefühle kommen und was sie
bedeuten. Ich weiß nur, dass sie etwas in mir berührt,
das lange verschüttet war. Oder vielleicht auch noch nie
so intensiv da war. Ich hatte bereits zwei Beziehungen,
oder sollte ich besser sagen, erst? Keine Ahnung, aber
bei beiden Frauen waren die Gefühle für sie anders.
Leichter. Unbeschwerter. Unechter? Herrgott, Wes, reiß
dich zusammen! Melody ist gerade an einem Punkt in
ihrem Leben, an dem sie niemanden braucht, der sie
anlügt, was seine wahren Gründe angeht, warum er hier
ist. Melody ist wie ein verletztes Kätzchen, das faucht
und sich gegen jeden wehrt, der es anfassen will. Und
ich bin nicht der, der sie retten kann, vor was auch
immer. Außerdem habe ich eine Katzenhaarallergie!
Ich bin überrascht, als sie plötzlich an mir vorbeiläuft,
mir kurz schüchtern zulächelt und dann ihr Fahrrad aus
dem Carport zerrt. Dann fällt mir ein, dass sie vorhin
offenbar versucht hat, diesen alten Yoda zu reparieren,
was ihr wohl nicht gelungen ist, denn sie schwingt sich
in den Sattel und radelt in einem Affenzahn los. Ich
frage mich, zu welchem ihrer drei Jobs sie gerade
aufbricht, oder aber... hat sie vielleicht einen Freund?
Nein, dafür hat sie gar keine Zeit, oder? Und
verdammt, warum frage ich mich das überhaupt?!
Wütend über mich selbst gehe ich mein Zimmer, das
ich plötzlich mit anderen Augen sehe. Seit wann steht
da ein kleiner Strauß Herbstblumen auf dem kleinen
Tischchen? Und auf dem Kopfkissen liegt ein in rote
Folie gewickeltes Stück Schokolade. Okay, an den
anderen seiner Art, die achtlos neben der

Kaffeemaschine liegen, erkenne ich, dass es auch nicht das erste ist. Ich habe sie einfach alle weggelegt, ohne sie wirklich zu registrieren. Weil ich keine Schokolade esse, aber das spielt keine Rolle, weil die Geste zählt. Seit wann bin ich jemand, der nicht mehr auf diese Kleinigkeiten achtet? Meine Mom würde mich zusammenstauchen, weil ich diesen achtsamen Blick auf Kleinigkeiten verloren habe. Sie hat früher auch immer Schokolade für die Gäste auf das Kopfkissen gelegt.

Das Klingeln meines Handys unterbricht diese unangenehme Erkenntnis, die ich gerade gewonnen habe.

„Milford, wo steckst du?", blafft mich Coach Meyers an.

„Ich habe mich ein paar Tage zurückgezogen, um meine Gehirnerschütterung auszukurieren, Coach. Aber das habe ich Ihnen gesagt und Sie haben..."

„Ja ja. Ich weiß. Wie geht es dir, Junge?" Ich muss schmunzeln. Junge. Das ist so unpassend wie ihn selbst Sonnenscheinchen zu nennen, aber das größte emotionale Lob, zu dem Meyers fähig ist.

„Sehr gut, keine Kopfschmerzen, keine neurologischen Ausfälle."

„Gut. Das wollte ich hören. Der Doc sagt, du kannst wieder mit leichtem Lauftraining beginnen. Mit leichtem, verstanden?" Er kennt mich und weiß, dass ich es manchmal übertreibe.

„Und übermorgen will er dich sehen. Persönlich, live und in Farbe!", bellt er, aber im Grunde ist er eine Seele von Mensch. Er versteckt es nur sehr gut.

Übermorgen. Ich bin erleichtert, dass ich einen Grund
habe, hier zu verschwinden, obwohl ich dazu ja gar
keinen brauche. Außer vielleicht als Rechtfertigung vor
mir selber, weil ich jetzt doch schneller als geplant
abreisen muss. Und ich ahne, wie das bei Mel
ankommen wird, nachdem ich ihr gerade noch gesagt
habe, dass ich bleibe. Aber das muss mir egal sein. Sie
muss mir egal sein. Ich bin nicht der Prinz, der sie
retten wird. Viel eher bin ich der Antichrist, derjenige,
der ihren Traum vom B&B zerstören wird.
„Jawohl, Coach. Wann ist mein Termin?"
„Um acht Uhr. Sei pünktlich." Ohne eine
Verabschiedung legt Meyers auf. Ich grinse, weil das
nun mal seine Art ist. Ich chatte noch mit ein paar
Teamkollegen, um mir den neuesten Klatsch und
Tratsch anzuhören, und davon gibt es unter uns mehr
als auf dem Mädchenklo in der High School. Unser
Neuzugang Pax treibt alle mit seiner Pinkhysterie in
den Wahnsinn. Landon, unser Center, hat ein ganzes
Kino gemietet, um mit einer seiner Eroberungen *Dirty
Dancing* anzusehen, aber leider kam sein Date mit
ihrem Freund, weil sie dachte, er hätte sie zu einem
Kinoabend unter Freunden eingeladen.
Dann schnappe ich mir meine Sportschuhe, mache
Dehnübungen, damit ich nicht noch länger ausfalle,
weil ich mir aus Unachtsamkeit eine Zerrung oder was
ähnliches einfange, weil ich mich nicht ausreichend
aufgewärmt habe. Es ist schon später Nachmittag als
ich endlich loslaufe. Aber es soll ja auch nur ein
leichter Lauf werden, also wird mich die eintretende
Dämmerung nicht weiter stören.
Während ich durch das unwegsame Gelände laufe,
schwirrt mir so viel im Kopf herum, dass mich selbst

das Joggen, das ich sonst immer als geradezu meditativ
empfinde, nicht ablenken kann.
Ich sehe Melodys hübsches ölverschmiertes Gesicht
vor mir und spüre beinahe körperlich ihre Wut und ihre
Verzweiflung über den Verlust des *Melias.* Ich verstehe
nicht ganz, warum sie so sehr daran hängt, aber dass sie
es tut, daran besteht kein Zweifel. Ich halte sie nicht für
so ignorant, dass sie nicht selbst weiß, dass sie es
aufgeben muss. Umso liebenswerter, aber auch
verzweifelter wirken all diese kleinen Gesten wie die
Schokolade oder die Blumen, die sie beharrlich
beibehält, damit man sich als Gast willkommen fühlt.
Okay, da gibt es auch diese andere Seite an ihr. Sie
kann ein kleines Biest sein, ein freches, vorlautes,
schlagfertiges, übelgelauntes...
Meine Gedanken werden jäh unterbrochen, als ich
hinter mir ein Geräusch ausmache, das mich
erschrocken zur Seite springen lässt. Es hört sich fast
an wie ein Nebelhorn. Was zur Hölle...
Reflexartig drehe ich mich um und sehe gerade noch,
wie ein Fahrrad, das eine mir nur allzu bekannte Frau
lenkt, hinter mir bedenklich ins Wanken kommt.
Augenscheinlich hat sie mein unbedachter Schritt zur
Seite dazu genötigt, mir auszuweichen, um mich nicht
über den Haufen zu fahren. Dadurch hat sie die
Kontrolle verloren, so dass das Rad zur Seite ausschert,
ein paar wackelige Meter in den Wald fährt und...
mitsamt seiner Fahrerin umkippt. Was folgt ist: Stille.
Dann: „Bist du mit einem Hasen verwandt, weil du
Haken schlägst oder willst du dich einfach nur vor mein
Fahrrad werfen, um eine exorbitant hohe Summe
Schadensersatz wegen Körperverletzung

herauszuholen?", keucht die personifizierte Prüfung meiner Selbstbeherrschung, während sie versucht, sich unter dem Blechhaufen, der einmal ein Rad war, hervorzuarbeiten. Ein sehr altes Rad, mit einer sehr lauten Klingel, die geeignet ist, in Gedanken versunkene Jogger zu Tode zu erschrecken. Und die deswegen aus dem Tritt kommen, weil sie denken, das jüngste Gericht kündige sich mit Fanfarenklängen an. Es könnte also sein, dass ich deshalb tatsächlich ein klitzekleines bisschen zu weit auf die Straße abgekommen bin. Außerdem ist es schon ziemlich dunkel, also habe ich gar nicht so genau gesehen, wo ich hinlaufe. Straßenbeleuchtung, denke ich sofort. Wenn ich das Gelände hier für die kleinen Patienten und ihre Angehörigen erschließe, dann ist eine gute Beleuchtung unabdingbar, weil...
Plötzlich irritiert, weil nichts weiter von dieser Meckerziege kommt, blicke ich in die Richtung, in die das Rad verschwunden ist. Und sehe sofort, dass etwas nicht stimmt. Statt weiter zu schimpfen und mir ihren Unmut über mein Verhalten an den Kopf zu werfen, sitzt Melody einfach nur stocksteif da, immer noch zwischen Rad und der Erde hilflos eingekeilt. Sie hat die Augen aufgerissen und atmet hektisch ein und aus. „Also dass wir Hasen im Stammbaum haben, kann ich ausschließen. Du hättest einfach an mir vorbeifahren können, aber du musstest mich ja mit dieser entarteten Nebelhornfanfare zu Tode erschrecken", versuche ich, die Situation mit einem Witz zu entschärfen, aber Melody atmet weiter nur hektisch. Dann greift sie sich plötzlich an die Kehle.

„Keine Luft... ich... bekomme...“ Mit einem paar
großen Schritten bin ich neben ihr und knie mich vor
sie hin. Wenn sie mich nur verarscht werde ich...
„Bitte. Hilf... Luft“, keucht sie panisch, ihre Augen weit
aufgerissen, aber je hektischer sie versucht, zu atmen,
desto mehr machen ihre Lungen dicht. Scheiße. Sie
hyperventiliert. Ich sehe mich alarmiert um. Ich
brauche etwas, in das sie hinein atmen kann. Notfalls
tun es meine Hände, aber... da. Neben dem Rad auf
dem Boden, halb in einem Busch hängend, entdecke
ich eine Plastiktüte. Auf dem Boden daneben liegen
Orangen, ein Toastbrot und... den Rest schütte ich
einfach auf den Waldboden. Dieser Waschbär wird sich
sicher darüber freuen, denke ich grimmig, bevor ich ihr
die Tüte vor Mund und Nase halte und sie begierig die
Luft einzieht. Ich rede beruhigend auf sie ein, keine
Ahnung, was für einen Unsinn ich erzähle, aber sie
bekommt in ihrer Situation sowieso nicht mit, was ich
sage. Es ist die Ruhe in meiner Stimme, die sie
wahrnimmt. Es dauert etwas, bis sich ihr hektischer
Atem beruhigt, aber nach einer Weile entspannt sie sich
sichtbar. Ich nehme die Tüte von ihrem Gesicht und
erst jetzt sehe ich, dass sie geweint hat. Ihre Augen sind
rot und sie sieht in diesem Augenblick so hilflos, so
zerbrechlich und müde aus, dass sich mein Herz
zusammenzieht. Das ist die letzte Reaktion, die ich im
Zusammenhang mit ihr haben sollte, aber entgegen
jeder Vernunft ziehe ich sie in eine schützende
Umarmung. Ich sollte das nicht tun, aber mein Körper
reagiert, bevor mein Verstand ihn stoppen kann. Noch
weniger hätte ich aber geglaubt, dass sie sich
schluchzend an mich presst. Ihr warmer Atem streicht

118

gegen meinen Hals und ich spüre die Wärme ihrer Haut selbst durch unsere Kleidung hindurch. Ich weiß nicht, wie lange wir hier so sitzen und ich sie wie ein kleines Kind wiege, aber es gibt nichts, was sich im Augenblick richtiger anfühlt, als sie im Arm zu halten und zu trösten. Bis sich mein Verstand irgendwann wieder einschaltet und ich sie vorsichtig von mir schiebe.

„Hast du dich... bist du verletzt?", stelle ich die Frage, die ich besser hätte sofort stellen sollen, bevor ich sie in den Arm genommen habe. Sie schüttelt verwirrt den Kopf, wischt sich mit der Hand über das Gesicht und es scheint fast so, als würde auch sie erst jetzt erkennen, wie nah wir uns waren. Augenblicklich versteift sie sich und rückt von mir ab.

„Nein, es geht schon wieder." Wie zur Bestätigung bewegt sie Beine und Arme, dann rappelt sie sich auf. Ich sehe, dass sie sich mühsam den Schmerz verbeißt, weil sie kaum auftreten kann.

„Sieht aber nicht so aus. Komm, ich stütze dich. Es ist ja nicht mehr weit." Ich halte ihr meinen Arm hin und sie zögert einen kurzen Moment. Dann hält sie sich an mir fest und macht einen vorsichtigen Schritt, zuckt aber sofort zusammen. Ich sehe ihr an, dass es schlimmer schmerzt als sie zugeben will und hebe sie vom Boden in meine Arme. Es ist nicht mehr weit, das werde ich schon schaffen. Sie keucht und wehrt sich halbwegs empört, aber dann gibt sie nach und fügt sich in ihr Schicksal.

„Das Fahrrad, oder besser gesagt, den Blechhaufen, kann ich morgen früh abholen. Ich denke, er passt in den Kofferraum", versuche ich, sie aufzumuntern, aber

stattdessen huscht ein Ausdruck tiefer Resignation über
ihr hübsches Gesicht.
„Das ist sehr nett von dir. Danke. Und auch danke für
deine Hilfe gerade eben." Sie beißt sich auf die Lippe,
was ich spüre, denn so nah presse ich ihr Gesicht an
meinen Hals. Warum auch immer ich das gerade tue,
aber ich will sie beschützen, halten und für sie da sein.
„Ich hatte... es ist nur...", sie bricht ab und ich spüre,
wie sie versucht, die Fassung zu wahren, bevor es
feucht auf meiner Haut wird. Sie weint. Fuck!
„Es tut mir, leid, es ist nur so, dass... es war fast genau
an der Stelle, an der... an der...", ihr Flüstern wird
immer leiser, so dass ich sie kaum noch verstehe.
„Es ist fast genau die Stelle, an der mein Vater
angefahren wurde."

Melody

Ich weiß nicht, warum ich ihm das erzähle. Ich muss
mich nicht rechtfertigen. Oder ihm irgendetwas
erklären. Es ist nur so, dass ich gerade ein emotionales
Wrack bin und...
„Dein Vater wurde angefahren? Genau dort?" Wesleys
Stimme klingt irritiert. Inzwischen haben wir die
Veranda erreicht und er lässt mich vorsichtig auf einen
Stuhl gleiten. Fragend sieht er mich an. In seinem Blick
erkenne ich deutlich Mitgefühl, aber auch Neugier.
„Ja, er ist... man hat ihn..." Auch nach so vielen Jahren
kann ich noch nicht darüber reden, ohne diesen

stechenden Schmerz in der Brust zu verspüren. Mein
Fuß pocht und mein Kopf dröhnt, aber ich fühle mich
angesichts der Situation dazu verpflichtet, Wesley
wenigstens die objektiven Fakten darzulegen.
„Der Fahrer konnte nie ermittelt werden. Die Polizei
vermutet, dass er einem Waschbären ausgewichen ist
und dabei die Kontrolle über den Wagen verloren hat.
Mein Vater war auf dem Weg ins *Melias*, ein Wagen hat
ihn erfasst und... er ist ein paar Monate später an seinen
Verletzungen gestorben." Er sagt nichts, sieht mich nur
durchdringend an. Versucht, die Lücken, die meine
Geschichte hat, mit Sinn zu füllen. Die versteckte
Information, die meine Geschichte enthält,
einzuordnen. Dann versteht er und sein Blick wird
warm. Er streicht mir sanft eine Strähne aus dem
Gesicht.
„Und dieser Waschbär war... Digger?", fragt er leise.
Dabei streicht er hauchzart mit seinem Daumen über
meine Wange. Ich kann mich dem nicht entziehen und
will es in diesem Augenblick auch gar nicht. Seine
sanften, fast zärtlichen Berührungen sind gerade
Balsam für meinen aufgewühlten Verstand, der mit den
Erinnerungen und all den schrecklichen Bildern
kämpft, die er gespeichert hat. Mein Dad im
Krankenhaus. Das Piepsen und stetige Geräusch der
Beatmungsmaschine. Der dicke Verband um seinen
Kopf, die vielen, vielen Hämatome an seinem Körper...
Und dann diese Stille, die viel schlimmer war als all die
Geräusche vorher. Diese Stille, die unbarmherzig
darauf hinwies, dass das Herz meines Vaters aufgehört
hatte, zu schlagen. Und die so widersinnig laut in mir
widerhallte und auch mein Herz für kurze Zeit still
stehen ließ. Nur für Sekunden, bis meine Mutter diesen

einen Schrei ausstieß, den ich nie in meinem Leben vergessen werde. Bevor sie zusammenbrach.

„Melody?" Wesleys besorgte Stimme klingt weit weg, aber sie schafft es, mich aus diesem Albtraum voller schmerzhafter Erinnerungen zurückzuholen. Ich merke plötzlich, dass ich haltlos schluchze. Und weine. Und zittere. Wes streicht mir beruhigend über mein Haar. Hält mich. Lässt mich weinen. Wärmt mich. Beschützt mich. Und obwohl ich weiß, dass es nicht wirklich etwas bedeutet, dass er mich nur trösten will, wird mir doch innerlich warm. Ein neues, unbekanntes Gefühl, ein Knirschen, das meine Schutzmauer weiter bröckeln lässt, reißt schmerzhaft an meinen Eingeweiden, aber es ist eine schöne Art von Schmerz. Ein befreiendes, mich langsam wieder erdendes Gefühl. Ich weiß nicht, wie lange wir so da sitzen, ich an ihn geschmiegt, seine warmen Arme, die mich wie in einem sicheren Kokon schützend umschlingen, aber als ich ein Geräusch höre und mich vorsichtig von ihm löse, ist es bereits dunkel. Ich höre ein Fiepsen und Tapsen und gleich darauf erscheint Digger auf der Veranda. Neugierig und anscheinend auf Futtersuche schnüffelt er um uns herum und ich muss plötzlich lächeln.

„Es war seine Mutter, die überfahren wurde. Ich habe Digger im Gebüsch gefunden als ich versucht habe, irgendwelche Hinweise auf den Autofahrer zu finden. Stattdessen fand ich ein verwaistes Waschbärenbaby und habe es mit der Flasche großgezogen", beantworte ich gefühlt Stunden später Wesleys Frage, aber er nickt nur verstehend. Den Teil mit der Flasche kante er ja schon. Ich räuspere mich und winde mich aus seinen Armen. Das hier ist nicht richtig, auch wenn es sich so anfühlt. Er ist ein Gast, nur ein Gast. Kein Freund, kein Partner. Er ist ein Fremder. Ja, Wesley ist ein Fremder, auch wenn es sich nicht mehr so anfühlt. Ich sollte ihm nicht mein Herz ausschütten oder ihn noch näher an mich heranlassen als ich es ohnehin schon getan habe. Er wird in ein paar Tagen weg sein. Und dann bin ich wieder allein auf mich gestellt.

„Tut mir leid. Ich wollte nicht dein teures Shirt vollheulen", versuche ich, der Situation die Intimität zu nehmen. Und das trifft nicht nur auf die körperliche Nähe zu, die wir gerade teilen, sondern, und das ist noch viel gefährlicher, auch auf die emotionale Ebene, auf die ich uns mit meiner Geschichte befördert habe.

„Muss es nicht, Mel. Ich habe ein paar mehr davon im Schrank", grinst er und bin erleichtert und traurig zugleich, dass er genau wie ich darum bemüht ist, die notwendige Distanz zwischen uns wiederherzustellen.

„Ich sollte mich um meinen Fuß kümmern. Er pocht ganz schön." Ich muss weg von ihm, möglichst schnell, denn dieses warme Gefühl, das mir seine Anwesenheit vermittelt und der holzig-erdige, frische Duft, der ihn umhüllt, vernebeln langsam meine Sinne. Und das kann ich mir nicht erlauben. Ich will aufstehen, aber der stechende Schmerz lässt mich aufkeuchen. Es fühlt sich an als würde man mir ein Messer in den Fuß rammen. Sofort springt Wesley auf und stützt mich, damit ich nicht hinfalle.

„So wie es aussieht, kannst du nicht mal einen Schritt weit gehen. Komm, ich trage dich rein und kümmere mich um deinen Fuß. Hast du einen Erste-Hilfe-Kasten?" Ich will protestieren, aber er hat mich schon hochgehoben und trägt mich hinein. Ich beiße mir auf die Lippe, aber es hilft ja nichts. Auch mir ist klar, dass ich seine Hilfe brauche. So wie es aussieht, werde ich auch nicht arbeiten können. Was wiederum heißt, dass ich kein Geld verdiene, denn ich bin nirgendwo festangestellt, sondern arbeite nur aushilfsweise, wenn ich angefordert werde.

„Setz dich hin und halte den Fuß ruhig. Ich hole schnell etwas, was dir hilft." Wesley hat mich ohne zu fragen in sein Zimmer gebracht, wo er mich vorsichtig auf das Bett setzt. Dann geht er hinaus, nur um kurz darauf mit einem Beutel gefrorener Erbsen zurückzukommen.

„Tut mir leid, ich habe im Gefrierfach deines Kühlschranks nur das hier gefunden." Er legt den Beutel Gefrorenes auf meinen Knöchel.

„Will ich wissen, woher du weißt, wo mein Kühlschrank steht?"

„Wusste ich nicht, aber so viele Zimmer, in denen er stehen könnte, gibt es ja nicht!" Er grinst mich an und ich kann ihm einfach nicht böse sein, dass er in meinem Zimmer war und in den Kühlschrank gesehen hat. Viel gibt es da ohnehin nicht zu sehen. Dann geht er wieder los, nur um Minuten später mit einer großen Tasche wieder hereinzukommen. Er stellt sie neben dem Bett ab und kramt darin herum.

„Das ist aber nicht der Erste-Hilfe-Kasten", stelle ich überflüssigerweise fest.

„Nein, das hier ist besser." Er sucht weiter, ohne seine Worte genauer zu erklären. Dann hält er triumphierend eine Bandage und eine Tube hoch.

„Was ist das?"

„Du hast eine Zerrung oder eine Verstauchung. So genau kann ich das nicht unterscheiden, aber in beiden Fällen gilt die PECH-Regel."

„Die was?“

„Die PECH-Regel. Pause, Eis, Compression und Hochlagern.“ Er sagt das mit einer Selbstverständlichkeit, dass ich fast glaube, er könnte Arzt sein.

„Bist du Arzt?“, frage ich deswegen, während er sich neben mich setzt.

„Nein, kühl nur weiter. Wenn die Erbsen aufgetaut sind, lege ich dir einen Kompressionsverband an. Für die Ruhe musst du dann selbst sorgen.“ Wieder dieses Grinsen, allerdings entgeht mir nicht, dass er meine Frage nicht beantwortet hat. Nun ja, muss er ja auch nicht. Geht mich schließlich nichts an.

„Warum hast du dann all diese Dinge bei dir?“ Okay, vielleicht bin ich doch neugierig.

„Weil ich mich mit Verletzungen dieser Art auskenne. Und weiß, wie Erste-Hilfe in diesem Fall aussieht.“ Nein, ich werde nicht noch mal nachfragen. Wesley geht ins Badezimmer und holt ein Handtuch, das er um die gefrorenen Erbsen wickelt, bevor er sie auf meinem Fuß deponiert. In den nächsten Minuten schweigen wir und sehen den Erbsen sprichwörtlich beim Auftauen zu. Ich habe inzwischen das Gefühl, dass mein Fuß selbst ein Eisklotz ist, aber immerhin ist der stechende Schmerz nicht mehr so präsent.

„So, jetzt vorsichtig.“ Er wickelt das Handtuch ab und legt den Beutel einfach auf den Fußboden. Dann beginnt er, die elastische Binde unter leichtem Zug von den Zehen bis über den Knöchel zu wickeln. Er macht das so professionell und schnell, dass ich mich wieder frage, ob er vielleicht etwas im Gesundheitswesen arbeitet. Physiotherapeut oder so was ähnliches.

„Du musst den Fuß in den nächsten Tagen so ruhig wie möglich halten, Mel", ordnet er an.

„Und wie stellst du dir das vor, Wesley? Willst du dein Bett selber machen? Oder dir das Frühstück selbst zubereiten? Und mein Job im *Fish & Ships* und..."

„Kann dir denn niemand helfen? Eine Freundin? Oder... deine Mutter?" Ein schmerzhafter Stich bohrt sich in mein Herz. Er weiß ja nicht...

„Meine Mutter ist tot. Und ja, sie hätte mir hier helfen können, schließlich war das *Melias* ihr Herzensprojekt, aber sie ist kurz nach meinem Vater gestorben." Er zuckt getroffen zusammen und sieht mich mit einem Blick an, den ich nicht deuten kann.

„Das... das tut mir leid, Mel." Ich schlucke, weil sich für einen Augenblick unsere Blicke ineinander verhaken und die Flut an Emotionen, die ich in seinen Augen lese, überwältigt mich. Ich kann deutlich spüren, dass etwas mit uns passiert. Etwas...

„Mel ich muss morgen abreisen. Dann kannst du dich ausruhen." Seine Worte treffen mich unvorbereitet. Als hätte man einen Kübel Eiswasser über mir ausgeschüttet. Ich bin so eine blöde Kuh! Ich habe alles falsch interpretiert. Jedes Wort, jede Geste! Er war wahrscheinlich heute Mittag nur zu höflich, um mir zu sagen, dass er Eli zustimmt. Dass er hier so schnell wie möglich weg will. Und jetzt hat er die perfekte Ausrede, um das hier zu beenden.

„Gut. Okay. Dann also... wann willst du los? Ich mache dir bis dahin die Rechnung fertig. Natürlich musst du nur die Tage zahlen, die du hier gewohnt hast." Meine Stimme klingt ein bisschen hohl und zittert leicht, aber ich bin trotzdem stolz darauf, wie ich die Enttäuschung

126

aus meinem Tonfall heraushalte, denn das ist es, was seine Worte bei mir ausgelöst haben. Enttäuschung. Und auch Wut über mich und meine lächerlich bedürftige Reaktion auf seine nur freundlich gemeinte Unterstützung.

„Mel, ich...", versucht er sich zu rechtfertigen, aber ich winke ab.

„Nein, schon gut, du musst dich nicht entschuldigen. Oder mir etwas erklären." Ich hieve mich hoch und humpele zur Tür.

„Wann willst du frühstücken?"

„Mel, bitte..."

„Wann?" Ich klinge abweisend und distanziert, genau das, was mein Ego jetzt braucht. Ich muss dringend meine Mauern wieder hochziehen. Schon wieder verlässt mich jemand, wenn ich Hilfe brauche. Obwohl es vollkommen unfair ist, ihm diese Aufgabe aufzuerlegen, reißt ein weiteres Mal diese schlecht verheilte Wunde des Verlassenwerdens in meinem Herzen auf. Mom, Dad, Josh, Elias...

„Mel", versucht er es noch mal, aber ich drehe mich nicht mehr um.

„Sieben Uhr", ist alles, was ich ihm noch zu sagen habe.

Wesley

„*Green for 10*!", ruft Jace über den Lärm hinweg, der es fast unmöglich macht, seine Anweisung zu verstehen. Ohne mich anzusehen täuscht er einen Wurf an, übergibt mir dann aber den Ball in einem Hand-Off. Wir brauchen nur fünf Yards für einen neuen First Down, das sollte ich schaffen. Mit dem Ball in der Hand sprinte ich durch eine Lücke in der gegnerischen Defense, die mir zwei meiner Teamkollegen freigeblockt haben, sehe allerdings, wie einer der Linebacker der *Arizona Hornets* wie ein außer Kontrolle geratener Stier auf mich zukommt. Dreihundert Pfund wütende Körpermasse machen sich bereit, mich daran zu hindern, noch ein paar weitere Yards zu erlaufen. Das könnte unschön werden, wenn er mich erwischt. Im letzten Moment rammt Pax ihn von den Beinen, indem er ihn von der Seite so hart tackled, dass beide das Gleichgewicht verlieren und zu Boden gehen. Keine Ahnung, wie unser Tight End es geschafft hat, diesen wütenden Stier zu Fall zu bringen, wiegt er doch nur etwa die Hälfte. Wahrscheinlich hat ihm seine wahnsinnige Geschwindigkeit den entscheidenden Massevorteil gebracht. Ich habe keine Zeit, mich umzusehen, ob Pax den Check unverletzt überstanden hat, denn die Lücke, die gerade eben noch da war, schließt jetzt ein weiterer Koloss der gegnerischen Defense. Collin Miller hat noch eine Rechnung aus der letzten Saison mit mir offen, weil ich ihn ein paarmal habe schlecht aussehen lassen. Er ist nun mal eher ein Rammbock als eine Ballerina, und genau deswegen haben die *Hornets* ihn auch verpflichtet. Allerdings kommt er selbst nicht so gut damit klar, dass seine Bewegungen im Gegensatz zu unserer wendigen Offense oft so aussehen, als würde eine Schnecke versuchen, einen Geparden einzuholen. Durch seine Face Mask kann ich es nicht genau erkennen, aber ich glaube, der Kerl grinst mich an. Ich warte, bis er nah genug ist, um mich zu erwischen und drehe mich, als er sich auf mich werfen will, blitzschnell zur Seite. Ich spüre an der leichten Erschütterung, dass der Koloss den Boden geküsst hat und schaffe es tatsächlich, noch ein paar wichtige Yards zu erlaufen, bevor mich doch noch jemand zu Boden bringt. Der Aufprall ist heftig und ich zucke zusammen, als er mir dabei unabsichtlich auf die Hand tritt. Und auch, weil ich umknicke, als ich aufkomme. Wenn es wieder mit einer Verletzung endet, ist der neue First Down teuer erkauft, aber als ich aufstehe, ist der Schmerz auszuhalten.

Am Ende gewinnen wir gegen die *Hornets* knapp mit 28:25, aber bei der Unruhe, die gerade wegen der Dopingermittlungen innerhalb der Franchise herrscht, ist das ein wichtiger Schritt in die richtige Richtung.

„Wie du Miller hast eine Pirouette drehen lassen war erste Sahne! Selbstloser Einsatz, wie immer“, lacht Jace, deutet auf den Verband um meine Hand, der eine Fleischwunde verdeckt, die mir die Spikes dieses Kolosses zugefügt haben. Gott sei Dank erst nach der Two-Minute Warning, so dass es für das Spiel keine Bedeutung mehr hatte.

„Jop! Er hat sich dreimal um sich selbst gedreht. Wahrscheinlich ist ihm immer noch schwindelig“, prustet auch Paxton los.

„Kommst du nachher noch mit, wir wollen im *Seagull's Nest* den Sieg feiern?“, fragt Jace, nachdem wir geduscht und uns angezogen haben.

„Tut mir leid, aber ich habe gleich noch einen Termin. Es geht um mein neuestes Baby.“ Nach dem Gespräch mit Mel und der Erkenntnis, dass das *Melias* Mels Erbe ist, und nicht einfach das Projekt einer jugendlichen, fehlgeleiteten Orientierungssuche, habe ich versucht, den Kauf zu stoppen, aber es war zu spät. Jill hat, nachdem sie mein Angebot um 50.000 Dollar erhöht hat, den Zuschlag für mich bekommen. Jetzt gehört das *Melias* mir. Das schlechte Gewissen Melody gegenüber verdirbt mir allerdings die Freude darüber. Ich war ein Arsch, weil ich einfach so gegangen bin, aber die Tatsache, dass ich im Begriff war, ihr das Erbe ihrer Eltern wegzunehmen, hat mich auf Abstand gehen lassen. Wenn es so gewesen wäre, dass dieses B&B nur ein fehlgeschlagener Versuch gewesen wäre, sich auszuprobieren, hätte ich damit kein Problem gehabt, aber Mels Geschichte und ihre emotionale Bindung an diesem Ort hat mich mehr berührt als ich gedacht hätte. Diese plötzliche Nähe zu Mel hat mich überfordert. Dieser Augenblick, als sich unsere Blicke getroffen haben. Als ich diese Verbindung gespürt habe, die ich mir weder erklären kann, noch will. Das Gefühl, sie so aufgelöst in meinen Armen zu halten, so verletzlich. Der Moment, als sie sich mir geöffnet und mir ihre Geschichte erzählt hat. Vielleicht nicht die ganze, aber einen wichtigen Teil davon. Einen Teil, den ich noch nicht kannte... Ihr Schmerz, ihre Verzweiflung, ihre Trauer habe ich so intensiv gefühlt, als hätte ich sie selbst erlebt. Und das Wissen darum, dass ich in Kürze für weiteren Schmerz verantwortlich sein werde, wenn sie das *Melias* an mich verliert, hat mich innerlich förmlich zerrissen. Wenn sie erst erfährt, dass ich der Käufer bin und dass ich es sehr wahrscheinlich abreißen lassen werde, wird sie mich so oder so hassen. Also konnte ich auch einfach gehen. Es hätte nichts

gebracht, mehr daraus werden zu lassen, weil wir am Ende auf zwei verschiedenen Seiten stehen werden. Das rede ich mir jedenfalls ein, aber meine Schuldgefühle ihr gegenüber, weil ich sie dort verletzt und ohne Hilfe zurückgelassen habe, zerfressen mich innerlich. Ja, ich hätte noch einen Tag bleiben können, bevor ich mich in der Medizinabteilung bei unserem Doc hätte melden müssen, aber dieser Tag hätte den Abschied nur hinausgezögert. Ich habe Mel nicht noch mal gesehen bevor ich abgereist bin. Das Frühstück stand auf dem Tisch, daneben die Rechnung. Kein überflüssiges Wort, aber damit war ja auch nicht zu rechnen. Und es ist besser so. Trotzdem meldet sich mein Gewissen immer noch laut und brüllt mir zu, dass ich sie im Stich gelassen habe, ohne zu wissen, wie sie zurecht kommt. Ihr Arschlochbruder wird sich ganz sicher nicht um sie kümmern, und ob sie Freunde hat, weiß ich nicht. Vielleicht hätte der eine Tag doch einen Unterschied gemacht?
„Stimmt es, dass du tatsächlich eine Bruchbude auf Bainbridge Island gekauft hast und daraus ein B&B machen willst?", fragt Versus Tomlin, unser Fullback, während er seine Tasche schultert.
„Ja und nein", antworte ich kryptisch.
„Hä? Was denn nun?", fragt er auch prompt nach.
„Ja, ich habe ein B&B auf Bainbridge Island gekauft und nein, ich werde es nicht als B&B weiterführen."
Versus sieht mich mit zusammengezogen Brauen an.
„Was willst du denn dann damit machen, Bro?"
„Ich werde auf dem Gelände eine kleine Einrichtung bauen lassen, in der sich Kinder nach einer Herz-OP erholen können", lasse ich die Katze aus dem Sack. Diejenigen meiner Teamkollegen, die noch nicht weg

sind und gehört haben, was ich gesagt habe, kommen näher und ich sehe von ungläubigem *„Der spinnt!"* bis hin zu ehrlichem Interesse so ziemlich die gesamte Palette an Reaktionen dazwischen.

„Ich habe gleich einen Termin mit Valerie Michals. Sie ist Architektin und wird mich bei meinem Vorhaben unterstützen." Tatsächlich kann ich eine gewisse Portion Stolz, aber auch meine innere Überzeugung, dass das etwas Gutes ist, nicht aus meiner Stimme heraushalten. Für einen kurzen Augenblick herrscht Stille in der Kabine, dann klopfen mir ein paar der Jungs auf die Schulter.

„Guter Mann, Bro!"

„Alter, was für eine abgefuckte Idee!"

„Wenn du jemals etwas brauchst, finanziell oder sonst was, lass es mich wissen." Jace' Stimme klingt ernst und aufrichtig. Er hat sich, seit er mit Ally zusammen ist, zu einhundert Prozent verändert. Vom Arschloch zum Vorzeigeathleten und -mann.

Montgomery Watts, einer unserer Fullbacks, stößt einen anerkennenden Pfiff aus. Dass dieser nicht meiner Idee, sondern etwas anderem gilt, wird mir dann aber ziemlich schnell klar.

„Alter, die Michals ist ein heißes Gerät! Ich habe sie kennengelernt als ich sie letztes Jahr mit der Planung und dem Bau meines Hauses beauftragt habe." Mit seinen Händen formt er imaginäre Brüste und er klimpert mit den Augen.

„Haarfarbe? Körbchengröße?", mischt sich Landon, unser Center, interessiert ein.

„Brünett. Schätze mal, 75 Doppel D."

„Wow! Ich will auch ein Haus bauen!“ Landon hat mit
einem Mal diesen Blick, den er immer dann bekommt,
wenn er auf ein heißes Date aus ist. Ich schüttele
amüsiert den Kopf. Ich werde diese Kindsköpfe
vermissen, wenn ich nach der Saison aufhöre.
„Hat sie auch einen prallen Hintern, damit die Statik
stimmt?“ Ich muss lachen. Landon ist bereits im
Jagdmodus. Ihm ist zuzutrauen, dass er sich tatsächlich
ein Haus bauen lässt, nur um diese Frau
kennenzulernen. Das Abgefahrenste, was er jemals
gebracht hat, ist, sich ein Hausschwein zu kaufen, nur
um seinem Objekt der Begierde erzählen zu können,
dass er ein aktiver Tierschützer ist und es hasst, dass
süße kleine Schweine geschlachtet und zu Schnitzeln
verarbeitet werden. Er hat ihr tatsächlich erzählt, er
hätte Gwendolyn, so hat er das Schwein genant, vor
dem Schlachthof gerettet. Natürlich ging die
Geschichte nicht gut aus und jetzt hat er zwar keine
Freundin, aber ein Hausschwein. Wir haben alle schon
Angst, dass er irgendwann mal eine Meeresbiologin
kennenlernen könnte. Nicht auszudenken, wenn er dann
für sie Seaworld in seinem Garten nachbauen lässt.
„Oh, glaub mir, ihre Statik ist ausgeglichen. Obwohl
der Vorbau vielleicht etwas...“ Und so geht es weiter,
bis ich meine Tasche schultere und grinsend die Kabine
verlasse.
Ich kenne Valerie sehr gut, aber das werde ich diesen
Kindsköpfen nicht auf die Nase binden. Gleichzeitig ist
das auch der Grund, warum ich erst gezögert habe, sie
für mein Projekt zu engagieren. Letztendlich haben
mich aber ihre Referenzen davon überzeugt, mich für
sie zu entscheiden. Wir sind erwachsen und das, was

zwischen uns war, sollte kein Grund sein, sie für diese
Aufgabe nicht in Betracht zu ziehen.

Ich hatte zwei längere Beziehungen, die aber
gescheitert sind. Meine erste Freundin kam nicht damit
zurecht, ständig im Rampenlicht zu stehen, und die
zweite kam zu gut damit zurecht. Das war Valerie. Ich
weiß bis heute nicht, ob sie wirklich an mir als Mensch
interessiert war, oder nur an der Tatsache, dass ich ihr
die Möglichkeit verschafft habe, ihr hübsches Gesicht
in die unzähligen Kameras zu halten, die uns
entgegengehalten wurden, wo immer wir zusammen
aufgetaucht sind. Die Zweifel, die ich letztlich an ihrer
Liebe zu mir hatte, hat unsere Beziehung schließlich in
die Brüche gehen lassen und ich habe mich von ihr
getrennt. Sie hat geweint und immer wieder beteuert,
dass ich die Liebe ihres Lebens sei, aber richtig glauben
konnte ich ihr das nicht. Danach habe ich versucht,
mich so gut es geht aus der Öffentlichkeit
herauszuhalten und mein Privatleben auch privat zu
halten. Erstaunlicherweise klappt das bis heute ganz
gut.

„Sollen wir noch irgendwo etwas trinken gehen? Auf
die alten Zeiten?“, fragt Valerie mich ein paar Stunden
später, nachdem wir in ihrem Büro die Dokumente
durchgegangen sind, die mir die Bank zur Verfügung
gestellt hat. Es fehlen ein paar Unterlagen zur Statik
des Gebäudes und ein paar wichtige Unterlagen über
die Bodenbeschaffenheit des Geländes, was, wenn ich
Valerie richtig verstanden habe, entscheidend dafür sein
kann, ob sich ein Neubau oder eher eine Sanierung
lohnt.

„Sehr gerne, Valerie. Wie wäre es, wenn ich dich vorher noch zum Essen einlade?“ Ich wundere mich über mich selbst, denn vor diesem Treffen hätte ich niemals in Erwägung gezogen, mich mit Valerie über das Geschäftliche hinaus auf so etwas Privates wie ein Abendessen einzulassen. Den Ausschlag, sie überhaupt für dieses Projekt in Betracht zu ziehen, hat schließlich eine Empfehlung einer renommierten Privatklinik gegeben, die sie von einem in die Jahre gekommenen, nicht mehr zeitgemäßen Bau in eine helle, moderne Klinik verwandelt hat. Genau so etwas brauche ich, deshalb hat sie den Job. Aber so wie es aussieht, hat Val sich seit damals sehr zu ihrem Vorteil verändert. Und ich würde wirklich gerne wissen, wie es ihr so ergangen ist und warum sie plötzlich selbst Karriere macht, statt sich an den Arm eines reichen, prominenten Typen zu hängen, so wie früher bei mir. „Da sage ich nicht nein. Ich habe einen riesigen Hunger!“ Sie lächelt mich an und nichts an diesem Lächeln ist künstlich oder inszeniert, so wie es früher war, wenn sie etwas damit erreichen wollte. Valerie macht es mir wirklich leicht, die Vergangenheit dort zu lassen, wo sie hin gehört. Wir unterhalten uns wie in unseren besten Zeiten, lachen und diskutieren über meine Idee, aus dem *Melias* einen Ort zu machen, an dem herzkranke Kinder sich erholen können. Es ist angenehm vertraut und doch auch wieder ganz neu, sich mit ihr zu unterhalten. Val ist nicht mehr die Frau von früher. Sie hat sich verändert. Wir beide haben das, schließlich haben wir uns schon vor sechs Jahren getrennt und seitdem haben wir uns beide weiterentwickelt. Ein paarmal meine ich, so etwas wie Melancholie oder Bedauern in ihren Augen zu lesen, wenn wir über längst vergangene Zeiten sprechen, aber das ist schon in Ordnung. Schließlich war nicht alles an der Beziehung mit Valerie schlecht oder falsch. Wir hatten durchaus auch glückliche Zeiten, und dem sollten wir Rechnung tragen, in dem wir uns nicht mit Wut oder Hass aufeinander dran erinnern.

Melody

„Ich freue mich sehr für sie, Mr. und Ms. Davis, dass der Erlös aus dem Verkauf des *Melias* ausreicht, um Ihre Bonität neu zu bewerten und Ihnen auf Grundlage der bereits eingezahlten Summe den gewünschten Anschlusskredit bewilligen zu können." Mr. Torres, der für uns zuständige Kreditberater, nickt meinem Bruder und mir freundlich zu und ich brauche einen Augenblick, bis ich verstehe, was er gesagt hat. Und einen weiteren Moment, um zu verstehen, was er damit gemeint hat.

„Moment. Es gibt einen weiteren Kredit?" Ich sehe von Mr. Torres zu Eli, und während der eine mich nur verständnislos mustert und dazu bestätigend nickt, ist Eli mehr als verlegen. Er weicht meinem Blick aus und starrt stattdessen den Boden an.

„Ja, Ihr Bruder hat gleich, als ich ihm die Summe nannte, die aus dem Verkaufserlös des *Melias* übrig bleibt, dieses Geld als Sicherheit für einen Anschlusskredit auf Ihr Geschäftskonto eingezahlt."

„Unser Geschäftskonto?" Fassungslos sehe ich Eli an
und er hat wenigstens den Anstand, rot zu werden.
„Nun ja, Mel, das Wassersportcenter ist unsere Zukunft,
sieh das doch endlich ein!", versucht er sich, wie schon
hundertmal zuvor, zu rechtfertigen.
„Äh, ich verstehe nicht ganz, was Sie meinen, Miss
Davis. Es hört sich so an als wären Sie darüber
überrascht, dass Ihr Bruder dieses Konto eröffnet hat."
Mr. Torres' Blick huscht unsicher von mir zu Elias und
wieder zurück.
„Überrascht? Ja, das bin ich in der Tat! Ich weiß
tatsächlich nichts davon, Mr. Torres, und ich frage
mich, wie sie einen Kreditantrag für ein *gemeinsames*
Geschäftskonto bewilligen können, ohne dass ich etwas
Schriftliches vorgelegt bekomme, geschweige denn,
etwas unterschrieben habe."
„Haben Sie nicht?" Mr. Torres Miene schwankt
plötzlich zwischen Ratlosigkeit und Zweifel.
„Aber ich habe hier... also..." Er sucht umständlich in
seinen Unterlagen und legt mir schließlich einige
Papier vor, auf denen tatsächlich meine Unterschrift zu
lesen ist. Das ist der Moment, in dem ich auch mit dem
Herzen begreife, wie zerrüttet die Beziehung zwischen
mir und meinem Bruder wirklich ist.
„Also Ms. Davis, wenn das wirklich nicht Ihre
Unterschrift ist, dann können Sie den Vertrag natürlich
anfechten. Ich kann Ihnen leider nichts anderes sagen,
weil die Bewilligung bereits durch ist, aber wenn Sie
sich einen Anwalt nehmen..." Mr. Torres' Worte werden
zu einem Rauschen und mir wird schwindelig. Mein
Herz pocht schnell und unrhythmisch in meiner Brust,
die sich anfühlt als würden Tonnen von Steinen auf ihr
liegen. Ich bekomme keine Luft mehr, die Wände

kommen auf mich zu und ich muss raus hier. Ich höre,
wie sowohl Eli als auch Mr. Torres mir etwas zurufen,
aber ich will und kann keine Minute länger in diesem
stickigen Büro bleiben. Und in Elis Nähe.
Ich dachte, ich hätte bereits den Tiefpunkt mit dem
Verlust des *Melias* erreicht, aber das, was ich gerade bei
Elias' und meinem Termin in der Bank erfahren habe,
trifft mich wie eine Faust in die Magengrube.
Eli hat meine Unterschrift gefälscht, um an diesen
Kredit für sein Wassersportcenter zu kommen. Und
damit ist nicht nur mein Anteil am Verkaufserlös weg,
sondern auch jede Hoffnung, davon die Kaution für
eine Wohnung, die ich mir bereits angesehen habe, zu
bezahlen. Die drei Monatsmieten kann ich nie und
nimmer innerhalb der geforderten Frist von drei Tagen
aufbringen und somit kommt die Wohnung wieder auf
den Markt. Etwas Vergleichbares, und vor allem
Bezahlbares in der kurzen Zeit zu finden, in der ich laut
des neuen Eigentümers das *Melias* zu räumen habe, ist
unmöglich.
„Mel, bitte, sei doch vernünftig!" Ich blinzele gegen die
Tränen an, die mir heiß über das Gesicht rinnen. Elias
eilt aus dem Gebäude und bleibt vor mir stehen. So wie
es aussieht, habe ich es gerade einmal bis vor die Bank
geschafft, wo ich jetzt an der Wand lehne und heule.
„Ich soll vernünftig sein? Ist das dein beschissener
Ernst, Eli? Du hast meine Unterschrift gefälscht, um dir
meinen Anteil am Verkauf unter den Nagel zu reißen!
Und ich soll vernünftig sein?" Wut steigt in mir hoch.
„Ja, Mel, das wäre zur Abwechslung mal erwachsen
von dir!", schnaubt er und ich fasse es nicht.

„Erwachsen?“, keuche ich und muss tief durchatmen, damit ich diesen Feuerball aus Wut, Verzweiflung und dem Gefühl, von meinem eigenen Bruder hintergangen worden zu sein, davon abhalten kann, zu explodieren. Die ersten Leute gucken schon zu uns rüber, immerhin stehen wir direkt vor der Bank.

„Ja, erwachsen, Mel!“ Eli fährt sich durch seine wilde Surferfrisur und seufzt. Bevor ich etwas sagen kann, fährt er fort: „Mel, du musst endlich loslassen. Mom und Dad sind seit fünf Jahren tot. Du klammerst dich aus einem romantischen Gefühl heraus an dieses B&B, weil du glaubst, sie würden wollen, dass wir es in ihrem Sinne weiter führen. Aber weißt du, was ich glaube? Dass sie nicht wollen würden, dass du dich dafür aufopferst.“ Ich öffne den Mund, aber Eli ist noch nicht fertig.

„Ich weiß, dass du neben dem *Melias* noch drei weitere Jobs hast, und keiner davon ist wirklich das, was du dir früher vorgestellt hast. Bevor unsere Eltern gestorben sind, wolltest du Kunst studieren, aber dann hast du dich darauf versteift, das *Melias* weiterzuführen.“

„Eli...“

„Weißt du, was ich noch glaube? Es geht hier gar nicht um das *Melias*. Es geht darum, dass du nicht loslassen kannst! Dass du nicht das Letzte verlieren willst, was Mom und Dad uns hinterlassen haben, weil du das Gefühl hast, sie dadurch endgültig zu verlieren. Aber sie sind tot, Mel. Tot. Sie kommen nicht wieder und daran wird kein B&B der Welt etwas ändern!“ Elias atmet heftig ein und aus, und ich kann sehen, dass er verzweifelt versucht, die Tränen zu unterdrücken, die in ihm darum kämpfen, herausgelassen zu werden. Er schließt für einen kurzen Augenblick die Augen und irgendwie berührt es mich, wie verletzlich er gerade ist. Ich weiß nicht, was ich sagen soll, denn ein Teil meiner Wut ist plötzlich verraucht.

„Ich vermisse sie auch, Mel. Jeden verdammten Tag vermisse ich sie. Aber ich brauche keinen Ort, um mich an sie zu erinnern. Denn das ist es, was das *Melias* für dich ist: Ein Ort, an den du dich so verzweifelt klammerst, weil du *sie* nicht loslassen kannst.“ Ich muss schlucken, denn seine Worte bewegen etwas in mir. Ein tiefer, dunkler Schmerz kämpft sich durch meinen Körper, lässt mein Herz schwer werden und meine Brust eng. Das Atmen fällt mir auf einmal schwer und neue Tränen rinnen mir über die Wangen.

„Eli“, flüstere ich, weil ich mich zum ersten Mal seit fünf Jahren durch seine Augen sehe. Weil er mich das erste Mal seit all dieser Zeit hinter die sorglose und fast kalte Fassade hat sehen lassen, die er der Welt präsentiert. Und weil er, wenn ich ehrlich zu mir selbst bin, mit seiner Einschätzung nicht ganz unrecht hat. Ich habe das nie so gesehen, aber wenn ich in mich hineinhöre, ist da immer noch diese Trauer, dieser Schmerz, den ich nicht loswerde. Vielleicht, weil ich nie richtig Zeit hatte, um Mom und Dad zu trauern. Mit Moms Tod mussten so viele Entscheidungen getroffen werden, dass ich keine Trauer zulassen konnte, oder vielleicht wäre es richtiger zu sagen, ich wollte keine Trauer zulassen. Denn mich damit zu befassen, dass auch sie auf einmal nicht mehr da war, hätte mich in einen dunklen Strudel gerissen, aus dem ich nicht mehr herausgefunden hätte, das wird mir jetzt klar.

„Eli...“, schluchze ich, aber er winkt nur ab.

„Ich weiß, dass es nicht richtig war, deine Unterschrift zu fälschen, Mel. Aber ich habe so oft versucht, dich zur Vernunft zu bringen, dass ich dachte, ich müsste dich einfach vor vollendete Tatsachen stellen, damit du endlich begreifst, dass dieses Wassersportcenter unsere Zukunft ist. Aber es war falsch, das sehe ich jetzt, weil es dich verletzt und das wollte ich nie, Mel. Ich hatte vor, dich zu meiner Teilhaberin zu machen, aber wenn du das nicht willst, werde ich dich trotzdem an dem Gewinn beteiligen, den das Center abwirft. Ich wollte dich immer nur beschützen, auch vor dir selbst...“ Wieder fährt er sich durch seine inzwischen wild abstehenden Haare, dann wird seine Miene wieder zu der Maske, die er mir und der Welt da draußen so gerne zeigt, um seine Gefühle zu beschützen. Weil er auf seine ganz eigene Art genau so verletzt, verzweifelt und allein ist, wie ich, das begreife ich in diesem Augenblick. Ohne mich weiter anzusehen winkt er ab. „Vergiss es. Ich werde dir so schnell es geht das Geld überweisen, das ich dir schulde. Es wird ein paar Tage dauern, vielleicht eine oder zwei Wochen, weil ich erst sehen muss, wie ich es verbuchen kann, ohne die Kreditzusage der Bank zu verlieren, denn ich glaube immer noch, dass dieses Wassersportcenter ein Erfolg wird. Ich wollte nicht, dass es so kommt, aber ich dachte wirklich, ich tue das Richtige. Ich hatte gehofft, du würdest es mit der Zeit einsehen, aber ich habe dabei übersehen, wie viel dir das *Melias* wirklich bedeutet. Und es tut mir wirklich leid, dass es so gekommen ist, wie es jetzt ist.“ Bevor ich noch etwas darauf sagen kann, wendet er sich ab und geht die Straße hinunter in Richtung seiner Surfschule. Er nimmt etwas von meiner Wut mit, von meiner

Verzweiflung und ja, auch von meiner Trauer. Wir haben *beide* unsere Eltern verloren, und Eli plötzlich so emotional reagieren zu sehen, hat etwas in mir ausgelöst. Ich schäme mich plötzlich, Eli all die Jahre unterstellt zu haben, er würde in meinen Augen nicht genug um unsere Eltern trauern. Ich habe gerade etwas sehr Wichtiges verstanden. Es gibt in der Trauer kein richtig oder falsch. Jeder kann nur versuchen, es auf seine Weise zu überleben. Die Art und Dauer der Traurigkeit, die ein derartiger Verlust mit sich bringt, sind so verschieden wie die Menschen, die mit ihr leben müssen. Elis Weg ist nicht meiner, aber deswegen ist es kein leichterer. Vielleicht hat er nur viel eher erkannt, dass man Trauer nicht nur überleben, sondern irgendwann auch wieder ins Leben finden muss?!

Wesley

Ich wache mit einem pelzigen Gefühl im Mund auf. Mir ist etwas schwindelig und ich brauche ein paar Augenblicke, um zu erkennen, dass das nicht mein Bett ist, in dem ich liege. Die Bettwäsche, der Geruch des Waschmittels... Nichts davon fühlt sich vertraut an. Vorsichtig öffne ich die Augen, aber in dem diffusen Licht, das durch zugezogene Vorhänge schimmert, erkenne ich nur wenige Umrisse. Alles fühlt sich fremd und irgendwie falsch an. Ich versuche, mich an die wenigen One-Night-Stands zu erinnern, die ich hatte, aber bei keinem von ihnen bin ich in einem fremden Bett aufgewacht. Ich habe immer dafür gesorgt, dass es zu dieser intimen Situation des gemeinsamen Aufwachens gar nicht erst gekommen ist. Neben mir nehme ich eine Bewegung wahr und drehe mich vorsichtig um. Mit stockt der Atem. Das da neben mir ist... Valerie?! Ich versuche krampfhaft, mich daran zu erinnern, was gestern alles passiert ist. Oder hoffentlich nicht passiert ist, denn Sex mit der Ex wäre so ziemlich das letzte, was ich jetzt gebrauchen kann. Weil es, zumindest nach dem letzten Abend, bei Val, gewisse Hoffnungen wecken könnte, die ich nicht gebrauchen und auch nicht bedienen kann. Ich weiß das so genau, weil es mir nämlich schon einmal passiert ist und ich vor zwei Jahren tatsächlich nach einer Spendengala, auf der sie ebenfalls war, nochmal mit Val im Bett gelandet bin. Ich bin nicht stolz darauf, aber da wir beide zu diesem Zeitpunkt solo waren, ist es einfach passiert. Leider hat Val danach eine Zeit lang geglaubt, das wäre der Auftakt zu einer Beziehung 2.0 gewesen. Es hat mich Nerven und zum Schluss auch ein paar sehr deutliche Worte gekostet, bis sie verstanden hat, dass es von meiner Seite aus nur Sex war. Sollte ich tatsächlich wieder diese Grenze überschritten haben, wird es um so schwerer sein, sie ein weiteres Mal davon zu überzeugen, dass wir keine irgendwie geartete Beziehung haben werden. Außer der beruflichen, natürlich. Scheiße! Ich bin so ein Idiot, mich derart abzuschießen, dass ich mich an kaum etwas erinnern kann!

Ich weiß nur noch, dass Val und ich einen netten Abend hatten. Wir waren in einem schicken Restaurant und danach in einer Bar. Entgegen meiner sonstigen

Gewohnheit, weil ich generell, und während der Saison schon mal gar nicht, trinke, haben wir... ja, wie viele Drinks werden es gewesen sein? Für mich eindeutig zu viele, wie mir mein Allgemeinzustand heute morgen deutlich macht. Val hat immer wieder, wenn ich aufhören wollte, weil ich heute ein anstrengendes Cardiotraining vor mir habe, nur gelacht und gesagt, einer ginge noch. Na ja, einer wäre vielleicht wirklich noch gegangen, aber so wie ich mich gerade fühle, war es nicht nur einer. Und während ich noch panisch überlege, was, oder besser gesagt, ob letzte Nacht etwas zwischen mir und Val passiert ist, höre ich ihre verschlafene Stimme.

„Guten Morgen, Wes." Ich stöhne gequält auf. Mein Kopf bringt mich um. Das ist schlimmer als bei dieser Gehirnerschütterung neulich. Val lacht leise als ich mich in eine aufrechte Position quäle.

„Äh, guten Morgen, Val", bringe ich gerade so heraus. Ich bemerke, dass sie an mich heranrückt und mir mit ihren langen Fingernägeln über die Brust fährt. Über meine... nackte Brust?! Wenn ich meinem Körpergefühl trauen kann, habe ich außer meinem Boxershort nichts mehr an. Heißt das...? Ich halte ihre Hand auf.

„Val, haben wir... ich meine... haben wir letzte Nacht...?" Scheiße. Ich kann es noch nicht mal aussprechen, so falsch hört sich das an. Sie hält kurz inne, dann wandert ihre Hand an meinem Bauch hinab. Bevor sie meinen Schwanz erreicht, halte ich sie abermals auf. Dieses Mal energischer. Sie seufzt.

„Du meinst, unsere Beziehung aufgefrischt, so wie vor zwei Jahren?", erinnert sie mich mit lasziver Stimme an diesen einen Fehler, den ich in Bezug auf sie gemacht

144

habe. Fuck! Ich zucke zurück, was sie mit einem gereizten Stirnrunzeln quittiert.

„Nein, Wes, wenn wir Sex gehabt hätten, würdest du dich daran erinnern, das schwöre ich dir! Du weißt doch, wie fantastisch wir uns im Bett immer verstanden haben." In ihrer Stimme klingt eine Mischung aus Verärgerung aber auch Verletztheit mit, die mir gar nicht gefällt, auch wenn das, was sie sagt, stimmt. Sex war nie ein Problem in unserer Beziehung, aber leider auch keine Lösung.

„Leider bist du eingeschlafen, bevor etwas passieren konnte. Also ich meine, bevor richtig etwas passieren konnte", kichert sie plötzlich und wirkt wie ausgewechselt. Ich fühle, wie mir ein Stein vom Herzen fällt, aber die Tatsache, dass sie so schnell von verärgert zu anhänglich wechseln kann, irritiert mich. Früher war sie tagelang angepisst und hat kein Wort mit mir gesprochen, wenn ihr irgendetwas nicht gepasst hat. Und ich habe das ungute Gefühl, dass ich Val doch nicht mehr so gut kenne, wie ich gedacht habe. Plötzlich erinnere ich mich, dass es da allerdings durchaus ein paar Momente zwischen uns gab, die ihr Hoffnung gemacht haben könnten. Blicke, Berührungen. Und einen Kuss. Einen betrunkenen Kuss. Scheiße. Aber ich erinnere mich auch an das Gefühl, dass es sich sofort falsch angefühlt hat und ich den Kuss abrupt abgebrochen habe, weil ich mich noch gut daran erinnern konnte, wie es nach diesem Ausrutscher von vor zwei Jahren gewesen ist. Und ich das wirklich kein zweites Mal gebrauchen kann. Trotzdem habe ich mit diesem Kuss eine Grenze überschritten, die ich mir gesetzt habe, und das ärgert mich.

„Jetzt guck nicht so entsetzt, Wes. Du warst gestern einfach zu betrunken, um mich noch zu vögeln, aber das macht nichts“, haucht sie und ihre Hand setzt sich wieder in Bewegung. „Aber wir können gerne jetzt da weitermachen, wo wir aufgehört haben“, kichert sie anzüglich. Diesen Laut habe ich früher gemocht, weil er oft der Auftakt zu sehr intensivem Sex war, aber jetzt gerade klingt es aufgesetzt und billig. Plötzlich habe ich Mels Kichern im Ohr, als ich diesen Waschbären auf meinem Schoß sitzen hatte. Und bei dem Gedanken an Mel wird die Situation hier noch unangenehmer als sie ohnehin schon ist. Val ist eine atemberaubende Frau, war sie immer schon, sie ist heiß und sexy und.... nicht mehr das, was ich will.

„Hör zu Val, ich weiß nicht, wie ich hier gelandet bin“, ich deute auf das Bett, dann auf sie, „aber ich will nicht, dass du dir falsche Hoffnungen machst. Offensichtlich war ich letzte Nacht ziemlich betrunken, sonst wäre es nicht so weit gekommen, dass ich mit dir im Bett gelandet bin, selbst wenn wir nicht miteinander geschlafen haben.“ Sie zieht ihre Hand zurück und starrt mich verletzt an.

„Willst du mir damit sagen, dass ich es nur ein paar zu viel Drinks zu verdanken habe, dass du hier in meinem Bett liegst?!“, zischt sie und ich fühle förmlich, wie sich die Stimmung zwischen uns verändert.

„Ja. Nein. Val, bitte, so meine ich das nicht, und das weißt du auch.“

„Wie meinst du es dann? Brauchst du wirklich erst zwei, drei Drinks, um mich attraktiv genug zu finden und zu küssen, Wes? Oder sogar noch viel mehr? Bin ich dir wirklich so zuwider?" Sie hält inne und wischt sich eine Träne von der Wange.

„Ich hatte gestern wirklich den Eindruck, dass du es auch willst. Den Sex, und ja, auch vielleicht eine neue Chance." Sie zieht sich die Bettdecke über ihre Brüste und erst jetzt bemerke ich, dass sie offensichtlich komplett nackt ist. Ich fahre mir durch die Haare, unsicher, wie ich mich jetzt verhalten soll. Seit wir uns damals getrennt haben, habe ich kaum noch an sie gedacht. Gut, das eine Mal Sex mal ausgenommen. Ich muss ihr jetzt deutliche Grenzen setzen, was das Private angeht, bevor sie sich erneut in etwas hineinsteigert, was nicht passieren wird. Als Architektin will ich sie nicht verlieren, denn sie ist brillant in dem, was sie tut. Schon ihre ersten Ideen, was und wie wir das mit dem Reha-Zentrums angehen könnten, waren beeindruckend. Effizient. Inspirierend neu gedacht und trotzdem bodenständig, genau so, wie ich es mir vorgestellt habe. Aber das Private ist Geschichte.

„Val, bitte. Das mit uns ist lange vorbei." Ich fühle mich zunehmend unwohl, weil ich die Situation nicht richtig einschätzen kann. Was will Val mit ihrer Aktion hier bezwecken? Ich habe ihr schon einmal gesagt, dass zwischen uns nie wieder etwas passieren wird.

„Wes, ich", sagt sie nach einer gefühlten Ewigkeit so leise, dass ich sie kaum verstehe. Plötzlich klingt sie eher verlegen und sieht mich an, wobei ich glaube, einen Hauch Wehmut in ihren Augen zu sehen.

„Wes, gestern Abend, da... nun ja, es gab da diese Momente, in denen ich mich gefragt habe, ob...", sie räuspert sich. „Ja, also ich hatte gehofft, dass du und ich vielleicht nochmal von vorne anfangen können. Ich habe gemerkt, dass ich noch etwas für dich empfinde."

Ja, sie hat recht. Da gab es diese Momente der Nähe und Vertrautheit zwischen uns. Aber das alles hat sich nicht mehr angefühlt wie dieses prickelnde Verliebtsein, das ich während unserer damaligen Beziehung gespürt habe. Ich fühle auch keinen Groll oder Schmerz mehr, der mich nach unserer Trennung eine Zeit lang begleitet hat. Es hat einfach nicht zwischen uns gepasst und ich bin froh, das früh genug erkannt zu haben. Wir hatten unsere Chance und wir beide haben sie, wenn auch aus unterschiedlichen Gründen, vergeigt.

„Val, du bist mir nicht egal, aber das, was ich für dich empfinde ist nicht... es reicht für eine Beziehung einfach nicht."

Sie sieht mich einen Moment lang an und ich kann förmlich zusehen, wie die Hoffnung in ihren Augen erlischt. Schließlich nickt sie traurig.

„Ich verstehe, Wes. Aber wir können doch wenigstens Freunde bleiben, oder?" Sie klingt zögerlich, unsicher und so, als wäre ihr die Situation plötzlich peinlich.

„Das hört sich gut an. Freunde also." Ich höre selbst, dass meine Stimme nicht so überzeugt klingt, aber im Moment weiß ich auch keine andere Antwort. Die ganze Situation ist mir unangenehm und leider bin ich selbst schuld, weil ich gestern vielleicht in meinem betrunkenen Zustand Signale gesendet habe, die sie falsch verstanden hat. Und weil mir das leid tut, werde ich uns eine Chance als Freunde geben, auch wenn ich noch nicht weiß, ob das eine gute Idee ist. Aber das ist alle, was ich ihr anbieten kann.

Ich bemerke, dass sie sich auf die Lippe beißt, während sie immer wieder einen Zipfel ihres Lakens knetet.

148

Wenn wir wirklich so eine Art Freundschaft aufbauen
wollen, müssen wir ehrlich zueinander sein und ich
fühle, dass sie noch etwas auf dem Herzen hat.
„Was ist los, Val?" Sie sieht mich an und in ihren
Augen stehen Tränen, die sich eine nach der anderen
lösen und über ihre Wangen rollen.
„Es tut mir leid, Wes. Ich habe dich damals sehr
verletzt, das weiß ich, und ich weiß auch, dass es der
größte Fehler meines Lebens war, dir das Gefühl zu
geben, das Rampenlicht wäre mir wichtiger als du. Ich
war nur... es war nur..." Sie knetet nervös das Laken,
das sie inzwischen um ihren nackten Oberkörper
gewickelt hat.
„Ich war immer so alleine, wenn du unterwegs warst,
ich habe mich dann immer gefragt, ob du vielleicht...
also, ob du mich betrügst, weil ich doch gesehen habe,
wie dich all diese Frauen angesehen haben." Sie
schluchzt und wischt sich über die Wangen.
„Ich habe einfach... Ich hatte einfach das Gefühl, dass
ich der ganzen Welt mitteilen müsste, dass du zu mir
gehörst, nur darum habe ich mich immer mit dir zeigen
wollen. Das soll keine Entschuldigung sein, aber
vielleicht eine Erklärung, warum ich damals immer die
Öffentlichkeit gesucht habe. Glaub mir, ich habe es in
all den Jahren schmerzlich bereut, denn es war der
größte Fehler meines Lebens, dir das Gefühl gegeben
zu haben, nur wegen deiner Popularität mit dir
zusammen zu sein, Wes. Ich... ich habe dich nie
vergessen können." Mir wird zunehmend unwohl, weil
ich den Schmerz, der in diesen Worten mitklingt, nicht
überhören kann. Aber auch, weil sie sich offensichtlich
mehr von unserer Zusammenarbeit verspricht als ich
bereit bin, zu akzeptieren.

„Val, ich möchte eins klarstellen. Wenn ich dich für dieses Projekt engagiere, dann wird das einzige, was uns verbindet, die Arbeit sein. Unsere gemeinsame Vergangenheit wird keine Rolle spielen und sie wird sich auch nicht wiederholen." Schmerz flackert in ihren Augen auf, aber da ist auch noch etwa anderes, das ich nicht deuten kann. Sie wendet ihren Blick auf das Bettlaken, dann beißt sie sich auf die Lippe,
„Ja, das habe ich jetzt verstanden, Wes. Ich bin professionell genug, das zu akzeptieren, aber bitte, gib mir diesen Job. Es tut mir wirklich leid, dass ich damals meine Unsicherheit dir und unserer Beziehung gegenüber so falsch gehandhabt habe. Und auch, dass ich das gestern falsch interpretiert und kurz geglaubt habe, wir könnten es nochmal miteinander versuchen, aber lass das nicht deine Entscheidung beeinflussen, mich mit der Planung deines Projektes zu betrauen. Ich glaube fest daran, dass wir zusammen aus dieser Idee etwas wirklich Großes und Wichtiges für all diese Kinder machen können, die das Leben so unfair benachteiligt hat." Ihre Stimme klingt leise, fast flüstert sie. Ich höre deutlich ihr Bedauern heraus und sie hat recht mit dem, was sie sagt. Außerdem wäre ich selbst sehr unprofessionell, wenn ich die beste Architektin für mein Projekt nicht engagieren würde, nur weil *ich* nicht Privates und Berufliches nicht voneinander trennen kann. Dass Val und ich eine gemeinsame Vergangenheit haben, darf sich nicht auf ihren Job oder meine Pläne auswirken.
„Du hast recht, Val. Solange wir beide die Vergangenheit ruhen lassen und uns auf die Planung

des Reha-Zentrums konzentrieren, sollte einer professionellen Beziehung nichts im Wege stehen."
Ich wundere mich über mich selbst, weil ich es genau so empfinde, wie ich es sage, aber da ist kein Groll, kein Schmerz mehr über ihr Verhalten damals in mir. Val sieht mich einen Moment lang nur an und fährt sich verlegen durch ihre dunklen Locken.
„Danke, Wes." Ihre Stimme zittert ein wenig und mir wird plötzlich die Absurdität dieser ganzen Situation bewusst. Immerhin sitzen wir beide halbnackt in ihren Bett, früher hätten wir hemmungslosen Sex gehabt, aber jetzt diskutieren wir darüber, ob wir als Geschäftspartner Sinn machen. Oder als Freunde ohne gewisse Vorzüge, dafür aber mit einer gemeinsamen Vergangenheit. Aus einem Impuls heraus drücke ich kurz ihre Hand. Es fühlt sich irgendwie vertraut an, ihr so nah zu sein, aber es ist anders als mit Melody. Val ist eine tolle Frau, intelligent, wunderschön, und der Mann, der sie einmal bekommt, kann sich glücklich schätzen, aber ich bin es nicht.
Als sie mich jetzt ansieht, spiegeln sich so viele Emotionen in ihren Augen wider, dass ich nicht mitkomme, sie alle auseinanderzuhalten.
„Ich werde es mir nie verzeihen, dass ich damals zu unreif war, um zu erkennen, was ich aufs Spiel gesetzt habe. Du bist etwas ganz Besonderes, Wesley Milford, und ich wünschte, ich wäre damals nicht so dumm gewesen, dich mit meinem Verhalten zu verletzen und mir damit die Chance auf eine Zukunft mit dir zu verbauen.." Es liegt ein Schmerz und ein Bedauern in ihrer Stimme, die mich kurz sprachlos machen. Ich hätte nie gedacht, dass Val offenbar doch tiefere Gefühle für mich gehegt hat, so flatterhaft, wie sie sich

damals verhalten hat. Einen kurzen Augenblick
verharren wir wortlos nebeneinander, dann räuspert sie
sich.

„Aber das kann ich nicht mehr ändern und ich bin froh,
dass du mir wenigstens beruflich die Chance gibst, an
der Verwirklichung deiner Idee mitzuwirken. Ich
glaube wirklich, dass wir wenigstens für ein paar
Kinder die Welt besser machen können.“ Sie hört sich
entschlossen und ehrlich an, und ich höre deutlich den
professionellen Unterton, der sich in ihre Stimme
geschlichen hat.

„Und jetzt, Mr. Runningback, musst du zum Training!“
Sie küsst mich flüchtig auf die Wange und ich versteife
mich automatisch. Sie stutzt kurz, dann seufzt sie.

„Entschuldige bitte, es tut mir leid, Wes. Aber ich
möchte nicht jedes Mal darüber nachdenken, was ich
tue, weil du es vielleicht falsch auffassen könntest. Das
gerade war ein rein freundschaftlicher Kuss, aber du
siehst so aus, als hätte ich wieder versucht, dich ins
Bett zu bekommen. Ich war einfach spontan, weil ich
dich mag und dir dankbar bin, weil du mir diese
Chance gibst, meinen Job zu machen, und nicht, weil...
du weißt schon.“ Sie steht ganz ohne Scheu auf und
geht vollkommen nackt an mir vorbei, wobei sie mich
kurz unter gesenkten Lidern hervor ansieht, was in mir
den Verdacht weckt, dass sie meine Reaktion auf ihren
Anblick testen will. Aber obwohl sie eine wahnsinnig
sexy Erscheinung ist, bewirkt ihre Nacktheit nichts bei
mir. Ich kenne jede Kurve, jedes Muttermal, sogar die
kleine Narbe an ihrer Hüfte sehe ich, aber bei mir regt
sich nichts. Sie bleibt in der Tür stehen und scheint

meinen Blick zu studieren, schließlich seufzt sie und
wendet sich ab.

„Sobald die Unterlagen vollständig sind, melde ich
mich bei dir."

Melody

„Was willst du denn jetzt machen, Mel?" Amy sitzt
neben mir am Strand, während ich Sand durch meine
Finger rieseln lasse. Das Gespräch mit Eli hat mich
nachdenklich gemacht. Er hat mit vielem recht gehabt,
aber das ändert nichts daran, dass er mich belogen und
meine Unterschrift gefälscht hat. Ich bin noch nicht
bereit, mich ihm und meinen gemischten Gefühlen ihm
gegenüber zu stellen. Amy habe ich nur gesagt, dass
nichts von dem Verkaufserlös übrig geblieben ist. Sie
ist zwar meine beste Freundin, aber ich weiß auch, dass
sie insgeheim für Eli schwärmt. Und das schon
ziemlich lange.

„Ich weiß es nicht. Die Wohnung werde ich ohne das
Geld, mit dem ich gerechnet habe, nicht bekommen
und..."

„Ich kann dir doch was leihen, Mel." Amy sieht mich
mit einem warmen Blick an und ich liebe sie wirklich
sehr, weil sie immer bereit ist, mir zu helfen, aber ich
werde von ihr keinen Cent annehmen, auch wenn das
vielleicht stur und dumm ist. Ich weiß, wie man sich
fühlt, wenn man jemandem Geld schuldet, aber bisher
waren das alles fremde Menschen ohne Gesicht. Amy

etwas zu schulden und es ihr vielleicht nie
zurückzahlen zu können, würde mich mehr belasten, als
meine jetzige Situation, das weiß ich. Und ich möchte
auch nicht, dass unsere Freundschaft darunter leidet,
dass ich mich schlecht fühle, weil ich ihr Geld
angenommen habe. Geld verändert Freundschaften und
das will ich nicht riskieren.
„Ich werde so lange wie es geht im *Melias* bleiben,
auch wenn ich längst hätte ausziehen müssen. Ich weiß
immer noch nicht, wer der Käufer ist. Die Bank redet
sich mit dem Datenschutz heraus." Ich hole tief Luft,
weil ich sie das einfach fragen muss, auch wenn ich die
Antwort vielleicht nicht hören will.
„Weißt du... also kann es sein, dass dein Vater es
gekauft hat?" Sie reißt die Augen auf.
„Was?! Nein, wieso? Wieso sollte er das *Melias*
kaufen? Wir haben doch das Resort." *Vielleicht, weil er
so hofft, mich dazu zu bringen, mich auf eine Affäre mit
ihm einzulassen?* Natürlich sage ich ihr das nicht.
„Nun ja, er hat vor kurzem so etwas angedeutet als ich
euch die Wäsche gebracht und ihn kurz getroffen
habe." Amy sieht verirrt aus, dann schüttelt sie den
Kopf.
„Nein, außer dass es für uns keinen Sinn macht, das
Melias zu kaufen, wäre es auch über die Bücher
gelaufen. Und eine solche Summe wäre mir
aufgefallen, glaub mir." Es beruhigt mich etwas, sie das
sagen zu hören. Noch schlimmer als dass ein Fremder
das *Melias* kauft, wäre nur, dass Mr. Walker es in die
Hände bekommt.
„Hast du... hast du schon eine Idee, wo du
unterkommen kannst, wenn der neue Eigentümer hier

154

auftaucht und mit dem Umbau beginnt?" Sie nestelt plötzlich am Saum ihres Shirts herum und wirkt seltsam verlegen.

„Du könntest ja vielleicht bei mir...", sie stockt kurz, holt Luft und redet dann weiter, allerdings ohne mich anzusehen, „... also du könntest bei uns auf der Couch schlafen, bis du etwas gefunden hast, wo du unterkommen kannst." Ich brauche etwas, bis ich darauf komme, was mich an ihrem Vorschlag so irritiert.

„Bei... euch?", frage ich vorsichtshalber nach, denn dass Amy mit jemandem zusammenwohnt, ist neu für mich. Sicher, wir haben uns in der letzten Zeit nicht so oft getroffen, weil wir beide viel um die Ohren hatten, aber das ist etwas, das sie mir doch gesagt hätte, oder?

„Ja, nun ja, ich habe... also, ich bin mit jemandem zusammengezogen", druckst sie herum und ich habe das Gefühl, dass sie mir etwas verheimlicht. Ich kenne Amy schon so lange, dass mir nicht entgeht, wie unwohl sie sich in diesem Moment fühlt.

„Aber es ist doch schön, dass du jemanden gefunden hast, mit dem du... also... zusammen bist?" Immerhin könnte sie auch in einer Art Wohngemeinschaft mit jemandem leben, aber das glaube ich bei Amy nicht, also wird es wohl ihr Freund sein, mit dem sie zusammenwohnt.

„Nun ja, es fühlt sich auch toll und richtig an, aber..." Amy wird rot und ich ahne, dass es jemand ist, den ich kenne.

„Bist du mit etwa Josh zusammen? Du brauchst kein schlechtes Gewissen zu haben, weil wir mal ein Paar waren. Das mit Josh und mir, das..."

„Es ist Eli.“ Ich sehe, wie sich die Röte auf ihren
Wangen noch eine Spur vertieft und sie sich auf die
Lippen beißt, aber es dauert, bis ich den Sinn ihrer
Worte erfasse.

„Eli? Elias, mein Bruder? Du bist mit... Elias
zusammen?“, keuche ich, obwohl ich nicht so
schockiert sein sollte, wie ich es gerade bin. Amy steht
schon länger auf Eli und Eli... Amy ist genau sein Typ,
also sollte es mich nicht überraschen, dass sie
zusammengekommen sind, oder? Aber dass sie sogar
offenbar schon zusammen wohnen...

„Wie lange bist du schon mit Eli zusammen, Amy?“,
frage ich misstrauisch nach. Eli ist niemand, der sich so
schnell bindet und auch Amy ist nicht der Typ, sofort
Nägel mit Köpfen zu machen.

„Schon eine ganz Weile?“ Es klingt eher wie eine Frage
und ich schnaube ungläubig.

„Und wie lange ist eine ganze Weile? Wie lange läuft
das mit euch schon, ohne dass du mir davon erzählt
hast?“

„Mel, bitte, es ist im Moment nicht so leicht, dich auf
Eli anzusprechen. Und auch Eli macht zu, wenn die
Sprache auf dich kommt.“ Sie zeichnet Kreise in den
Sand und seufzt unglücklich auf.

„Du bist meine beste Freundin und ich wollte und will
dich nicht verletzen, aber ich liebe auch Eli und...“

„Du liebst ihn?“ Ich schaue sie fassungslos an. Obwohl
es mich nicht überraschen sollte, tut es das. Amy
schwärmt schon lange für Eli, was sie allerdings nie
davon abgehalten hat, mit anderen Männern ins Bett zu
steigen. Und auch Eli hat nichts anbrennen lassen,
immerhin ist er der klassische Surferboy, auf den alle

156

Mädchen fliegen, und bis jetzt hat er nicht den
Eindruck gemacht, dass er sich in naher Zukunft
festlegen will.

„Du weißt, dass ich Eli schon lange... liebe und... jetzt,
na ja, es ist einfach passiert und wir haben uns endlich
eingestanden, dass wir Gefühle füreinander haben. Ich
wollte es dir schon längst sagen, aber du hast immer so
wütend geklungen, wenn die Rede von Eli war. Ich
wollte einfach den richtigen Zeitpunkt abwarten, um es
dir zu sagen.“

„Und du glaubst, jetzt ist der richtige Zeitpunkt?“,
schnauze ich sie an. Es ist falsch, so zu reagieren,
schließlich kann sie nichts für meine Differenzen mit
Eli, aber... da ist wieder das Gefühl von Verrat und
Verlust, das mich schon so viele Menschen haben
spüren lassen.

„Eli hat mich um mein Geld betrogen und du...“ Ich
spüre, wie Bitterkeit und Enttäuschung meine Kehle
hoch kriecht. Ich weiß, dass das unfair ist und ich mich
mit ihr und Eli freuen sollte, aber im Augenblick
überwiegt das Gefühl, von ihr hintergangen worden zu
sein. Jedes Mal, wenn wir uns getroffen haben und ich
ihr erzählt habe, wie schwierig es gerade zwischen mir
und Eli ist, jedes Mal hat sie mich getröstet, hat mich in
den Arm genommen, nur um danach mit dem Mann ins
Bett zu steigen, der der Grund dafür war, dass es mir so
schlecht ging? Das fühlt sich gerade verdammt scheiße
an.

„Was meinst du damit, Eli hat dich um dein Geld
betrogen?“, fragt sie mich verwirrt und ich merke erst
jetzt, was ich da gerade in meiner Wut gesagt habe.
Aber ich bin nicht mehr bereit, meinen erfolgreichen
Bruder zu decken und ihn gut dastehen zu lassen,

während alle glauben macht, ich wäre unfähig und
naiv..
„Er hat meine Unterschrift gefälscht, um sich meinen
Teil des Verkaufserlöses zu sichern, Amy. Er hat immer
wieder in den letzten fünf Jahren Geld vom
Geschäftskonto abgehoben, um es in seine Surfschule
zu investieren. Geld, das mir dann gefehlt hat, um das
Melias zu renovieren und wettbewerbsfähig zu halten,"
Ich wische mir die Tränen ab, die inzwischen auf mein
Shirt tropfen, so heftig weine ich.
„Mel, ich wusste das nicht..." Sie klingt ehrlich
entsetzt, aber ich unterbreche sie.
„Es tut mir leid, Amy. Ich bin nicht wütend auf dich.
Nur... enttäuscht, weil du mir nicht eher erzählt hast,
dass du mit Eli zusammen bist", versuche ich, mich zu
rechtfertigen, weil mir mein Ausbruch von gerade
schon wieder leid tut.
„Mel, ich... ich rede mit ihm. Wirklich, ich wusste das
alles nicht. Ich..."
„Schon gut, Amy. Und Elias hat sich auch inzwischen
entschuldigt und will die Summe, die er mir schuldet,
zurückzahlen. Er hat das alles aus falsch verstandener
Fürsorge heraus getan, das habe ich jetzt verstanden,
aber... ich weiß nicht, ob ich ihm das jemals verzeihen
kann. Aber du hast damit nichts zu tun, Amy. Und wenn
du ihn wirklich liebst, dann... musst du mit ihm
zusammen sein." Ich drücke kurz ihre Hand und stehe
auf. Amy hält mich am Arm zurück, aber ich will so
schnell wie möglich von ihr weg. Ich muss meine
Gedanken ordnen, die nicht erst seit gerade in meinem
Kopf Karussell fahren. Eli hat mir gestern schon eine
Menge zu denken gegeben, und das muss ich erst

verarbeiten, bevor ich weiß, wie ich mit all dem
umgehen soll.
„Bitte, Amy, ich muss jetzt alleine sein." Und damit
lasse ich sie stehen, denn es gibt an dieser Stelle nichts
weiter zu sagen.

Wesley

Zwei Tage hat es gedauert, bis Valerie alle notwendigen
Unterlagen zusammen hatte und wir uns jetzt auf dem
Weg nach Bainbridge Island befinden, damit sie sich
vor Ort einen Eindruck von dem Gebäude und der
Umgebung machen kann.
„Ich bin schon sehr gespannt auf das *Melias*."
Neugierig sieht sie sich um, während ich den Camry
von der Fähre manövriere.
Ich muss plötzlich an Melody denken. Ich weiß nicht
genau, ob ich mir wünschen soll, dass sie noch dort ist,
oder besser hoffen sollte, dass sie weg ist. Ihr erneut
gegenüberzutreten, und dann noch als der neue
Eigentümer des *Melias*, ist gerade das letzte, was ich
will. Aber sie hat zumindest eine Erklärung verdient,
oder eine Entschuldigung, falls sie wirklich noch dort
ist. Aber wahrscheinlich ist sie ohnehin längst weg.
Dass ich mit Val jetzt für zwei Tage hier bin, hat sich
erst sehr kurzfristig ergeben.
Das Spiel zuhause gegen die *Orcas,* das fünfte in der
Regular Season, haben wir haushoch verloren und es
war ein ziemlicher Kampf mit Coach Meyers, für
dieses Wochenende überhaupt frei zu bekommen.

Allein die Tatsache, dass wir eine Bye Week haben,
also eine Woche mit dem Spielbetrieb pausieren, hat
ihn schließlich dazu veranlasst, mir für diese zwei Tage
frei zu geben. Es brodelt in der Mannschaft, weil wir
nicht das auf den Platz bringen, zu was wir imstande
wären, und das nervt uns alle. Das ganze Theater um
diese Dopinggeschichte und auch, dass unser neuer
Owner Victor Van Beek Tyler Edwards ohne eine
schlüssige Begründung einfach aus dem Kader
gestrichen hat, trägt nicht dazu bei, Ruhe in die
Mannschaft zu bringen. So wie es momentan aussieht,
erreichen wir noch nicht einmal die Play-offs. Aber das
ist es nicht, um das ich mir gerade Sorgen mache.
Mein Herz gerät immer mehr aus dem Takt, je näher
wir unserem Ziel kommen. Ich versuche, mich
irgendwie davon abzulenken, dass es in meinem Magen
unangenehm rumort. Ich bin tatsächlich aufgeregt,
allerdings eher wegen der Frage, ob ich auf Melody
treffen werde, als wegen des Urteils, das Val gleich
fällen wird. Immerhin geht es hier um sehr viel, nicht
nur um viel Geld, sondern auch um die
Durchführbarkeit meines Vorhabens.
„Das ist es also?", reißt Val mich aus meinen
Gedanken. In ihrem Ton schwingt eine Mischung aus
Unglauben und Fassungslosigkeit mit, und ich
bemerke, dass wir bereits vor dem *Melias* angekommen
sind. Ich fahre auf den Schotterparkplatz vor dem Haus
und fühle mich... seltsam angekommen. Ja, zum ersten
Mal kann ich das Gefühl einordnen, das ich für diesen
Ort empfinde. Ich steige aus und sauge die frische,
salzige Luft in meine Lungen.

„Ja, das ist es." Ich ignoriere den abfälligen Unterton, den Val gerade angeschlagen hat. Stattdessen macht sich Zufriedenheit in mir breit und diese Worte umfassen weit mehr als nur das Grundstück oder das Gebäude.

„Das ist... Wes... ist das dein Ernst?!", schnaubt Val und ich weiß nicht, ob sie sauer ist, weil ich ihr nicht gentlemanlike aus dem Auto helfe, oder ob sie wirklich von dem Gebäude so entsetzt ist, wie es ihre Stimmlage vermuten lässt. Wir haben in den letzten Tagen zu einem freundschaftlichen Miteinander gefunden und das fühlt sich trotz meiner anfänglichen Vorbehalte ganz okay an.

„Das ist eine Ruine!" Sie sieht sich das Exposé an und vergleicht es mit der Realität. Immer wieder schüttelt sie den Kopf. „Die Bilder im Exposé sind fototechnisch derart aufbereitet, dass sie nicht dem entsprechen, was ich hier sehe, Wes. Ich denke, du hast gute Möglichkeiten, deinen Kauf anzufechten und rückgängig zu machen." Unwillig sehe ich sie an.

„Ich wusste genau, auf was ich mich einlasse, Val. Ich wollte und will dieses B&B und du bist von mir beauftragt, meine Wünsche diesbezüglich umzusetzen, nicht, um den Kauf infrage zu stellen." Ich weiß nicht, warum ich plötzlich sauer auf sie bin. Vielleicht, weil sie nicht die gleiche Begeisterung für mein Projekt aufbringt wie ich. Oder vielleicht, weil sie in diesem Ort hier nur das sieht, was alle sehen. Ein heruntergekommenes Gebäude mitten in der Pampa. Sie starrt mich sekundenlang an, dann seufzt sie resigniert.

„Schon gut, Wes, du musst nicht gleich aus der Haut fahren, nur weil ich sage, was ich hier sehe. Ich bin deine Architektin *und* deine Freundin, nicht deine Feindin. Ich will dir nichts Böses, aber meine Kritik wirst du dir gefallen lassen müssen, wenn wir zusammenarbeiten wollen." Sie holt ihr iPad aus dem Wagen und geht ohne ein weiteres Wort in Richtung des Gebäudes. Ich fahre mir durch die Haare und eigentlich fühle ich mich nicht so, als müsste ich mich entschuldigen, aber vielleicht war ich wirklich zu hart zu ihr. Immerhin hat sie ja nichts Falsches gesagt. Und außerdem bin ich froh, dass es uns gelungen ist, unsere Beziehung auf ein angenehmes Miteinander zu synchronisieren. Beruflich und privat. Die erste Zeit nach unserem Gespräch war es ungewohnt angespannt zwischen uns, aber nachdem wir ein weiteres Mal zusammen Essen gegangen sind, ist es entspannter geworden. Und das will ich nicht gefährden. Val hat schon zu viel wirklich gute Arbeit in das Projekt gesteckt, um sie jetzt noch davon abzuziehen. Also sollte ich mich wohl doch vorsichtshalber entschuldigen.

„Es tut mir leid, Val. Aber ich will das hier, okay", halte ich sie auf und ich sehe, wie sich ihre Miene etwas entspannt. Dann nickt sie mir zu und hält mir die Hand hin. Als ich nicht reagiere, verdreht sie die Augen. „Jetzt gib mir schon den Schlüssel, Wes. Ich will mir das Elend mal von innen ansehen." Ich ziehe den Schlüssel, den Mr. Torres von der Bank mir mit dem Kaufvertrag übergeben hat, aus der Tasche und halte ihn ihr hin. Der Holzanhänger mit dem eingebrannten Namen *Melias* drauf liegt plötzlich schwer in meiner Hand. Ich muss an Melody denken und daran, dass dieser Schlüssel mit dem unhandlichen,

selbstgemachten Holzanhänger nur eines von vielen
kleinen, liebevoll gestalteten Dingen ist, mit denen sie
den Gästen das Gefühl geben wollte, willkommen zu
sein. Ich denke daran,wie sie mich angegiftet hat, als
ich ihre Handynummer haben wollte. Daran, wie
traurig sie oft ausgesehen hat, wie erschöpft. Und auch,
wie gut es sich angefühlt hat, sie im Arm zu halten.
Und wie hübsch sie ausgesehen und wie ihre Augen
geblitzt haben, als sie mit Öl und Dreck verschmiert...
Ich sehe zu dem offenen Unterstand hinüber und ganz
kurz klopft mein Herz etwas schneller. Dort steht noch
der alte Pick-up. Heißt das also, dass sie noch hier ist?
Oder nur, dass ich mit dem Haus auch Meister Yoda
bekommen habe?

Melody

Ausgerechnet heute habe ich verschlafen! Seit ich mich
widerrechtlich im *Melias* aufhalte, denn ich habe es aus
verständlichen Gründen nicht sofort geräumt - und ja,
widerrechtlich!, so steht es in dem Dokument, das mir
die Bank im Auftrag des neuen Eigentümers
ausgehändigt hat - sehe ich normalerweise zu, dass ich
hier weg bin bevor die erste Fähre vom Festland anlegt.
Irgendwann wird der neue Eigentümer ja kommen und
ich will um jeden Preis verhindern, dass er mich dabei
erwischt, wie ich hier übernachte.
Das Geräusch eines sich nähernden Autos lässt mich
panisch das Laken gerade zupfen und das Kopfkissen

aufschütteln. Ich muss hier so schnell wie möglich
weg! Ich wusste, dass es eines Tages so weit sein
würde, aber dass er ausgerechnet heute hier auftaucht...
Überhaupt hat er sich mehr Zeit gelassen als ich
gedacht habe, aber das hat mir in die Karten gespielt.
Seit meinem Gespräch, oder war es ein Streit?, mit
Amy wohne ich leider immer noch hier. Wobei ich hier
eigentlich nur schlafe, denn tagsüber arbeite ich jetzt
Vollzeit im *Fish & Ships*. Den Job für die Wäscherei
musste ich leider aufgeben, da Meister Yoda immer
noch muckt. Ich stehe also in aller Herrgottsfrühe auf,
dusche mich, reinige das Bad und sorge dafür, dass
alles unbewohnt aussieht, bevor ich mich auf nach
Bainbridge mache, um zu arbeiten. Meine persönlichen
Sachen habe ich längst in einem Schließfach am Hafen
deponiert, weil ich sie nicht im *Melias* lassen kann.
Dabei habe ich zum ersten Mal wirklich realisiert, wie
wenig mir eigentlich gehört. Die Erkenntnis, dass mein
gesamtes Leben in ein Schließfach passt, ist
ernüchternd und hat mich zusätzlich zu den Gesprächen
mit Eli und Amy deprimiert. Ich musste mir nämlich
eingestehen, dass ich tatsächlich an meinem Leben
gescheitert bin, ganz so, wie es Eli mir immer wieder
vorgehalten hat. Und die Tatsache, dass ich immer noch
hier bin, obwohl ich dazu aufgefordert worden bin, das
Melias so schnell wie möglich zu räumen, macht mir
mein Scheitern erst so richtig deutlich. Ich habe keine
Bleibe, denn aus verständlichen Gründen kann ich nicht
bei Amy und Eli unterkommen. Ich habe nicht genug
Geld, um mir eine eigene Wohnung zu mieten, oder
besser gesagt, für die Kaution, und auch sonst nicht
genug Geld übrig, wenn ich außer wohnen auch essen

will. Unter dem Strich bin ich eine gescheiterte
Existenz, so bitter sich das anhört, so wahr ist es. Und
diese gescheiterte Existenz muss jetzt so schnell wie
möglich hier verschwinden, wenn ich nicht auch noch
eine Anzeige wegen Hausfriedensbruch riskieren will.
Ich höre bereits, wie Autotüren geöffnet werden und
schleiche mich zum Hintereingang. Ganz sicher werden
die Herrschaften zuerst durch die Vordertür...

„Ja, das ist es!" Ich stutze, weil ich diese Stimme
erkenne. Diese eine Stimme, die ich unter Tausenden
wiedererkennen würde. Was macht Wesley hier? Ist er
zurückgekommen, weil er noch mal ein paar Tage im
Melias verbringen will? Weil er vielleicht noch mal mit
mir reden will? Weil er...

„Das ist... Wes, ist das dein Ernst?!", höre ich eine
Frauenstimme. Okay, er ist also nicht alleine hier. Und
die Tatsache, dass diese Frau ihn mit seinem Vornamen
anredet, bedeutet zumindest, dass sie sich gut kennen.
Erneut frage ich mich, was er hier will. Oder besser,
was die beiden hier wollen. Vorsichtig schleiche ich
mich um das Haus herum. Inzwischen ist mir egal, was
ihn hierher treibt, ich jedenfalls will nur weg, bevor er
mich entdeckt.

„Ich bin deine Architektin und deine Freundin, Wes."
Ich stocke und mein Herzschlag setzt tatsächlich einen
kurzen Moment aus. Er hat eine Freundin?! Ich
erinnere mich plötzlich an das Gefühl, an seiner Brust
zu liegen. Oder von seinen Armen gehalten zu werden.
Oder... Nein, ich habe mir das alles nur eingebildet. Er
wollte nur nett sein. Freundlich. Hilfsbereit. Aber
nicht... Mist. Ich bin so bescheuert! Natürlich hat ein
Mann wie er eine Freundin! Wie konnte ich jemals

etwas anderes denken?! Es tut trotzdem weh. Denn ich
bin eifersüchtig. Ja, es ist vollkommen absurd, aber...
*„Jetzt gib mir schon den Schlüssel, Wes. Ich will mir
das Elend mal von innen ansehen."*
Das ist mein Stichwort. Ich muss hier weg! Und
während ich versuche, ungesehen hinter den Bäumen
hinter dem Haus zu verschwinden, wird mir noch etwas
klar. Sie ist seine Architektin! Das heißt...
„Mel?" Seine Stimme fährt wie ein Messer in meinen
Rücken und ich erstarre förmlich. Bleibe stehen,
obwohl ich doch besser so schnell wie möglich
verschwinden sollte.
„Mel. Hallo." Er klingt nicht sauer, eher... verlegen? Ich
atme tief durch, weiß nicht, was ich jetzt tun soll. Aber
ich musste mich in den letzten Tagen so vielen
unbequemen Wahrheiten stellen, musste mein Leben
neu ordnen, mich von so vielem verabschieden, dass
ich auch genauso gut jetzt und hier auch noch mit Wes
abschließen kann. Denn leider ist eine der Wahrheiten,
die ich mir eingestehen musste, dass ich im Begriff war,
mich in diesen Mann zu verlieben. Verrückt, ich weiß,
weil ich ihn kaum kenne, aber es gibt eben Dinge, die
man nicht erklären kann. Seine grumpy Attitüde, die in
so krassem Gegensatz zu seinem fürsorglichen
Verhalten steht, die Wärme, die ich in seinen Augen zu
sehen glaubte, das alles hat mir den Kopf vernebelt.
„Was machst du hier? Wie geht es deinem Fuß?" Er
sieht mich an, kommt näher und wieder ist da diese
unheimliche Verbindung, die unsere Blicke herstellen.
„Ich... gut. Mir geht es gut." *Nicht*. Meine Stimme
zittert. Warum sieht er mich so an, wie er es tut, wenn
seine Freundin keine zehn Meter von uns entfernt...

166

„Du lügst", stellt er leise fest und kommt noch näher.
So nah, dass ich fast seinen Atem spüren kann. Ich
räuspere mich, weil ich meiner Stimme nicht traue.
„Du bist der neue Eigentümer." Es ist keine Frage, eher
eine Feststellung, wenn ich die Worte seiner *Freundin*
richtig deute. Etwas Heißes ballt sich in meinem Magen
zusammen. Etwas, das aus Wut, Enttäuschung und
Verletztheit einen Knoten formt und ihn langsam durch
meine Eingeweide schickt.
„Ja." Dieses eine, schlichte Wort, brennt sich in meinen
Verstand, denn ich begreife plötzlich, dass es kein
Zufall war, dass Wesley ausgerechnet im *Melias*
abgestiegen ist. Und ja, jetzt benutze ich dieses Wort
selbst.
„Hast du damals bereits gewusst, dass du es kaufen
willst? Oder ist dir die Idee erst gekommen, nachdem
du herausgefunden hast, dass es zwangsversteigert wird
und du ein Schnäppchen machen kannst?" Ich bemühe
mich, ruhig und gefasst zu bleiben, aber in mir brodelt
es. Im Grunde genommen macht es keinen Unterschied,
wann er auf die Idee gekommen ist. Er hat mir in jedem
Fall seine wahren Absichten bezüglich seines
Aufenthaltes hier verschwiegen.
„Ich wusste bereits von dem Verkauf, bevor ich hierher
gekommen bin, Mel. Aber..." Ich hebe die Hand. Ich
bin nicht bereit, mir seine Erklärungen diesbezüglich
anzuhören.
„Hat es dir Spaß gemacht, mir dabei zuzusehen, wie
alles um mich herum zusammenbricht? Hat es dir Spaß
gemacht, mit meinem Bruder über mich herzuziehen?",
frage ich übertrieben bissig, dabei soll mein Ton nur
darüber hinwegtäuschen, dass ich verletzt und

enttäuscht bin. Aber diese Blöße will ich mir vor ihm
nicht geben.
„Hör auf, Mel!" Jetzt sieht er verärgert aus. Und noch
etwas anderes flackert in seinen dunklen Augen auf,
aber ich kann es nicht deuten.
„Warum? Weil du die Wahrheit nicht hören willst? Weil
du..."
„Was hätte ich denn bitteschön sagen sollen, Mel? Und
vor allem, wenn ich es dir gesagt hätte, was hätte es an
der Situation geändert? Wenn ich es nicht gekauft hätte,
hätte jemand anderes zugeschlagen. Das ist die
Wahrheit, Mel, und ich werde mich nicht dafür
entschuldigen, dass ich mir vorher angesehen habe, ob
es für meine Zwecke geeignet ist!"
„Deine Zwecke? Was sind denn deine Zwecke? Du
siehst nicht so aus als wenn du Ahnung von der
Bewirtschaftung eines B&Bs hättest, also was willst du
dann damit?! Willst du dir hier ein hübsches Ferienhaus
bauen? Wahrscheinlich etwas Modernes, etwas Großes,
und nicht so ein *Elend*", greife ich bissig die Worte
seiner Architektin und *Freundin* auf, „wie das hier!"
Ich zeige auf das Haus, wobei ich ein wütendes Zittern
meiner Hand nicht unterdrücken kann. Ich weiß auch
nicht, warum ich so aggressiv reagiere, aber ihm
plötzlich wieder gegenüber zu stehen, seine Nähe zu
spüren, diese Blicke auf mir zu spüren, obwohl sein
gesamtes Verhalten mir gegenüber nichts anderes als
ein große Lüge gewesen ist, macht etwas mit mir. Oder
vielleicht ist es auch nur das Gefühl, wieder einmal von
jemandem hintergangen worden zu sein, dem ich
vertraut, dem ich mich *anvertraut* habe?!

168

Wesley kneift die Augen zusammen und von einer Sekunde zur anderen wird sein Blick kalt und abweisend. Fast scheint es so, als wenn ihn meine Worte verletzt hätten.

„Du kennst mich nicht, Mel, und deswegen kannst du auch nicht wissen, dass meine Mutter jahrelang ein B&B hatte. Ich bin also nicht gänzlich unwissend." Er tritt einen Schritt zurück und nicht nur der räumliche Abstand zwischen uns wird größer.

„Aber nein, ich will das *Melias* nicht weiter betreiben. Und ich will auch kein *hübsches, modernes, großes* Ferienhaus hier bauen. Aber mehr musst du nicht wissen, es geht dich nämlich nichts mehr an!" Sein Tonfall ist jetzt so eisig, dass ich unwillkürlich die Schultern hochziehe, weil es mich fröstelt. Und vielleicht auch, weil es heute ziemlich kalt ist und ich jetzt erst merke, dass ich meine Jacke im Haus vergessen habe. Ich schlucke und Tränen bilden sich in meinen Augen. Tapfer blinzele ich sie weg. Das da vor mir ist nicht der Mann, in den ich mich fast verliebt hätte. Der seine Arme um mich geschlungen und mich an seiner Brust hat weinen lassen, als mich einmal mehr die schmerzhaften Erinnerungen an die Vergangenheit in ihren Klauen hatte. Dieser Mann, der jetzt vor mir steht und mich anstarrt, ist ein knallharter Investor, der was auch immer mit dem Gelände veranstalten will. Frustriert und verletzt weiche ich noch weiter von ihm zurück.

„Ja, du hast vollkommen recht! Es geht mich nichts mehr an, was aus dem B&B wird, das meine Eltern nach mir und meinem Bruder benannt haben. Melody und Elias. *Melias.* Es geht mich nichts mehr an, was mit dem Haus passiert, für das ich mir die vergangenen fünf Jahre den Arsch aufgerissen habe. Es geht mich nichts an, was du hier vorhast. Aber wäre es wirklich so schlimm für dich, mir gegenüber etwas Respekt und Empathie zu zeigen, statt mich damit abzuspeisen, dass *mich das alles hier nichts mehr angeht?!*" Mir entgeht nicht, dass er bei meinen Worten zusammenzuckt und ein dunkler Schatten seine schönen dunklen Augen fast schwarz werden lässt. Dann räuspert er sich und ein fast spöttischer Ausdruck löst das dunkle Glitzern in seinem Blick ab.

„Ich bitte dich, Mel, sei nicht so melodramatisch! Selbst wenn du mit deinem Bruder teilen musst, bleibt für euch beide ein hübsches Sümmchen übrig, das sollte dir den Abschied doch versüßen." Er schnaubt abfällig. Seine Worte und der schneidende Tonfall bohren sich wie spitze Eispickel in meine Eingeweide. „Du irrst dich, wenn du glaubst, nur weil du offensichtlich reich genug bist, um problemlos die Existenzen und Träume anderer Menschen zerstören zu können, indem du deine Brieftasche aufmachst, dass dich das automatisch auch zu jemandem macht, der über mein Leben urteilen kann! Du bist...", fauche ich ihn mit kaum verhohlener Abneigung an, werde aber von einer Frauenstimme unterbrochen.

„Ach, hier bist du, Wes." Eine wirklich hübsche brünette Frau kommt um die Ecke, stoppt aber, als sie uns wie Kampfhähne gegenüber stehen sieht.

„Entschuldigung, ich wollte nicht stören." Neugierig sieht sie von Wesley zu mir und wieder zurück. Wenn ich mich nicht irre, liegt ein Hauch Eifersucht in ihrem Blick.

170

„Du störst nicht, Val. Ich bin hier fertig", schnauzt
Wesley, nicht ohne mir einen letzten wütenden Blick
zuzuwerfen. Ohne sich weiter um mich zu kümmern,
nimmt er ihren Arm und geht mit ihr in Richtung Haus.

Wesley

Fuck! Die Situation da draußen mit Melody ist mir
vollkommen entglitten. Ich wollte mich doch bei ihr
entschuldigen, weil ich einfach so abgehauen bin. Ohne
ein Wort, ohne dafür zu sorgen, dass sie Hilfe
bekommt. Aber stattdessen habe ich mich von ihr in die
Defensive drängen lassen. Ihre Worte waren vielleicht
hart, aber ihr Tonfall hat mir verraten, dass sie immer
noch tief verletzt ist. Ich fühlte mich plötzlich wie der
Böse in der Geschichte. Der ich in ihren Augen
wahrscheinlich auch bin, aber objektiv betrachtet ist
das Bullshit. Das *Melias* wäre so oder so verkauft
worden! Aber dass sie mir so viel Egoismus zutraut,
das *Melias* zugunsten eines protzigen Ferienhauses
abreißen zu lassen, dass sie mich so einschätzt, hat
mich härter getroffen, als ich gedacht habe. Und dann
sind mir die Sicherungen durchgebrannt, als sie...
„Wes, wer war die Frau?" Neugierig sieht Val mich an.
Wir sind inzwischen auf der Veranda angekommen und
ich atme einmal tief durch.
„Das war Melody Davis, die Vorbesitzerin. Ihr und
ihrem Bruder hat das *Melias* gehört, bevor die Bank die
Zwangsversteigerung angeordnet hat." Val legt den

Kopf etwas schief und mustert mich interessiert. Hat sie etwas mehr gehört als sie sollte?

„Was ist?", frage ich genervt, als sie nichts weiter sagt, mich aber nicht aus den Augen lässt.

„Ich habe gehört, wie sie gesagt hat, dass du vor einiger Zeit hier warst und... ein paar Tage hier gewohnt hast." Klingt da eine Spur Eifersucht in ihrer Stimme mit?

„Ja, war ich und habe ich."

„So wie es sich angehört hat, war da mehr zwischen euch", stellt sie fest, wobei sie mich nicht aus den Augen lässt. Ihre gesamte Haltung hat plötzlich etwas Lauerndes.

„Nein, da war nichts zwischen uns. Es ist einfach nur..." Ich weiß nicht, warum ich das Bedürfnis habe, mich zu rechtfertigen, oder gar zu leugnen, dass es da diese verwirrende Anziehung zwischen Mel und mir gab. *Gibt*. Vielleicht, weil ich selbst nicht weiß, was das ist, was ich empfinde.

„...kompliziert?", vollendet sie meinen Satz mit einem angespannten Unterton in der Stimme.

„Ja, kompliziert", stoße ich zwischen zusammengepressten Lippen hervor, weil es mich nervt, dass sie plötzlich derart persönlich wird. Ich bin ihr schließlich keine Rechenschaft schuldig. Sie mustert mich aufmerksam, fast zu intensiv für meinen Geschmack.

„Das sagen Männer immer, wenn sie keine Lust haben, sich der Wahrheit zu stellen, Wes. Und ich frage mich, ob du wirklich ehrlich bist, wenn du sagst, dass da nichts zwischen euch vorgefallen ist. Es hörte sich gerade nämlich für meine Ohren ganz anders an." Ist da eine Spur schlecht verhohlenen Wut in ihrer Stimme? Okay, jetzt geht sie wirklich zu weit.

„Hör zu, Val, ich sage es nur einmal: Was zwischen Mel und mir war oder nicht, geht dich nichts an. Du bist hier, weil du für mich arbeitest, und nicht, um dich in meine Privatangelegenheiten einzumischen!", schnauze ich sie an und Val zuckt tatsächlich zusammen. Ein unleserlicher Ausdruck huscht über ihr schönes Gesicht und lässt es für einen Sekundenbruchteil hässlich werden, bevor sich ihre Miene wieder verschließt.

„Okay, ich habe verstanden, Wes. Kein Grund, mich gleich so anzufahren!" Jetzt wirkt sie verletzt und ich habe sofort ein schlechtes Gewissen. Val kann ja nichts dafür, dass mich die gesamte Situation so stresst. Ich fühle mich gerade wie ein selbstgerechtes Arschloch, das glaubt, im Recht zu sein, weil es im Begriff ist, etwas Gutes zu tun. Etwas für herzkranke Kinder, und natürlich ist das ein unterstützenswerter Plan, aber ihn auf dem Unglück anderer, in diesem Fall Mels, aufzubauen, fühlt sich so falsch an wie die Idee mit dem Reha-Zentrum sich richtig anfühlt. Ich bin innerlich total zerrissen. Am liebsten würde ich Mel *und* meiner Vision gerecht werden, aber so wie es aussieht, wird das nicht gehen. Zumindest nicht an diesem Ort. Ich könnte mir natürlich ein anderes Grundstück für das Reha-Zentrum aussuchen, aber da ist noch die Zeichnung, die Timmy mir gezeigt hat und die ich nicht vergessen kann. Die mir wie ein Zeichen erscheint, dass genau hier der richtige Platz ist, um mein Vorhaben durchzuziehen. Aber ist das wirklich so? Val steht die ganz Zeit nur da und beobachtet mich misstrauisch. Sie hat die Arme vor ihrer Brust verschränkt und ihr Blick verrät mir, wie angepisst sie ist. Ich frage mich nur, was genau ihr so gegen den Strich geht.

„Ich sehe mir mal die Baupläne an, Wes. Aber ich denke nach dem ersten Eindruck nicht, dass wir das Gebäude retten können. Es würde auch keinen Sinn machen, denn für deinen Zweck ist es viel zu klein“, schnaubt sie schließlich, als ich nichts sage, um mich oder die Situation zu erklären.

Melody

Kann man noch tiefer sinken? Beschämt wische ich mir die Tränen aus den Augenwinkeln. Ich will wirklich nicht weinen, nicht wegen ihm, aber es fühlt sich so demütigend an, wie er mich einfach hat stehen lassen und mit dieser Frau abgerauscht ist, als wäre meine Gegenwart eine unerwünschte Belästigung. Als wäre jedes weitere Wort, jeder weitere Blick und jeder Gedanke, den er an mich verschwenden müsste, nichts weiter als lästige Zeitverschwendung. Und als ob es nicht schon schlimm genug wäre, dass ich mich innerlich wie taub fühle, öffnet der Himmel auch noch seine Schleusen und ein heftiger Regenschauer prasselt auf mich herab. Ich versuche, mich unter dem spärlichen Laubwerk eines Baumes vor dem sintflutartigen Regen zu schützen, aber jetzt, Mitte Oktober, bietet das Blätterdach kaum noch Schutz.

Innerhalb kürzester Zeit bin ich vollkommen durchnässt und fange an, jämmerlich zu frieren. Da der Regen auch nach einiger Zeit nicht nachlässt, beschließe ich, dass ich besser dran bin, wenn ich mich bewege. Also laufe ich entlang der Straße Richtung Bainbridge. Seit mein Fahrrad nach dem Sturz Schrott ist und Meister Yoda immer noch im Schuppen schmollt und nicht anspringt, muss ich notgedrungen alle Wege zu Fuß machen. Nach Bainbridge sind es nur knapp vier Meilen, bei gutem Wetter kein Problem, das schaffe ich in einer guten Stunde. Bei dem Regen allerdings werde ich länger brauchen, da mir die Tropfen ins Gesicht klatschen und die mit dem Unwetter einhergehende Düsternis das Sehen erschwert. Während ich mich also frierend und bis auf die Knochen durchnässt durch den Regen kämpfe und daran denke, dass ich gleich im *Fish & Ship*s einen heißen Tee und ein paar Handtücher bekommen werde und auch in meine trockene Arbeitskleidung schlüpfen kann, wird mir plötzlich klar, dass ich ein noch größeres Problem als trockene Kleidung habe. Nämlich, wo ich heute Nacht schlafen soll. Gestern habe ich in der Stadt Amy und Eli gesehen, wie sie zusammen in Amys Wohnung verschwunden sind. Also hat Amy ihn entweder noch nicht auf das angesprochen, was ich ihr gesagt habe, oder aber sie haben darüber gesprochen und sich versöhnt. So oder so ist Amy also keine Option.
Eine gute Stunde später habe ich immer noch keine Lösung für dieses Problem, aber immerhin habe ich jetzt trockene Kleidung und ich fröstele auch nur noch leicht.

„Mel, kannst du bitte Tisch Drei für mich übernehmen?
Ich muss mich kurz umziehen. Ein Gast hat mich aus
Versehen angestoßen und ich habe mir die heiße
Fischsuppe über das Shirt gekippt." Susan, meine
Kollegin, hastet entschuldigend an mir vorbei Richtung
Personalumkleide. Während ich in mein PDA Tisch
Drei einlogge, gehe ich durch das Lokal zu dem kleinen
Zweiertisch hinten in einer Nische.
„Guten Abend, was darf ich Ihnen bringen?" Während
ich meinen Spruch freundlich herunter leiere, sehe ich
auf und... sehe in die dunklen Augen des Mannes, den
ich am liebsten nie wieder sehen wollte. Neben ihm
sitzt seine Freundin, die aussieht wie ein Model mit
ihren glänzenden Haaren, die ihr wunderschönes
Gesicht sanft umspielen und nicht den Eindruck
machen, als wäre sie heute auch nur mit einem Prozent
Luftfeuchtigkeit in Berührung gekommen. Ebenso wie
ihre makellose Kleidung und...
„Guten Abend, Mel." Ich kann ein Schnauben nicht
unterdrücken. Für ihn mag das ein guter Abend sein,
aber meiner ist weit von gut entfernt. Ich würde sogar
so weit gehen, ihn verdammt scheiße zu nennen.
„Haben Sie schon gewählt? Kann ich Ihnen schon ein
Getränk bringen?" Ich versuche, meine Stimme so
unbeteiligt und professionell wie möglich klingen zu
lassen, allerdings bemerke ich selbst, dass ich etwas
heiser bin. Nicht auch das noch! Ich kann jetzt wirklich
keine Erkältung gebrauchen!
„Ich nehme einen Chardonnay und dazu den
Wolfsbarsch auf einem Kartoffel-Pfifferling-Bett."
Seine Freundin hat wieder diesen feindseligen Unterton
in der Stimme, mit dem sie verbal ihr Gebiet absteckt.

Dabei müsste sie das gar nicht. Weder Wesley noch ich haben uns noch etwas zu sagen, daher nicke ich nur und gebe die entsprechende Bestellung in mein PDA. Dann sehe ich zu Wesley, aber er starrt nur krampfhaft in die Karte. Feigling.

„Für mich bitte das gleiche", kommt schließlich von ihm und seine Stimme klingt seltsam gepresst. Er klappt die Karte zu, hebt seinen Blick und für einen kurzen Augenblick sehen wir und in die Augen. Ein leichter Hauch von Schuldbewusstsein scheint in seinem Blick zu liegen, aber genau kann ich es nicht einschätzen, dazu ist der Moment zu kurz. Schnell wendet er sich ab und beginnt ein Gespräch mit seiner Begleitung. Ich beeile mich, die Bestellung an die Küche weiterzugeben und serviere die Getränke. Weder Wesley noch das Model an seiner Seite würdigen mich eines Blickes. Nur ein gemurmeltes *danke* kommt von Wesley. Ich bin froh, als Susan zurück ist und wieder ihren Tisch übernimmt, so dass ich mich nicht noch einmal dieser peinlichen Stimmung aussetzen muss, die gerade herrschte, als ich die Bestellung aufnahm. Trotzdem kann ich es nicht lassen, immer mal wieder zu Wesley und seiner Freundin zu sehen, und so wie es scheint, unterhalten sie sich angeregt. Allerdings wirft er mir zwischendurch immer mal wieder einen intensiven Blick zu, der nicht dazu passen will, dass seine Freundin neben ihm am Tisch sitzt. Irgendwann bemerkt auch sie, dass seine Blicke mich immer wieder suchen und er nicht wirklich auf sie konzentriert ist. Sofort streicht sie besitzergreifend über seinen Arm und beugt sich zu ihm hin, so dass es aus meiner Position aussieht, als würde sie ihn küssen. Etwas flammt in meinem Inneren auf und ich sehe schnell weg. Wenn ich den Ausdruck, der während unseres kurzen Blickduells in ihren Augen aufloderte, richtig deute, war das eine Mischung aus Überlegenheit und... Hass? Kann das sein? Hass ist ein wirklich starkes Gefühl und ich denke nicht, dass ich ihn verdient habe. Wesley sitzt immerhin mit ihr an diesem Tisch, hört ihr zu und sie ist seine Freundin. Und wie sie sehr wohl mitbekommen hat, sind wir nicht gerade im Guten auseinander gegangen, also hat sie gar keinen Grund, mich so anzusehen.

Irgendwann bezahlt Wesley die Rechnung und geht schon raus, während seine Begleitung auf mich zu kommt. Da die Toiletten sich direkt hinter mir befinden, denke ich zunächst, dass sie dort hin will, aber sie bleibt vor mir stehen.

„Ich wollte Ihnen nur sagen, dass wir für heute ein Zimmer im Resort gebucht haben." Sie sagt das mit einem gewissen Leuchten in den Augen, was mir einen unangenehmen Stich versetzt. Dabei sollte es mich nicht interessieren, wo Wes mit wem schläft, aber leider kann ich dieses fiese Gefühl der Eifersucht nicht ganz unterdrücken. Nur dieser Frau gegenüber werde ich den Teufel tun und sie das merken lassen, weil ich weiß, dass sie nur darauf hofft, dass ich mich durch irgendeine Reaktion verrate.

„Und warum sagen Sie mir das? Warum sollte es mich interessieren?", versuche ich, meine Stimme möglichst unbeteiligt klingen zu lassen. Ein fieses Lächeln verzerrt ihre ebenmäßigen Züge.

„Ich habe sehr wohl bemerkt, dass du gestern in einem der Betten in dieser Bruchbude geschlafen hast. Warum auch immer. Ich rate dir, hau einfach so schnell wie

möglich ab, wenn du nicht von den Baggern überrascht
werden willst, die dein heißgeliebtes B&B dem
Erdboden gleich machen, wenn es soweit ist!" Wenn
ich es nicht besser wüsste, würde ich denken, dass sie
mir gegenüber eine Form von Eifersucht empfindet,
aber das ist lächerlich. Niemand würde mich eines
Blickes würdigen, wenn er eine Frau wie sie an seiner
Seite haben kann! Und außerdem ist sie ja schon mit
Wesley zusammen, da muss sie sich nicht von mir in
ihrer Position bedroht fühlen.
Sie wirft mir noch einen giftigen Blick zu, dann geht
sie und lässt mich sprachlos zurück. Was soll ich darauf
auch sagen?!
Das klamme, kalte Gefühl, das mich schaudern lässt,
als ich nach meiner Schicht wieder in meine immer
noch feuchte Jeans und das Shirt schlüpfe, passt
hervorragend zu dem heutigen Tag. Ich gönne mir ein
Uber, das mich ins *Melias* fährt, obwohl ich es mir
eigentlich nicht leisten kann, auch nur einen Dollar für
so was auszugeben. Ich habe beschlossen, noch eine
Nacht hier zu verbringen, weil Wesley und seine
Freundin ja im Resort abgestiegen sind, sich also die
Gefahr, entdeckt zu werden, in Grenzen hält. Ab
morgen werde ich mir dann etwas anderes einfallen
lassen müssen. Aber für heute muss ich ins Warme,
damit ich mich nicht erkälte. Das kann ich mir gerade
nicht leisten, denn meinen Job im *Fish & Ships*
deswegen zu verlieren, wäre das Schlimmste, was mir
in meiner Situation passieren könnte.
Leider zickt der Boiler wieder mal, deswegen gibt es
auch keine warme Dusche, aber wenigstens habe ich
ein weiches, warmes Bett, in das ich mich heute Nacht
kuscheln kann. Ich werde das so lange nutzen, wie ich

eben kann. Zumindest heute Nacht droht mir wohl keine Gefahr, dass noch Bulldozer kommen. Man lernt irgendwann, die kleinen Dinge im Leben zu schätzen. Ich nehme mir vor, gleich morgen mit Elias zu sprechen, auch wenn sich alles in mir dagegen sträubt. Ich brauche mein Geld. Dringend.

Wesley

„Green to 49, 10 goes blue!", schreit Jace gegen die tobende Menge der knapp siebzigtausend Fans an, die heute im Lumen Field Stadion uns oder den *Atlanta Lions* zujubeln. Kurz sehe ich Paxton an, der nach Jace' Ansage einen Hand-Off vortäuschen soll, während ich mich frei blocke und ganz nach außen an die Seitenlinie laufe. Im besten Fall lassen sich die *Lions* täuschen und ich fange den Ball. Und im noch besseren Fall gelingt es mir, einen Touchdown zu erlaufen oder wenigstens einen neuen First Down. Pax nickt, bringt sich in Position und als Jace mit einem „Down. Set. Hut." das Play freigibt, laufe ich los. Einer der Linebacker der *Lions* versucht schnaufend, mich zu tackeln, aber ich schaffe es, ihm durch eine Drehung nach innen auszuweichen. Wenn alles geklappt hat und die Defense der *Lions* sich hat täuschen lassen, müsste ich in genau fünf Yards das Ei aus der Luft angeln können. Ich habe keine Zeit, mich nach dem Ball umzusehen und muss darauf vertrauen, dass Jace' Passspiel so genau ist wie

wir es in unendlich vielen, ermüdenden Stunden geübt haben. Ich strecke meinen rechten Arm aus und tatsächlich angele ich den Ball mit einer Hand aus der Luft, presse ihn an meine Brust und renne weiter. Das sind die Augenblicke, für die ich den Sport liebe. Dieses blinde Verständnis, diese Präzision eines herausragenden Quarterbacks wie Jace einer ist, diese Euphorie der Fans... Ein heftiges Tackle, das mich über die Seitenlinie direkt in den am Rand stehenden Staff der *Lions* befördert, wo ich einen der Referees regelrecht umramme und erst vor der unteren Tribüne zum Liegen komme, erinnert mich schmerzhaft daran, dass es auch Dinge gibt, die ich nicht so gut finde. Zum Beispiel, wenn mich ein dreihundert Pfund schwerer Typ mit Kriegsbemalung unter seinem Helm wie ein rachsüchtiger Wikingergott umrennt. Trotz meiner Protektoren spüre den harten Hit in meine linke Seite als ob ich gerade mit einem Laster zusammengestoßen wäre. Immerhin habe ich genug Yards für einen neuen Versuch erlaufen.

Nach vier Vierteln gewinnen wir knapp mit 14:13. Nur eine verschossene One-Point-Conversion der *Lions* rettet uns am Ende den Sieg. Aber gewonnen ist gewonnen. Nach dem ständigen Auf und Ab unserer Leistung fühlt sich dieser knappe Sieg fast an wie das Erreichen der Play-offs. Weil wir dieses Mal auch das Glück auf unserer Seite hatten. Entsprechend gut ist die Stimmung in der Kabine, als wir nach dem Spiel zusammenkommen, um uns von Coach Meyers trotz aller Euphorie leider einen kleinen Dämpfer abzuholen. „Zu gewinnen, weil die anderen einen kleinen Fehler machen, ist nur ein halber Sieg, Jungs. Das Ergebnis ist so knapp, dass es gut auch anders herum hätte ausgehen können. Ich weiß, dass es oft die kleinen Fehler sind, die Spiele entscheiden, aber ich will, dass ihr beim nächsten Spiel eure Überlegenheit zeigt. Ihr seid verdammt gut, nur müsst ihr das auch auf den Platz bringen. Aber dazu müssen *alle* zu einhundert Prozent dabei sein!" Er wendet sich an Pax.

„Wycombe, da war wieder dieser eine Moment, dieses kurze Zögern, das diesen unnötigen Fumble ermöglicht hat. Wenn du nicht langsam mal in die Spur kommst, bist du raus, verstanden?!" Paxton sieht Meyers zerknirscht an.

„Ja, Sir." Inzwischen wirkt er fast verzweifelt und ich weiß nicht, ob es nur an seiner Form liegt, dass er nicht in die Gänge kommt. Ich glaube eher, dass es etwas Privates ist, das ihn belastet, aber so lange er nicht von sich aus den Mund aufmacht, können wir ihm nicht helfen. Leider hat auch Tyler, sein bester Freund, gerade privat eine ganze Menge Scheiße am Hacken, so dass er wahrscheinlich als Ratgeber ausfällt.

„Und du, mein Sohn", Meyers zeigt auf Landon, „setzt nicht noch mal den Helm ab, wenn eine Kamera auf dich gerichtet ist!" Unterdrücktes Kichern ist von einigen der Jungs zu hören. Auch Landon grinst, allerdings zieht er auch gleichzeitig seinen Kopf ein.

„Diesen... Unfall will keiner sehen, verstanden! Und schon mal gar keine Eltern, die mit ihren minderjährigen Kindern zusehen!" Meyers Stimme zittert leicht, aber es ist schwer zu sagen, ob er tatsächlich so wütend ist, wie er sich gibt, oder ob er insgeheim selbst amüsiert ist. Wahrscheinlich eher ersteres, würde ich schätzen. Landon hat nämlich gegen Montgomery eine Wette verloren und sich deswegen

einen gestreckten Mittelfinger auf den Hinterkopf in
sein streichholzkurzes Haar scheren lassen müssen.
Einen Mittelfinger, bei dem ein fantasiebegabter
Mensch auch etwas anderes hineininterpretieren
könnte.
„Schon gut, Coach, aber so wie die *Lions* geguckt
haben, war es das wert, oder nicht?“, grinst er.
Natürlich hat er es sich nicht nehmen lassen, ohne
Helm vor der Bank der *Lions* herumzustolzieren.
„Möglich, aber es war es *nicht* wert, dass wir eine
Strafe wegen unsportlichen Verhaltens erhalten und
dadurch beim Kickoff fünfzehn Yards aufgebrummt
bekommen haben, Lavalle! Ich hoffe, sie verdonnern
dich auch noch zu einem gehörigen Strafgeld!“,
schnauzt Meyers.
„Mein Gott“, er fährt sich durch seine ergrauten Haare
und schüttelt frustriert den Kopf. „Ich werde langsam
zu alt für diese Kindereien. Ihr seid keine
fünfzehnjährigen Kiffer mehr, auch wenn es mir
manchmal so vorkommt, als würdet ihr was nehmen.
Wenn ich nicht wüsste, dass ihr regelmäßig Blut
abgeben müsst und auf alle möglichen Substanzen
getestet werdet, würde ich annehmen, ihr seid alle auf
Weed!“ Ein paar der Jungs grinsen, allen voran Versus,
der ganz gerne mal einen Joint raucht, wenn wir uns in
der Off-Season befinden oder anderweitig eine
Spielpause haben, so dass er nicht befürchten muss,
aufzufallen. Unser Coach dreht sich zu ihm um und
kneift die Augen zusammen, während er vortritt und
seinen Zeigefinger in Versus' harte Brust bohrt.
„Möchtest gerade du etwas dazu sagen, Tomlin?“ Unser
Fullback wird rot und senkt den Kopf.

„Äh nein, Coach." Zufrieden nickt Meyers. Scheint so als wenn er um Versus' kleine Schwäche weiß. Versus wirkt mit einem Mal ziemlich verlegen, weshalb ich mich frage, was er jetzt wieder angestellt hat. Allerdings habe ich keine Gelegenheit, ihn zu fragen, weil Meyers sich räuspert.

„Zwei Tage trainingsfrei." Jubel bricht aus, aber unser Coach wäre nicht unser Coach, wenn er nicht genüsslich hinzufügen würde: „Außer für Wycombe, Lavalle und Tomlin! Ihr werdet euch die nächsten zwei Tage wünschen, ihr wärt im College in der Schach AG gewesen und hättet euch niemals für den Draft angemeldet!" Meyers grinst teuflisch. Pax, Landon und Versus stöhnen gleichzeitig auf, während Camden, unser Kicker, nur neugierig auf unseren Fullback zugeht, nachdem der Coach die Kabine verlassen hat.

„Was geht da ab, Versus? Was hast du angestellt, weswegen der Coach so kryptisches Zeug labert?", fragt er unverblümt, aber Versus schüttelt nur den Kopf.

„Geht dich nichts an, Cam."

„Hat es etwas mit damit zu tun, dass unsere Gullie einen Flügel verloren hat?", bohrt Camden genüsslich weiter. Anscheinend weiß er mehr als der Rest von uns. Gullie ist unser Maskottchen, ein überlebensgroßes plüschiges Möwenkostüm, das unter der strengen Bewachung von Veronica steht, die die gute Seele der Franchise ist. Unser Mädchen für alles, die Gullie quasi adoptiert hat und wie ihren Augapfel hütet.

„Ich sagte: Halt. Die. Klappe!", schnauzt Versus, schnappt sich ein Handtuch und stürmt regelrecht Richtung Dusche.

„Was weißt du, was wir nicht wissen?" Landon baut
sich vor Camden auf, der unschuldig die Lippen spitzt.
„Vielleicht hat mir ein Vögelchen gezwitschert, dass
Versus gestern nach dem Training mit einer Literflasche
Parfum in das kleine Kabuff, in dem Gullie gelagert
wird, eingefallen ist, weil er der Meinung war, dass sie
müffelt. Er wollte ihr Fell..."
„*Gefieder* heißt das bei Vögeln, du Honk!", berichtigt
der Schlauscheißer Pax ihn sofort.
„Bei echten vielleicht, aber Gullie ist eine
Plüschmöwe!", protestiert Camden eingeschnappt,
zuckt dann aber mit den Schultern. „Aber von mir aus.
Dann eben Gefieder. Selber Honk!"
„Ja, aber wie hat er es dann geschafft, dass Gullie sich
den Flügel gebrochen hat?", will Landon wissen.
„Er ist im Dunkeln gestolpert und hat sich an Gullies
Arm..."
„*Flügel!!*, du Amöbenhirn!", unterbricht Pax ihn erneut
und verdreht genervt die Augen.
„Ist doch egal, weil das Ergebnis das gleiche ist, du
Superhirn..."
Leider wird diese spannende Diskussion durch das
Klingeln meines Handys unterbrochen, so dass ich das
Ende nicht mehr mitbekomme.
„Hey, Wes, ich habe gerade die Abrissgenehmigung für
das *Melias* bekommen." Vals Stimme klingt
euphorisch. „Wir sollten so schnell wie möglich mit
dem Abriss beginnen, bevor uns das Wetter vielleicht
einen Strich durch die Rechnung macht!" Was für ein
Wetter einen reinen Abriss beeinträchtigen könnte, ist
mir schleierhaft. Überhaupt bin ich mir unsicher, ob ich
das *Melias* einfach so abreißen lassen soll, bevor ich
nochmal mit Melody geredet habe. Seit unserer letzten

Begegnung hadere ich mit meinem Benehmen ihr gegenüber. Und bevor ich etwas veranlasse, das nicht mehr rückgängig gemacht werden kann, will ich ihr wenigstens erklären, was ich dort vorhabe. Entgegen meiner Worte, dass es sie nichts angeht, was mit dem *Melias* passiert, habe ich ein schlechtes Gewissen, sie bei meinen Plänen einfach zu übergehen. Das ist verrückt, aber es fühlt sich falsch an, sie darüber im Ungewissen zu lassen, was ich wirklich damit vorhabe. Okay, gut, vielleicht will ich auch nur, dass sie mich nicht länger für ein selbstgefälliges, ignorantes Arschloch hält, indem ich ihr klar mache, dass ich mit dem Reha-Zentrum ein uneigennütziges Ziel verfolge. Leider gibt es zum Abriss keine Alternative, das haben die Baupläne ergeben.

„Wes? Hast du gehört?", erinnert Valerie mich daran, dass ich ihr noch keine Rückmeldung gegeben habe.

„Das äh, das ist... gut." Selbst in meinen Ohren hört sich das zögerlich und wenig überzeugt an.

„Ja, nicht wahr?! Ich habe schon mit dem Abrissunternehmen gesprochen. Sie könnten übermorgen anfangen. Ihnen ist ein Kunde abgesprungen. Ich habe mich wirklich bemüht, diesen kurzfristig freigewordenen Termin für uns zu bekommen." Sie klingt aufgeregt, aber da ist etwas in ihrer Stimme, das mich stört. Die Art, wie sie die Sätze so abgehackt aneinanderreiht erinnert mich an eine Situation, in der sie versucht hat, mich mit einer erfundenen Geschichte davon abzulenken, dass sie eine Beule in mein Auto gefahren hat. Nur warum sollte sie hier etwas verbergen wollen? Ich schüttele das dumme Gefühl ab, dass mehr als nur berufliches

Engagement dahinter steckt.

„Sag den Termin ab, Val. Ich muss erst nochmal mit Melody reden." Es fühlt sich richtig an, mit dem Abriss noch zu warten, also hinterfrage ich es nicht. Keine Ahnung, warum mir so viel daran liegt, dass Mel versteht, warum ich ausgerechnet ihr B&B, oder besser gesagt, das Stückchen Land, auf dem es steht, haben will, um das Reha-Zentrum dort zu bauen. Ich verstehe ja selbst nicht, warum ich mich so sehr darauf versteift habe. Außer, dass es exakt der Ort auf dem Bild ist, das Timmy mir gezeigt hat. Und es sich wegen dieser merkwürdigen Verbindung richtig anfühlt. Gefühle kann man eben nicht erklären. Und genau das ist es, was mich vor einem Gespräch mit Mel zurückschrecken lässt. Weil sie in diesem Pro und Contra die viel besseren Argumente hat, warum ihr der Verlust so weh tut.

„Wie bitte? Weißt du, was es mich gekostet hat, diesen Termin für uns zu blocken? Das kann jetzt nicht dein Ernst sein, Wes! Hast du etwa Mitleid mit dieser Melody? Was hast du denn mit dieser Frau noch zu schaffen? Du bist ihr keine Erklärung schuldig! Das..." Val schnauzt mich empört an und gerade geht mir ihre Art gegen den Strich.

„Ich wiederhole mich nicht, Val, du hast mich schon verstanden. Und ich frage dich auch nicht, ob du das gut findest. Mach es einfach. Dafür bezahle ich dich!" Ich höre, wie sie nach Luft schnappt. Das kam härter raus als ich es meine, aber damit muss sie leben. Ich habe überhaupt seit einiger Zeit das Gefühl, dass ihre Definition von Freundschaft eine andere ist als meine. Jedenfalls, was uns beide betrifft..

„Gut. Wie du meinst, Wesley." Eingeschnappt beendet sie das Gespräch und ich weiß, dass ich ihr in nächster Zeit noch mal deutlich sagen muss, dass ich ihr Verhalten mir gegenüber nicht mehr tolerieren kann. Sie überschreitet immer mal wieder die Grenzen, die ich ihr gesetzt habe. Bei unserem Besuch anlässlich der Begehung des Grundstückes hat sie, ohne mein Wissen, eine Suite in diesem Resort in Bainbridge gebucht. Ohne Hintergedanken, wie sie mir zerknirscht versichert hat, aber ich nehme ihr nicht ab, dass sie das nur getan hat, weil es Geld gespart hat oder einfach eine Notwendigkeit war, weil kein anderes Zimmer mehr frei war. Immerhin gab es zwei Schlafzimmer in dieser Suite, weswegen ich nicht weiter darauf bestanden habe, umzubuchen. Entweder, sie reißt sich in Zukunft zusammen, oder ich muss sie doch noch von diesem Projekt abziehen. Was ich ungern tun würde, weil sie in ihrem Job wirklich gut ist.
Aber jetzt muss ich mich erst mal auf das Gespräch mit Melody konzentrieren.

Melody

Ein leises Fiepen schafft es durch die Dunkelheit und Zähe meiner Wahrnehmung, aber außer einem Stöhnen, weil mein Kopf explodiert und mein schmerzender Körper keinen anderen Laut zulässt, kommt kein Ton über meine aufgesprungenen Lippen. Die

188

Medikamente, die ich mir gekauft habe, sind aufgebraucht, aber sie haben ohnehin nicht wirklich geholfen. Ich habe mich am Tag, nachdem ich zum ersten Mal vollkommen durchnässt war, ein weiteres Mal zu Fuß durch nicht enden wollenden Regen zur Arbeit gekämpft, weil ich nicht schon wieder ein Uber bezahlen konnte und mir lieber von dem Geld Paracetamol, Hustensaft und ein Antigrippemittel gekauft habe. Was nicht wirklich geholfen hat, deswegen liege ich jetzt hier und vegetiere vor mich hin. Wie lang schon, kann ich nicht genau sagen, weil ich immer wieder einschlafe. Mal ist es hell, mal dunkel, wenn ich aufwache, aber ich weiß nicht genau, wie oft das schon so war. Ganz sicher habe ich Fieber, ich merke ja selbst, dass ich äußerlich glühe, während in meinem Körper gleichzeitig eine neue Eiszeit ausgebrochen ist. Amy hat mich per WhatsApp gefragt, wo ich bin und wie es mir geht. Natürlich habe ich ihr nicht gesagt, dass ich immer noch im *Melias* schlafe. Ich kann mit vielem umgehen, aber nicht mit ihrem Mitleid, das dieses Geständnis unweigerlich auslösen würde. Und auch nicht mit der Tatsache, dass Eli davon erfahren könnte, dass ich hier planlos vor mich hin vegetiere, ohne zu wissen, was ich mit meinem Leben jetzt anfange soll. Als es mir noch besser ging, habe ich ihr kurz geschrieben, dass es mir gut geht, was eine glatte Lüge ist, aber ich kann im Augenblick nicht mit ihr reden. Seitdem habe ich mein Handy nicht wieder angefasst, weil es zum Laden angeschlossen in einer Ecke liegt und ich zu schwach bin, dort hin zu kommen. Und wozu auch? Es gibt niemanden, den ich um Hilfe bitten könnte. Aber jetzt gerade würde ich mir wünschen, ich hätte Amy die Wahrheit gesagt. Wenn ich es nicht geträumt habe, war sie sogar einmal hier und hat nach mir gerufen, aber da konnte ich schon nur noch krächzen, was sie natürlich nicht gehört hat. Das Dumme an meiner Situation ist, dass ich ziemlich gut darin bin, mich hier zu verstecken. Also hat sie natürlich keinen Anhaltspunkt gefunden, dass ich hier sein könnte, so dass sie wieder gegangen ist, ohne mich bemerkt zu haben. Und so langsam bekomme ich wirklich Angst, dass das hier nicht gut für mich ausgehen wird. Dass man mich vielleicht erst in einigen Wochen findet, wenn sogar bereits die Würmer das Interesse an mir verloren haben. Ich bin sogar schon so weit, dass ich mir wünschen würde, Wesleys Abrisskommando würde kommen, um mich hier zu finden, aber so wie es scheint, habe ich selbst damit kein Glück. Offenbar hat Wesley keine Eile damit, das *Melias* abzureißen oder sanieren zu lassen, oder was auch immer er damit vorhat, so dass ich jede Hoffnung, jemand könnte mich hier finden und mir helfen, aufgegeben habe.

Ich habe mich in meinem ganzen Leben noch nie so krank gefühlt wie jetzt gerade.

Wieder dieses Fiepen. Mühsam drehe ich meinen Kopf, in die Richtung, aus der das Geräusch kommt. Meine Augen brennen fiebrig und ich habe Mühe, meinen Blick auf etwas zu fokussieren. Gleichzeitig zittere ich vor innerer Kälte so stark, dass der ganze Raum zu wackeln scheint. Verschwommen sehe ich, dass das Geräusch von Digger kommt, der neugierig herumwuselt und sich schnuppernd durch das Zimmer bewegt. Ich muss lächeln, aber schon diese kleine Bewegung sorgt dafür, dass die Kopfschmerzen

unerträglich werden. Vermutlich mache ich irgendein
Geräusch dabei, denn Digger hält inne und sieht zu mir
herüber. Vorsichtig kommt er näher, klettert auf mein
Bett und sieht mich aus seinen kleinen Äuglein
neugierig an. Ich bin viel zu müde, um lange wach zu
bleiben, daher dämmere ich weg, noch während Digger
auf meinem Bett sitzt. Und wieder sind es
Fieberträume, die mich plagen, statt mir die dringend
benötigte Erholung zu bringen. Sie werden jedes Mal
bedrohlicher, ohne genau sagen zu können, warum. Es
beginnt jedenfalls immer mit einem Feuer, das um mich
herum züngelt und immer heißer wird. Heißer und
heißer, bis mich die Höllenglut verschlingt und nichts
als Schwärze zurückbleibt.

Wesley

Die gesamte Fahrt über habe ich mir überlegt, was ich
Mel sagen soll. Oder besser: Wie ich es ihr sagen soll.
Ich weiß, dass es sie sehr treffen wird, wenn ich ihr
erzähle, dass ich vorhabe, das B&B abreißen zu lassen.
Und obwohl sie das nichts mehr angeht, wäre es mir am
liebsten, sie würde verstehen, warum es sein muss und
mir eine Art Absolution erteilen. Aber leider ahne ich,
dass das nicht passieren wird. Zu viel ist zwischen uns
passiert, als dass ich auf ihr Verständnis oder
wenigstens auf Akzeptanz hoffen darf. Trotzdem muss
ich versuchen, es ihr zu erklären, auch wenn das
Ergebnis, dass sie mich dafür hasst, sich dadurch nicht

ändern wird. Ich weiß, dass es mich nicht so beschäftigen sollte, wie sie auf mich oder mein Vorhaben reagiert, und doch tut es das. Warum das so ist, weiß ich selbst nicht, oder besser gesagt, ich weiß es nicht genau, allerdings ahne ich den Grund und der macht mir Angst. Weil ich, wenn ich an Melody denke, vollkommen irrationale Gefühle habe. Ich darf mich nicht in eine Frau verlieben, die nichts als Abneigung oder vielleicht sogar Hass für mich empfindet. Das kann nicht gut gehen und deswegen werde ich nur noch dieses eine Gespräch mit ihr führen, denn danach werde ich sie ohnehin nie wiedersehen. Dafür wird sie schon sorgen.

Es ist bereits dunkel, als ich endlich am *Melia*s ankomme. Ich konnte erst nachmittags aus Seattle verschwinden, weil Coach Meyers noch eine Teamsitzung abgehalten hat, in der er uns auf das nächste Spiel eingeschworen hat. Denn so langsam wird es eng mit den Play-offs, wenn wir nicht die nächsten Spiele gewinnen. Zwar haben wir bereits ein paar Siege auf dem Konto, aber die Gesamtbilanz ist negativ.

Ich parke vor dem Unterstand, in dem immer noch Meister Yoda steht und ich muss unwillkürlich an meine erste Begegnung mit Mel denken, wie sie, ölverschmiert und mit diesen blitzenden grünen Augen, vor mir stand und mich zurechtgewiesen hat. Weil ich sie an-, okay, eher ausgelacht habe. Schon damals hat sie mich auf die eine oder andere Art komplett in ihren Bann gezogen, aber rückblickend weiß ich erst jetzt, dass sie mich da bereits dieses *Etwas* hat fühlen lassen. Dieses Etwas, von dem ich nicht weiß, was es genau ist. Körperliche Anziehung? Verlangen? Aber egal, was es ist, das ich empfinde, wenn ich an sie denke, ich weiß leider auch, dass es auf eben diesen ersten Blick bereits schon zum Scheitern verurteilt war. Weil wir sind, was wir sind. Und weil wir nicht zusammen funktionieren können, wenn ich meine Pläne mit dem *Melias* durchziehe.

Ich gehe zur Tür und drücke die Klinke, aber noch während ich mich frage, ob ich mich vielleicht bemerkbar machen sollte, damit Mel sich nicht erschreckt, stelle ich fest, dass sie abgeschlossen ist. Erst jetzt fällt mir auch auf, dass alles dunkel und still ist. Ich trete einen Schritt zurück. Die Vorhänge sind nicht zugezogen, aber aus dem Inneren dringt kein Licht heraus. Mein Magen zieht sich zusammen. Ob Mel vielleicht schon eine neue Bleibe gefunden hat? Es sieht ganz danach aus. Ich gehe vorsichtshalber zum Fenster, das mir einen Blick in den ehemaligen Rezeptionsbereich ermöglicht und leuchte mit meiner Taschenlampenfunktion am Handy den Raum ab. Das Wenige, das ich erkennen kann, wirkt aufgeräumt und verlassen. Ein weiterer Blick durch das Fenster des Zimmers, das ich damals bewohnt habe, lässt ebenfalls nicht darauf schließen, dass hier noch jemand ist. Die Betten sind abgezogen, die Türen des kleinen Kühlschranks stehen offen und soweit ich es erkennen kann, ist sogar der Stecker der Kaffeemaschine gezogen und liegt daneben auf dem Tisch.

Natürlich habe ich einen Schlüssel, aber da Melody nicht hier ist, sehe ich keine Notwendigkeit, hineinzugehen. Während ich noch überlege, wie ich jetzt herausfinden soll, wo sie ist, oder ob ihre Abwesenheit nicht vielleicht doch ein Wink des

Schicksals ist, das Gespräch mit ihr zu vergessen, weil es ohnehin nichts an der Situation ändern würde, höre ich ein merkwürdig pfeifendes Zwitschern. Ich gehe um das Gebäude herum und als ich zur Veranda blicke, von woher das Geräusch kommt, sehe ich diesen Waschbären. Digger. Irgendetwas scheint ihn zu beunruhigen, denn er rennt trippelnd hin und her. Wahrscheinlich hat er Angst vor mir, nur... warum rennt er dann nicht einfach weg? Plötzlich bleibt er stehen und wenn es nicht so abwegig wäre, würde ich glauben, er mustert mich. Dann nimmt er sein aufgeregtes Hin- und Herlaufen wieder auf. Plötzlich verschwindet er hinter das Haus. Also hatte er wohl doch Angst. Ich wende mich ab und will zu meinem Auto, weil ich hier nichts weiter ausrichten kann, als ich ein lautes Scheppern höre, das aus dem Inneren des Hauses kommt. Verflucht! Hat dieser Satansbraten es wirklich geschafft, da irgendwie hineinzukommen? Wieder ein Scheppern, dieses Mal in Verbindung mit einem lauten Knall, so als ob etwas umgefallen wäre. Herrgott! Es ist nicht so, als wenn dieses Tier wirklich etwas anstellen könnte, denn in ein paar Tagen wird hier ohnehin alles dem Erdboden gleich gemacht, aber...
Plötzlich erscheint Digger erneut in einiger Entfernung zu mir auf der Veranda. Wieder tigert er rastlos über die Holzdielen, bevor er abermals verschwindet. Irgendwie verhält er sich merkwürdig. Vielleicht hat er wirklich Tollwut? Aber wäre er dann nicht mir gegenüber aggressiver? Keine Ahnung, wie sich tollwütige Waschbären verhalten, aber etwas an ihm kommt mir komisch vor. Wieder scheppert etwas im Haus und als er erneut auf der Veranda auftaucht und mich quasi

anstarrt, komme ich mir reichlich dumm dabei vor, weil ich plötzlich beschließe, im Haus nachzusehen, was er dort angestellt hat. Vielleicht hat er ja irgendwo in der Nähe seinen Nachwuchs versteckt und will mich davon ablenken? Oder mich im Gegenteil darauf aufmerksam machen, weil etwas nicht stimmt? Man hört ja immer wieder mal Geschichten, dass Wildtiere in Extremsituationen, in denen es um ihren Nachwuchs geht, auf sich aufmerksam machen, damit der Mensch ihnen hilft. Vielleicht stimmt ja mit seinen Jungen etwas nicht? Und auch, wenn ich nicht gerade sein Freund bin, oder er meiner, möchte ich doch nicht, dass die Bulldozer kleine Waschbärenbabys überrollen. Das würde Melody bestimmt nicht gefallen. Selbst, wenn sie in mir den Antichristen sieht, für den Tod kleiner, hilfloser Waschbären will ich nicht verantwortlich sein. Sie wird wahrscheinlich nie von meiner Heldentat erfahren, trotzdem werde ich jetzt diese kleinen Scheißer retten und darauf hoffen, dass wenigstens Digger das zu schätzen weiß. Vielleicht ist das ja eine gute Tat, die mein Karma wieder mit Pluspunkten auflädt.

Ich ziehe seufzend den Schlüssel mit dem hübschen Holzanhänger aus meiner Hosentasche und schließe auf. Digger huscht an mir vorbei und verschwindet im Gang zu den Zimmern, aber bevor ich ihm noch folgen kann, höre ich ein leises Röcheln. Ich habe keine Ahnung, welche Töne Waschbären so von sich geben, außer denen, die Digger mich bereits hören ließ, aber das hier ist eindeutig ein menschlicher Laut. Ich fühle, wie sich meine Nackenhaare und die an meinen Armen aufrichten. Ich lausche in die Stille hinein, die wieder eingetreten ist, aber dann stelle ich fest, dass es gar

keine vollkommene Stille ist. Ich höre angestrengtes
Atmen, so als wenn jemand hektisch und von wenig
Erfolg gekrönt nach Luft schnappt. Immer wieder.
Zischen, Röcheln. Rasseln. Fast meine ich, die
Verzweiflung desjenigen körperlich zu spüren, der da
so kraftlos versucht, Luft in seine Lungen zu
bekommen, und als mein Gehirn endlich die
entscheidende Information liefert, um wen es sich dabei
sehr wahrscheinlich handelt, löse ich mich endlich aus
meiner Starre. Ich spüre, wie das Entsetzen über diese
Erkenntnis meinen Körper flutet und mich zittern lässt.
Panisch renne ich zu der Zimmertür, und als ich sie
aufdrücke und sehe, dass sich meine schlimmsten
Befürchtungen bewahrheitet haben, setzt mein
Herzschlag für eine gefühlte Ewigkeit aus.
Melody liegt dort im Bett, und ohne sie angefasst oder
weiter in Augenschein genommen zu haben, weiß ich
bereits, dass es nicht gut um sie steht. Panisch reiße ich
die Decke weg und nehme sie in meine Arme. Sie glüht
und ist nicht bei Bewusstsein. Allein ihr rasselnder
Atem ist ein Zeichen, dass sie noch lebt. Panisch renne
ich mit ihr zu meinem Auto, brauche mehrere Versuche,
mit ihr im Arm die hintere Tür zu öffnen, um sie auf die
Sitze zu legen, aber irgendwie schaffe ich es
schließlich. Ich fahre los, weil sie dringend ins
Krankenhaus muss. Oder wenigstens zu einem Arzt,
aber dann wird mir klar, dass ich keine Ahnung habe,
wo hier ein Krankenhaus oder ein Arzt ist. Wütend,
weil ich damit wertvolle Zeit vergeude, google ich nach
einem Krankenhaus und tatsächlich gibt es eine 24 -
Stunden Notaufnahme in Bainbridge Island. Ich tippe
die Adresse ins Navi und zucke zusammen, weil

Melody plötzlich zu sprechen beginnt. Ich verstehe kein Wort von dem, was sie sagt, weil sie verwaschen redet, aber ich erkenne an dem panischen Tonfall und dem Stöhnen, dass es etwas sein muss, vor dem sie Angst hat. Ihre Stimme wird lauter, bevor sie wieder verstummt und mir bricht es das Herz, sie so elend zu sehen.

In Rekordzeit erreiche ich die Klinik und renne hinein, um Hilfe zu holen. Sofort nachdem ich mein Anliegen geschildert habe, holen zwei Pfleger Melody aus meinem Auto, betten sie vorsichtig auf eine fahrbare Trage und schieben sie ins Gebäude. Ich folge ihnen, werde aber an der Tür zur Notaufnahme angewiesen, dort zu warten, bis sich ein Arzt bei mir meldet. Wie in Trance erledige ich die Formalitäten, vor allem die Kostenübernahme, bevor ich mit wild klopfendem Herzen in dem Wartebereich der Notaufnahme Platz nehme. Aufspringe, herumlaufe, mich hinsetze...
Ich bin vollkommen neben der Spur. Noch nie in meinem Leben habe ich mir um jemanden solche Sorgen gemacht, wie jetzt gerade um Melody. Warum hat sie niemanden um Hilfe gebeten? Wie lange liegt sie da schon so hilflos? Wie ernst steht es um sie?
„Mr. Milford?" Nach einer gefühlten Ewigkeit unterbricht endlich ein Arzt meine düsteren Gedanken. „Mein Name ist Dr. Watkins, ich habe Ms. Davis untersucht." Er macht eine Pause und ich würde ihn am liebsten schütteln. Weiß er denn nicht, wie dringend ich Informationen brauche, um wieder normal atmen und meinen Puls auf ein gesundes Maß herunterfahren zu können? Oder auch, um zusammenzubrechen, wenn er schlechte Neuigkeiten für mich hat?

„Was ist mit Melody? Wie geht es ihr?", bringe ich
gerade noch zustande, bevor meine Stimme mich
verlässt. Aus seinem Gesicht kann ich nichts ablesen.
Ist das ein gutes oder ein schlechtes Zeichen?
„Sind Sie mit ihr verwandt?" Ich räuspere mich, weil
meine Stimme weg ist, und will gerade verneinen, da
wird mir klar, warum er mich das fragt. Wahrscheinlich
bekomme ich nur dann Auskunft, wenn ich es bin.
„Ja, Melody ist meine... Verlobte", krächze ich. Ich
hoffe, er hat mein kurzes Zögern nicht bemerkt.
„Nun, Mr. Milford, wissen Sie, wie lange Ms. Davis
schon in diesem Zustand ist?" Irre ich mich, oder ist da
ein scharfer Unterton in seiner Stimme zu hören?
„Nein, zuletzt habe ich sie vor...", scheiße, ich muss
wirklich überlegen, was sein Misstrauen
wahrscheinlich noch nährt, „vor einer guten Woche
gesehen. Da war noch alles in Ordnung." Sein Blick
bohrt sich in meinen.
„Hören Sie, ich bin nicht hier, um mich vor Ihnen für
meine Beziehung und die Art, wie wir sie führen, zu
rechtfertigen, Dr. Watkins! Das beinhaltet auch, wann
und wie oft wir miteinander reden oder uns sehen!",
schnauze ich ihn an, weil mir sein insistierendes
Nachfragen auf den Sack geht, auch wenn er vielleicht
aus medizinischem Anlass fragt. Vielleicht ist es
wichtig, die Zeit ihrer Erkrankung einzugrenzen, aber
ich habe jetzt keinen Nerv dafür. Zuerst muss ich
wissen, wie es Mel geht. Er weicht einen Schritt
zurück, möglicherweise, nein, sehr sicher, habe ich
mich gerade im Ton vergriffen, aber auch das ist mir
egal. Vielleicht erkennt er mich und ich bekomme

schlechte Presse, aber auch das interessiert mich nicht. Alles, was mich interessiert, ist, wie es Mel geht.

„Ms. Davis hat großes Glück gehabt, wenn man das so sagen kann. Sie hat eine weit fortgeschrittene Pleuritis, also eine Entzündung des Lungen- und Brustfells, hervorgerufen durch eine Lungenentzündung. Viel länger hätte sie ohne Behandlung wahrscheinlich nicht überlebt, wobei ihr schlechter Allgemeinzustand eine große Rolle spielt. Der ist auch der Grund, warum Ms. Davis in so kurzer Zeit so sehr abgebaut hat und sich die Lungenentzündung derart rasant verschlechtern konnte." Wieder trifft mich sein anklagender Blick, der sich direkt in mein Herz bohrt. Wenn er mich jetzt für ein mieses, ignorantes Arschloch hält, hat er nicht ganz unrecht. Natürlich habe ich bemerkt, dass es Mel nicht gut ging. Dass sie drei Jobs hatte, die sie körperlich ausgezehrt haben. Dazu noch der Stress mit dem *Melias...*

„Wird...", ich schlucke die bittere Galle des schlechten Gewissens und der Schuld herunter, „wird sie wieder gesund?" Dr. Watkins mustert mich ganz genau, bevor er nickt.

„Ja, es wird eine Weile dauern, aber sie wird wieder gesund werden. Allerdings braucht sie jemanden, der sich um sie kümmert, bis sie wieder ganz auf dem Damm ist. Ich habe sie zur Entlastung in ein leichtes Koma versetzt, damit sich ihr Körper von den Strapazen erholen kann. Außerdem wird sie im Moment noch künstlich beatmet, damit sie darauf keine Energie verwenden muss. Ich denke, dass sie in ein paar Tagen, vielleicht einer Woche, so weit wieder hergestellt ist, dass sie entlassen werden kann. Sie ist dann immer noch weit davon entfernt, gesund zu sein,

aber zur Rekonvaleszenz muss sie nicht unbedingt hier
im Krankenhaus bleiben. Wenn eine ambulante
ärztliche Betreuung gewährleistet ist, bis die Symptome
vollkommen abgeklungen sind, und sie sich weiterhin
schont, sollte ihrer Entlassung in einer Woche nichts im
Wege stehen. Danach: Keine körperliche Anstrengung,
gesunde und regelmäßige Mahlzeiten und viel Ruhe.
Keine Aufregung, und wenn es ihr besser geht, leichtes
körperliches Training. Sie ist ziemlich... geschwächt.“
Wieder dieser anklagende, verurteilende Blick, aber
egal, was er sich denkt, ich bin froh, dass ich Melody
rechtzeitig gefunden habe. Er kann ja nicht wissen, dass
sie gar nicht meine Verlobte ist, sondern wir im
Gegenteil seit einiger Zeit gar keinen Kontakt hatten.
Umso dankbarer bin ich dem Schicksal, dass ich das
Gefühl hatte, noch mal mit ihr reden zu müssen. Und
natürlich bin ich auch diesem Waschbären dankbar.
Ohne ihn wäre ich wahrscheinlich einfach wieder
gegangen. Und was das für Mel bedeutet hätte, darüber
will ich gar nicht nachdenken.

Melody

Das erste, was mir auffällt, als ich aufwache, ist, dass
mir warm ist. Angenehm warm, nicht heiß. Und auch
nicht eiskalt. Das innerliche Zittern ist weg und auch
sonst fühle ich mich besser. Ich brauche einen kurzen
Augenblick, um mich dran zu erinnern, warum mir das

überhaupt auffällt. Warum ich so erleichtert darüber
bin, schmerzfrei atmen zu können und nicht das Gefühl
habe, als würde ich innerlich verbrennen. Dann kehrt
langsam die Erinnerung daran zurück, wie elend ich
mich zuvor gefühlt habe, wie schlecht es mir ging,
bevor ich...
Verwirrt blinzele ich. Wo bin ich hier? Erkennen kann
ich nicht viel, weil ich die Augen kaum auf bekomme.
Aber etwas fühlt sich fremd an. Nein, alles fühlt sich
fremd an. Der leichte Geruch nach Desinfektionsmittel,
und das Licht, das den Raum erhellt, ist künstlich und
dringt nicht, wie zuhause im *Melias*, durch ein Fenster
herein. Was daran liegt, dass das Bett, in dem ich liege,
nicht meins ist. Sofort zieht sich etwas in mir
zusammen, weil mich mehrere Dinge an dieser
Erkenntnis stören. Ich habe ja gar kein Zuhause mehr,
also auch kein eigenes Bett. Wo bin ich dann hier? Und
warum? Und wie lange schon? Panik ergreift mich, als
mir klar wird, dass mir ein paar wichtige Details zur
Klärung dieser Fragen fehlen. Mein Atem wird
automatisch hektischer, ein aufdringliches Piepsen setzt
ein. Als sich auch mein Herzschlag beschleunigt, will
ich mich aufsetzen, weil...
„Mel?! Endlich." Ich versuche, meinen Kopf in
Richtung der Stimme zu drehen, aber ich schaffe es nur
ein kleines bisschen, mich zu bewegen. Alles in
meinem Körper fühlt sich an wie von einem Bulldozer
plattgewalzt. Mein Kopf schmerzt höllisch und bei
jedem Atemzug fühlt es sich wieder so an, als würde
jemand ein Messer in meine Lungen bohren. Aber diese
Stimme...
„Wes?" Ich höre mich selbst kaum, so schwach und

brüchig klinge ich. Eine warme Hand legt sich auf meine und drückt sie sanft.

„Ja, ich bin hier. Wie geht es dir?" Ist das Sorge, gepaart mit Erleichterung, was da in seiner Stimme mitklingt? Kann das sein? Ich glaube, die Medikamente vernebeln mir den Verstand. Was mich wieder zu der Frage bringt, die ich mir gerade schon gestellt habe. Was ist passiert und wo bin ich? Ich erinnere mich nur bruchstückhaft. Kälte, Hitze, Schüttelfrost und dann diese Albträume... Ich habe mir ein paar Medikamente aus der Apotheke geholt, erinnere ich mich jetzt wieder, aber sie haben nicht wirklich geholfen. Es ging mir stattdessen immer schlechter, so schlecht, dass ich sogar befürchtet habe, ich könnte sterben. Und dann? Dann ist da nichts mehr.

„Mel, wie geht es dir?", wiederholt Wes und ich lecke mir über meine Lippen. Sie sind aufgesprungen und trocken, aber fast sofort fühle ich, wie mir vorsichtig ein Strohhalm in den Mund geschoben wird und ich ziehe gierig das kühle Wasser in mich hinein. Erst jetzt merke ich, wie durstig ich bin.

„Ich weiß nicht", antworte ich unsicher, nachdem ich fast den halben Becher geleert habe. Und es ist die Wahrheit. Ich weiß nicht, wie oder was ich fühle. Es ist, als würde ich versuchen, im Nebel etwas zuerkennen. Mit Watte im Kopf und in den Ohren. In denen es rauscht und mein Kopf...

„Was ist passiert? Warum bist du hier? Und wo genau ist hier?", versuche ich, wenigstens die dringlichsten Fragen zu klären.

„Du bist in Bainbridge im Krankenhaus, Mel. Ich habe dich im *Melias* gefunden, du hast eine

Lungenentzündung. Also eigentlich hat Digger dich gefunden, und dann habe ich dich hierher gebracht, und..." Digger! Ich muss lächeln. Dieser Traum hier ist viel schöner als diese furchtbaren Albträume voller Feuer und Hitze. Voller Schmerzen und schwarzen Tiefen. Diese Dunkelheit, die immer noch die Macht hat, mich wieder zu umfangen und mich einzuschließen in einer Welt, die mich nicht loslassen will...
Als ich das nächste Mal aufwache, fühle ich mich schon etwas besser. Keine Frage, der Bulldozer hat ganze Arbeit geleistet, aber das Atmen fällt mir etwas leichter und die Kopfschmerzen sind auch nicht mehr so schlimm. Bei dem Gedanken an meinen Traum muss ich wieder lächeln. Wesley war hier und er und Digger haben mich gerettet. Verrückt!
„Mel?" Verwirrt drehe ich mich zu der Stimme um und auch das gelingt mir dieses Mal besser als in meinem Traum. Es war doch ein Traum, oder? Aber da sitzt tatsächlich Wesley neben meinem Bett. Er sieht ziemlich müde und zerrupft aus, mit deutlichen Ringen unter den Augen und einem Dreitagebart.
„Wes, was machst du denn hier?" Zu einer geistreicheren Frage reicht mein momentaner Zustand immer noch nicht. Er streicht mir eine Strähne aus dem Gesicht und lächelt mich an.
„Auf dich aufpassen." Er reicht mir wieder einen Strohhalm, und obwohl ich mich dabei fühle wie ein Kleinkind, sauge ich gierig die Flüssigkeit ein. Es ist mir peinlich, dass ich so hilflos hier liege, aber gerade fühle ich mich tatsächlich nicht so, als wenn ich einen vollen Becher halten könnte. Vielleicht vor Schwäche, vielleicht aber auch, weil ich wegen meines schnell

schlagenden Herzens angesichts von Wes' Anwesenheit
so sehr zittere, dass ich alles verschütten würde.

„Wie lange bist du... bin ich schon hier?"

„Drei Tage. Dr. Watkins hat dich vorsichtshalber und
zur Entlastung deines Körpers für zwei Tage in ein
leichtes Koma versetzt." Er geht nicht darauf ein, ob er
die gesamte Zeit hier war, aber so, wie es aussieht, war
er es. Er wirkt so aufgewühlt und betroffen, dass ich
mich frage, warum das so ist. Schließlich ist er mir
nichts schuldig. Noch nicht einmal nach unseren Streit,
an den ich mich jetzt wieder erinnere. Wir sind nicht
gerade im Guten auseinander gegangen, aber nachdem
er mir keine Rechenschaft schuldig ist, war mein
verbaler Angriff auf ihn auch nicht in Ordnung.

„Mel, es tut mir leid. Wirklich. Unser letztes Gespräch
ist derart aus dem Ruder gelaufen, dass ich noch mal
mit dir reden und mich bei dir entschuldigen wollte.
Also bin ich zum *Melias* gefahren, aber da war nur
Digger, der keine Ruhe gelassen hat, bis ich dich
gefunden hatte. Dir ging es so schlecht, dass ich... dass
ich Angst hatte, zu spät gekommen zu sein." Seine
Stimme zittert und er streicht sich mehrmals fahrig
durch seine Haare, die mittlerweile wild durcheinander
liegen. Dann atmet er durch und zuckt hilflos die
Schultern. Ich kann deutlich sehen, dass der Blick, den
er mir zuwirft, voller Schmerz und Selbsthass ist. Und
es tut mir im Herzen weh, dass er sich solche Sorgen
um mich gemacht hat. Schließlich ist er nicht schuld
daran, dass es mir so schlecht ging. Ich habe ganz
einfach ein paar dumme Entscheidungen getroffen, die
mich in diese Lage gebracht haben.

„Danke dass du mich hierher gebracht hast." Und das

meine ich genau so, weil ich ahne, dass er mir vielleicht damit sogar das Leben gerettet haben könnte.

Allerdings erklärt das nicht seine Anwesenheit hier an meinem Bett, daher brennt mir eine andere Frage auf den Lippen.

„Aber: Warum bist du noch hier, Wes? Oder überhaupt?", frage ich, plötzlich wieder erschöpft, weil mich die Eindrücke und Gedanken der letzten Minuten viel von der Kraft gekostet haben, die mein Körper erst langsam wieder zurück erlangt. Ich spüre, dass ich wieder müde werde. Aber bevor ich wegdämmere, muss ich das wissen. Er lässt sich Zeit, mir zu antworten. Sein Blick wirkt aufgewühlt, voller Schuldgefühlen und etwas, das ich nicht einordnen kann. Er drückt ganz sanft meine Hand, dann legt er seine Stirn an meine und seine Nähe tut mir gut. Es fühlt sich schön an, vertraut, und...

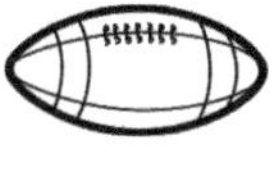

Wesley

„Weil ich nicht anders kann als hier bei dir zu sein. Weil ich..."

Verdammt! Warum fällt es mir so schwer, zuzugeben, dass ich hier bei ihr bin, weil ich nirgendwo anders sein will, als an ihrer Seite? Dass ich zwar nicht genau weiß, was es ist, das ich für sie empfinde, aber bereit bin, es herauszufinden, wenn sie das auch will?

„Weil ich wissen will, was das ist, was ich für dich empfinde. Weil du mir nicht mehr aus dem Kopf gehst.

Weil mich irgendetwas in mir zwingt, in deiner Nähe
sein zu wollen", ringe ich mir schließlich ab. Ich kann
es nicht besser erklären, weder mir noch jemand
anderem. Als ich den Kopf hebe, um zu sehen, wie
meine verworrene Erklärung bei ihr ankommt, stelle
ich fest, dass Mel wieder eingeschlafen ist. Und
vielleicht ist es auch besser so. Vielleicht ist das weder
der richtige Zeitpunkt, noch der richtige Ort, um
darüber zu sprechen, was das zwischen uns ist. Ich habe
Coach Meyers um ein paar freie Tage gebeten, weil ich
eine dringende Familienangelegenheit klären muss und
es hat sich nicht wirklich nach einer Lüge angefühlt.
Abgesehen davon, dass ich ein gutes Stück Schuld an
Mels Situation trage, ist da auch dieser Drang, sie
beschützen zu wollen. Sie halten zu wollen, wenn es ihr
schlecht geht, und an ihrer Seite sein zu wollen. Immer.
Sie hat von der ersten Sekunde an, als sie dort
ölverschmiert hinter Meister Yoda aufgetaucht ist,
etwas mit meinem Herzen angestellt, das ich so noch
nie erlebt habe. Selbst in der Beziehung mit Valerie war
da nicht diese Ernsthaftigkeit, diese Dringlichkeit und
Absolutheit, mit der ich sie wollte, so wie ich jetzt Mel
will. Was mich daran erinnert, dass ich jetzt erst recht
mit Val sprechen muss. Ich habe sie in den letzten
Tagen mit ein paar ausweichenden Telefonaten und
dem Hinweis, dass ich gerade viel trainieren muss und
keine Zeit für sie habe, abgespeist.
Dr. Watkins betritt das Zimmer und sieht von seinen
Unterlagen auf, als er mich neben Mels Bett sitzen
sieht. Der Ausdruck in seinem Gesicht und sein
Umgang mit mir ist in den letzten Tagen etwas

freundlicher geworden, vielleicht, weil ich kaum von
Mels Bett gewichen bin.

„Mr. Milford, Sie sollten sich eine Pause gönnen. Ms.
Davis geht es viel besser. Alles, was sie jetzt braucht,
ist Ruhe und Erholung, dann wird sie in zwei, drei
Wochen wieder auf dem Damm sein." Ich nicke
erleichtert.

„Mr. Milford..." Er zögert, sieht von Mel zu mir und
dann wieder auf seine Unterlagen.

„Es gibt medizinisch gesehen keinen Grund, Ms. Davis
länger als noch ein paar Tage hier zu behalten. Sie ist
auf dem Weg der Besserung, ihre Werte sind gut und
sobald sie sich besser fühlt, frei atmen kann und
körperlich dazu in der Lage ist, das Bett zu verlassen,
steht einer Entlassung nichts mehr im Weg. Eine
ambulante Therapie kann bis zu ihrer vollständigen
Genesung auch zuhause erfolgen, wenn sichergestellt
ist, dass sie ihre Medikamente nimmt und sich jemand
um sie kümmert." Ich nicke, allerdings stößt mir das
Wort *zuhause* sauer auf. Mel hat kein Zuhause mehr,
und daran bin ich schuld.

„Hat Ms. Davis außer Ihnen Angehörige, die das leisten
können? Oder werden Sie sich um sie kümmern?" Die
Frage trifft mich unvorbereitet. Ich war mir unsicher,
ob ich Mels Bruder benachrichtigen sollte, weil ich
nicht einschätzen kann, ob sie das will. Also habe ich
mich bis jetzt zurückgehalten, ihm zu sagen, dass seine
Schwester im Krankenhaus ist.

„Melody hat einen Bruder hier auf Bainbridge Island,
aber sie haben ein... angespanntes Verhältnis, so dass
ich nicht weiß..." Mir wird plötzlich klar, dass ich mir
noch keine Gedanken darüber gemacht habe, was
passiert, wenn Mel entlassen wird. Mein Blick wandert

zu ihr, wie sie da liegt, schmal, blass und ausgezehrt,
und mit einem Mal schlägt mein Herz so heftig,
überrollt mich ein so überwältigend warmes Gefühl,
dass ich vollkommen selbstverständlich sage: „Ich
nehme sie mit zu mir, Dr. Watkins. Ihr wird es an nichts
fehlen, und wenn ich trainieren oder spielen muss, habe
ich eine Haushälterin, die sich um sie kümmern kann."
Da er nur nickt und lächelt, nehme ich an, dass er weiß,
wer ich bin, ohne es ihm direkt gesagt zu haben.
„Vielleicht habe ich die Situation... Sie... am Anfang
falsch eingeschätzt, Mr. Milford. Wenn es so war, bitte
ich Sie aufrichtig um Entschuldigung. Aber Ms. Davis'
Allgemeinzustand ließ mich vermuten..." Er will noch
etwas sagen, schüttelt dann aber den Kopf, bevor er
eine professionelle Miene aufsetzt.
„Dann warten wir die nächsten Tage ab, wie sich der
Zustand ihrer Verlobten entwickelt, aber ich denke, es
wird keine Komplikationen geben." Sein Lächeln ist
jetzt warm und er zwinkert mir sogar kurz zu.
Wahrscheinlich hat er meine Lüge mit der Verlobten
inzwischen durchschaut, aber er ist freundlich genug,
das nicht weiter zu thematisieren. Tatsächlich legt er
sogar kurz eine Hand auf meine Schulter, bevor er geht.
Ich werde Mel mit *nach Hause* nehmen. In meine
Wohnung, in mein Zuhause. Und das hört sich
verdammt gut und richtig an.

Melody

Ich brauche einen kurzen Augenblick, um richtig wach zu werden. Bevor ich die Augen öffne, höre ich in mich hinein. Ich erinnere mich, bereits ein paarmal wach geworden zu sein, aber so richtig wahrgenommen habe ich nicht viel. An was ich mich allerdings sehr gut erinnere, sind die Schmerzen in meiner Brust, die das Atmen mir bereitet hat. Und die Mattigkeit und diese unheimliche Schwäche, die mich so viel Kraft gekostet hat, auch nur die Augen zu öffnen. Geschweige denn, mich länger darauf zu konzentrieren, auch wach zu bleiben. Aber heute ist das anders. Die Schmerzen in meinem gesamten Körper sind erträglich und auch die Atemnot gehört zum großen Teil der Vergangenheit an. Natürlich fühle ich mich noch schwach und angeschlagen, aber es ist kein Vergleich mit den letzten Tagen. Keine Ahnung, was sie alles an Medikamenten in mich hineingepumpt haben, aber anscheinend hat es geholfen. Ich brauche ein paar Minuten, um das wattige Gefühl, das noch immer nicht ganz aus meinem Kopf verschwunden ist, zu verdrängen. Als es mir endlich gelingt, wünsche ich es mir sofort wieder zurück, denn leider kommen mit der Klarheit auch meine Sorgen zurück. Wie Felsbrocken prasselt die Realität auf mich ein und die Atemnot ist wieder da. Ich versuche, mich zu erinnern, wie lange ich bereits hier im Krankenhaus bin und wie teuer das werden wird, denn natürlich bin ich nicht krankenversichert. Selbst wenn sie sich darauf

einlassen, dass ich die Rechnung abstottern kann...
Leider sind die Sorgen bezüglich der
Krankenhausrechnung nicht die einzigen. Ich kann
mich dunkel daran erinnern, dass Dr. Watkins gestern
davon gesprochen hat, dass ich bald entlassen werden
kann. Nur... wohin soll ich dann gehen? So gerne ich
auch so schnell wie möglich hier weg will, um die
Kosten möglichst gering zu halten, habe ich hier doch
wenigstens ein Bett.

„Miss Davis?" Vorsichtig wird die Tür geöffnet und
eine dunkelhaarige Frau steckt ihren Kopf ins Zimmer.
„Oh, gut, Sie sind wach." Ihre Stimme klingt
gleichermaßen besorgt wie hektisch. Sie tritt ein und an
ihren hellblauen Hosen mit passendem Oberteil
erkennen ich, dass es sich bei ihr um eine
Krankenschwester handeln muss.

„Entschuldigen Sie, dass ich Sie störe, aber..." Sie ringt
die Hände und sieht immer wieder alarmiert hinter sich
in den Flur. Erst jetzt höre ich, dass dort draußen
hektische Betriebsamkeit herrscht. Schnelle Schritte
hallen über den Linoleumboden und ein leises
Quietschen von Rädern und gedämpften Stimmen
dringt bis zu mir herein. Auch glaube ich, von draußen
mehrere Sirenen von Krankenwagen zu hören.

„Miss Davis, ich weiß, dass Sie auf ein Einzelzimmer
upgegradet wurden, aber..." Jetzt wirkt sie überfordert,
schluckt, fängt sich dann aber wieder.

„Wir haben gerade einen Massenanfall an Patienten aus
dem Virginia Mason. Dort ist ein Brand ausgebrochen
und sie müssen ihre Patienten in die umliegenden
Krankenhäuser verlegen, weil sich das Feuer rasch
ausbreitet und..." Ich setze mich im Bett auf und

unterdrücke ein leises Stöhnen. Mein Kopf hämmert immer noch ziemlich heftig und auch in meiner Brust ziept es noch.

„Ich... könnten wir Ihnen eine Patientin aufs Zimmer legen, bis wir das Chaos dort draußen in den Griff bekommen? Wir sind nur ein kleines Krankenhaus und schon jetzt überbelegt. Und dann auch noch die Patienten aus dem Virginia Mason...“ Hektisch fährt sie sich durch die Haare.

„Natürlich. Das Zimmer ist schließlich groß genug.“ Dankbar nickt sie und verschwindet kurz, um mit einem Krankenbett wiederzukommen, das sie umständlich durch die Tür in mein Zimmer rangiert. Dann fällt mir ein, dass es sich ohnehin um ein Missverständnis handeln muss. Ich habe noch nicht einmal eine Krankenversicherung, geschweige denn das Geld für ein Einzelzimmer.

„Danke, Miss Davis, ich kümmere mich so schnell wie möglich um eine Verlegung von Miss...“ Sie sieht auf die Krankenakte, die am Fußende des Bettes in einer Klarsichthülle hängt, „Miss Brandner.“ Bevor ich sie auf den offensichtlichen Irrtum mit meinem Zimmer ansprechen kann, ist sie auch schon wieder verschwunden.

„Hey.“ Eine leise Stimme lenkt meine Aufmerksamkeit auf die Person in dem Bett, das jetzt neben meinem steht.

„Hey.“

Die junge Frau in meinem Alter sieht mich aus müden Augen an, aber sie lächelt.

„Ich heiße Josie. Und es tut mir leid, dass sie mich in dein Zimmer geschoben haben, aber da draußen ist wirklich die Hölle los.“ Sie versucht, sich im Bett aufzurichten, was ihr mit dem Infusionsschlauch, der an einem Galgen hängt und dessen Ende in ihrer Hand steckt, nur mühsam gelingt. Sie ist blass, ihre Haut wirkt fast durchscheinend und unter ihren Augen schimmern dunkle Schatten durch das Porzellanweiß ihrer Haut.

„Kein Problem. Das hier ist ja gar kein Einzelzimmer.“ Ich seufze. „Das könnte ich mir nämlich niemals leisten.“ Ich sehe sie an. „Ich heiße übrigens Melody. Willkommen in meinem Reich“, versuche ich die Beklemmung in mir zu überspielen, die Josies Anwesenheit in mir auslöst. Ganz offensichtlich geht es ihr schlecht und ich weiß nicht so recht, wie ich darauf reagieren soll.

„Oh, das hier ist ein Privatzimmer, glaub mir“, grinst sie schwach. Verwirrt sehe ich sie an. Dann sehe ich mich, vielleicht zum ersten Mal seit ich hier bin, um. Und tatsächlich sieht dieses Zimmer ganz anders aus als das Zimmer, in dem mein Dad damals lag. Bei dem Gedanken an ihn und die Zeit, die wir an seinem Bett gesessen und gehofft und gebangt haben, spüre ich einen schmerzhaften Stich in meinem Herzen.

„Siehst du den Obstkorb? Und die frischen Blumen da drüben auf dem Tisch?“ Mein Blick wandert zu dem kleinen Tischchen, das vor einem bequem aussehenden, dunkelgrünen Sessel steht. Einem Sessel! Dahinter an der Wand hängt ein wunderschönes Landschaftsbild, auf dem hinter blauem Wasser und einer Baumreihe der Mount Rainier zu sehen ist. Das bodentiefe Fenster daneben wird von luftigen Vorhängen in creme mit dunkelgrünen Ornamenten, passend zur Farbe des Sessels eingerahmt. Überhaupt wirkt das hier nicht wie ein nüchternes Krankenzimmer, sonder eher wie eine Suite in einem Hotel. Mein Mund wird trocken. Dieses Zimmer muss einen derart hohen Zusatzbeitrag kosten, dass mir schlecht wird. Ich muss dieses Missverständnis so schnell wie möglich aufklären. Das hier kann ich nicht bezahlen. Ich weiß ja noch nicht mal, wie ich diesen Krankenhausaufenthalt überhaupt bezahlen soll!

„Das... das ist ein Missverständnis", flüstere ich entsetzt. Vielleicht hat man mich mit jemand anderem verwechselt?

„Glaub ich nicht. Diese Zimmer bekommt man nur gegen Vorkasse."

„Gegen... Vorkasse?" Verwirrt sehe ich sie an, aber sie zuckt nur mit den Schultern.

„Na ja, ich war schon in so vielen Krankenhäusern, in denen das so war, dass ich nicht glaube, dass das hier anders ist."

„Du warst schon so oft..." Als mich ihre Worte erreichen, spüre ich einen unangenehmen Druck auf der Brust. Und das hat nichts mit meiner Lungenentzündung zu tun.

„Na ja, ich habe quasi eine Dauerkarte für das hier." Sie deutet in den Raum..

„Du...", beginne ich, schlucke dann aber die Frage nach dem Warum hinunter. Wir kennen uns schließlich nicht und ihre Krankheit geht mich nichts an. Und nicht jeder will darüber sprechen. Aber Josie lächelt mich an. Sie... lächelt! Dann winkt sie mit der Hand, in der keine Kanüle steckt, ab.

„Schon gut. Im Moment versuchen mich Mr. Hyde's kleine Helfer in die Knie zu zwingen, aber ich hoffe mal sehr, dass Dr. Jekyll ihnen mit seinem

Zaubertrank", sie deutet auf den Infusionsbeutel, „ den Garaus machen kann." Wieder grinst sie. Während ich auf dem Schlauch stehe.

„Mr. Hyde? Dr. Jekyll?"

„Jep. Mr. Hyde ist der böse Krebs, seine Helferlein die Metastasen. Ich habe mal gelesen, dass jemand seinem Krebs einen Namen gegeben hat, weil der Kampf gegen ihn dann persönlicher ist. Und das zwischen mir und diesem Krebs ist sehr persönlich, glaub mir! Und so habe ich ihn Dr. Jekyll und Mr. Hyde genannt. Zwei Persönlichkeiten in einer. Wenn es gut geht, gewinnt Dr. Jekyll, wenn nicht..." Sie zuckt mit den Schultern. Ich schlucke. Metastasen. Krebs. Sie ist kaum älter als ich. Scheiße.

Ich sehe sie an, aber sie sieht nicht traurig aus. Eher kämpferisch. Wieder muss ich schlucken.

„Josie, das... das tut mir leid. Ich..." Aber sie unterbricht mich.

„Muss es nicht. Du kannst ja nichts dafür. Ist halt mein Schicksal."

„Wenn ich irgendetwas für dich tun kann...?" Ich schäme mich ein bisschen für diese Floskel, obwohl ich es ernst meine. Meine Mittel sind natürlich beschränkt, aber...

„Für mich kannst du nichts tun, aber für dich, Melody. Lebe. Jeden Tag. Verschiebe nichts auf morgen, denn dann kann es schon zu spät für deine Träume sein."

Melody

„Guten Morgen, Mel." Aus meinen Gedanken gerissen, zucke ich zusammen. Ich dachte gerade an Josie und das Gespräch, das wir geführt haben. Sie wurde erst ziemlich spät am Abend auf ein anderes Zimmer verlegt, nachdem sich die Unruhe gelegt hatte. Und sie hat ein paar Sachen gesagt, die mich wirklich nachdenklich gemacht haben. Ihre Eltern haben sie dazu gedrängt, ein Medizinstudium aufzunehmen, weil beide selbst Ärzte sind. Josie dagegen wäre lieber Reisebloggerin geworden, weil sie die Welt sehen wollte. Reisen wollte. Im vierten Semester dann bekam sie die Diagnose akute lymphatische Leukämie. Seitdem kämpft sie mittels verschiedener Chemotherapien dagegen an. Die Chance, wieder gesund zu werden, so sagte mir Josie, liegt bei 50%. Aus ihren Träumen für ihre Zukunft würde im schlimmsten Fall, falls Mr. Hyde gewinnt, ein Nie statt nur ein Später. Josie ist eine starke Frau und hat mich wirklich nachhaltig berührt und beeindruckt, wie sie den Kampf gegen ihre Krankheit angenommen hat und auf ein gutes Ende hofft, ohne zu ignorieren, dass es auch anders ausgehen und sie schon bald sterben kann. Verwirrt von der Person, die plötzlich neben meinem Bett steht, blinzele ich.

„Wes, was machst du denn hier?"
Irritiert sieht er mich an.

„Äh... Jetzt gerade oder generell? Also eigentlich war ich ziemlich oft hier, seit du eingeliefert wurdest." Ja, jetzt wo er es sagt, erinnere ich mich schwach daran, dass er neben meinem Bett gesessen hat. Ich habe nur einfach angenommen, dass ich das geträumt oder mir unter dem Einfluss der Medikamente eingebildet habe. „Ja, äh, jetzt erinnere ich mich. Tut mir leid, ich bin noch etwas angeschlagen." Ich richte mich im Bett auf und kann nicht anders, als Wes anzustarren. Was will er hier?

„Ich äh... also ich wollte mit dir darüber sprechen, wie es jetzt weitergeht." Er sieht ein bisschen verlegen aus. „Wie was weitergeht?"

„Na ja, Dr. Watkins ist der Meinung, dass du entlassen werden könntest und ich habe mir da was überlegt, das ich gerne mit dir besprechen würde." Er sagt das mit einer Selbstverständlichkeit, dass ich kurz irritiert die Brauen runzele. Ich war zwar vielleicht nicht immer ganz wach, wenn er hier war, aber wenn wir über die Zeit nach dem Krankenhaus gesprochen hätten, würde ich mich doch daran erinnern?!

„Äh... was bedeutet das genau?" Ich meine, es ist nicht so, dass ich mir diese Frage nicht stellen müsste, aber was hat er damit zu tun? Tatsächlich sieht er etwas verlegen aus, was mich verunsichert. Wesley ist nicht verlegen. Niemals. Verlegenheit passt so wenig zu seinem Ego wie ein Schneesturm in die Sahara.

„Äh, also ich dachte mir, ich hole dich ab und bringe dich zu mir nach Hause? Nach Seattle?" Die Unsicherheit in seiner Stimme und auch in seinem Blick lässt mich innehalten. Okay, ein Schneesturm in der Sahara ist ganz sicher ein seltenes Wetterphänomen, aber es scheint vorzukommen. Denn Wesley *ist* verlegen. Oder eher zögerlich und unsicher, aber das passt genau so wenig zu ihm. Er bleibt neben der Tür stehen und streicht sich durch seine Haare, die ihm allerdings sofort wieder ins Gesicht fallen. Und ich... ich kann nur ungläubig blinzeln. Vielleicht stehe ich noch unter dem Einfluss von halluzinogenen Medikamenten, denn ich habe gehört, wie er gesagt hat, dass er mich mit zu sich nach Seattle nehmen will. Hat er das wirklich, oder bilde ich mir das nur ein? Nein, das kann er nicht gesagt habe, oder? Die gesamte Situation überfordert mich.

Ich weiß nicht, wie lange ich so da sitze und nicht reagiere. Nur blinzele und atme, aber irgendwann räuspert sich Wes.

„Mel? Was ist los? Warum sagst du nichts?“ Wenn überhaupt möglich, ist er noch unsicherer als vorhin schon. Seine dunklen Augen fixieren mich, halten meinen Blick gefangen und ich sehe aufrichtige Sorge in ihnen aufblitzen. Ich atme einmal tief durch, was nur noch ein klein wenig schmerzt, aber es könnte auch einfach meine ausweglose Situation sein, die diese Enge in meiner Brust verursacht.

„Weil ich... keine Ahnung.“ Das ist gelogen und ich fühle mich schlecht dabei, ihm nicht die Wahrheit zu sagen. Aber es ist mir unangenehm vor ihm zuzugeben, dass ich keinen Plan habe, wie es für mich weitergehen soll. Keinen Plan, kein Geld, keine Bleibe. Und das ist beschämend.

„Du lügst.“ Er sagt das sanft, und wieder höre ich keine Verurteilung heraus, weil er ganz offensichtlich ahnt, dass ich ihm nicht die Wahrheit sage. Ich beiße mir auf die Lippe und als sein Blick kurz auf meine Hände fällt, merke ich, dass ich das Laken zusammenknülle und dann wieder glatt streiche. Immer wieder. Mist. Deutlicher kann man Unsicherheit und Verlegenheit wohl kaum zeigen. Als er seine warme Hand über meine legt und sie sanft, fast zärtlich, drückt, um mich zu beruhigen, platzt es doch aus mir heraus. Vielleicht weil mir plötzlich bewusst ist, dass ich mich meinen Problemen stellen muss. Vielleicht aber auch, weil Wes einfach diese Wirkung auf mich hat. Seine fürsorgliche, bemühte Art, die er plötzlich an den Tag legt, stellt etwas mit meinem Herzen an. Es pocht in seiner Gegenwart unverschämt schnell, seine Nähe wärmt mich von innen und der Blick, mit dem er mich ansieht, fühlt sich an, als würde er in meine Seele blicken.

„Verdammt, Wes, ich habe einfach Angst! Ich habe kein Zuhause mehr, kein Geld, und schlimmer noch, keinen Plan, was ich jetzt machen soll. Ich...“ Er legt mir sanft einen Finger auf die Lippen, um meine Erklärung zu unterbrechen.

„Du kommst erst mal mit zu mir, Mel. Da kannst du dich in Ruhe erholen und dir Gedanken darüber machen, wie es für dich weitergehen kann.“ Seine Stimme klingt weich, aber dennoch lässt sie keinen Zweifel daran, dass es keine Bitte ist, sondern für ihn schon feststeht, dass es genau so passieren wird. Und damit kann ich nicht umgehen.

„Was soll das, Wes?!“, weise ich ihn zurecht. Viel abweisender und kälter, als ich es sein sollte, denn er will mir offensichtlich nur helfen. Aber gerade ist es zu viel für mich. Seine Nähe, seine ruhige, fast liebevolle Art. Meine wirren Gefühle für diesen Mann, den ich nicht wollen sollte, es aber tue.

„Ich nehme dich mit zu mir nach Seattle, Mel. Ich
kümmere mich um dich, bis es dir besser geht. In der
Zwischenzeit kannst du dir Gedanken darüber machen,
was du tun willst, wenn du wieder ganz gesund bist“,
wiederholt er, immer noch ruhig, als wolle er ein
aufgescheuchtes Pferd beruhigen. Das triggert mich.
Elias hat auch immer versucht, über meinen Kopf
hinweg zu entscheiden!

„Nein.“ Die Entschlossenheit in meiner Stimme
überrascht mich selber. Aber... das geht nicht. Ich bin
jetzt schon gefühlsmäßig viel zu sehr in diese Sache mit
ihm involviert. Ich kann nicht mit ihm nach Seattle. Ich
muss nicht nur mein Herz vor ihm, sondern viel mehr
ihn vor dem Chaos schützen, das im Augenblick mein
Leben ist.

„Nein, das geht nicht. Und das will ich auch nicht,
Wesley.“ Ich sehe, wie er die Augenbrauen
zusammenzieht und ein dunkler Schatten über sein
Gesicht huscht. Ist er jetzt verärgert oder sogar...
verletzt? Ich lecke mir über die Lippen, weil ich nicht
will, dass er mich für undankbar hält. Aber andererseits
kann ich ihm auch nicht sagen, dass es keine gute Idee
ist, mit ihm nach Seattle zu gehen, weil ich mich zu
ihm hingezogen fühle und ahne, dass das zu
Komplikationen führen würde. Und von denen habe ich
wahrlich schon genug in meinem Leben.

„Wes, ich...“, beginne ich, aber er unterbricht mich und
ich höre seinem Ärger über meine Reaktion deutlich
heraus.

„Okay, dann sage ich das mal so: Dr. Watkins wird dich
in absehbarer Zeit nur entlassen, wenn gewährleistet ist,
dass sich jemand um dich kümmert.“

„Er kann mich nicht zwingen, hier zu bleiben, wenn ich gehen will!" Ich höre mich an wie eine trotzige Fünfjährige. Und Wes' Blick verrät mir, dass er mich auch genau dafür hält. Dann schüttelt er den Kopf.
„Ist es wirklich das, was du willst, Mel?"
Ja. *Nein.* Ich will keinen Tag länger als nötig in diesem Krankenhaus bleiben. Aber wenn ich ehrlich zu mir selbst bin, dann muss ich mir auch eingestehen, dass ich ohne Geld und Unterstützung da draußen verloren bin,
„Wie ich das sehe, hast du genau drei Möglichkeiten." Jetzt klingt er tatsächlich gekränkt und angepisst und ich verstehe ihn sogar. Er hat das Bedürfnis, sich um mich zu kümmern, weil er sich wahrscheinlich in irgendeiner Form für meine Situation verantwortlich fühlt. Aber ich möchte nicht sein Sozialprojekt werden. Sein Mitleid fühlt sich für mich schlimmer an als sein Ärger über mein Verhalten es je könnte. Also starre ich ihn nur abweisend an und verschränke die Arme vor der Brust.
„Du sagst es ja gerade selbst. Ich habe ein paar andere Optionen..." Aber er unterbricht mich schon wieder und seine Stimme ist gefühlt noch um ein paar Grad mehr abgekühlt.
„Nein, nicht wirklich, Melody." Er schnaubt spöttisch und schüttelt den Kopf dabei, als müsse er mir erklären, dass die Erde rund ist.
„Vergessen wir mal die Möglichkeit, dass ich mich um dich kümmere. Welche Alternativen hättest du?" Er hebt einen Finger, um mir zu verdeutlichen, dass er mir jetzt die Möglichkeiten aufzählen wird, die ich seiner Meinung nach habe.

220

„Da wäre zuerst dein Bruder, richtig? Vielleicht solltest du ihn anrufen und fragen, ob er sich um dich kümmern kann. Oder *will*?" Seinen süffisanten Ton kann er sich sonst wo hinschieben. Elias ist ganz sicher der letzte, den ich um Hilfe bitten würde, und Wes' Miene nach zu urteilen, weiß er das auch, denn seine Lippen umspielt ein überlegenes Lächeln. So ein Arschloch!
Ich beiße die Zähne aufeinander und spüre, wie mein Kopf anfängt, zu dröhnen. Ich beherrsche mich gerade noch, mir die Schläfen zu massieren und kralle stattdessen meine Hände unauffällig in das Laken.
„Okay, ich sehe schon, er ist keine Option. Dann weiter. Hast du Freunde oder Verwandte, die sich um dich kümmern würden?" Warum macht er das? Er weiß doch genau, dass es da niemanden gibt, sonst wäre es ja gar nicht erst so weit gekommen, dass ich hier gelandet bin.
„Also auch: nein. Gut, dann Möglichkeit drei: Du nimmst bis auf weiteres die Gastfreundschaft dieses Hauses in Anspruch. Mehr Optionen sehe ich im Moment nicht, Mel. Außer du lässt mich dir helfen." Siegessicher sieht Wesley mich an.
„Du könntest mir auch Geld vorstrecken, bis ich meinen Anteil am Verkauf von Elias bekomme, und dann gehe ich einfach in ein Hotel!", widerspreche ich ihm stur. Kurz sehe ich einen Anflug von Ärger in seinen Augen aufblitzen.
„Guter Versuch, Mel, aber nein. Könnte ich, werde ich aber nicht. Dr. Watkins Voraussetzung für deine Entlassung ist, dass sich jemand um dich kümmert. Und ganz sicher meinte er damit nicht den Concierge oder den Zimmerservice eines Hotels!" In diesem Augenblick hasse ich ihn. Denn leider hat er echt. Dr.

Watkins hat mir sehr deutlich gemacht, wovon er meine
Entlassung abhängig macht. Entweder muss ich also
bei Elias zu Kreuze kriechen und ihn um Hilfe bitten,
was ich nicht tun werde. Um keinen Preis, dazu ist
zwischen uns zu viel vorgefallen. Und damit ist auch
Amy keine Option, denn sie ist Elias gegenüber loyal,
was ich verstehe und worum ich meinen Bruder sogar
beneide, was es mir aber unmöglich macht, mich an sie
zu wenden. Oder ich muss Wes' Angebot annehmen
und mit ihm nach Seattle gehen, wenn ich hier raus
will.

Wesley

Herrgott! Warum zögert sie denn? Mel muss doch
einsehen, dass es die beste Lösung ist. Ich weiß, dass
sie ihren blöden Bruder niemals um Hilfe bitten würde,
jedenfalls nicht in der jetzigen Situation. Und Freunde?
Wenn sie welche hätte, hätte doch bestimmt schon eher
jemand nach ihr gesehen und sich um sie gekümmert?!
Ein ganz neues, unbekanntes Gefühl flammt in mir auf.
Eine Mischung aus hilfloser Wut, weil Mel
offensichtlich niemanden hat, der sich wirklich um sie
kümmert, Angst, dass sie zu stur ist, mich dieser
Jemand sein zu lassen, und Eifersucht auf jeden, den sie
dafür außer mir in Betracht ziehen könnte. Habe ich
etwa die ganze Zeit über etwas übersehen? Gibt es da

jemanden, der nur gerade vielleicht nicht hier ist, um sich um sie zu sorgen und sie deswegen so allein ist? Ihre gesamte Haltung, ihre Mimik, der Ausdruck in ihren Augen wechselt so schnell von Ablehnung über Hilflosigkeit und Verzweiflung, dass ich kaum hinterher komme. In diesen wenigen Sekunden offenbart sie mir damit mehr von sich als in der gesamten Zeit, seit ich sie kenne. Und doch ist da etwas, das sie zögern lässt, und das ich nicht deuten kann. Dann verschwinden plötzlich all diese Gefühle aus ihren Augen und werden ersetzt durch diesen ausdruckslosen Blick, den ich so an ihr hasse, weil er deutlich macht, dass sie sich vor mir verschließt und sie ihre kühle, abweisende Fassade wieder hochzieht.

„Warum willst du mir eigentlich helfen, Wes?", fragt sie nach einer gefühlten Ewigkeit.

„Ist es, weil du dich für mich verantwortlich fühlst, weil du mich so schnell wie möglich aus dem *Melias* heraushaben wolltest und ich deswegen keine Zeit hatte, mir eine neue Bleibe zu suchen?" *Was?* Von was redet sie da?

„Äh... was meinst du damit?" Ich bin ehrlich irritiert. Sie verschränkt wieder die Arme vor der Brust. Das macht sie schon zum zweiten Mal. Aber ihre Körperhaltung verrät, dass es weniger abweisend wirkt als sie vielleicht glaubt. Vielmehr kommt es mir so vor, als wolle sie sich selbst vor etwas schützen, so, wie sie da sitzt, zusammen gesunken und in der Defensive.

„Ich meine damit, dass mir in dem Schreiben der Bank mitgeteilt wurde, dass mit dem Verkauf des *Melias* die sofortige vollständige Räumung zu erfolgen hat. Die Immobilie ist dem Käufer geräumt und entmietet zu

übergeben. Und dieser Käufer bist ja nun mal du!"
Was?! Dann geht mir ein Licht auf.
„Mel, das war ein ganz normales Standardschreiben!
Ich habe nie darauf bestanden, dass du das *Melias* so
schnell wie möglich räumst!" Fuck! Ich habe gar nicht
darüber nachgedacht, dass sie dieses Schreiben so
interpretieren könnte, als wollte ich sie so schnell wie
möglich aus dem *Melias* vertreiben! Ja, ich habe es
gelesen als ich den Kaufvertrag unterschrieben habe,
aber...
„Mel, bitte. Ich habe niemals gewollt, dass du das
Melias verlassen musst, bevor du eine neue Wohnung
gefunden hast. Zumal sich der Zeitplan meines
Vorhabens nach hinten verschoben hat." Oder besser,
bevor ich es vorerst gestoppt habe, aber das kann ich
ihr jetzt nicht sagen. Auch nicht, dass ich mit dem
Gedanken spiele, das *Melias* vielleicht doch als B&B
zu erhalten und sie dort weiter wohnen und arbeiten zu
lassen, wenn sie das möchte. Mein Reha-Zentrum kann
ich auch an vielen anderen Orten eröffnen. Mel das
Melias wegzunehmen, nur weil Timmy eine Zeichnung
von diesem Ort hatte und mir das wie ein Wink des
Schicksals vorkam, erscheint mir inzwischen regelrecht
absurd. Ich kann dieses Zentrum fast überall bauen
lassen, aber das *Melias* ist für Mel einzigartig.
Ich sehe, wie es hinter ihrer Stirn arbeitet, dann senkt
sie den Kopf.
„Ich glaube dir, aber das erklärt nicht, warum du mich
mit zu dir nach Seattle nehmen willst", flüstert sie.
„Weil..." Ich kann ihr jetzt nicht sagen, dass ich etwas
für sie empfinde, für das ich noch keinen Namen habe.
Ich will sie beschützen und mich um sie kümmern. Sie

in meiner Nähe haben, will dafür sorgen, dass es ihr gut
geht. Und gleichzeitig will ich sie küssen, ihre weiche
Haut streicheln. Mich mit ihr streiten und versöhnen.
Sie herausfordern und von ihr herausgefordert werden.
„Ich möchte, dass du in Seattle jemanden kennenlernst,
der mich dazu inspiriert hat, das *Melia*s zu kaufen. Und
dass du dann vielleicht besser verstehst, warum es
ausgerechnet dein B&B sein soll, Mel. Weil es mir
wichtig ist, dass du in mir nicht nur diesen
rücksichtslosen Mann siehst, der dir dein Erbe
weggenommen hat", weiche ich aus und lenke mich
gleichzeitig von diesen verwirrende Gedanken ab, die
mein Hirn bevölkern, bevor ich mich um Kopf und
Kragen rede. Das ist nur die halbe Wahrheit, aber mehr
kann ich ihr im Moment nicht anbieten. Sie sieht mich
lange an und es stehen so viele Fragen in ihren Augen,
die ich alle nicht beantworten kann. Oder will.
Schließlich seufzt sie.
„Und was wird... deine Freundin dazu sagen, wenn du
mich mitnimmst und dich um mich kümmerst?"
„Welche Freundin? Ich habe keine." Irritiert ziehe ich
die Brauen zusammen. Wie kommt sie denn jetzt auf so
was?
„Diese... Architektin. Valerie."
„Was? Wie kommst du darauf, dass sie meine Freundin
ist?" Ich weiß nicht, ob ich belustigt oder verärgert sein
soll, dass sie diesen Schluss gezogen hat. Oder hat
vielleicht sogar Val so etwas angedeutet? Ich erinnere
mich plötzlich, wie sie Mel im *Fish & Ships* angesehen
hat und auch an ihren Blick, in dem deutlich ein Hauch
von Eifersucht zu erkennen war. So viel also dazu, dass
Val es rein professionell angeht.

„Ich habe an dem Morgen, als ihr ins *Melias*
gekommen seid, um eure Pläne zu besprechen, gehört,
wie sie gesagt hat, dass sie deine Architektin und
Freundin ist", murmelt sie verlegen und wird ein
kleines bisschen rot. Was ihr steht, nach der
ungesunden Blässe, die sie in den letzten Tagen kaum
vom Bettlaken unterschieden hat.
„Mel, sie ist *eine* Freundin", *wenn überhaupt!,* „ nicht
meine Freundin", stelle ich richtig. Es passt mir nicht,
dass sie so von mir und Val denkt. Dann wird mir klar,
dass ich zu einem guten Teil selbst dafür verantwortlich
bin, denn ich habe im Fish & Ships sehr wohl Mels
Blicke bemerkt, immer wenn Val mich berührt hat. Und
ich habe nichts gegen den Eindruck unternommen, den
Mel von dieser Situation bekommen musste. Weil...
weil... fuck!, weil es mir gefallen hat, dass sie
eifersüchtig zu sein schien.
„Das... dann habe ich das wohl falsch..." Verlegen
knittert Mel wieder das Laken zusammen. Und streicht
es glatt. Und knittert es. Ich kenne sie inzwischen gut
genug, um zu sehen, wie sehr sie innerlich dagegen
ankämpft, mit mir nach Seattle zu gehen. Obwohl sie
kaum eine andere Möglichkeit hat. Es schmerzt enorm
in meiner Brust, dass sie es sich so schwer macht. Und
ich will noch mehr als vorher ergründen, warum ich
gleichzeitig wütend, traurig und auch neugierig bin und
wissen will, warum sie sich so sträubt. Aber alles zu
seiner Zeit. Und bevor sie noch etwas dazu sagen kann,
überrumpele ich sie einfach, weil ich befürchte, dass sie
noch weitere Argumente, warum sie nicht mit mir nach
Seattle gehen kann, aus dem Hut zaubert.

226

„Und jetzt, wo das geklärt ist, werden wir beide von hier verschwinden."

Melody

Ich zögere, obwohl ich weiß, dass es nicht nur die vernünftigste Option für mich ist, mit Wes zu gehen, sondern auch, weil ich es so sehr will. Und was habe ich auch schon für andere Möglichkeiten? In jedem Fall bin von der Hilfe anderer abhängig, weil ich gerade nicht selbst für mich sorgen kann. Ohne das Geld, das Eli mir schuldet, und von dem ich nicht weiß, wann er es mir oder ob er es überhaupt überweisen wird, bin ich aufgeschmissen. Das ist leider die Wahrheit. Und das macht mir Angst, allerdings nicht in dem Maße, in dem ich Angst vor den Gefühlen habe, die ich für Wes empfinde. Ich spüre, dass da etwas zwischen uns ist, das über reine Hilfsbereitschaft seinerseits und ihre Annahme meinerseits hinausgeht. Und ich weiß nicht, wie ich damit umgehen soll. Wenn ich mit Wes gehe, wird es noch schwerer, meine Gefühlen für diesen Mann zu unterdrücken, denn ich habe mich in diesen so widersprüchlichen, fürsorglichen, arroganten Kerl verliebt. Das ist die Wahrheit, auch wenn ich sie gerne verleugnen würde, weil es alles noch viel komplizierter machen wird. Aber andererseits kann ich auch nicht immer vor jedem Konflikt weglaufen. Wohin das führt, erlebe ich gerade am eigenen Leib. Sprichwörtlich. Immerhin ist das eine der wenigen Erkenntnisse, die ich in den letzten Wochen gewonnen habe. Und leider scheint es so, als wenn das Schicksal mir diesmal in den Hintern tritt, denn ich habe nicht viele Optionen, wohin ich gehen könnte. Jedenfalls dann nicht, wenn ich nicht bei Elias zu Kreuze kriechen will, und das will ich nicht. Irgendwann muss ich mich der verfahrenen Situation mit ihm stellen, aber nicht jetzt. Eins nach dem anderen. Im Moment bin ich noch viel zu verletzt und stur, um mich mit Elias auseinanderzusetzen. Denn leider, das muss ich mit dem Abstand und den Ereignissen der letzten Wochen zugeben, hat er nicht in allem Unrecht gehabt. Ich werde um ein Gespräch nicht herumkommen, denn er ist mein Bruder und damit nicht nur die einzige Familie, die ich noch habe, ich liebe ihn auch auf eine tiefe, unzerstörbare Art. Und egal, was er sich alles geleistet hat, Eli und ich werden immer mit diesem unzertrennbaren Band verbunden bleiben, das Geschwister ausmacht. Jedenfalls uns. Es muss nur etwas mehr Zeit vergehen.

Wes betritt wieder mein Zimmer, das er kurz verlassen hatte, und schiebt einen Rollstuhl herein.

„Äh... was soll das?", frage ich irritiert. Ich bin zwar noch schwach auf den Beinen, aber nicht so sehr, dass er mich in einem Rollstuhl fahren müsste. Hoffe ich wenigstens.

„Tut mir leid, aber so sind die Vorschriften", grinst er und in meinem Bauch beginnt etwas zu flattern. Er sieht so unverschämt gut aus mit diesem jungenhaften Grinsen, den dunklen, zerzausten Haaren und dem leicht arroganten Blick aus seinen dunklen Augen. Aber das ist es nicht, was diesen Schmetterlingsschwarm in meinem Inneren zum Leben erweckt. Es ist viel mehr

als nur sein attraktives Äußeres. In den letzten Tagen
und auch schon davor, habe ich so viele Facetten von
diesem Mann kennengelernt, dass ich gar nicht mehr
hinterherkomme, sie alle zu analysieren. Er ist arrogant,
zynisch, hilfsbereit, einfühlsam und leider beginnt mein
Herz bei diesem wilden Mix schneller zu schlagen.
Er deutet auf den Rollstuhl.
„Aber bevor wir losfahren, solltest du dich vielleicht
umziehen?" Mit der Hand zeigt er auf mich und als mir
bewusst wird, dass ich nur dieses unförmige
Krankenhaushemd trage, spüre ich, wie ich rot werde.
Oh mein Gott! Ich sehe aus wie ein unförmiges, weißes
Fass! Was im Bett bequem war, ist jetzt mein optisches
Armageddon. Dann erinnere ich mich, dass die
Kleidung, die ich wohl bei meiner Einlieferung
getragen habe, wieder sauber in meinem Schrank hängt.
Wer auch immer dafür gesorgt hat.
Amüsiert starrt Wes mich an.
„Geh raus oder dreh dich wenigstens um!", fordere ich
ihn auf, aber er verschränkt nur die Arme vor der Brust.
„Und was, wenn ich dir helfen muss?", fragt er mit
einem süffisanten Unterton.
„Musst du nicht. Ich komme schon ganz gut alleine
klar!"
„Wenn du meinst." Damit dreht er sich um und ich
beginne, mich umständlich anzuziehen. Okay, es ist
vielleicht wirklich ganz gut, dass ich nicht den
gesamten Weg bis zum Ausgang laufen muss, stelle ich
schließlich fest, weil ich doch merke, dass ich noch
ziemlich schwach bin. Wie man sich doch dabei
verschätzen kann, wieder fit zu sein, so lange man nur
im Bett liegt!

„Einsteigen, Prinzessin, halt dich gut fest, das wird eine wilde Fahrt zum Ausgang!" Er zwinkert mir zu und ich setze mich mit einem Augenrollen in den Rollstuhl. Wes schiebt mich aus dem Zimmer und ich ziehe den Kopf ein, damit mich möglichst niemand so sieht. Es ist mir peinlich, durch die Gänge geschoben zu werden wie jemand der... Okay, wie jemand, der den Weg zum Ausgang nicht selber schafft. So viel Ehrlichkeit muss sein. An der Rezeption angekommen, hält Wes kurz an. Die hübsche Blondine lächelt ihn mit einem hunderttausend Watt Lächeln an und klimpert mit ihren Wimpern.

„Oh, Mr. Milford. Wie kann ich Ihnen heute helfen?" Sie betont das *heute* so, als hätte sie ihm in den vergangenen Tagen bereits schon einmal, oder mehrmals?, geholfen und ich will lieber nicht wissen, wobei. Wobei... Das geht mich nichts an, aber die Bilder von Wes und dieser hübschen Blondine... vielleicht in einem der vielen Behandlungszimmer... Mel! Reiß dich zusammen!

„Heute können Sie die Papiere für Miss Davis fertig machen", Wes schielt kurz auf ihr Namensschild, „Bridget." Sie strahlt noch mehr, falls das möglich ist.

„Ja, natürlich, Mr. Milford." Sie beginnt, etwas in den Computer einzutippen, der vor ihr steht und wendet sich dann dem Drucker zu, der hinter ihr steht.

„Hier, bitte, die Entlassungspapiere", haucht sie, ohne mich überhaupt zu bemerken. Oder besser gesagt, ohne mich bemerken zu wollen, denn in meinem Rollstuhl bin ich sozusagen ein Blickmagnet.

„Danke, Bridget." Wes nimmt ihr die Papiere aus der

Hand und will sich gerade mit mir dem Ausgang zuwenden, da ruft sie uns hinterher.

„Äh, Mr. Milford, kann ich... kann ich bitte ein Autogramm bekommen?“ Was? Ein Autogramm? Irritiert sehe ich Wes an, aber der verdreht nur kurz die Augen und setzt dann ein unverbindliches Lächeln auf, dreht sich aber zu ihr um.

„Natürlich, Bridget.“ Er lässt mich stehen, oder besser gesagt: sitzen, und geht zu ihr zurück. Sie reicht ihm einen Stift und zieht den Ärmel ihres Shirts hoch.

„Bitte hier hin.“ Sie hält ihm ihren Unterarm hin und Wes kritzelt etwas darauf.

„Danke. Ich überlege, mir das tätowieren zu lassen“, haucht sie und sieht ihn verklärt an. Wie bitte? In was für einem Film bin ich denn bitteschön gelandet?!

„Und wäre es auch möglich, ein Foto mit dir zu machen?“ Aha. Offensichtlich berechtigt ein Autogramm auch, dass man denjenigen plötzlich duzen darf. Sie klingt regelrecht atemlos und beißt sich lasziv auf die Unterlippe, während sie Wes anstrahlt, und ich erwische mich dabei, wie ich mir wünsche, sie hätte etwas Spinat oder wenigstens Lippenstift auf den Zähnen. Aber ihr Lächeln ist leider strahlend weiß, wie aus der Zahnpastawerbung. Okay, ich bin eindeutig eifersüchtig! Wes nimmt ihr Handy, das sie auf wundersame Weise aus einer ihrer Taschen zaubert, und macht damit ein paar Fotos von ihr und sich. Allerdings achtet er sehr darauf, dabei einen professionellen Abstand zu wahren, was dieses Ziehen in meinem Herzen etwas beruhigt. Dann verabschiedet er sich freundlich und kommt zu mir zurück.

„Äh... was war das denn gerade?“ Die Frage brennt mir

auf der Zunge. Warum will sie ein Autogramm und Fotos von sich und Wes?

„Sie hat mich wohl erkannt und wollte ein Autogramm." Wes zuckt gelangweilt mit den Schultern und schiebt mich nach draußen.

„Ja, das habe ich gesehen, aber... *warum* wollte sie ein Autogramm und ein Foto von dir?" Ich bin immer noch irritiert und ratlos. Natürlich ist Wes ein Hingucker, ein mehr als attraktiver Mann, aber...

„Weil ich..." Wes hält mitten im Satz inne. Dann sieht er mich erstaunt und zugleich irritiert an.

„Moment mal, du weißt nicht, wer ich bin?", fragt er überrascht und amüsiert zugleich.

„Wer du bist? Ich weiß nur, *was* du bist: ein arroganter, selbstgerechter, übellauniger, mürrischer und sturer M...", Mistkerl, hatte ich sagen wollen, rette mich aber zum Glück noch, „Mann." Ich schlucke, denn ich weiß selbst, dass das nicht der Wahrheit entspricht, jedenfalls nicht alles davon. Aber seine Frage, ob ich nicht wüsste, wer er ist, hat mich verlegen gemacht, und da reagiere ich manchmal etwas angriffslustig, um meine Unsicherheit zu überspielen. Aber Wes grinst mich nur an. Also ist er wenigstens nicht beleidigt.

„Äh... müsste ich denn wissen, wer du bist?", schiebe ich kleinlaut hinterher. Er gibt sich so viel Mühe, und was mache ich? Ich beschimpfe und beleidige ihn! Sein Lachen unterbricht mich, was mich vollends irritiert. Warum lacht er denn jetzt?

„Also echt, Mel, du bist die einzige Frau, die mir so was an den Kopf wirft!", japst er nach einer Weile, als er sich etwas beruhigt hat. Inzwischen sind wir an seinem Auto angekommen.

„Ich glaube, die meisten anderen würden mich sexy, interessant und unwiderstehlich nennen." Aus seiner Stimme klingt deutlich heraus, wie amüsiert er ist.
„Oh, ich habe noch eingebildet und selbstverliebt vergessen!", knurre ich, während er den Rollstuhl arretiert, damit er nicht wegrollt, während ich aussteige. Mein Gott, ich wollte mich doch zurückhalten?! Warum bringt er mich nur immer wieder so aus der Fassung, dass ich das Gefühl habe, Angriff sei die beste Verteidigung? Aber Wes zuckt nur mit den Schultern, während seine Augen belustigt aufblitzen. Er hilft mir auf den Beifahrersitz, ohne mein Verhalten weiter zu kommentieren.
„Warte kurz, ich bringe nur schnell den Rollstuhl zurück, dann können wir uns darüber unterhalten, warum du so über mich denkst. Und wer ich bin", zwinkert er mir zu und immer noch umspielt ein belustigtes Grinsen seinen schönen Mund.
Als er kurze Zeit später hinters Steuer gleitet und den Wagen startet, habe ich das Rätsel um seine Person immer noch nicht gelöst. Ich bin in Gedanken alle Schauspieler durchgegangen, die ich kenne. Aber da war kein Bild, das ich ihm zuordnen kann. Ich bin allerdings auch niemand, der die Klatschpresse verfolgt, dazu hatte ich noch nie genug Zeit. Und auch zu wenig Interesse.
„Also. Wer bist du, Wesley Milford?", frage ich deswegen direkt und um ein möglicherweise peinliches Rätselraten abzukürzen.
„Du weißt es wirklich nicht?" Ist da eine Spur Misstrauen in seiner Stimme? Überraschung auf jeden Fall.

„Nein, ich weiß es wirklich nicht, Wes. Ich interessiere mich nicht für den Klatsch und Tratsch anderer Leute, ich lese keine Zeitung und bin so gut wie nie im Internet, jedenfalls nicht in einschlägigen Foren, die sich mit berühmten oder bekannten Menschen befassen. Und das bist du doch. Berühmt. Oder wenigstens bekannt. Jedenfalls kannte diese Bridget dich.“ Ich höre selbst, dass ich ein wenig eifersüchtig klinge und schäme mich dafür. Eifersucht ist kein Gefühl, dass ich in Bezug auf Wes haben sollte. Oder dürfte.

Wes lacht leise, dann wendet er seinen Blick zu mir, weil wir inzwischen in der Warteschlange für die Fähre von Bainbridge Island nach Seattle stehen.

„Oh ja, *Bridget* hat mich erkannt, Mel.“ So, wie er ihren Namen sagt, verätzt es mir die Eingeweide. Ich versuche, diesen fiesen Geschmack hinunterzuschlucken. Es geht dich nichts an, Mel, selbst wenn er und sie...

„Bist du eifersüchtig?“ Wes' Stimme klingt amüsiert, mit einem leicht ungläubigen Unterton.

„Ich? Ich bitte dich, Wes! Du kannst dich treffen, mit wem du willst!“ Das kam ein bisschen zu schnell, ein bisschen zu spöttisch und vor allem ein bisschen zu angepisst heraus. Mit einem Wort: eifersüchtig. Mist! Wes sieht mich von der Seite her an, schweigt aber dazu. Inzwischen sind wir auf der Fähre und er hat Zeit, mich eingehend zu mustern. Ich werde immer kleiner in meinem Sitz und schließlich halte ich es nicht mehr aus. Diese bescheuerte Eifersucht und das Rätsel um seine Person hängen wie der sprichwörtliche rosa Elefant zwischen uns.

„Also, sagst du mir jetzt, wer du bist und warum ich
dich kennen sollte?", versuche ich, das Gespräch von
der peinlichen Tatsache, dass ich eifersüchtig bin und
Wes es leider bemerkt hat, abzulenken. Wes blinzelt
kurz, als wenn auch er gerade mit seinen Gedanken
ganz woanders gewesen wäre.
„Du kennst mich wirklich nicht?" Ungläubig zieht er
die Augenbrauen nach oben und sieht mich an, als
käme das einer Majestätsbeleidigung gleich.
„Nein, wirklich nicht. Aber wenn du mir endlich sagst,
warum ich dich erkennen sollte, dann kann ich dir
vielleicht sagen, warum ich es nicht tue."
„Äh... kennst du die *Seattle Seagulls?*"
„Das ist eine Sportmannschaft, richtig?" Ich hoffe, ich
habe das richtig interpretiert. Ich interessiere mich nicht
für Sport, habe aber über Elias immer mal wieder von
dieser Mannschaft gehört. Aber ist es jetzt Eishockey,
Lacrosse oder Baseball oder was ganz anderes, für das
sie stehen? Tatsächlich schnappt Wes kurz nach Luft,
dann lacht er laut auf. Und dieses Lachen fährt mir
direkt in den Magen und verbreitet dort eine
unheimliche Wärme. Es belebt die Schmetterlinge
wieder, die sich kurzfristig zurückgezogen hatten, weil
Bridget sie mit ihrem eintausend Watt Lächeln, das wie
Schädlingsbekämpfungsmittel auf die kleinen
Flattertiere gewirkt hat, ins Koma versetzt hat.
„Ich... das... du meinst das ernst, oder? Eine...
Sportmannschaft?", gluckst er und ich werde rot. Macht
er sich etwa über mich lustig?
„Es tut mir leid, dass ich mich nicht für Sport
interessiere. Das war immer mehr Elis Ding." Ich
verschränke die Arme vor der Brust. Seine Reaktion
lässt mich mich wie eine vollkommene Idiotin fühlen,

weil ich keine Ahnung davon habe, wer Wesley ist oder welchen Sport er betreibt, obwohl er mir das Gefühl gibt, dass ich es wissen *müsste*.

Wesley

Scheiße. Ich höre deutlich heraus, dass ich Mel mit meiner Reaktion verletzt habe. Aber ich kann wirklich nicht glauben, dass sie nicht wenigstens weiß, dass die *Seagulls* eine Footballmannschaft sind. Bainbridge Island ist quasi um die Ecke, jedenfalls wenn es um die Reichweite unseres Sports geht. Die *Seagulls* sind in den USA so bekannt wie... wie... keine Ahnung, so wie Freiheitsstatue. Okay, vielleicht nicht ganz so bekannt, aber wenn man sich für Football interessiert, und das tut gefühlt jeder Amerikaner, dann...

„Hör zu, Wes, ich habe keine Lust auf Spielchen. Entweder glaubst du mir, dass ich keine Ahnung habe, wer du bist und für was diese *Seagulls* stehen, oder du lässt es. Ja, ich habe den Namen *Seagulls* schon mal bei Elias aufgeschnappt, aber da ich mich nicht für Sport interessiere, habe ich mir auch nicht gemerkt, für was sie so berühmt sind, wie du behauptest. Glaub es oder lass es!“ Na toll. Sie ist eindeutig angepisst. Trotzig schaut sie mich an, die Arme wie so oft vor der Brust verschränkt. Ich kenne sie mittlerweile so gut, dass ich weiß, dass sie sich angegriffen fühlt und glaubt, sich so vor den in ihren Augen ungerechten Angriffen schützen zu können. Vorsichtig fasse ich sie am Ellenbogen und entwirre ihre ineinander verflochtenen Arme. Dann streiche ich ihr sanft über die Wange.

„Mel, ich wollte dich nicht ärgern. Und schon gar nicht wollte ich dich mit meiner Reaktion verletzen. Die *Seattle Seagulls* sind eine ziemlich bekannte Footballmannschaft. Und ich bin einer ihrer Runningbacks, aber das sagt dir bestimmt nichts. Und ich glaube dir, dass du keine Ahnung hast, dass ich ziemlich berühmt bin, aber in Seattle erkennen mich viele Fans und da kommt es schon mal vor, dass ich um ein Autogramm oder ein Foto gebeten werde." Ihre Augen werden groß und sie starrt mich an, als ob sie gerade ein seltenes Java-Nashorn gesehen hätte. Sie blinzelt, leckt sich über die Lippen, dann öffnet sie den Mund, aber es kommt kein Ton heraus. Sie räuspert sich, schluckt, dann...

„Du bist ein berühmter Sportler? Also so richtig berühmt? Einer, den Paparazzi verfolgen, um heimlich irgendwelche Fotos zu schießen?" Durch ihre schönen, grünen Augen huscht ein verstörter, vielleicht auch ungläubiger Ausdruck.

„Äh ja, na ja, sooo berühmt bin ich dann doch nicht, also, mich verfolgen nicht immer Paparazzi, also...", spiele ich die Situation etwas herunter, denn sie wirkt nicht gerade glücklich über diese Entwicklung.

„Aber es könnte sein, dass sie dich hier erkennen und heimlich Fotos von dir... äh... uns machen? Und die dann morgen in der Zeitung landen?" Entsetzt sieht sie mich an und ich wische mir leicht genervt über das Gesicht. Hat sie Angst, mit mir abgelichtet zu werden? Und wenn ja, warum? Die meisten Frauen, die ich kennenlerne, würden sich so eine Gelegenheit nicht entgehen lassen.

„Nein, also ja, das könnte passieren, aber...“

„Oh mein Gott!“ Sie rutscht alarmiert tiefer in den Sitz.

„Oh mein Gott?“ Irritiert über ihre Reaktion sehe ich zu ihr hinüber.

„Ja, ich meine, das ist schon etwas... gewöhnungsbedürftig. Gerade noch wusste ich nicht mal, dass du berühmt bist und jetzt... Heißt das, wenn du mich wirklich mit zu dir nimmst und das rauskommt, dass die Leute dann denken könnten... also, dass sie denken könnten...“ Sie leckt sich über die Lippen, aber ich kann in diesem Moment nicht deuten, was ihre Miene ausstrahlt. Sie sieht nicht panisch aus, aber auch nicht gerade so, als wenn sie sich das wünschen würde, was immer die Leute über uns denken könnten.

„Wäre es denn schlimm, wenn sie sich... *etwas* denken würden, Mel?“ Ich versuche, das *etwas* so vage wie möglich zu halten, denn ich will Mel nicht in eine Situation drängen, die ihr unangenehm ist. Schon gar nicht jetzt, wo ich sie quasi gezwungen habe, mit mir zu kommen. Sie soll immer eine Wahl haben. Trotzdem denke ich, dass es ist an der Zeit, ihr etwas über meine wahren Motive zu verraten. Ich will Zeit mit ihr verbringen und ja, auch weil ich mich für ihre Situation verantwortlich fühle, aber noch mehr, weil ich sie kennenlerne und herausfinden will, was das zwischen uns ist. Sie blickt hektisch zu mir, dann auf ihre im Schoß verschränkten Hände, dann wieder zu mir.

„Was meinst du damit, Wesley?“, flüstert sie

238

schließlich und ich höre deutlich, wie verunsichert sie gerade ist.

„Ich meine damit, dass ich dich kennenlernen will. Wirklich, nicht nur oberflächlich. Ich fühle mich zu dir hingezogen und will herausfinden, was genau es ist, das ich für dich empfinde." Mein Herz klopft wild in meiner Brust. Das ging weit über das hinaus, was ich ihr offenbaren wollte, aber es ist die Wahrheit. Ich fühle mich wie in der dritten Klasse, als ich Betsy Miller gefragt habe, ob sie mein Pausenbrot mit mir teilen und meine Freundin sein will. Mel reißt schockiert die Augen auf und starrt mich an. Es vergehen quälend lange Sekunden, dann unterbricht die Ansage des Kapitäns, dass bitte alle Passagiere zu ihren Autos zurückkehren sollen, weil wir in wenigen Minuten anlegen, diesen Augenblick. Mel sagt immer noch nichts und mein Herz sinkt mir in die Hose. Fuck.

„Wes, ich... also das ist..." Mels Wangen röten sich und das steht ihr. Sie sieht bezaubernd aus mit diesen schimmernden grünen Augen, den zerzausten, dunkelblonden Haaren - ja, sie sind vom vielen Liegen zerzaust und wahrscheinlich wird sie mich töten, weil ich ihr das nicht gesagt habe, wenn sie sich irgendwann im Spiegel sieht! - und dieser verlegenen Röte auf den Wangen. Und ich habe plötzlich das dringende Bedürfnis, sie einfach in den Arm zu nehmen. Und zu küssen. Ihre zarte Haut zu erkunden und... Stopp! Sie hat noch nicht einmal auf meine Worte reagiert und es könnte noch peinlich für mich werden, wenn sie mir gleich sagt, dass ich...

„Wes, ich... das überfordert mich gerade", gibt sie dann zu, aber sie hört sich wenigstens nicht verärgert oder ablehnend an. Nur müde.

„Ich... damit habe ich nicht gerechnet, wirklich nicht."
Sie beißt sich auf die Lippe und streicht sich verlegen
eine Strähne aus dem Gesicht. „Das alles ist gerade ein
bisschen viel." Ihre Stimme zittert leicht und wenn ich
mich nicht irre, versucht sie, Tränen zurückzuhalten.
Fuck! Ich könnte mir selbst den Hals umdrehen. Mein
Geständnis kam zu früh, viel zu früh, und ich kann
verstehen, dass sie im Augenblick andere Sorgen hat,
als sich damit zu befassen.

„Aber ich will auch ehrlich sein, Wes." Sie versucht
nicht, ihre Tränen zu verstecken, als sie sich mir jetzt
zuwendet und mich mit ihren grünen Augen anblickt,
ohne dass ich einen Hauch von Zweifel oder
Unehrlichkeit in ihrem Blick ausmachen kann. Und
damit gewinnt sie ein weiteres Stück meines Herzens
für sich. Ich habe noch nie eine Frau getroffen, die so
unsicher und zugleich entschlossen, so verletzlich und
gleichzeitig so stark ist, wie Mel.

„Ich würde auch gerne herausfinden...", sie leckt sich
wieder über die Lippen und jetzt meldet sich auch mein
Schwanz, weil er hofft, dass sie den Satz für ihn positiv
beendet, „was das zwischen uns ist." Mein Herz pocht
und mein Schwanz zuckt, aber er wird sich noch eine
Weile gedulden müssen, bevor er zum Zug kommt.
Zuerst muss Mel gesund werden. Und wir müssen
herausfinden, ob das mit uns beiden klappen könnte,
denn Mel ist zu kostbar, um sie nur zu benutzen und
dann abzuservieren. Obwohl ich das nie gemacht und
immer verabscheut habe. Die Frauen, die ich in mein
Bett geholt habe, waren zum großen Teil Escorts, weil
ich mich bei ihnen darauf verlassen konnte, dass wir
nur den Sex teilen und sie nicht auf mehr hoffen. Es

war ein geschäftliches Arrangement, ohne Verpflichtungen und zerstörte Hoffnungen.
Ich nehme Mels Hand und drücke einen Kuss darauf. „Dann lass uns damit beginnen, sobald wir zuhause sind." Und schon wieder dieses *zuhause*, das mir ein aufgeregtes Prickeln und diese innere Wärme beschert, die ich schon lange nicht mehr gespürt habe.

Melody

„Wir sind da." Eine leise, warme Stimme umhüllt mich wie eine Umarmung und ich genieße es einen klitzekleinen Augenblick, mich einfach nur davon einwickeln zu lassen und mich wohlzufühlen. Dann öffne ich meine Augen und sehe geradewegs in Wes' dunkle Tiefen, die ein amüsierter Schimmer zum Leuchten bringt.
„Du hast geschlafen wie ein Murmeltier!", klärt er mich auf und grinst frech. „Und geschnarcht wie ein Mops mit Nasennebenhöhlenvereiterung!" Er streckt mir seine Hand hin, um mir aus dem Wagen herauszuhelfen.
„Ich schnarche nicht, ich atme nur laut!", empöre ich mich, muss aber entgegen meines strengen Tonfalls dann doch lachen.
„Okay, dann hast du sehr laut geatmet. Oder vielleicht auch eher geröchelt, oder noch besser..."
„Wes!" Ich halte ihm dem Mund zu und sehe mich neugierig um. Wir befinden uns in einer Tiefgarage,

wie ich enttäuscht feststelle, weil es nichts weiter zu sehen gibt als grauen Beton. Aber immerhin verrät es mir, dass Wes in einem dieser großen Tower wohnt, die es in Seattle gibt. Kein kleines Haus im Grünen, was ich mir vielleicht gewünscht hätte. Er führt mich zu einem Aufzug, legt seinen Daumen auf den Scanner und schon öffnet sich die Tür. Hochmodern, der Kasten, denke ich, bevor...

„Wes! Ich sehe aus wie eine Vogelscheuche!", keuche ich entsetzt. Wir sind gerade in den verspiegelten Aufzug gestiegen, der uns in Wes' Wohnung bringt, die im obersten Stockwerk liegt, also wohl eher ein Penthouse ist. Aber das ist mir gerade egal. Meine Haare stehen wild ab, ich habe bei dem überstürzten Aufbruch aus dem Krankenhaus vollkommen vergessen, mich zu kämmen. Und die unbequeme Position, in der ich im Auto geschlafen habe, hat ihren Teil dazu beigetragen, dass ich aussehe wie eine obdachlose Streunerin. Mein Gesicht hat durchaus zombiehafte Züge. Mein Augen, die mich aus dem Spiegel heraus anstarren, leuchten geradezu wie grüne Irrlichter, was womöglich an den Medikamenten liegt, die sie in mich gepumpt haben. Oder vielleicht auch daran, dass die letzten Stunden einfach... surreal waren und ich der Entwicklung irgendwie hinterherhinke. Ich kann nicht fassen, dass Wes und ich... dass... also, was immer das ist, was wir hier tun. *Was wir sind*. Meine Wangen sind von einer verlegenen Röte überzogen und runden meinen aufgelösten Gesamteindruck ab. Gleichzeitig erinnere ich mich an Wes' Worte, dass es sein kann, dass Paparazzi... Oh mein Gott!

„WES!“ Ich schlage ihn gegen die Schulter, weil er nur dämlich vor sich hin grinst, aber es fühlt sich an, als würde ich einen Stahlträger streicheln.

„Upps!“, lacht er, nimmt meine Hand und pustet dagegen, als ob ich mich verletzt hätte. Genervt entziehe ich sie ihm.

„Lass das! Wenn das mit uns klappen soll, solltest du mich ernst nehmen!“, fauche ich ihn an.

„Aber du siehst so niedlich aus, mit deinen wirren Haaren und...“

„Schweig stille, Wes, wenn du eine Eskalation vermeiden willst!“ Das leise Klingeln des Aufzugs unterbricht unser Geplänkel und als die Tür leise zur Seite gleitet, bleibt mir der Mund offen stehen.

„Oh wow!“ Ich kann nicht verhindern, dass meine Stimme etwas zittert, weil ich gerade so geflasht bin. Wir stehen direkt in Wes' Wohnung. Oder besser gesagt, dem Flur, der allerdings ähnlich groß ist, wie eine normale Wohnung. Breite, raumhohe Glastüren geben den Blick frei auf das dahinter liegende Wohnzimmer, das ebenfalls von großen Panoramafenstern umgeben ist. Die Einrichtung, soweit ich das von hier beurteilen kann, ist modern, aufgeräumt, mit klaren Linien. Es gefällt mir, auch wenn ich es eher kuscheliger bevorzuge.

Wes schiebt mich durch den Flur in das Wohnzimmer, an das eine offene Küche anschließt. Er erklärt mir gerade irgendwas, aber ich habe nur Augen für die Aussicht. Ich erkenne die Space Needle, einige andere Gebäude, die zusammen eine imposante Skyline bilden und am Horizont sogar den Mount Rainier, dessen Spitze mit Schnee bedeckt ist.

„Wow!“, verliere ich mich in diesem Anblick.

„Abends ist es noch viel schöner, wenn alles beleuchtet ist", höre ich Wes' tiefe Stimme direkt hinter mir. Er streicht vorsichtig an meinen Armen herauf und wieder herunter, schließlich dreht er mich zu sich um.

„Du siehst müde aus, Mel." Sanft legt er seine Hand an meine Wange, während er mich aus seinen kaffeebraunen Augen mustert.

„Möchtest du ein Bad nehmen, bevor wir etwas essen? Oder dich erst etwas hinlegen?" Ich höre deutlich die Sorge um mein Befinden aus seiner Stimme heraus. Ein warmes Gefühl durchströmt mich. Es ist lange her, dass sich jemand um mich gekümmert und sich Sorgen um mich gemacht hat. Und es tut einfach nur gut, diese Aufmerksamkeit mal wieder zu spüren..

„Ein Bad würde mir gefallen." Ja, das würde es wirklich. Es ist schon länger her, seit ich mich in einer Badewanne entspannen konnte. Im *Melias* gab es nur Duschen.

„Dann komm, ich zeig dir alles und dann lasse ich dir ein Bad ein." Er nimmt meine Hand und führt mich durch das Wohnzimmer in einen Gang, von dem mehrere Türen abgehen. Eine davon öffnet er.

„Das hier ist das Gästezimmer." Er deutet auf die Tür direkt gegenüber.

„Mein Schlafzimmer." Ich bin eine Spur erleichtert, weil es ja wohl bedeutet, dass ich ein eigenes Zimmer mit einem eigenen Bett haben werde. Träge erwachen die Schmetterlinge wieder. Er scheint also nicht zu erwarten, dass wir uns gleich ein Bett teilen. Was ich sehr zu schätzen weiß. Bevor wir nicht darüber geredet haben, wie es mit uns weitergeht, oder ob es überhaupt weitergeht, sollten wir die Finger voneinander lassen.

244

Ich bin nicht der Typ für belanglosen Sex, und Wes scheint einfühlsam genug zu sein, um das zu respektieren.

„Das Bad." Er öffnet eine weitere Tür und mir bleibt wieder die Spucke weg.

„Bad nennst du das?" Ich gehe einen Schritt hinein und staune einmal mehr darüber, wie viel Luxus Wes sich leistet.

„Das ist ein verdammter Wellnesstempel!" Und das ist dieses Bad wirklich. Eine riesige Regenwalddusche befindet sich rechts von mir. Edel verglast mit naturfarbenen Fliesen und einem Boden aus abgeschliffenen Flusskieselsteinen. Zwei breite Waschbecken befinden sich links von mir, aber das Highlight ist die freistehende Wanne mit Blick aus den Panoramafenstern direkt auf die Skyline. Da kein anderes Gebäude so nah davor steht, dass es die Sicht versperrt, kann auch niemand herein sehen, was dem Ganzen die notwendige Intimität verleiht.

Wes geht auf die Wanne zu und lässt schmunzelnd Wasser einlaufen.

„Ich sehe schon, du hast gerade deinen Lieblingsort in meiner Wohnung gefunden", grinst er. Dann legt sich ein leichter Schatten über sein Gesicht.

„Ich habe gar keine passenden Badezusätze für dich da." Er sieht mich schuldbewusst an und die Schmetterlinge gähnen und strecken sich, um gleich drauf loszuflattern. Denn das heißt ja auch, dass er nicht auf Damenbesuch eingerichtet ist.

„Ich nehme einfach etwas von deinem Duschgel." Dass ich süchtig nach diesem - seinem - Duft bin und ihn dem süßen Zeug, das es für Frauen gibt, vorziehe, muss er ja nicht wissen.

„Okay, dann…“ Etwas verlegen kratzt Wes sich am
Kopf, dann lächelt er.
„Handtücher sind im Regal und ich lege dir saubere
Kleidung in dein Zimmer. Ich verspreche auch, dass ich
nicht zusehe, wenn du halbnackt über den Flur
huschst!“, fügt er hinzu, und seine Stimme klingt etwas
heiser. Denkt er etwa gerade daran, wie ich, nur in ein
Handtuch gehüllt, über den Flur zum Gästezimmer
gehe?! Ich muss grinsen bei dem Gedanken.
„Äh ja. Was willst du denn essen?“, lenkt er davon ab,
dass ich seine Gedanken erraten haben könnte. Er fährt
sich sichtlich verlegen durch seine Haare.
„Ich esse alles außer Innereien und Marshmallows.“
Überrascht weitet er seine Augen.
„Du magst keine Marshmallows?!“
„Nein. Dieses klebrige, weiche, süße Zeug, womöglich
noch über dem Lagerfeuer geröstet…“ Angewidert
schüttele ich mich.
„Hast du eine Green Card bekommen, um hier zu
arbeiten? Eine Amerikanerin bist du jedenfalls nicht,
wenn du keine Marshis magst!“, lacht er und ich
stimme mit ein.
„Na ja, ich kann ja auch nichts mit dem Nationalsport
Football anfangen, dann muss es wohl die Green Card
sein!“
Er schüttelt immer noch den Kopf, eine Mischung aus
Entsetzen, Unverständnis und Belustigung leuchtet in
seinen Augen auf.
„Also etwas ohne Innereien und Marshmallows. Wird
schwer, aber ich lass mir etwas einfallen.“ Sein leises
Lachen nimmt er mit hinaus und ich bleibe allein
zurück in diesem luxuriösen Bad mit den

Schmetterlingen in meinem Bauch und diesem warmen Gefühl, das ganz eindeutig Verliebtheit ist. Oh mein Gott!

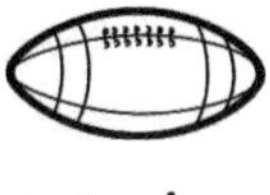

Wesley

Verdammt, diese Frau hat das Potential, mir unter die Haut zu gehen! Wie eine Zecke hat sie zuerst meinen Kopf befallen, so dass ich ständig an sie denken muss, dann meinen Körper, wie mein zuckender Schwanz mir zu verstehen gibt, und jetzt ist sie auf direktem Weg, sich in meinem Herzen festzusetzen. Mit Widerhaken, ohne Chance, sie jemals wieder da heraus zu bekommen.

Ich bestelle eine Auswahl an italienischen Gerichten, damit kann man nichts falsch machen. Innereien- und marshmallowfrei sind Pizzen und Nudeln ja garantiert. Ich muss wieder grinsen. Ich kenne niemanden, wirklich niemanden, der keine Marshmallows mag. Jedenfalls niemanden, der in Amerika geboren ist. Diese kleinen, weichen Dinger sind fast so etwas wie ein Nationalgericht. An Weihnachten dürfen sie auf keinem Kakao fehlen, schmecken aber auch ganz klassisch als S'Mores über dem Lagerfeuer geröstet. Immer noch amüsiert decke ich den Tisch und während ich noch überlege, ob ich vielleicht Kerzen aufstellen soll, oder ob das zu viel für unseren ersten Abend ist, klingelt bereits das Haustelefon und der Concierge kündigt die Essenslieferung an. An Michael kommt so schnell niemand vorbei und er nimmt seinen Job sehr ernst. Auch ein Pizzabote wird angekündigt und erst nach erteilter Genehmigung zu mir nach oben gelassen. Und ich schätze diesen Service sehr, er war auch einer der wesentlichen Gründe, warum ich mich für dieses Apartment entschieden habe. Ich bin zwar nicht ganz so bekannt wie unser Starquarterback Jace oder auch der Wikinger, Tyler Edwards, aber es gab schon ein paar unangenehme Situationen, in denen mir übereifrige Fans oder auch Groopies aufgelauert und versucht haben, in mein Apartment zu kommen. Ich werde solche Leute nie verstehen. Ich meine, was bitte versprechen sie sich davon, mir so auf die Pelle zu rücken?

Ich nehme die Kartons mit Pizza und Schalen mit der Pasta entgegen und gebe dem Boten ein großzügiges Trinkgeld, bevor ich alles auf dem Tisch anrichte und... Erst jetzt fällt mir auf, dass Mel schon ziemlich lange im Bad ist. Ein Blick auf die Uhr verrät mir, dass sie bereits eine knappe Stunde badet. Oder was auch immer sie da drin macht. Als sie zehn Minuten später immer noch nicht da ist, werde ich unruhig. Was, wenn sie in der Wanne ohnmächtig geworden ist? Oder im Bad ausgerutscht ist und jetzt hilflos... *Das hättest du ja wohl gehört, oder?* Okay, aber wenn sie wirklich ohnmächtig geworden ist? Das hätte ich nicht gehört! *Oh bitte, wie viele Menschen sind schon in der Wanne ohnmächtig geworden und ertrunken?!* Keine Ahnung, aber das hier ist Mel und da sind mir Statistiken gerade scheißegal.

„Mel?" Ich klopfe an die Tür und lausche, aber nichts rührt sich. Mein Herz klopft laut und schnell.

„Mel?“ Nichts. Ich zögere nicht länger, reiße die Tür auf und scanne den Raum im Bruchteil einer Sekunde ab. Als ich Mel tatsächlich in der Wanne liegen sehe, bin ich beruhigt und alarmiert zugleich. Ihren Kopf hat sie bequem auf einem weichen Polster, das sich mit Saugnäpfen an der glatten Oberfläche befestigen lässt, gebettet. Aber sie rührt sich nicht, reagiert auch nicht darauf, dass ich mir nicht die Mühe gemacht habe, leise zu sein und stattdessen ziemlich laut ins Bad gestürmt bin. Sekunden später bin ich bei ihr, knie mich neben die Wanne und greife nach ihrer Hand, die entspannt aber bedenklich kalt auf dem Wannenrand liegt. Okay, wenigstens hat sie Puls. Sanft streiche ich über ihre Wangen, die leicht rot schimmern, was mich etwas beruhigt. Sie sieht friedlich aus, auch, weil ein leichtes Lächeln auf ihren Lippen liegt. Ihre Haare kräuseln sich feucht um ihr schmales, schönes Gesicht und ihre Wimpern werfen kleine, dunkle Schatten auf die Haut darunter. Sie sieht so wunderschön aus, so friedlich, so... gelöst, wie ich es noch nie bei ihr gesehen habe. Kein Vergleich zu der immer angespannten, genervten Frau, die ich in Tolo kennengelernt habe. Ich muss schlucken. Das hier ist nicht der richtige Moment für solche Gedanken.

„Wes?“ Träge öffnet sie plötzlich ihre Augen und ihre grünen Iriden fixieren mich für einen kurzen Moment, bevor sich ihr Blick klärt und sie die Augen ganz aufreißt.

„Wes?! Was machst du hier? Was...“ Sie richtete sich benommen auf, dann wird ihr wohl klar, dass sie nackt ist und sie verschränkt panisch die Arme vor ihrer Brust, um ihre Blöße zu verstecken. Bis ihr bewusst wird, dass es da auch noch eine andere Stelle gibt, die sie mir nicht zeigen will, und sofort gleitet eine Hand zu ihrer Scham. Leider bewirkt das erst recht, dass mein Blick fast schon zwanghaft ihrer Bewegung folgt und sich in der Folge auf diese Stelle richtet. Was Mel natürlich bemerkt. Entsetzt zieht sie scharf die Luft ein. Für einen Sekundenbruchteil sehe ich sie in all ihrer Zartheit und Verletzlichkeit vor mir, nackt und wunderschön, wie eine Nymphe, aber dann schlucke ich mein plötzliches Begehren herunter. Ersetzt wird es durch Scham, sie so in Verlegenheit gebracht zu haben. In diesem Augenblick wird mir erst so richtig bewusst, wie meine Anwesenheit auf sie wirken muss. Ich will, dass sie sich wohlfühlt und mich nicht für jemanden hält, der sie wie ein Perverser anstarrt und die Situation ausnutzt. Verdammt. Ich richte mich auf und drehe mich schnell um.

„Mel, es tut mir leid, aber ich habe an die Tür geklopft und du hast dich nicht gerührt. Ich habe mir Sorgen gemacht, weil ich dachte, dass du... also ich dachte, dass du vielleicht...“

„Was?! In der Badewanne ertrunken wäre?!“, faucht sie, aber ihre Stimme klingt müde. Trotzdem hat sie schon wieder diesen bissigen Unterton, den ich ihr allerdings in dieser Situation nicht übel nehmen kann. Denn sie hat recht, wenn sie gleich sagt, dass es lächerlich...

„Das ist doch lächerlich, Wes?! Hast du schon mal davon gehört, dass jemand in der Wanne ertrunken ist?“, schnauzt sie, und ich bin trotz ihres anklagenden Tonfalls erleichtert, weil es beweist, dass es ihr soweit gut geht. Mich anzuschnauzen ist ja so was wie ihr

Mantra. Das ist wieder die Mel, die ich kenne.
Immerhin das habe ich erreicht.

„Nein, habe ich nicht, aber ich habe auch noch nie
jemanden kennengelernt, der keine Marshmallows
mag", kontere ich belustigt, weil sie irgendwie recht
hat.

„Warum nur glaube ich dir kein Wort, Wesley Milford!"
Ich höre Wasser plätschern, weil sie offenbar dabei ist,
aus der Wanne zu steigen.

„Wenn du dich jetzt umdrehst, bist du ein toter Mann!",
warnt sie mich mit deutlichem Ärger in der Stimme.

„Du hättest mich auch einfach bitten können, das Bad
zu verlassen, Mel. Dann wäre ich jetzt nicht in
Versuchung, mich..." Etwas trifft mich am Hinterkopf
und mich umzudrehen, ist einfach ein Reflex. Der
Anblick, den Mel bietet, brennt sich wie ein Branding
in meine Netzhaut. Nackt, wütend und stolz wie eine
wilde Kriegerin steht sie da, und starrt mich für einen
Sekundenbruchteil entsetzt an, bevor ihr klar wird, dass
sie vollkommen nackt ist. Sie sieht sich panisch um,
reißt ein Handtuch vom Stapel, der neben der Wanne
liegt, und hält es sich vor den Körper. Schade.

„Raus!", keift sie, und ich muss grinsen, obwohl das
gerade vollkommen unangemessen ist.

„WAS?!", schickt sie genervt hinterher.

 Eigentlich sollte ich sie nicht noch weiter reizen,
aber...

„Äh... zu spät. Ich habe leider gerade schon alles
gesehen, Mel!" Ich kann es wohl einfach nicht lassen.

Melody

Dieser... dieser...

Unfassbar, wie schamlos Wes mich angestarrt hat! Und leider auch, wie mein Körper darauf reagiert hat. Mir ist heiß, was nicht an der Temperatur des Badewassers liegt, denn diese Hitze, die in mir brodelt, ist leider einem Verlangen geschuldet, das ich nicht haben sollte. Schon lange nicht mehr hatte, oder eher gesagt, noch nie. Mein letzter Sex liegt so lange zurück, dass der Spruch mit der *verstaubten Garage* für mich erfunden wurde. Josh, mein letzter Freund, und der letzte, mit dem ich Sex hatte, ist schon Jahre aus meinem Leben verschwunden, und mit ihm auch jegliche Intimität. Also mit dem anderen Geschlecht, wohlgemerkt. Immerhin bin ich auch nur eine junge Frau, die, wenn schon nicht mit einem knackigen One-Night-Stand, dann doch mit sich selbst Spaß hat. Und deren Libido jetzt, nach jahrelanger Abstinenz, ganz offensichtlich aus dem Winterschlaf geweckt wurde.

Wes hat inzwischen das Bad verlassen, aber ich bin immer noch wütend auf ihn. Ich habe noch seine Worte im Ohr, dass er mich kennenlernen möchte, weil er glaubt, da wäre etwas zwischen uns entstanden, was er ergründen wollte. Pah! Ich bin mir ziemlich sicher, dass jemanden kennenlernen zu wollen zumindest am Anfang Kleidung voraussetzt. Auf beiden Seiten. Jedenfalls ist das bei mir so. Ich bin nicht prüde, ziehe

mich aber weder beim ersten Date aus, noch lande ich
mit einem Kerl beim ersten Date im Bett. Was meine
beeindruckend miese Rate an One-Night-Stands erklärt.
Null. Sie ist bei Null, und das soll und wird auch so
bleiben. Ich bin nicht der Typ für schnellen,
einmaligen, unverbindlichen Sex.
Ich bin immer noch wütend, als ich, in ein Handtuch
gewickelt, leise über den Gang husche, um ins
Gästezimmer zu kommen. Aus dem Wohnzimmer
riecht es verführerisch nach Essen und mein Magen
knurrt. Leider weiß ich im Moment nicht, wie ich mit
der Situation umgehen soll. Mir wird plötzlich klar,
dass ich mich Wes ziemlich ausgeliefert habe. Ich kann
hier nicht so einfach weg, denn meine Situation hat sich
ja nicht geändert. Wo soll ich hin, ohne Geld, ohne
Wohnung und ohne eine vernünftige Perspektive, was
meine Zukunft angeht? Vielleicht hätte ich doch besser
meinen Stolz herunterschlucken und mich mit Elias
aussprechen sollen? Und wie sieht Wesley das?
Erwartete er am Ende, dass ich sein Angebot, mich mit
zu sich zu nehmen, mit sexuellen Gefälligkeiten
bezahle? Nein, das ist Unsinn. Warum sollte er sich um
mich bemühen, wo er es doch auch viel einfacher
haben könnte, eine Frau in sein Bett zu bekommen?
Wie diese Bridget zum Beispiel. Ganz sicher hätte sie
nichts dagegen gehabt, wenn Wesley seinen Namen auf
ihren gesamten Körper geschrieben hätte! Mit seinem
Mund und seinem... äh stopp. Das geht zu weit und
mich nichts an, aber da draußen gibt es bestimmt
unzählige willige Frauen wir diese Bridget.
„Mel? Geht es dir gut? Kommst du zum Essen? Ich
stelle es nochmal in die Mikrowelle, wenn du möchtest.
Es ist inzwischen bestimmt kalt." Wes warme Stimme

dringt durch die Tür zu mir und ich höre deutlich, dass
er angespannt ist.
Moment. Warum sollte das Essen kalt sein? So lange
war ich nun auch nicht in der... Oh Mist! Ich sehe auf
mein Handy, das auf dem Nachttisch liegt, und muss
leider feststellen, dass mehr als anderthalb Stunden
vergangen sind, seit ich in die Wanne gestiegen bin. Bin
ich also vielleicht doch eingeschlafen und Wes hat sich
tatsächlich Sorgen um mich gemacht? Und es war gar
keine dämliche Anmache von ihm? Oh mein Gott. Ich
muss mich bei ihm entschuldigen.
„Einen Moment, Wes. Ich komme sofort. Und... essen
wäre jetzt wirklich klasse. Ich habe nämlich richtig
Hunger“, lasse ich ihn wissen. Eine Entschuldigung
durch die Tür will ich dann doch nicht aussprechen. Ich
bin kein Feigling, also werde ich das gleich persönlich
tun..
Mein Handy piepst und ich zucke zusammen. Erst jetzt
wird mir klar, dass ich es zum letzten Mal gesehen und
in der Hand gehabt habe, als ich im *Melias* lag und
meinem Schicksal entgegendämmerte. Und vermisst
habe ich es auch nicht, aber dazu war ich
wahrscheinlich auch zu abgelenkt. Ich nehme es vom
Nachttisch, wo es zum Laden eingesteckt ist, und sehe
eine eingegangene WhatsApp-Nachricht. Elias. Ich
beiße mir auf die Lippe, schließlich öffne ich den Chat.
Eli*: Mel, bitte melde dich! Wo bist du? Ich mache mir
Sorgen. Niemand weiß, wo du bist. Bitte Mel!“*
Neugierig scrolle ich und merke, dass er mir unfassbar
viele Nachrichten geschickt hat. Ein Kloß bildet sich in
meiner Kehle als ich sehe, dass auch Amy gefühlt
hundert Mal versucht hat, mich zu erreichen. Dann

bleibt mein Blick an einer Nachricht hängen, die schon ein paar Tage alt ist.

Eli: *Ich habe dir dein Geld überwiesen, Mel. Es tut mir unfassbar leid, wie alles gelaufen ist. Ich war so ein Idiot. Ich habe wirklich geglaubt, das Richtige zu tun. Aber es war der größte Fehler meines Lebens, weil ich dich damit verletzt habe. Ich liebe dich doch und wollte und will immer nur dein Bestes.*

Tränen steigen mit in die Augen und vielleicht zum ersten Mal seit langer Zeit versetze ich mich in Elis Lage. Er war immer der große Bruder für mich, wollte mich beschützen und sich nach dem Tod unserer Eltern um mich kümmern. Natürlich hat er dazu die falschen Mittel gewählt. Geld aus dem *Melias* zu ziehen, obwohl ich es so nötig gebraucht hätte, war natürlich nicht okay, aber aus seiner Sicht und aus rein wirtschaftlichen Aspekten heraus vielleicht zu entschuldigen, denn Elias hat mich immer an seiner Surfschule beteiligen wollen. Sein Handeln war also nicht nur egoistisch.

Mel: *Es tut mir leid, dass ich mich erst jetzt melde, Eli. Ich bin gerade in Seattle und es geht mir gut, aber ich brauchte Abstand. Gib mir noch ein wenig Zeit, alles zu verarbeiten. Ich melde mich bei dir.* Ich drücke auf senden. Ich will ihn nicht damit beunruhigen, dass ich im Krankenhaus war und jetzt bei Wes bin. Das ist eine längere Geschichte und nichts, was man über WhatsApp erfahren sollte.

Mel: *Danke für das Geld. Ich hoffe, deine Surfschule gerät jetzt nicht in Schwierigkeiten. Ich liebe dich auch.*

Ich schreibe noch schnell an Amy, dass es mir gut geht und ich ihr nicht böse bin, weil sie mit Eli zusammen ist, ich aber etwas Zeit brauche, um alles zu verarbeiten, dann schalte ich mein Handy aus und lege es wieder auf den Nachttisch. Hat Wesley es aus dem *Melias* geholt und mir mitgebracht? Ja, so muss es sein. Dann war er also dort, um meine Sachen zu holen, nur leider wird er dort nichts gefunden haben. Ich habe ja dafür gesorgt, dass dort nichts mehr von mir herumliegt. Keine Tasche, kein Rucksack, noch nicht mal eine Plastiktüte. Ich sehe mich um, weil ich immer noch, nur in ein Handtuch gewickelt, da stehe. Was soll ich denn jetzt bitteschön anziehen?! Mein Blick fällt auf das Bett, auf dem eine cremefarbene Jogginghose und ein gleichfarbiger Hoody liegen. Ich kenne beides nicht, aber es ist meine Größe. Und es ist neu. Ich beiße mir auf die Lippe. Soll ich das etwa ohne Unterwäsche anziehen? Der Gedanke treibt mir die Röte ins Gesicht. Ich ziehe eine der Schubladen auf, aber da sind nur Socken drin. Ich hatte noch nie eine ganze Schublade nur Socken. Dieser absurde Gedanke schießt mir durch den Kopf und ich muss kichern. Albern, ich weiß, aber...

Der Inhalt der nächsten Schublade lässt mich allerdings abrupt verstummen. Tatsächlich ist sie gefüllt mit Slips und BHs. In allen Formen und allen Farben. Da liegen einfache Baumwollslips neben hauchzarten Spitzenstrings. Push-Up-BHs neben Sport-BHs und ich muss schlucken. Das habe ich nun wirklich nicht erwartet! Wes hat sich auch darum gekümmert. Und die Auswahl lässt darauf schließen, dass er einfach von allem etwas besorgt hat, weil er nicht weiß, was ich bevorzuge. Viele andere hätten einfach gekauft, was ihnen gefällt. Sexy, verführerisch und schön anzusehen.

Wes dagegen hat mir eine Auswahl zusammengestellt, die mir zeigt, dass er sich Gedanken gemacht hat. Jetzt muss ich nur noch darüber hinwegkommen, dass er wirklich Unterwäsche für mich ausgesucht und gekauft hat. Mir ist heiß und ich glaube, meine Wangen glühen so rot wie die Rücklichter an Wes' Auto. Schnell schnappe ich mir die bequeme Variante und ziehe auch den Jogginganzug an, weil ich Wes nicht länger warten lassen will.

Während ich durch den Flur Richtung Wohnzimmer gehe, höre ich ihn im Wohnzimmer reden. Hat er etwa Besuch? Dann aber sehe ich ihn, wie er mit dem Rücken zu mir steht und telefoniert.

„Du kannst jetzt nicht vorbeikommen, Val." Pause.

„Ja, okay, darüber müssen wir wirklich sprechen." Pause.

„Morgen?" Er hört wieder zu, dann seufzt er.

„Ja, von mir aus. Um sieben im *Canlis*." Dann legt er auf. Habe ich das gerade richtig gehört? Er hat sich mit Val, seiner Architektin, zum Abendessen verabredet?! Im *Canlis*, einem der besten und teuersten Restaurants in Seattle? Also nicht dass ich mich mit derartigen Edelschuppen auskennen würde, aber ich weiß von Amy, die ihren Vater mal dorthin begleitet hat, dass es dort exklusiv und teuer ist. Zudem soll es ziemlich romantisch sein, besonders wenn es dunkel ist und man die Lichter der Häuser in der kleinen Bucht und die Beleuchtung der Schiffe in dem kleinen Hafen durch die riesigen Panoramafenster sehen kann. Amy hat mir ein paar Bilder gezeigt, weil sie so begeistert war, und mein Magen zieht sich bei dem Gedanken, dass Wes dort morgen mit dieser Val hingeht, zusammen. Ich habe kein Recht dazu, aber ich bin enttäuscht und auch ein wenig eifersüchtig. Ich meine, er sagt, Val sei nur seine Architektin, aber bitte, muss man sich dann bei einem romantischen Dinner verabreden? Wenn es nur um das *Melias* ginge, dann hat diese Val doch auch sicher ein Büro, oder? Als er sich umdreht und mich bemerkt, zuckt er kurz zusammen. Er wirkt ein kleines bisschen verlegen, aber dann lächelt er mich an.

„Tut mir leid wegen vorhin, Mel. Aber ich habe mir wirklich Sorgen gemacht."

„Ja... äh... ich muss mich wohl bei dir entschuldigen. Ich habe wirklich gedacht, dass das mit dem Einschlafen in der Wanne nur ein Vorwand war, um..." Ich beiße mir in die Wange, weil es sich, so formuliert, wirklich anhört, als hielte ich Wes für einen Triebtäter.

„Na ja, ich habe gerade erst gesehen, dass ich wohl tatsächlich eingeschlafen bin. Es war so warm, so gemütlich und ich bin immer noch ziemlich angeschlagen und müde, und da bin ich wohl wirklich eingenickt."

„Ich bin froh, dass du mir glaubst, Mel. Ich würde nie etwas tun, was dich in Verlegenheit bringt oder was du nicht willst. Wirklich." Er sieht mich so ehrlich und offen an, dass auch der letzte Zweifel in mir verschwindet.

„Und du glaubst nicht, dass es mich in Verlegenheit bringt, wenn du mir Unterwäsche kaufst?", necke ich ihn, und tatsächlich wird er ein wenig rot.

„Oh, du hast also alles gefunden?" Seine Stimme klingt fast schüchtern. Irgendwie unsicher. Aber das kann nicht sein. Wenn ein Adjektiv nicht auf ihn zutrifft, dann ist es unsicher.

„Ich habe die Wäsche und auch die Kleidung, ehrlich gesagt, nicht selbst gekauft. Weil ich nicht wusste, was du magst, habe ich mir von Ally die Adresse von einem, äh, Dessousgeschäft geben lassen und dort eine Auswahl in deiner Größe bestellt. So wie ich es auch mit deiner anderen Kleidung gemacht habe. Ich war nochmal im *Melias* als du im Krankenhaus warst, aber ich habe keine Kleidung von dir gefunden. Also habe ich dir was gekauft. Ich hoffe, es passt alles, ich musste mich bei der Größe an das halten, was du anhattest." Er fährt sich durch seine dunklen Haare und sieht dabei unfassbar gut aus, mit dieser Mischung aus Verlegenheit und gleichzeitig der Hoffnung, alles richtig gemacht zu haben. Und andererseits der Angst, wieder über das Ziel hinausgeschossen zu sein. Dieser unsichere, verlegene Wes gefällt mir sehr gut. Die Schmetterlinge in meinem Bauch schlagen langsam und träge mit den Flügeln, so als ob sie sich nach einer kalten Nacht erst einmal aufwärmen müssten, bevor sie es wagen können, loszuflattern.

„Danke, Wes. Das ist wirklich sehr aufmerksam von dir." Er sieht aus als wenn ihm ein Stein vom Herzen fällt und ein erleichtertes Lächeln erscheint auf seinen schönen Lippen.

„Aber: Wer ist Ally?" Ich erwarte fast, dass er wieder verlegen wird, weil sie vielleicht eine Verflossene ist, und er sich verplappert hat, aber er deutet auf einen Stuhl und dreht sich zur Mikrowelle um, um das warme Essen herauszuholen.

„Ally heißt eigentlich Allison und ist die Freundin von Jace Burns, unserem Quarterback." Er stellt die Teller mit der unglaublich lecker duftenden Pasta auf den

Tisch, geht dann zum Backofen und holt die Pizza heraus.

„Pizza in der Mikrowelle aufbacken ist ekelig", erklärt er mir. Dieser Meinung bin ich nicht, aber jeder macht das anders und da gibt es kaum ein richtig oder falsch. In diesem Augenblick knurrt mein Magen und Wes sieht mich belustigt an..

„Da habe ich mir wohl einen ganzen Zoo ins Haus geholt. Du schnarchst wie ein Mops und wenn du Hunger hast, knurrst du wie ein Tasmanischer Teufel im Angriffsmodus", lacht er.

„Oh bitte!", versuche ich, empört zu klingen, „du vergleichst mich mit einem dicken, schnarchenden Mops und einem aggressiven hungrigen Teufel? Ich weiß nicht, ob ich dich wirklich noch näher kennenlernen möchte!"

Wesley

Wir essen und lachen zusammen und ich muss gestehen, dass ich schon lange keinen so entspannten Abend mehr hatte. Mel fragt mich über Football aus und jede Frage verrät mir, dass sie tatsächlich keine Ahnung von diesem Sport hat. Diese Unwissenheit kann man einfach nicht vortäuschen! Sie verstellt sich nicht und es ist ihr auch nicht peinlich, keinen blassen Schimmer von Football und mir als bekanntem Runninback zu haben. Die meisten anderen Menschen

reagieren vollkommen anders, wenn sie erfahren, wer
ich bin und mit was ich mein Geld verdiene.
Diejenigen, die wissen, wer ich bin, biedern sich
entweder an, weil sie sich Vorteile davon erhoffen,
mich zu kennen, oder erstarren in einer Art Ehrfurcht,
als wäre ich nicht nur jemand, der ziemlich gut
blocken, tackeln oder laufen und dabei einen Wilson
aus der Luft fangen kann, sondern als wäre ich jemand
mit einem bedeutsamen Nutzen für die Welt.
Bedeutsamer als Menschen zu unterhalten und
vielleicht in sportlicher Hinsicht ein Vorbild zu sein,
denn das ist das, was ich in mir sehe. Dazu reichen
meine Fähigkeiten, für alles andere sind klügere,
außergewöhnlichere Persönlichkeiten als ich zuständig.
Von all dem passt nichts zu Mels Reaktion darauf, dass
ich in der Sportwelt eine ziemliche Größe bin.
Sie macht sich darüber lustig, dass ich einem *Ei*, wie
sie es nennt, hinterherrenne, dabei sehr enge Hosen
anhabe, und sie fragt mich tatsächlich, ob ich darunter
ein Suspensorium trage. Dabei wird sie noch nicht
einmal rot. Sie ist so herrlich ehrlich, spricht oft, bevor
sie darüber nachdenkt, was sie sagt, und das ist
erfrischend in einer Gesellschaft, in der viel zu oft
Höflichkeiten die Wahrheit ersetzen. Irgendwann
bemerke ich, dass Mel immer müder wird, und obwohl
ich ewig mit ihr hier sitzen, lachen und erzählen
könnte, ist mir doch auch bewusst, dass sie noch immer
sehr angeschlagen ist und Ruhe mehr braucht als alles
andere.
„So, Miss Davis, nun ist es Zeit, die von Dr. Watkins
verordnete Bettruhe einzuhalten", bestimme ich,
nachdem Mel fast im Stuhl eingenickt wäre. Sie sieht
mich aus müden, schlafverhangenen Augen an.

„Dann schickst du den Mops also jetzt ins Bett?“, fragt
sie mit einem leisen Kichern.
„Der Mops kommt erst später ins Spiel, wenn es ums
Schnarchen geht. Ich hoffe allerdings nicht, dass ich
mir mit dir auch einen Koalabären ins Haus geholt
habe?“
„Wieso? Schnarcht der lauter als ein Mops?“, nuschelt
sie, während sie sich mühsam aufrappelt und in
Richtung Gästezimmer schlurft. Ich folge ihr, denn ich
will sichergehen, dass sie unfallfrei dort ankommt.
„Was? Nein, aber dann hätten wir nicht genug Zeit, uns
kennenzulernen. Koalas schlafen etwa 22 Stunden am
Tag!“, doziere ich, während sie herzhaft gähnt.
„Was für ein Leben! Ich glaube, ich könnte auch
problemlos 22 Stunden am Stück schlafen.“ In der Tür
bleibt sie stehen.
„Woher weißt du so was?“, fragt sie neugierig.
„Ich war mal in Australien. Ich wollte schon immer mal
einen echten Koalabären streicheln“, grinse ich.
Ein sehnsüchtiger Ausdruck schleicht sich in ihre
müden Augen und lässt sie ganz kurz in diesem
unglaublichen Grün leuchten, das mich so fasziniert.
„Es muss schön sein, reisen zu können, wohin immer
man möchte.“ Ihre Stimme hat einen melancholischen
Unterton, aber dann blinzelt sie kurz und schüttelt den
Kopf.
„Ich hatte früher auch mal den Traum, in Florenz zu
studieren.“ Sie sieht mich traurig an. „Aber das Leben
hatte andere Pläne für mich.“ Mit einem
Schulterzucken und einer wegwerfenden
Handbewegung wedelt sie ihren Traum weg wie eine
lästige Fliege, und es schmerzt mich, sie so zu sehen.

„Mel..." Ich weiß nicht, ob, und wenn, wie ich sie trösten kann, aber sie wirkt auf einmal sehr verschlossen.

„Lass gut sein, Wes. Ich habe mich damals dagegen entschieden und ich hatte gute Gründe dafür." Der leichte Schimmer von Desillusion und der Härte, die ihr Leben seit der Übernahme des *Melia*s anscheinend war, strafen ihre Worte lügen. Man muss nicht Einstein sein, um herauszuhören, warum sie sich gegen dieses Studium entschieden hat. Ich setzte ein weiteres Teil des Melody-Puzzles an die richtige Stelle und mein Herz zieht sich zusammen, weil ich wieder etwas Neues über sie erfahren habe. Sie wollte also mal in Europa studieren, hat diesen Traum aber für das *Melias* geopfert. Aber jetzt ist nicht der richtige Augenblick, das Thema zu vertiefen. Dennoch berührt es mich, dass Mel ihre eigenen Träume aufgegeben hat, nur um sich einer Verpflichtung zu stellen, die sie nie hätte übernehmen müssen. Ich bin mir sicher, dass selbst Mels Eltern das nie von ihrer Tochter erwartet oder gefordert hätten. Aber ich verstehe auch Mel, die sich verzweifelt an etwas geklammert hat, von dem sie dachte, sie müsste es tun, um das Erbe und die Erinnerung an ihre Eltern am Leben zu erhalten. Nur, so funktioniert das Leben nicht, und das hat sie leider auf diese schmerzhafte Art und Weise selbst erfahren müssen. Aber ich werde für sie da sein und dafür sorgen, dass sie ein paar der Dinge, auf die sie verzichtet hat, nachholen kann. Denn ich möchte nie wieder diesen traurigen Ausdruck in Mels Augen sehen, der verpassten Chancen und Lebensträumen gilt.

Sie sieht mich müde an und ich würde sie gerne in den Arm nehmen, sie trösten und ihr das Gefühl geben, dass sie nicht mehr alles nur mit sich ausmachen muss, aber ich tue es nicht. Stattdessen streiche ich ihr nur eine Strähne ihres Haares hinter das Ohr.

„Ich bin froh, dass du mein Angebot, mich um dich zu kümmern, angenommen hast, Mel." Sie greift nach meiner Hand, aber nicht, um sie fortzuschieben, sondern um sie sanft zu drücken.

„Ich bin auch froh, Wes." Dann dreht sie sich um, hält aber noch einmal inne, bevor sie in ihr Zimmer verschwindet.

„Und Wes?" Sie atmet tief durch, dann lächelt sie ein müdes, aber ehrliches Lächeln. „Danke für alles."

Melody

Ich schlafe wie ein Murmeltier, wobei ich damit den Zoo, der Wes' Einschätzung nach mit mir bei ihm eingezogen ist, um ein weiteres Tier erweitere. Aber ich fühle mich bei Wes so umsorgt und sicher wie schon seit langer Zeit nicht mehr. Oder vielleicht liegt es auch an den Medikamenten, die ich immer noch nehmen muss, aber ich möchte lieber, dass es an Wes und seiner fürsorglichen Art liegt. Wir haben einen sehr schönen und harmonischen Abend zusammen verbracht und ich glaube wirklich, dass Wes es ehrlich meint, wenn er sagt, er will mich besser kennenlernen und sehen, was das ist, was uns zueinander hinzieht. Denn ehrlich gesagt, will ich das auch. Wes ist höllisch attraktiv mit

264

seiner athletischen Figur, den immer ein wenig
verstrubbelten Haaren und diesen unglaublich
faszinierenden dunklen Augen, von denen ich immer
noch nicht sagen kann, ob sie dunkelbraun, dunkelgrau
oder vielleicht sogar dunkelgrün sind. Zuerst dachte
ich, sie wären dunkelbraun, aber je öfter ich ihn ansehe,
merke ich, dass sie das nicht sind. Oder jedenfalls nicht
nur. Ich habe manchmal das Gefühl, sie verändern ihre
Farbe, je nachdem, in welcher Stimmung Wes ist. Als
wenn man durch ein Kaleidoskop sieht und immer
wieder neue Farben und Muster entdeckt. Aber sein
Äußeres ist nur einer der Gründe, warum er mich so
sehr in seinen Bann zieht. Es ist dieses Gesamtpaket.
Diese Widersprüchlichkeit in ihm, die ihn in einem
Moment unnahbar und im anderen so fürsorglich und
aufmerksam erscheinen lässt. Seine bissige Art,
Gespräche zu führen, aber auch der Humor, der immer
wieder in seinen Worten durchblitzt, faszinieren mich.
Ich will unbedingt wissen, welcher der echte Wesley
Milford ist, obwohl ich glaube, dass ich mich bereits in
alle seine Persönlichkeiten verliebt habe. Ob das gut ist
oder ein ebenso großes Desaster werden wird, wie mein
bisheriges Leben, wird sich zeigen.
„Ah, guten Morgen, da bist du ja schon", begrüßt mich
Wes als er mich bemerkt. Leider hat er auch
mitbekommen, dass ich ihn angestarrt habe, während
all diese Gedanken durch meinen Kopf gegeistert sind.
„Oh, äh, guten Morgen." Tatsächlich werde ich rot bei
dem Gedanken, von ihm beim Starren erwischt worden
zu sein. Seine Mundwinkel zucken leicht und ein
kleines Grübchen in seiner rechten Wange erscheint.
Und verdammt, diese unruhigen Biester in meinem

Magen sind schon wieder hellwach und flattern
aufgeregt hin und her.

„Wie geht es dir heute Morgen?", fragt er mit einem
belustigten Unterton, und leider stelle ich jetzt auch
noch fest, dass sein Shirt viel zu eng ist. Und dass diese
verdammte Jeans sich viel zu sexy um seine
muskulösen Oberschenkel spannt und seinen sexy
Hintern viel zu sehr betont. Dieser Anblick löst ein
leichtes Prickeln in mir aus, das sich langsam von
meinem Nacken aus über meinen gesamten Körper
ausbreitet. Ich muss unwillkürlich schlucken und mich
räuspern, was Wes noch teuflischer Grinsen lässt.

„Gefällt dir, was du siehst?", fragt er mich auch prompt
und ich fühle mich wie in der High School, als ich
heimlich in Jameson Parker verliebt war und ich kein
Wort herausgebracht habe, als er mich endlich
irgendwann nach einem Date gefragt hat. Mir wird
höllisch heiß, was ich leider nicht mehr auf das Fieber
schieben kann, das mich so lange im Griff hatte. Und
wahrscheinlich leuchten meine Wangen wegen der
Hitze in einem unvorteilhaften Rotton, weil es mir
peinlich ist, dass Wes mich beim Starren erwischt hat.
Mel, reiß dich zusammen!

„Falls du den Speck meinst, der gerade eine ziemlich
ungesunde schwarze Farbe annimmt, nein, eher nicht",
lasse ich ihn schulterzuckend und in dem
unschuldigsten Tonfall wissen, zu dem ich mich gerade
durchringen kann, während ich langsam zum
Küchentresen schlendere und mich auf einen Hocker
setze.

„Was?!" Wes wendet den Blick von mir ab und...

„Oh, fuck!“ Fluchend zieht er die Pfanne von der Platte und wedelt hektisch den Rauch weg, der sozusagen als letzter Gruß des verbrennenden Specks über der Pfanne schwebt.

„Und ich habe immer geglaubt, du bist nicht der Typ, der etwas anbrennen lässt!“ Oh mein Gott, wo kam das denn her?! Seit wann hat mein Gehirn seine Arbeit an meinen Mund abgegeben? Überrascht dreht Wes sich zu mir um. Dann grinst er, während er mit der Pfanne zur Spüle geht und sie dort abstellt.

„Ist das jetzt auf den Speck bezogen oder meinst du das mehr... allgemein?“ Mit einer Mischung aus Belustigung und Interesse sieht er mich auffordernd an.

„Nun, ich dachte dabei allgemein eher an Frauen?“, gebe ich zögernd zu, wobei ich es wie eine Frage formuliere. Eine Frage, von der ich nicht weiß, ob mir die Antwort darauf gefallen wird. Oder ob ich sie überhaupt hören will.

„Du hältst mich also für einen Casanova?“ Statt zu antworten, stellt er mir eine Gegenfrage. Sein Tonfall ist nicht länger amüsiert, eher neutral, aber so gut kenne ich ihn schon, dass ich den leicht gekränkten Unterton heraushöre. Was mich etwas irritiert. Ich hätte Wes nicht für jemanden gehalten, den es interessiert, was andere von ihm halten.

„Na ja, dazu kenne ich dich zu wenig, aber du bist attraktiv und wie diese Bridget bewiesen hat, hast du zumindest ein paar weibliche Fans, die bestimmt gerne mit dir... also...“ Tatsächlich spüre ich, wie ich rot werde. Der Gedanke an all die Frauen, mit denen Wes wahrscheinlich schon im Bett war, versetzt mir einen Stich. Gleichzeitig habe ich kein Recht, sein diesbezügliches Verhalten zu kritisieren.

„Die gerne was mit mir?“, will er wissen, während sein Blick mich förmlich verbrennt. Ich räuspere mich. „Komm schon! So wie du aussiehst, noch dazu als Profisportler... Ich habe vielleicht keine Ahnung von Football, aber ich lebe ja nicht hinter dem Mond. Mir ist durchaus bewusst, dass es da Groopies gibt, die...“, winke ich in dem Versuch ab, ihn meine wahren Gefühle und die unterschwellige Eifersucht, die ich verspüre, nicht merken zu lassen. Aber er unterbricht mich.

„Mich noch nie interessiert haben, Mel. Und das ist die Wahrheit. Ich werde nicht leugnen, dass ich mit ein paar Frauen Sex hatte, ich bin schließlich kein Mönch, aber es waren mit Sicherheit sehr viel weniger als du vielleicht annimmst.“ Der lockere Ton von vorhin ist plötzlich verflogen. Wes hält meinen Blick fest und ich sehe nichts als Aufrichtigkeit.

„Schon gut, Wes, du bist mir keine Rechenschaft schuldig. Ich...“

„Nein, bin ich nicht, aber wenn wir dem, was zwischen uns ist, wirklich eine Chance geben wollen, dann geht das nur mit Ehrlichkeit.“ Seine Stimme klingt fest und in seinen Augen sehe ich etwas, das mich auf meinem Hocker herumrutschen lässt, weil sich die Schmetterlinge eine Etage nach unten bewegt haben und jetzt dort mächtig für Unruhe sorgen.

„Du meinst das also tatsächlich ernst? Das mit uns...“ Ich klinge heiser und bedürftig, leider. Bleibt nur zu hoffen, dass Wes mein Krächzen vielleicht noch meiner überstandenen Lungenentzündung zuschreibt.

„Mir war selten etwas so ernst wie das hier, Mel. Ich

will das hier. Und dich.“ Schon ist er bei mir und streicht mir sanft über die Wange.

„Du... willst mich?“ Unsicher, ob ich ihn richtig verstanden habe, rutsche ich auf meinem Hocker herum.

„Äh ja, aber du musst keine Angst haben, dass ich irgendetwas tue, was du nicht willst“, rudert Wes sofort zurück. Ich blinzele. Offensichtlich hat er meine Worte und meinen Tonfall vollkommen falsch interpretiert! Ich starre ihn an. Blinzele und lecke mir über die trockenen Lippen. Es fühlt sich nach dem Moment an, in dem ich mich entscheiden muss, ob ich uns eine Chance geben will oder nicht.

„Äh, ich habe keine Angst vor dir oder dem, was du tun könntest, Wes. Ich... ich habe eher Angst davor, dass du es *nicht* tust!“ Ich weiß nicht, wo das jetzt herkam. Offensichtlich habe ich mich mit sehr deutlichen Worten dazu entschieden, mich auf ihn einzulassen. Ob das eine gute Idee ist, oder er mir mein Herz brechen wird, weiß ich nicht, aber für den Augenblick fühlt es sich richtig an.

„Was soll ich denn tun?“, fragt er mit einer derart rauen Stimme, dass mir ein Schauer der Erregung über den Rücken läuft. Warum muss alles an diesem Mann so sexy und anziehend sein, dass ich kaum noch klar denken kann, wenn er mich ansieht? Oder mit dieser Stimme zu mir spricht, oder... Wes steht plötzlich so nah vor mir, sieht mich so hungrig an, dass ich nicht anders kann als ihm zu sagen, was ich will.

„Mich küssen“, flüstere ich. In seinen Augen lodert etwas auf, das ich als Begehren definiere. Erleichtert knurrt er auf, bevor er mich an sich zieht und endlich küsst. Zuerst sanft, vorsichtig, so als wenn er nicht

glauben könnte, dass ich das wirklich will, streicht er
mit seinen Lippen über meine. Langsam, träge, um mir
eine Möglichkeit zu geben, mich zurückzuziehen, wenn
ich das wollte, und vielleicht, weil er meinen forschen
Worten noch nicht ganz traut. Aber ich bin weit davon
entfernt, ihn zurückzuweisen. Stattdessen bin ich es, die
ihre Lippen fester auf seine presst und hungrig an
seiner Unterlippe saugt. Mit einem leisen Seufzen
bringt er seine Zunge ins Spiel und schiebt sie
vorsichtig in meinen Mund. Was träge und vorsichtig
begann, nimmt schnell an Fahrt auf und wird
zunehmend heißer, verlangender und auf eine
überwältigende Weise alles in den Hintergrund
drängend. Es ist, als ob die Welt um mich herum die
Pausentaste gedrückt hätte.
Ich weiß nicht, wie lange dieser Kuss dauert, jedenfalls
nicht lange genug, wenn es nach mir geht, aber
irgendwann löst Wes seine Lippen von meinen und
sieht mich an. Sein Blick ist leicht verhangen, so als
wenn ihn gerade jemand aus einem sehr tiefen Schlaf
geweckt hätte. Er starrt mich regelrecht irritiert an, bis
er blinzelt und sich über die Lippen leckt, was meine
Libido gleich wieder zum Seufzen bringt.
„Es tut mir leid, Mel, aber ich will... wir sollten nichts
überstürzen." Er streicht mir sanft über die Wange, aber
das mildert den Guss eiskalten Wassers, den seine
Worte über mir ausschütten, nicht im geringsten. Er hat
natürlich recht, aber trotzdem fühle ich eine seltsame
Ernüchterung. Es fühlt sich für mich in diesem Moment
wie eine Zurückweisung an. Vielleicht bin ich so
verletzlich und unsicher, weil ich mich noch nie zuvor
so zu einem Mann hingezogen gefühlt und noch nie

zuvor so mutig meine eigenen Wünsche geäußert habe, aber...

„Mel, ich kann förmlich hören, was du denkst." Wes bedenkt mich mit einem schiefen Grinsen, während er mit dem Daumen über meinen Kiefer streichelt.

„Es war atemberaubend und ich würde dich gerne noch viel länger küssen und noch so viel mehr mit dir tun, aber ich muss leider zum Training." Da schwingt ehrliches Bedauern in seinem Tonfall mit, was mich etwas beruhigt.

„Außerdem bist du noch nicht wieder ganz gesund, und ich weiß nicht, ob ich mich beherrschen könnte, wenn wir das hier", er tupft einen sanften Kuss auf meine Lippen, „noch länger", seine Lippen streichen über meinen Kiefer zu der Stelle unter meinem Ohrläppchen, an der ich besonders empfindlich bin, „oder öfter", zurück zu meinen Lippen, „tun." Ich muss schlucken. Meine Gefühle fahren gerade Achterbahn.

„Ich bin leider den ganzen Tag im Trainingszentrum und am Abend habe ich noch eine Besprechung mit Valerie." Und wieder ist da dieser eiskalte Guss, der mich schlagartig ernüchtert und seine zärtlichen Berührungen in etwas verwandelt, das mir wie ein Stein im Magen liegt. Immerhin verschweigt er mir nicht, dass er sich mit ihr trifft, trotzdem spüre ich, wie sich ein fieser Stachel in mein Herz bohrt.

„Ja, schon gut, Wes. Ich komme schon klar." Was soll ich auch sonst dazu sagen?

„Ruh dich heute aus, Mel. Sieh fern, nimm ein heißes Bad oder lies etwas. Ich habe ein paar Bücher besorgt, aber ich weiß nicht, ob sie deinen Geschmack treffen. Ally hat sie mir empfohlen. Wahrscheinlich sind es Bücher mit jeder Menge heißer Szenen, wenn du weißt, was ich meine." Er wackelt anzüglich mit den Augenbrauen, aber mir ist gerade nicht nach scherzen. Wesley kneift irritiert die Augen zusammen als er bemerkt, dass ich nicht auf seinen leichten Ton, oder überhaupt auf ihn, reagiere.

„Ja, also dann... Ich werde auch dafür sorgen, dass du so schnell wie möglich eine Freigabe für den Sicherheitsscanner meiner Wohnung bekommst. Dafür musst du nur beim Concierge deinen Daumenabdruck abgeben, dann kümmert er sich darum. Dann kannst du kommen und gehen, wann du willst." Wes sieht mich immer noch leicht konsterniert an, weil er natürlich nicht ahnen kann, warum ich gerade so abweisend reagiere. Oder vielleicht ahnt er es doch, es interessiert ihn nur nicht. Verdammt! Ich sollte so nicht denken! Ein Abendessen mit dieser Valerie, noch dazu eines, das er mir ja noch nicht einmal verschwiegen hat, sollte kein Grund für diese Eifersucht sein, die in mir brodelt! Wes beobachtet mich misstrauisch, sagt aber nichts weiter. Schließlich zuckt er mit den Schultern und zieht aus einer Schublade ein paar Flyer hervor.

„Das sind Lieferdienste, da kannst du dir was zu essen bestellen. Meine Kreditkarte ist da hinterlegt, die Kundennummer steht auf den Flyern. Wenn du willst und wenn es dir gut genug geht, können wir morgen was einkaufen gehen und zusammen kochen." Ich nicke nur. Es ist wirklich süß von ihm, *morgen* mit mir kochen zu wollen, leider schafft es der Gedanke daran nicht, das *Heute* auszublenden. Ich seufze. Ich verhalte mich geradezu kindisch. So eifersüchtig kenne ich mich gar nicht und das ist Wes gegenüber auch wirklich nicht fair.

„Schon gut, Wes, ich komme zurecht. Ich wünsche dir einen schönen Tag. Wahrscheinlich schlafe ich schon, wenn du nach Hause kommst. Ich bin wirklich noch etwas angeschlagen." Ich lächele ihn an, merke aber selber, dass es ziemlich verunglückt. Immerhin kommentiert Wes das nicht. Oder, noch schlimmer, fragt mich, warum ich mich plötzlich so merkwürdig verhalte. Er wirft mir noch einen nachdenklichen Blick zu, dann nimmt er seine Jacke, den Autoschlüssel und schultert seine große Sporttasche, bevor er ohne ein weiteres Wort geht. Ich fühle mich schrecklich. Während er also mit dieser Valerie im *Canlis* isst, werde ich mir etwas vom Lieferdienst bestellen. Und versuchen, darauf zu vertrauen, dass Wes wirklich meint, was er gesagt hat. Dass das zwischen uns nur klappen kann, wenn wir ehrlich zueinander sind.

Wesley

Nach einem wirklich anstrengenden Training, anschließender Physiotherapie und noch einer Teamsitzung ist es bereits kurz nach sieben, als ich am *Canlis* ankomme. Ich habe Mel gegenüber ein schlechtes Gewissen, weil ich hier zu Abend esse, sie aber mit etwas vom Lieferdienst vorlieb nehmen muss. Ihre Reaktion auf meine Ankündigung, mit Val am Abend essen zu gehen, hat mir mehr verraten als Mel vielleicht ahnt. Ich hätte Val absagen oder ihr wenigstens sagen sollen, dass wir uns in ihrem Büro treffen, aber sie hat so verärgert darüber geklungen, dass ich sie in der letzten Zeit zu oft ignoriert habe, dass ich das Gefühl hatte, etwas wiedergutmachen zu müssen. Jetzt allerdings fühlt es sich falsch an, mich mit ihr hier zu treffen. Zu sehr nach Date, weniger nach einer Arbeitsbesprechung. *Daran hättest du mal eher denken sollen, Idiot!*

Seufzend, weil ich es jetzt auch nicht mehr ändern kann, lasse ich mich von dem Empfangsmitarbeiter zu dem reservierten Tisch bringen, an dem Val bereits sitzt. Sie strahlt mich an, nachdem ich Platz genommen habe.

„Ich freue mich, dass du endlich Zeit für mich hast. Ich habe schon mal Champagner bestellt. Lass uns auf diesen Abend und auf uns...", ich will sie gerade unterbrechen, da räuspert sie sich, „ unserer Projekt anstoßen." Sie hält ihr Glas hoch, in dem roséfarbener Armand de Brignac schimmert. Ich weiß so genau, um welchen Champagner es sich handelt, weil sie den schon immer geliebt hat. Ihr erwartungsvolles Lächeln lässt mich innehalten. Offenbar interpretiert sie in dieses Essen mehr hinein als sie sollte, daher nicke ich ihr nur zu, lasse mein Glas aber unberührt stehen. Leider erinnere ich mich viel zu gut an das, was das letzte Mal passiert ist, als ich in ihrer Gegenwart Alkohol getrunken habe.

„Also, wieso war es so dringend, dass wir uns ausgerechnet heute Abend hier treffen?" Immerhin war sie es, die darauf gedrängt hat, dass wir uns in diesem Restaurant treffen.

„Kann ich nicht einfach einen schönen Abend mit dir verbringen wollen? Du und ich, wie früher? Und wenn

274

du hier nichts trinken willst, weil du noch fahren musst, können wir gerne nachher noch bei mir etwas trinken, wenn du willst", lächelt sie und ich frage mich erneut, warum ich ihr immer auf dem Leim gehe. Genervt, weil ich mich selbst in diese Lage gebracht habe und es außerdem leid bin, immer wieder gebetsmühlenartig zu wiederholen, dass ich nichts mehr von ihr will, reibe ich mir über die Augen.

„Nein, Val, wir werden nichts dergleichen. Wir sind Geschäftspartner, mehr nicht. Ich habe dir das bereits mehrfach gesagt, und daran wird sich auch nichts ändern. Falls du denkst, das hier wäre so etwas wie ein Date, dann irrst du dich. Was wir hatten, ist ein für allemal vorbei und es gibt keine Chance, irgendwann wieder daran anzuknüpfen. Ich habe dir das bereits vor zwei Jahren gesagt, es vor Wochen wiederholt und ich bin es wirklich leid, dass du das so beharrlich immer wieder ignorierst!" Ich versuche, meine Stimme nicht allzu laut werden zu lassen, aber ich bin genervt von Vals wenig subtilen Versuchen, auch abseits unseres Arbeitsverhältnisses Zeit mit mir zu verbringen.

„Schon gut, Wes! Du musst nicht gleich so überreagieren, nur weil ich einen schönen Abend mit dir verbringen möchte. Und wenn ich dich darauf hinweisen darf, bist du es, der gerade von einem Date gesprochen hat, nicht ich! Ich hatte heute ziemlich viel Ärger, und zwar mit deiner Baustelle, die immer noch keine ist, und deswegen habe ich mich vorhin hier mit einem Bauunternehmer getroffen, der den Neubau ausführen soll. Er fühlt sich nämlich hingehalten und ist ziemlich verärgert, weil ich den Vertragsabschluss mit ihm immer wieder nach hinten verschiebe. Und da dachte ich, es wäre eine gute Idee, ihn mit einer

exklusiven Einladung hierher etwas zu besänftigen."
Wütend trinkt sie einen Schluck Champagner und stellt
das Glas so hart zurück auf den Tisch, dass ein paar
Tropfen auf der Tischdecke landen.
„Und weil ich nun schon einmal hier war, dachte ich,
wir könnten uns hier treffen, weil es mir einen Weg
erspart." Verärgert nimmt sie ihre Handtasche und
steht auf.
„Weißt du was, ich bin es leid, mich immer und immer
wieder erklären zu müssen. Nur weil du, wie immer,
wenn es um dich und mich geht, etwas falsch
interpretierst und es so hinstellst, als würde ich mich dir
an den Hals werfen. Es ist wohl besser, wenn ich jetzt
gehe." Das Gespräch am Nebentisch verstummt und die
Leute starren neugierig zu uns herüber. Mist.
„Schon gut, Val, setzt dich wieder." Ich will auf keinen
Fall noch mehr Aufmerksamkeit auf uns ziehen, als Val
es bereits mit ihrer lauten Stimme und der Tatsache,
dass sie empört aufgesprungen ist und mich anfunkelt,
getan hat. Sie zögert, dann allerdings setzt sie sich und
seufzt.
„Herrgott Wes! Ich kann und will nicht damit leben,
dass alles, was ich sage oder tue, von dir seziert und auf
die Goldwaage gelegt wird. Wir waren mal ein Paar
und da ist es doch verständlich, wenn ich mich dir nahe
fühle!" Jetzt sieht sie verzweifelt und traurig aus und in
mir regt sich ein kleiner Funke schlechtes Gewissen.
Vielleicht hat sie recht und ich bin ihr und ihren Worten
und Handlungen gegenüber zu misstrauisch. Vielleicht
hilft es ja, ihr von Mel zu erzählen, damit sie endlich
einsieht, dass es wirklich und unwiderruflich keine
zweite Chance für uns gibt.

„Es tut mir leid, Val, aber ich bin vielleicht gerade nur
etwas empfindlich, weil ich jemanden kennengelernt
habe. Sie bedeutet mir sehr viel und ich möchte nicht,
dass es zwischen ihr und mir kompliziert wird, weil sie
denken könnte, dass zwischen dir und mir immer noch
was läuft. Ich...“

„Du... hast jemanden kennengelernt?“, unterbricht sie
mich mit einer Spur Entsetzen in ihren Augen. Kurz
glaube ich, einen kleinen Wackler in ihrer Stimme
bemerkt zu haben, und tatsächlich räuspert sie sich
leise.

„Ist... ist das was Ernstes?“ Täusche ich mich, oder
klingt sie ein wenig konsterniert? Aber natürlich ist sie
das, denn spätestens jetzt muss ihr klar werden, dass sie
jede noch so kleine Hoffnung auf ein Wiederaufleben
unser Beziehung begraben muss.

„Ja. Wir lernen uns zwar gerade erst richtig kennen,
aber ich glaube, sie ist die Eine“, stelle ich
unmissverständlich klar, und es fühlt sich nicht falsch
an, das zu behaupten. In Sekundenbruchteilen rauschen
die verschiedensten Emotionen durch Vals Blick, dann
verschließt sie sich vor mir und setzt eine neutrale
Miene auf.

„Ich bin ehrlich gesagt überrascht, dass du es endlich
mal mit jemandem erst meinst. Nach mir gab es da ja
nie eine andere Frau, mit der du ernsthaft liiert warst,
oder irre ich mich?“ Ein trotz allem hoffnungsvolles
Lächeln umspielt ihren Mund. Ich weiß nicht, ob sie
sich eine Bestätigung dessen erhofft, oder sogar einen
Hinwies darauf, dass ich ihr hier eine Lüge auftische,
um sie loszuwerden, aber ich halte ihrem Blick
unnachgiebig stand.

„Vielleicht habe ich einfach nur auf die Richtige
gewartet?"
Vals Lächeln fällt in sich zusammen. Stattdessen presst
sie die Lippen so fest aufeinander, dass alle Farbe
daraus entweicht.
„Dann hoffe ich für dich, dass sie es auch ist."

Melody

Ich weiß nicht, warum ich nicht einschlafen kann, oder
doch, ich weiß es ganz genau, will es aber nicht
zugeben. Ich bin eifersüchtig! Dazu habe ich kein
Recht, aber ich kann auch nichts gegen das fiese Ziehen
in meinem Herzen tun, das sich bei dem Gedanken an
Wes und diese bildschöne Architektin in mir breit
macht. Und ich bin mir auch bewusst, was es bedeutet,
dass ich so auf diese Situation reagiere. Ich empfinde
etwas für Wes. Etwas, das vielleicht sogar über das
anfängliche Verliebtsein hinausgeht. Und ja, es nervt
mich gewaltig, dass er jetzt mit Valerie in diesem
exklusiven Restaurant sitzt, um etwas *Geschäftliches* zu
besprechen! Ich weiß einfach, dass diese Frau mehr von
Wes möchte als nur seine Architektin zu sein. Auch
wenn Wes das nicht sehen will. Oder es ignoriert. Aber
er ist auch nur ein Mann, und so gut kenne ich ihn noch
nicht, um einzuschätzen, wie konsequent seine
Ablehnung Valerie gegenüber ist. Besonders, wenn sie
es darauf anlegt.

Mitten in meine zermürbenden Gedanken hinein höre ich plötzlich leise Schritte vor meiner Tür. Ein Blick auf die Uhr verrät mir, dass es bereits nach Mitternacht ist. Das muss ja ein sehr *intensives* Geschäftsessen gewesen sein! Gleichzeitig ärgere ich mich über mich selbst, weil ich diesen Stachel der Enttäuschung und der Eifersucht einfach nicht loswerde. Er krallt sich mit Widerhaken in mein Herz und meinen Verstand.
Ich höre ganz leise Wasser rauschen, und obwohl das wahrscheinlich normal nach so einem Tag für Wes ist, steigere ich mich in die wildesten Fantasien hinein. Dass er sich den Geruch nach ihr abwaschen will, weil sie zusammen... weil er nicht will, dass ich...
Halt! Stopp!, rufe ich mich selbst zur Ordnung. Das ist erbärmlich. So bin ich nicht. Und so will ich auch weder sein, noch werden! Es ist Wes gegenüber unfair und das hat er nicht verdient.
Ich weiß nicht, wie lange ich in meinen Bauch atme, um meinen aufgewühlten Geist zu beruhigen, wie lange ich konsequent versuche, an *Nichts* zu denken, um zu entspannen und endlich einzuschlafen. Was schwierig ist, denn wie denkt man an *Nichts*?! Aber irgendwann dämmere ich tatsächlich weg.
Geweckt werde ich von leisen Geräuschen und einem dezenten Duft nach Kaffee. Als ich auf die Uhr sehe, stelle ich fest, dass es schon nach neun Uhr ist und erschrecke mich. Ich weiß nicht, wann ich in den letzten Jahren mal so lange geschlafen habe! Aber dann sind da wieder diese lähmenden Gedanken an den gestrigen Abend und sofort erwacht wieder diese blöde Eifersucht in mir. Schluss jetzt! Ich gehe da jetzt raus und lasse mir von meinen verstörenden Gedanken nichts anmerken. So jedenfalls lautet mein Plan, bis ich

wenig später, geduscht und halbwegs präsentabel
hergerichtet, in den offenen Küchenbereich komme,
und Wes mit Jacke und einer Tasche an der Hand vor
dem Tresen stehen und etwas auf ein Blatt schreiben
sehe. Als er mich bemerkt, huscht ein Lächeln über sein
Gesicht.

„Da bist du ja endlich, du Schlafmütze!", begrüßt er
mich mit einem umwerfenden Lächeln im Gesicht, das
ihn unwiderstehlich wirken lässt. Ob er *sie* gestern auch
so angelächelt hat? Verdammt, das muss aufhören!

„Wie war denn dein Abend?" Ich höre selbst, dass ich
leider bissiger klinge, als ich sollte. Und noch etwas
lässt mich gedanklich die Hände vor den Kopf
schlagen. Ich habe ihn nicht gefragt, wie sein *Tag* war,
sondern sein *Abend!*

„Äh, was?" Irritiert sieht er mich an und ich beiße mir
auf die Lippe. Mist. Verlegen senke ich den Blick.

„Mel." Sanft streicht er mir über die Arme, dann legt er
seinen Finger unter mein Kinn, so dass ich ihn ansehen
muss.

„Es tut mir leid, dass ich dich gestern allein gelassen
habe. Valerie hatte diesen Tisch reserviert, weil wir
darüber reden mussten, wie es mit dem *Melias*
weitergeht. Ich habe die Arbeiten auf unbestimmte Zeit
stoppen lassen, weil ich mir plötzlich nicht mehr sicher
bin, das Richtige zu tun. Und Val war darüber nicht
gerade glücklich, weil ihr der Unternehmer, der den
Neubau koordinieren soll, im Nacken sitzt und sie auf
einen Termin festnageln will. Sie hatte vorher im
Canlis eine Besprechung mit ihm, deswegen hat sie es
vorgeschlagen, weil sie bereits schon dort war." Er
fährt sich mit der Hand durch sein dunkles Haar.

„Es tut mir wirklich leid, dass du gestern den Abend allein verbringen musstest, Mel. Aber egal, was du vielleicht denkst, zwischen Val und mir ist nichts und da wird auch nichts sein." Ich hebe die Hand, um ihn zu unterbrechen.

„Du bist mir keine Rechenschaft schuldig, Wes." Ich fühle mich plötzlich schlecht, weil ich ihm das Gefühl gegeben habe, sich verteidigen zu müssen. Und das muss er nicht. Ich habe kein Recht, ihm etwas zu unterstellen oder auf Exklusivität zu pochen, bevor wir nicht geklärt haben, was das zwischen uns ist.

„Nein, das bin ich nicht, aber ich will, dass du mir glaubst, dass ich dich kennenlernen will. Richtig kennenlernen, über das hinaus, was ich bereits weiß. Warum sollte ich das wollen, wenn ich in Wahrheit Interesse an Valerie hätte?" Wes sieht mich an, weicht meinem Blick nicht aus und ich kann nichts als Aufrichtigkeit in seinen Augen lesen. Zusammen mit seinen Worten, die irgendwie Sinn machen, löst sich ein gutes Stück der Anspannung, die meine Brust zusammenschnürt.

„Es tut mir leid, Wes. Ich weiß selbst nicht, was mit mir los ist. Es ist nur..."

„Du bist eifersüchtig auf Val, weil du in mich verliebt bist", stellt er nüchtern, aber mit einem amüsierten Funkeln in den Augen fest und ich reiße ertappt die Augen auf. Ich spüre, wie sich eine verräterische Röte über meine Wangen zieht und schlucke. Einmal, zweimal. Dann öffne ich den Mund, obwohl ich nicht genau weiß, ob ich es bestätigen oder dementieren soll. Ja, er hat gesagt, dass er mich will, aber als was will er mich? Als Frau an seiner Seite? Als seine Partnerin? Oder vielleicht doch nur fürs Bett? In dem Fall wäre es

ziemlich peinlich, wenn er meine Verliebtheit nicht
erwidern würde, also sollte ich es besser vage halten
und...

„Und das ist gut so. Sehr gut sogar, denn ich habe mich
auch in dich verliebt, Mel", haut er einfach so raus.
Ohne jeden Zweifel oder Unsicherheit in seiner
Stimme. Grinsend legt er seinen Zeigefinger unter mein
Kinn, um meinen Mund zu schließen. Unangenehm
genug, dass ich aussehen muss, als hätte er mir gerade
vorgeschlagen, mit ihm auf dem Mars Erdbeeren
anzubauen, aber dass sich zu meinem fassungslosen
Blick auch noch ein offen stehender Mund gesellt, ist
mehr als peinlich.

„Mel?"

„Ich... äh... also..." Vielleicht sind die Erdbeeren auf
dem Mars doch keine so schlechte Idee. Das wäre
wenigstens weit weg. Quasi eine Alternative zu dem
Erdloch, das sich natürlich nicht auftut, um mich vor
diesem unangenehmen Moment zu retten.

„Hör zu, ich habe dir gesagt, dass ich keine Spielchen
spiele. Ich habe mich in dich verliebt, wahrscheinlich
schon, als du mich bei unseren ersten
Aufeinandertreffen zusammengestaucht hast. Mit
deinen *Eye Blacks* und diesem feurigen Blick hättest du
auf jedem Footballfeld in den USA für Furore gesorgt."
Er grinst und um seine Augen herum tanzen
Lachfältchen, die ihn unwiderstehlich machen. Je
länger ich nichts sage, weil mich seine Eröffnung
immer noch sprachlos macht, desto mehr verblasst
dieses Lächeln und weicht einem angespannten
Ausdruck.

„Mel? Sag doch bitte was." Jetzt klingt er sogar

unsicher, und das ist das letzte, was er sein sollte. Statt ihm zu antworten, mache ich das einzige, was mir in diesem Augenblick einfällt und das er auch ohne Worte verstehen wird. Ich ziehe seinen Kopf zu mir hinunter und küsse ihn.

Wesley

Mel presst ihre Lippen auf meine und ich schließe erleichtert die Augen. Mein Herz macht einen kleinen Hüpfer, so als wollte es sich aus der Starre befreien, die es für ein paar Sekunden daran gehindert hat, einfach weiter zu schlagen, als Mel nichts auf mein Geständnis erwidert hat. Aber anstatt wie gewohnt ruhig und rhythmisch zu pumpen, klopft es schnell wie bei einem Kolibri. Mein Gott, was hatte ich Angst, dass Mel das, was zwischen uns ist, anders empfinden könnte! Ich hatte, glaube ich, noch nie so viel Angst vor einem Korb wie gerade eben. Aber die Art, wie sie sich an mich schmiegt, ihre Lippen sanft für mich öffnet, um meine Zunge in ihren süßen Mund hineinzulassen, lässt jedes weitere Wort überflüssig werden. Ich verliere mich in dem frischen Minzgeschmack, ihrer eigenen Süße und ihrer Hingabe, die sie mir jetzt offen zeigt. Ich ziehe sie noch näher an mich, obwohl bereits jetzt schon kein Blatt mehr zwischen uns passt und sie stöhnt wohlig in meinen Mund. Und dieses Geräusch gefällt mir so gut, dass sich mein Schwanz nahezu sofort regt. Viel zu lange hatte ich schon keinen Sex mehr.

Plötzlich löst sie sich etwas von mir. Irritiert blinzele ich sie an, noch ganz benommen von ihr und ihrem Kuss.

„Dein Handy klingelt", murmelt sie, ihre Lippen immer noch so nah an meinen, dass ich ihren heißen Atem spüren kann.

„Was?", nuschele ich, weil ich mich einfach nicht von ihrem Mund lösen kann. Oder will. Denn schon jetzt bin ich süchtig nach ihrem ganz eigenen Geschmack.

„Dein Handy." Sie tritt etwas weiter von mir zurück und deutet auf meine Tasche, die ich bereits für das Training gepackt habe. Ich sehe sie irritiert an. Ein Hauch von Belustigung schleicht sich in ihren Blick. Was, zum Teufel, ist so lustig daran, dass es in meiner Tasche... Dann fällt mir wieder ein, warum ich überhaupt meine Tasche dabei habe. Oh shit! Ich brauche gar nicht auf die Uhr zu sehen, um zu erkennen, dass ich zu spät zum Training kommen werde. Es war schon knapp, bevor Mel überhaupt in der Küche erschienen ist. Deswegen wollte ich ihr auch einen Zettel schreiben...

„Es tut mir leid, Mel. Ich muss zum Training!" Ich drücke ihr noch schnell einen Kuss auf die Lippen, dann schnappe ich mir meine Tasche. Auf dem Weg zur Tür rufe ich noch: „Lass uns heute Abend in Ruhe reden." Ich werfe einen Blick zurück und sehe, wie Mel gedankenverloren über ihre Lippen streicht, so als könne sie nicht glauben, was gerade passiert ist.

„Wir machen heute Abend genau da weiter, wo wir gerade aufgehört haben. Lauf nicht weg!", füge ich scherzhaft hinzu, aber ein kleiner Rest Unsicherheit schwingt in meiner Stimme mit. Bei einer Frau wie Mel muss man schließlich mit allem rechnen.

„Hmm?" Als ob sie gerade erst von einem fernen Ort tief in ihren Gedanken wieder aufgetaucht wäre, sucht ihr Blick meinen. Sie sieht verwirrt, aber auch verträumt aus, und ich verliebe mich in diesem Augenblick noch ein kleines Stückchen mehr in sie. Weil sie in diesem Moment so echt ist. So pur, so... verloren. Die schützende Mauer, die sie so oft um sich herum hochzieht, ist verschwunden und vor mir steht einfach nur die Frau, die sie so oft hinter dieser Mauer versteckt. Verletzlich, zart, hingerissen. Schwach und doch in ihrer Reaktion viel stärker, als viele andere Frauen, die ich bis jetzt kennengelernt habe. Ich muss schlucken, als mir bewusst wird, wie sehr ich bereits in sie verliebt bin. Ich wollte es langsam angehen lassen, aber so, wie es aussieht, haben mein Herz und mein Verstand bereits etliche Schritte übersprungen.

„Mel, ich...", *liebe dich*, wäre mir fast herausgerutscht, aber das wäre viel zu früh. Für mich. Für sie. Für uns.

„Wir sehen uns heute Abend. Gleich kommt meine Haushälterin, ich habe sie darüber informiert, dass du hier bist, und wenn du irgendetwas brauchst, wende dich an sie. Ich hoffe, dass es heute nicht so spät wird und wir zusammen zu Abend essen können." Noch während ich das sage, fällt mir ein, dass wir bereits morgen nach San Francisco fliegen werden, um übermorgen ein wichtiges Spiel gegen die *San Francisco Bats*, unseren ärgsten Gegner in der NFC West, zu absolvieren. Für die *Bats* geht es als Tabellenführer bei jeden Spiel darum, möglichst an der Tabellenspitze zu bleiben, um sich für das erste Spiel in den Play-offs, die Wild Card Round, ein Freilos zu

sichern und erst in der Divisional Round, dann mit
Heimrecht, in die Play-offs einzusteigen. Für uns geht
es dagegen nach den letzten Ergebnissen lediglich um
das reine Weiterkommen, denn die Chancen, die Play-
offs zu erreichen, sind für uns verschwindend gering.
Trotzdem werden wir als Team alles geben. Schließlich
sind wir Profis. Aber leider heißt das auch, dass ich Mel
für zwei Tage allein lassen muss. Gerade jetzt. Und
dabei haben wir so viel zu besprechen. Ich hoffe nur,
dass sie Verständnis für meine Situation hat. Mit einem
Profisportler liiert zu sein bedeutet, sehr oft
zurückstecken zu müssen, wenn es um gemeinsame
Zeit oder gemeinsame Termine geht. Mein Leben wird
bestimmt durch das zeitraubende Training, den
Spielplan und die vielen damit verbundenen Reisen.
Aber es soll ja nur noch für diese Saison so sein. Wenn
ich erst mal meine Karriere beendet habe, werden wir
mehr Zeit für uns haben. Mein Handy klingelt immer
noch, oder besser, schon wieder, wie verrückt. Die
Fahrstuhltür schließt sich leise und ich zerre endlich
mein Handy aus der Tasche.
„Coach...", melde ich mich, gleich nachdem ich die
Anrufer ID gecheckt habe, aber Meyers keift sofort
zurück.
„Ich weiß nicht, wo sich dein hochbezahlter Arsch
gerade befindet, aber dafür weiß ich, wo er gerade
nicht ist! Nämlich da, wo er sein sollte! Hier beim
Training mit deinem Team, Milford!", schnauzt er mich
an. Manchmal ist unser Headcoach etwas cholerisch.
Und die Tatsache, dass er mich persönlich
zusammenfaltet und nicht Carson, unseren Offensive

Coach, damit betraut, sagt mir, dass er heute besonders gut drauf ist.

„Ich…"

„Wir haben übermorgen ein wichtiges Spiel gegen diese Überfliegertruppe aus San Francisco, das wir gewinnen müssen, wenn wir überhaupt noch eine mikroskopisch kleine Chance auf die Play-offs haben wollen, Milford, und da erwarte ich ein gewisses Maß an Professionalität. Ist das klar? Dein Arsch, deine Beine, deine Hände und dein Kopf, Milford, gehören bis zum Ende der Saison mir!" Einer seiner liebsten Sprüche.

„Ja, Sir." Was soll ich auch sonst sagen. Es ist ganz kurz still, bis ich ein Seufzen höre.

„Pellham hat sich gerade den Knöchel vertreten. Wir haben noch keine Diagnose, aber es sieht nicht gut aus." Das ist es also. Deshaun Pellham ist, ebenso wie ich, Runningback und soll mich nach dieser Saison ersetzen, wenn ich meinen Hut nehme. Schon jetzt setzt Meyers ihn immer öfter ein, während ich auf der Bank sitze und ihm den Vortritt lasse. Das erklärt auch Meyers schlechte Laune und ist wirklich unglücklich in unserer jetzigen Situation. Er ist nervös, weil so viel auf dem Spiel steht. Unser neuer Owner macht seine Sache eigentlich gut, aber er ist eben neu und niemand weiß, wie er tickt, wenn wir nicht die Leistung bringen, die er von uns sicher erwartet. Und da man kaum eine gesamte Mannschaft austauschen kann, wenn es nicht läuft, trifft es meistens jemanden aus dem Staff.

„Ich bin schon unterwegs, Coach." Statt einer Antwort höre ich noch ein Brummeln, dann wird das Gespräch beendet.

Als ich endlich das Trainingsgelände erreiche, erwartet
Carson mich bereits. Auch er hat schlechte Laune,
weswegen ich zusätzlich zum Konditionstraining auch
noch eine Cardioeinheit absolvieren muss. Danach
Physio, ein kurzer Check bei unseren Mannschaftsarzt,
der mir für das Spiel gegen die *Bats* grünes Licht gibt,
dann sprinte ich zur Mannschaftsbesprechung. Meine
Teamkollegen hatten nach dem Training eine Pause,
dementsprechend ausgeruht finden sie sich im
Teamraum ein. Ich dagegen schwitze, wahrscheinlich
müffele ich auch, weil ich keine Zeit zum Duschen
hatte, und die teils mitleidigen, teils spöttischen Blicke,
die mir meine Kollegen deswegen zuwerfen, entgehen
mir nicht.
„Hey, Wes, du siehst ziemlich fertig aus.
Anstrengenden Tag oder etwa anstrengende Nacht
gehabt?" frozzelt Camden, als er sich neben mir auf
den Sitz fallen lässt.
„Was?"
„Oh, ich habe dich gestern mit dieser heißen Braut im
Canlis essen sehen. Ich war auch dort, und *ich* hatte
danach eine heiße Nacht!", wackelt er anzüglich mit
den Augenbrauen. Exklusive Restaurants mit seinen
Eroberungen zu besuchen ist für Camden quasi das
Vorspiel. In diesem Moment wird mir erst so richtig
bewusst, wie dieses Treffen mit Valerie auf Mel gewirkt
haben muss. Scheiße, ich bin zwar nicht Camden, aber
Mel könnte ein Abendessen mit Valerie in dieser
Atmosphäre sehr wohl eher für ein Date gehalten haben
als für ein Arbeitsessen, zumindest lässt ihre Reaktion
von heute morgen darauf schließen. Sie war eindeutig
eifersüchtig! Ich bin vielleicht naiv, weil mir das bis

jetzt gar nicht in den Sinn gekommen ist, oder, wenn
ich ehrlich bin, habe ich es einfach ausgeblendet, weil
sich für *mich* nichts davon intim angefühlt hat. Aber
wie das auf andere gewirkt haben mag...

„Oha, der Gentleman schweigt und genießt", flüstert
Camden mir verschwörerisch zu.

„Nichts davon, Cam. Ich brauche kein Steak für
zweihundert Dollar und keine Flasche *Richebourg
Grand Crue,* um eine Frau dazu zu bringen, mit mir ins
Bett zu steigen", knurre ich ihn an. Kurz zieht er die
Augenbrauen nach oben, dann grinst er.

„Du willst mir wirklich weismachen, dass da nichts
zwischen dir und dieser granatenscharfen Brünetten
gelaufen ist?"

„Ich will dir gar nichts weismachen. Valerie ist meine
Architektin für das Projekt mit dem Reha-Zentrum."
Ich weiß selbst nicht, warum ich mich derart verteidige.
Vielleicht, weil ich im Nachhinein ein wirklich
schlechtes Gewissen Mel gegenüber habe.

„Deine Architektin. Aha." Sein amüsierter Tonfall
verrät, dass er mir kein Wort glaubt.

„Du musst mir nicht glauben, aber es ist die Wahrheit.
Außerdem habe ich eine Freundin." Ich wundere mich
selbst, wie leicht mir das über die Lippen kommt und
wie gut es sich anfühlt, Mel als meine Freundin zu
bezeichnen. Denn obwohl wir dem zwischen uns noch
keinen Namen gegeben haben, fühlt es sich richtig an,
sie so zu nennen. Jetzt ist es an Cam, verdutzt
auszusehen.

„Du hast eine Freundin? Seit wann?" Es ist allgemein
bekannt, dass ich weder der Typ für bedeutungslose
One-Night-Stands bin, obwohl ich natürlich schon
welche hatte. Früher. Und dass ich keine Beziehung

habe, weder eine lose noch eine ernsthafte, ist auch hinreichend bekannt. Also bis jetzt.

„Seit kurzem“, antworte ich deshalb.

„Aha, und wann lernen wir sie mal kennen?“, bohrt er weiter. Ich will schon mit *bald* antworten, weil ich Mel wirklich gerne mein Leben zeigen möchte, und dazu gehören nun mal auch die Jungs, aber dann kommt mir die Einsicht, dass ich ihr meine Kollegen am besten nur häppchenweise präsentieren sollte. In kleinen, homöopathischen Dosen. Die Kerle sind wie verdammtes Brausepulver. Ihre dummen Sprüche sind zuerst harmlos, meist jugendfrei, vielleicht etwas kindisch, aber sie blubbern mit einem angenehmen unschuldigen Prickeln aus ihnen heraus. Ein bisschen, als ob sie in der Pubertät stecken geblieben wären. Irgendwann allerdings trifft mindestens einer von ihnen diesen Siedepunkt, den Brausepulver in Verbindung mit Kohlensäure erzeugt, und alles explodiert in unendlicher Peinlichkeit. Kerle eben. Und bis ich herausgefunden habe, wie tief unterhalb der Gürtellinie Mels Humorlevel angelegt ist, halte ich sie besser von dem Haufen fern.

„Ich weiß nicht, ob das eine so gute Idee ist, sie mit euch Knallköpfen bekannt zu machen!“, stöhne ich deshalb genervt auf.

„Du hast ja nur Angst, dass sie dich abserviert, wenn sie erst mal gesehen hat, was ihr entgeht, wenn sie sich auf was Ernstes mit dir einlässt“, feixt Cam und wackelt mit den Augenbrauen. Gleichzeitig hält er mir seinen Bizeps vors Gesicht und spannt ihn an.

„Also ich könnte glatt bei Magic Mikes Truppe

mitmachen. Und die Typen sind alle ein
Höschenmagnet!"

Ich schüttele den Kopf. Knallköpfe, allesamt. Und Cam
und Landon sind der Funken an der Lunte.

„Das einzige, was du magisch anziehst, ist Scheiße am
Stil, Cam. Und damit auch Schmeißfliegen! Die mit
zwei und auch die schillernd grünen mit sechs Beinen",
erinnere ich ihn an ein ziemlich unappetitliches Kapitel
seiner jüngeren Vergangenheit. Mit einer Mischung aus
Demut und angeknackstem Stolz sieht er mich
zerknirscht an. Es ist erst ein paar Monate her, dass er,
in einem Anfall von Überheblichkeit, sein nagelneues
Porsche Cabrio im absoluten Halteverbot vor einem
angesagten Club abgestellt und darauf vertraut hat, dass
jeder weiß, wem die Karre gehört und deshalb niemand
die Eier hat, es abschleppen zu lassen. Nun, falsch
gedacht. Cam hat sein Auto erst zwei Tage später
wiedergesehen, nachdem die Polizei es auf einem
Acker außerhalb von Seattle gefunden hat. Seine
anfängliche Freude darüber währte nur kurz, denn
jemand hatte die Tatsache, dass das Verdeck geöffnet
war, ausgenutzt, und eine Ladung Gülle darüber
ausgeleert. Die hatte sich, bei erstaunlich heißen
Temperaturen für den Frühsommer, bereits ätzend in
den Lack gefressen und eine riesige Wolke aus
Schmeißfliegen angezogen. Bis heute konnte kein
Verdächtiger ermittelt werden, aber die Vermutung,
dass es entweder ein wütender Fan oder ein Anhänger
einer gegnerischen Mannschaft gewesen sein könnte,
wurde dadurch unwahrscheinlich, dass man unter der
Gülleschicht ein in den Lack gekratztes *Fuck you,
bastard!* entdeckt hat.

„Ja, ist ja schon gut, Mann. Was bist du für ein Freund,
mir das immer wieder unter die Nase zu reiben?!", ätzt
er mich an.

„Nicht immer, nur wenn deine Fantasie wieder mal mit
dir durchgeht, Magic Mike!"

Vage deute ich zu ihm, dann zu den anderen aus dem
Team.

„Es tut mir leid, das sagen zu müssen, aber ihr alle seid
in etwa so verstörendes Kennenlernmaterial wie Elon
Musk und Donald Trump."

Melody

Ich brauche einen Augenblick, um zu erfassen, was
gerade geschehen ist. Habe ich wirklich den ersten
Schritt gemacht und Wes geküsst?! Oh. Mein. Gott.
Aber in diesem Moment war es das einzig Logische,
immerhin hat er mir gestanden, dass er sich in mich
verliebt hat! Einfach so. Ohne Netz und doppelten
Boden, wie man so schön sagt. Ohne erst auszuloten,
ob ich seine Gefühle erwidere, und auch auf die Gefahr
hin, dass ich das nicht tue. Selbstsicher, mit sich und
seinen Gefühlen im Reinen. Sich mir so zu öffnen, sich
mit diesem Geständnis ohne zu zögern auf glattes,
emotionales Eis zu begeben, hat mich umgehauen.
Beeindruckt. Überwältigt. Hat die Schmetterlinge in
meinem Bauch plötzlich wie sturzbetrunkene
Kamikazeflieger herumflattern lassen, und wenn ich

292

nicht bereits etwas für ihn empfinden würde, wäre das
der Moment gewesen, mich Hals über Kopf in diesen
Mann zu verlieben. Und statt ihm zu antworten, was ich
nicht konnte, weil mein Mund so trocken war wie die
Wüste Nevadas und mein Gehirn darüber hinaus auch
gerade die Verbindung zu den Synapsen gekappt hatte,
so dass eh nichts Vernünftiges herausgekommen wäre,
habe ich ihn einfach geküsst.

Ich weiß nicht, wie lange ich einfach nur so da stehe
und vorsichtig mit meinen Fingern über meine Lippen
fahre, als ob ich mich vergewissern müsste, dass das
alles gerade wirklich passiert ist. Jedenfalls unterbricht
irgendwann ein dumpfes Klingeln meine entrückten
Gedanken. Ich brauche einen kurzen Augenblick, um
das Geräusch zu lokalisieren. Mein Handy. Es liegt in
meinem Zimmer auf dem kleinen Nachttischchen und
ich beeile mich, den Anruf anzunehmen. Vielleicht ist
es Wes, der...

„Mel?" Zögerlich und zurückhaltend klingt die Stimme
meines Bruders an mein Ohr. Bin ich enttäuscht, dass
es nicht Wes ist? Ja. Bin ich froh, dass es Elias ist? Jein.
Ich weiß, dass wir uns aussprechen müssen. Aber nicht
am Telefon.

„Hallo Eli." Unbewusst entschlüpft mir die liebevolle
Abkürzung seines Namens, aber es fühlt sich nicht
mehr so falsch an wie noch vor Wochen.

„Hallo Mel. Ich... Wie geht es dir?" Eine Spur
Erleichterung klingt in seiner Frage mit. Aber auch
Sorge. Und... Unsicherheit.

„Gut." Ich schlucke. Er hat mehr verdient als dieses
eine Wort, aber der Kloß, der in meiner Kehle sitzt,
verhindert, dass mehr herauskommt. Ich höre ihn
seufzen. Fast ein wenig resigniert.

„Wahrscheinlich habe ich es verdient, dass du mich
jetzt... dass du nicht mehr mit mir reden willst. Amy hat
mir auch schon den Kopf gewaschen. Aber ich mache
mir wirklich Sorgen um dich, Mel. Ich weiß, dass ich
viel falsch gemacht habe." Er zögert, seine Stimme hat
dieses leichte Zittern, das sie zum letzten Mal hatte, als
er bei der Beerdigung unserer Mutter ein paar letzte
Worte an ihrem Grab gesagt hat. Ich spüre, wie nah ihm
unsere Entfremdung geht. Elias ist kein schlechter Kerl,
nur...
„Nein, dass ich *alles* falsch gemacht habe, was ich in
Bezug auf dich falsch machen konnte. Aber ich... Mel,
du bist meine einzige Familie, und ich liebe dich." Das
Zittern in seiner Stimme wird so stark, dass ich seine
letzten Worte kaum noch verstehe.
„Du hast mich gebeten, dir Zeit zu geben, Mel. Und das
werde ich. Ich warte, bis du bereit bist, mit mir zu
reden. Ich rufe auch nur an, um deine Stimme zu hören.
Und mich nochmal zu entschuldigen und..., er bricht ab
und ich höre, wie er zitternd einatmet. Es vergehen ein
paar Sekunden, bevor er durchatmet. „Melde dich
einfach, wenn..."
„Eli, lass uns reden", unterbreche ich ihn, denn ganz
gleich, wie weh er mir getan hat, ganz gleich, wie
falsch er in seiner Sorge um mich gehandelt hat, wir
sind Geschwister und da ist diese Verbindung, die wir
nicht leugnen können. Und wenn ich ehrlich bin, war
nicht alles nur seine Schuld. Ich hatte im Krankenhaus
viel Gelegenheit, über alles nachzudenken und musste
mir leider eingestehen, dass ich stur an etwas
festgehalten habe, das ich viel eher hätte beenden
müssen. Ich habe inzwischen erkannt, dass das *Melias*

nur meine Art der Trauerbewältigung, aber niemals wirklich mein Lebenstraum war. Ich habe viel zu lange an diesem B&B festgehalten, das ich ohne den Tod meiner Eltern niemals für mich als Option für meine Zukunft in Betracht gezogen hätte. Ich wollte damals unbedingt ein Kunststudium beginnen, am liebsten in Europa. Am *Royal College of Art* in London oder der *Accademia di Belle Arti* in Florenz. Natürlich gibt es auch erstklassige Universitäten in den USA, allen voran die *Rhode Island School of Design*, aber Europa... Das British Museum oder die National Gallery in London, die Uffizien oder der Palazzo Davanzati in Florenz, all diese Ort sind in meinen Augen magisch. Sie zu besuchen und Kunstwerken zu begegnen, die viel älter sind als die Geschichte der Vereinigten Staaten... Das wäre mein Traum gewesen. Und abgesehen davon, dass es finanziell nach dem Tod meiner Eltern auch nicht mehr möglich war, auch nur an ein Auslandsstudium zu denken, hatte ich das Gefühl, den Traum meiner Eltern zu verraten, wenn ich das *Melias* aufgäbe. Es zu übernehmen gab mir am Anfang Halt, gab mir das Gefühl, mit meinen Eltern noch eine Verbindung zu haben, auch wenn es keine physische war. Dann wurde es irgendwann zur Routine, die meine Trauer überdeckte, weil ich keine Zeit hatte, mich damit auseinanderzusetzen. Und zuletzt habe ich es als Ausrede benutzt, um mich vor dieser unschönen Wahrheit, mich selbst zu belügen, zu drücken.
Und plötzlich habe ich das Bedürfnis, Elias all das zu sagen, ihm damit einen Teil der Schuld, den er bei sich sucht, zu nehmen. Er hat viel falsch gemacht. Aber ich auch. Und ich will das möglichst schnell hinter mich bringen. Wir beide haben schon zu viel Zeit damit

vergeudet, uns gegenseitig Vorwürfe zu machen und
uns aus dem Weg zu gehen.
„Es geht mir wirklich gut, Eli. Ich bin in Seattle.
Kannst du... kannst du mich hier treffen?"

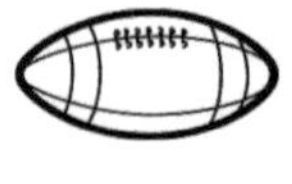

Wesley

Als ich, natürlich viel später als erhofft, endlich den
Fahrstuhl zu meinem Apartment verlasse, empfängt
mich ein verführerischer Duft nach Gebratenem.
Schnuppernd gehe ich in die Küche, wo ich Mel vor
dem Ofen hockend vorfinde. Sie starrt mit einer so
misstrauischen Miene auf die Auflaufform, die ich im
Inneren des beleuchteten Backofens erkenne, dass ich
mir ein amüsiertes Grinsen nicht verkneifen kann.
Dabei schnellt ihr Blick immer wieder abgelenkt auf ihr
Handydisplay und sie zählt leise mit.
„Vierundfünfzig, dreiundfünfzig, zweiundfünfzig..."
„Was genau machst du da? Starrst du den Auflauf gar?
Dann sollte ich dir vielleicht verraten, dass das so nicht
funktioniert", ärgere ich sie, weil sie derart niedlich
aussieht, so konzentriert und fast aufgeregt, dass ich gar
nicht anders kann, als sie damit aufzuziehen.
Gleichzeitig überkommt mich eine Welle der
Zuneigung. Ich habe noch nie eine Frau kennengelernt,
die für mich gekocht hat. Alle wollten immer auswärts
essen gehen, entweder, um mit mir gesehen zu werden,
oder wenigstens, um nicht selber kochen zu müssen.

Immerhin bin ich ein millionenschwerer Footballer, den man nicht bekochen muss, weil er es sich leisten kann, teure Restaurants zu besuchen.

„Wes!“, fährt Mel zusammen und setzt sich vor Schreck fast auf den Hintern. Sie hat mich tatsächlich nicht kommen hören, so vertieft ist sie in ihr Tun. Dann funkelt sie mich böse an.

„Nein, ich starre diesen Auflauf nicht gar! Ich starre überhaupt nicht, ich *beobachte*. Und kontrolliere. Weil ich deinem hypermodernen Ofen nicht traue“, erwidert sie ernst und schaut wieder auf ihr Handy.

„Äh, dieser hypermoderne Ofen hat eine eigene Uhr im Display. Sogar eine Stoppuhr mit Timerfunktion“, weise ich sie auf das Offensichtliche hin.

„Pfff!“, schnaubt sie und verdreht die Augen.

„Das ist keine verlässliche Uhr, das ist ein hinterlistiges Gadget. Es klingelt so leise, dass man es ohne Hörgerät kaum hören kann“, regt sie sich auf. Dann nuschelt sie etwas, das ich kaum verstehe, sich aber verdächtig nach *unter der Dusche* anhört. Ich muss mir wirklich das Lachen verbeißen.

„Das Ding“, sie wedelt mit der Hand in Richtung Ofen, „ist offensichtlich darauf aus, die Weltherrschaft zu übernehmen. Dazu bedient es sich eines hinterhältigen, garantiert KI gesteuerten Timers, der die ihm anvertrauten Speisen in ungenießbare Kohle verwandelt und so nach und nach die Menschheit ausrottet. Aber nicht mit mir!“ Sie klingt, als ob mein Ofen es darauf angelegt hätte, ihr zu beweisen, dass er nur das tut, was *er* will. Ich huste, um mein Lachen zu verbergen.

„Der Auflauf da drin sieht aber nicht wie Kohle aus“, versuche ich ihrem angefressenen Blick standzuhalten, nachdem ich mich wieder besser unter Kontrolle habe.

„Nein, dieser nicht!", schnauzt sie und wirft die Arme
in die Luft. Dann verengt sie ihre hübschen grünen
Augen zu Schlitzen und richtet ihren Laserblick wieder
auf das Innere des Backofens.
„Aber der davor. Und deswegen gehe ich auf Nummer
sicher und stoppe die Zeit an meinem eigenen Handy.
Darüber hat dein Ofen nämlich noch keine Macht.
Dann kann er mich nicht wieder austricksen", stellt sie
trotzig fest. Sie ist unfassbar niedlich und zugleich
sexy, wie sie sich da mit meinem Ofen duelliert. Als sie
meinen amüsierten Blick auffängt, runzelt sie die Stirn.
„Das hört sich jetzt irgendwie... komisch an, oder?",
fragt sie verlegen und eine leichte Röte überzieht dabei
ihre Wangen. Und das steht ihr ausgesprochen gut.
Hinreißend gut. Bevor ich ihr antworten und sie
beruhigen kann, dass ich sie nur für ein klitzekleines
bisschen verrückt halte, das aber sehr anziehend und
herrlich verschroben finde, piepst ihr Handy und sie
reißt sofort die Ofentür auf. Vorsichtig beäugt sie den
Auflauf, dann zieht sie prüfend ihre Nase kraus und als
ihr auch der köstliche Geruch bestätigt, dass alles in
Ordnung und nichts verbrannt ist, stößt sie
triumphierend eine Faust in die Luft.
„So. Hier. Nimm das, du mieses kleines..." sie flüstert
das letzte Wort so leise, dass ich es nicht genau
verstehen kann, aber es hört sich beinahe an wie:
Scheißteil?! Mit grimmiger Miene stellt sie den heißen
Auflauf auf die Küchentheke, streift die Handschuhe ab
und sieht mich zufrieden an.
„So, hier, bitte. Ein High Protein Auflauf mit Rote-
Linsen-Nudeln und Putenfleisch. 3.0."
Ich starre erst sie, dann den Auflauf an. Rote... was?

„Guck nicht so, Mrs. O'Neill hat mir deinen
Ernährungsplan gezeigt und mir erklärt, worauf ich
achten muss, wenn ich für dich koche. Eingekauft hat
sie übrigens auch, weil sie gemeint hat, das wäre noch
zu anstrengend für mich, es war also kein Hexenwerk."
Dabei verdreht sie die Augen, wohl, weil sie dem nicht
zustimmt.
„Äh, okay, aber warum 3.0? Ich hab verstanden, dass
der erste Versuch, nun ja, sagen wir mal, die Garzeit
deutlich überschritten hat, aber dann wäre der hier doch
2.0?", frage ich, immer noch überrascht davon, dass sie
gekocht und sich dabei sogar an meinen
Ernährungsplan gehalten hat.
„Weil...", und mit einem Mal prustet sie los.
Sie lacht und dieser Ton erwärmt mein Inneres. Es ist
diese Art von Wärme, die nichts mit der
Außentemperatur zu tun hat, sondern mit den Gefühlen,
die sie hervorruft. Gefühlen, wie Geborgenheit, Ruhe,
Zufriedenheit. Und die in mir das Bedürfnis wecken,
diese Frau nie mehr loszulassen, weil sie diejenige ist,
die für all das verantwortlich ist. Sie so unbeschwert zu
erleben, so lebendig, weckt den Wunsch in mir, sie vor
allem zu beschützen, was ihr dieses Lachen wieder
nehmen könnte. Ich liebe diese neue Seite an Mel, die
unbeschwerte, fröhliche, die allmählich die
sorgenvolle, traurige ablöst. So, als ob nicht nur ihr
Körper langsam heilt. Ihre Schlagfertigkeit besitzt sie
immer noch, das hat sie gerade bewiesen, aber jetzt ist
der bissige Unterton verschwunden, hinter dem sie sich
immer versteckt hat.
„Weil", keucht sie schließlich, „dein Hyperofen und ich
ein paar kleinere... Differenzen hatten und es vielleicht
nicht nur einen verbrannten Auflauf, sondern

möglicherweise zwei gab?" Sie versucht mühsam, sich ein weiteres Lachen zu verbeißen, indem sie sich auf die Lippen beißt, aber es nutzt nichts. Das Kichern, das ihr Lachen ersetzt, ist viel zu schön, um es zu unterdrücken. Und ich habe es bisher viel zu selten von ihr gehört.

„Und du bist dir sicher, dass der Ofen das Problem ist?", versuche ich die Heiterkeit, die in mir brodelt, durch einen gespielt ernsten Ton zu überdecken.

„Ganz sicher!" Sie zwinkert mir zu und ich ziehe sie zu mir heran und küsse sie. Weil ich nicht anders kann. Weil es alles ist, an das ich gerade denken kann. Leicht nur streife ich ihre Lippen, weil ich sie quasi überrumpelt habe und ihr die Gelegenheit geben will, sich zurückzuziehen, wenn sie das möchte. Aber sie tut nichts dergleichen, sondern erwidert meinen Kuss, indem sie schüchtern ihre Lippen für mich öffnet und meine Zunge einlädt, mit ihrer zu spielen. Alles um mich herum verliert seine Bedeutung, wichtig ist nur Mel und ihre Hingabe. Mein Schwanz richtet sich voller Ungeduld und enthusiastischer Vorfreude auf, aber in der Sekunde wird mir klar, dass ich mit Mel nichts überstürzen darf. Und bevor mehr aus diesem Kuss werden kann, rufe ich mich deshalb zur Ordnung. Das ist weder der Ort noch der richtige Zeitpunkt für mehr. Kurz scheint es so, als wenn Mel enttäuscht wäre, dass ich das hier nicht vertiefe, aber dann wendet sie sich ab und beginnt wortlos, vorbereitete Teller mit dem Auflauf zu füllen. Ihre gesamte Haltung vermittelt mir, dass ich sie gerade mit meiner Zurückhaltung gekränkt habe, und das ist das letzte, was ich wollte.

„Mel", ich halte ihre Hand fest, bevor sie den Teller abstellen kann, „ich will, dass du weißt, wie sehr ich dich will. Alles von dir, aber du sollst dir wirklich sicher sein, dass du es auch willst. Dass du mehr willst. Mich willst. Und das gerade eben war... ich habe dich mit diesem Kuss überrumpelt, weil ich dich küssen wollte, aber das ist nicht das, was ich tun sollte", versuche ich, ihr meine Zurückhaltung zu erklären, bevor sie falsche Schlüsse aus meinem Verhalten zieht. „Ich sollte dir Zeit geben, ganz gesund zu werden, dir Zeit geben, darüber nachzudenken, ob ..." Ich komme nicht mehr dazu, den Satz zu vollenden, weil sie, wie heute morgen, ihre Lippen plötzlich auf meine presst. Vorsichtig, zögernd, aber auch entschlossen fordert mich ihre Zuge auf, sie einzulassen und ich kann mich nicht länger zurückhalten. Sie zu küssen ist wie eine Droge. Sie schmeckt nach Mel, nach mehr, nach allem, was ich mir immer gewünscht habe.

Melody

Ich tue es schon wieder! Ich küsse Wes als wenn es kein Morgen gäbe. Nichts ist mehr wichtig. Nur, dass ich nicht länger warten kann, ihn zu berühren, ihn zu küssen und ihm zu zeigen, dass ich ihn will. Alles mit ihm. Und dass es mir egal ist, wie kurz oder wie wenig wir uns vielleicht kennen. Oder dass ich vielleicht noch nicht wieder ganz gesund bin. In diesem Augenblick fühle ich mich jedenfalls, als könnte ich Bäume

ausreißen, einen Marathon laufen oder den Mount
Rainier besteigen. Ich fühle mich leicht. Und frei. Und
glücklich.

Ich spüre, wie Wes den Kuss vertieft, wie er immer
fordernder wird, wie seine Zurückhaltung langsam aber
sicher diesem Verlangen weicht, das auch in mir brennt.
Seine Hände wandern über meinen Körper, vorsichtig,
behutsam, forschend. Ich fühle, wie seine zärtlichen
Berührungen eine Gänsehaut hervorrufen, die mich von
Kopf bis Fuß überzieht und meine Brustwarzen hart
werden lässt. Nicht so hart wie das, was ich an meinem
Bauch spüre, während er mich an sich presst, aber
meine empfindlichen, harten Nippel lassen ebenso
wenig Zweifel darüber aufkommen, wie sehr ich mir
mehr wünsche, wie Wes' steinharter Schwanz. Wie
ferngesteuert reibe ich mich an ihm, keuche in seinen
Mund und stelle mit Erstaunen fest, dass es mir gar
nicht peinlich ist, mich ihm so anzubieten. So fordernd
auf seine Liebkosungen zu reagieren. Nichts ist mehr
von Bedeutung, außer unsere beiden Körper, die sich
nacheinander sehnen. Für mich zählt nur Wes, den ich
will. Und der mich will. Küssend und keine Sekunde
die Hände von uns lassend erreichen wir irgendwie sein
Schlafzimmer, das ich bis zu diesem Zeitpunkt noch
nicht betreten habe. Es erschien mir zu intim, einfach
ohne sein Wissen oder ohne seine Erlaubnis
hineinzugehen und mich dort umzusehen. Und auch
jetzt habe ich keine Gelegenheit, etwas anderes
wahrzunehmen als ihn, denn Wes' Präsenz lässt es nicht
zu. Sein beeindruckender Körper, sein dunkler,
hungriger Blick, der sich in meinen bohrt und mich
zittern lässt, sind alles, was ich will, was ich jetzt

brauche. Seine Hände, die mich mit einer Ehrfurcht berühren, so als ob ich etwas Kostbares wäre, das man beschützen und verehren muss. Mein Shirt, meine Jogginghose und mein Slip liegen plötzlich auf dem Boden. Ich habe gar nicht bemerkt, dass er mich ausgezogen hat. Oder war ich das selber? Keine Ahnung, aber es ist auch egal. Seine Kleidung folgt meiner, aber jetzt kann ich sagen, dass es eine Gemeinschaftsarbeit von uns beiden ist. Sein Shirt ziehe ich ihm aus, aber dann muss er sich allein um seine Hose kümmern, weil ich wie hypnotisiert auf seine definierte Brust starre und nicht in der Lage bin, etwas anderes zu tun, als ihn ehrfürchtig und verlangend anzuschmachten. Er lacht leise und mein Blick wandert nach oben zu seinem schönen Mund mit diesen verführerischen Lippen, die... plötzlich an meinem Körper hinunter wandern, mein Schlüsselbein streifen, meine Brüste liebkosen, an ihnen knabbern und saugen, bis sie dann über meinen Bauch wandern, weiter hinunter, bis...

„Ohhhh!", entfährt es mir, als sie ihr eigentliches Ziel finden und sich um meine Perle schließen. Ich kann nicht genau sagen, ob seine begabten Lippen dieses lodernde Verlangen, das von dort aus meinen ganzen Körper erfasst, stillen, oder es weiter anfachen, aber es fühlt sich so an, als würde mein Körper abwechselnd in Eiswasser getaucht und im Feuer verbrannt. Heiß und kalt, fest und sanft, beißend und lindernd spielt Wes mit dem Zentrum meiner Lust, bis sich all diese Gegensätze in einer gigantischen Welle auflösen, die mich mitreißt und mir den Atem nimmt. Wes lässt mich all diese Eindrücke auskosten, mich zur Ruhe kommen und meinen Atem beruhigen, dann küsst er sich diesen köstlichen Weg zurück zu meinem Mund. Er scheint keine Eile zu haben, sich um seine eigene Erregung zu kümmern, die sich heiß und fordernd an meiner nackten Haut reibt.

„Geht es dir gut, Mel?" Er klingt heiser vor unterdrücktem Verlangen, aber ein leiser, besorgter Unterton in seiner Stimme macht deutlich, dass er nicht weitergehen wird, wenn ich ihm kein grünes Licht gebe.

„Nein", hauche ich an seinem Mund, woraufhin er sich beunruhigt von mir zurückziehen will, aber ich lasse nicht zu, dass er sich auch nur einen Millimeter von meinem Körper löst.

„Es wird mir erst gut gehen, wenn ich dich endlich in mir spüre, Wes. Ich will dich, jetzt, ganz und unbedingt." Für den Bruchteil einer Sekunde stutzt er, dann presst er seine Lippen wieder gierig auf meine, seine Hand wandert zwischen meine Beine und findet dort den Beweis dafür, dass ich es ernst meine. Er lässt sich trotz dieser Dringlichkeit, die uns zueinander treibt, viel Zeit, meinen Körper zu verwöhnen, bis ich es nicht mehr aushalte.

„Wes, bitte, lass mich nicht länger warten." Nach einem kurzen, hastigen Kuss beugt er sich zu seinem Nachttisch und holt ein Kondom hervor, das er sich so schnell überstreift, dass ich es kaum registriere. Vorsichtig positioniert er seinen Schwanz vor meinem Eingang, aber ich will, kann nicht länger warten, also dränge ich mich ihm ungeduldig entgegen.

„Bist du dir ganz sicher, Mel?", fragt er nochmal überflüssigerweise und ich kann gerade noch verhindern, verärgert mit meinen Augen zu rollen.

Stattdessen schlinge ich mein Bein um seine Hüfte und ziehe ihn so nah an mich heran, dass er wie von selbst in mich hineingleitet. Wir stöhnen beide erregt auf, halten inne und genießen den Augenblick der Nähe, die nicht nur unsere Körper verbindet. Es kommt mir so vor, als hätte ich mein gesamtes Leben nur auf diesen Augenblick hin gelebt, auf diesen vollkommenen Einklang von Körper und Seele. Als Wes sich langsam in mir zu bewegen beginnt, wird alles andere unwichtig, löst sich einfach auf, bis es Funken sprühend verglüht. Wie brennende Wunderkerzen rast dieses Prickeln durch meinen Körper, bis es in den schönsten Farben explodiert. Und dann wird alles still. Die Welt, meine Gedanken, mein gesamtes Sein kommt zum Stillstand und in mir macht sich eine erlösende Ruhe und Zufriedenheit breit, wie ich sie noch nie empfunden habe. Und das hat nichts mit rein körperlichem, postorgasmischem Empfinden zu tun. Das, was ich gerade fühle, ist viel mehr als nur reine Befriedigung der Lust, die wir geteilt haben. Es ist... einfach mehr. Ich habe noch kein Wort dafür, oder besser gesagt, für das einzige Wort, das mir dazu einfallen würde, ist es zu früh, es zu benutzen. Es ist zu viel für den Augenblick, zu bedeutend, zu unsicher, es zu denken. Weil es dann, wenn ich es einmal zulasse, kein Zurück mehr für mich gibt.

Wesley

Ich liege neben Mel, verschwitzt, erschöpft, leer, und doch angefüllt mit Gefühl, das mir neu ist. Unbekannt. Es ist vollkommen verrückt, viel zu früh, viel zu intensiv. Mit Mel zu schlafen war atemberaubend, aber es ist nicht nur diese körperliche Erfüllung, die mir der Sex verschafft hat. Ich hatte genug Frauen in meinem Bett, um sagen zu können, dass das hier etwas ganz anderes ist. Es ist mehr. Mehr von allem. Diese Befriedigung, die mich durchdringt, beschränkt sich nicht nur auf das Körperliche. Sie flutet meinen Verstand, meine Seele, mein Herz, aber statt mich zu ängstigen, weil es so schnell, so intensiv ist, fühle ich mich seltsam zusammengefügt. So als ob Mel der Klebstoff ist, der die vielen losen Enden in mir zu einem Ganzen zusammenführt und verbindet. Sie hat ihren Kopf auf meine Brust gelegt und wie sie so da liegt, stelle ich fest, dass genau der Platz ist, an den sie gehört. Nah an meinem Herzen. Plötzlich hustet sie und ich werde unsanft aus meinen Gedanken gerissen. Schnell helfe ich ihr, sich aufzusetzen, damit sie freier atmen kann, aber sie wedelt meine Besorgnis einfach weg.

„Mel?"

„Alles gut, Wes", beruhigt sie mich, als der Hustenanfall vorüber ist.

„Vielleicht bin ich doch noch nicht so fit, wie ich es gerne wäre. Oder wie ich mich gerade gefühlt habe."

Ich lege den Arm um sie und ziehe sie nah an mich
heran. Sofort kuschelt sie sich wieder in meine Arme.
„Bist du dir sicher, dass es dir gut geht?“ Ich fühle mich
plötzlich wie ein rücksichtsloses Arschloch, das seine
eigene Befriedigung über das Wohl seiner Partnerin
stellt. Mel geht es nicht gut, ich hätte mich
zurückhalten müssen, ganz egal, was sie gesagt hat.
Aber sie verdreht nur die Augen, löst sich etwas von
mir und stützt sich auf meiner Brust ab. Ernst sieht sie
mich an und das zufriedene Leuchten in ihren grünen
Iriden beruhigt mich etwas.
„Wes, ich weiß selbst am besten, was ich mir zumuten
kann.“ Sanft küsst sie mich auf den Mund. Es ist nur
ein Hauch, aber sofort beginnt alles in mir zu kribbeln.
Nicht auf sexueller Ebene. Das, was sie in mir auslöst,
geht tiefer. Ich räuspere mich, weil ich mich plötzlich
beklommen fühle. Weil ich mich einerseits von meinen
Gefühlen für sie vollkommen überfahren fühle, es sich
aber trotzdem richtig anfühlt. Ich ziehe sie in meine
Arme und sie kuschelt sich wieder an mich.
„Was hast du heute alles gemacht? Ich meine, außer
meinen Ofen zu beschimpfen und zwei Aufläufe
verbrennen zu lassen?“, versuche ich, meine
irritierenden Gefühle zu überspielen, in dem ich ein
unverfängliches Thema anschneide. Wenn Mel mich
jetzt fragen würde, was das mit uns beiden ist und wie
es weitergehen wird, wüsste ich nicht, was ich
antworten sollte. Zwar fühlt sich alles mit ihr richtig an,
aber in mir schwelt immer noch ein winzig kleiner
Funke des Zweifels. Wir wissen so viel nicht
voneinander. Kleine, weniger bedeutende Dinge, wenn
man darin nicht übereinstimmt, wie zum Beispiel,
welche Musik man gerne hört oder was man am

liebsten isst. Aber dann gibt es eben auch wichtige Dinge, die passen müssen, wenn eine Partnerschaft funktionieren soll. Wie gemeinsame Lebensziele. Ich weiß nicht, was Mel von ihrer Zukunft und mir erwartet. Und genau das ist es, was diesen kleinen Funken der Unsicherheit nährt und mich zur Zurückhaltung auffordert.

„Ich habe mich endlich dazu durchgerungen, mich mit meinem Bruder auszusprechen", nuschelt sie an meiner Brust, während ihre kleinen Finger Kreise auf meiner Haut ziehen und es sich dort, wo sie mich berührt, heiß und kribbelig anfühlt. Bei der Erinnerung an meine Begegnung mit diesem Lackaffen und wie er Mel behandelt hat, entschlüpft mir ein abfälliger Laut und sofort stoppt sie ihre Bewegungen.

„Warum knurrst du?" Sie richtete sich auf und sieht mich an.

„Ich knurre nicht."

„Doch, tust du. Warum?"

Ich seufze. „Weil ich glaube, dass dein Bruder ein selbstverliebter, arroganter, opportunistischer Scheißer ist, der dich im Stich gelassen hat, als du ihn am meisten gebraucht hättest." Sie sagt nichts darauf, stattdessen legt sich ein trauriger Schleier über das leuchtende Grün ihrer Iriden. Dann nickt sie.

„Ja, so mag es für jemanden aussehen, der ihn nur flüchtig kennt, aber ich kenne ihn besser als du, Wes. Er hat viele Fehler gemacht, aber er ist nicht allein schuld an dem, was passiert ist. Und er ist die einzige Familie, die ich noch habe. Ich weiß nicht, ob ich ihm alles verzeihen kann, was er getan hat, aber ich will uns trotz allem eine Chance geben, uns wieder näher zu kommen." Sie beißt sich auf die Lippe und sieht verletzt und entschlossen zugleich aus.

„Eli hat getan, was er für richtig hielt. Und ich habe getan, was ich für richtig hielt. Am Ende haben wir dadurch beide etwas sehr Wichtiges verloren, nämlich uns, und das ist etwas, das ich nicht zulassen werde." Ihre Loyalität und ihre Verbundenheit zu ihrem Bruder, aber auch ihre Entschlossenheit, das zwischen sich und Elias zu klären, beeindruckt mich. Vielleicht wirkt sie genau deswegen heute irgendwie gelöst auf mich, weil sie sich dieser Situation so mutig stellt. Ich muss leider sagen, dass ich nicht immer so erwachsen mit zwischenmenschlichen Konflikten umgegangen bin. Gerade in meiner Anfangszeit als Profi habe ich einige Leute vor den Kopf gestoßen, weil ich uneinsichtig auf gute Ratschläge reagiert und mein eigenes Ding durchgezogen habe. Was nicht immer von Erfolg gekrönt war, aber ich habe erst viel später die Verantwortung für meine Fehlentscheidungen übernommen und mich bei einigen von diesen Menschen, die es nur gut mit mir gemeint haben, entschuldigen können.

„Du magst meinen Bruder wirklich nicht?" Es klingt mehr wie eine Feststellung als wie eine Frage.

„Ich mag ganz allgemein keine Menschen, die nur ihr eigenes Wohl im Auge haben und dabei anderen Menschen schaden."

„Eli ist nicht so, wirklich." Ein nachdenklicher Zug erscheint auf ihrem Gesicht. „Als meine Eltern kurz nacheinander starben, war das für uns beide eine sehr schwere Zeit. Ich wollte vorher Kunst studieren, am liebsten in Europa, und Eli wollte nichts mehr, als dieses Wassersportcenter zu betreiben. Er hat das Meer schon immer geliebt, während ich dem nichts abgewinnen kann." Ich kann ihr ansehen, dass sie sich gedanklich in die Vergangenheit zurückzieht.

„Er hat mir sogar gut zugeredet, das *Melias* zu verkaufen und einen Teil des Erlöses in ein Auslandsstudium zu investieren, obwohl er es, wie meine Eltern auch, für brotlose Kunst hielt. Er wollte meinen Traum unterstützen, aber ich war zu verbohrt, zu sehr in meiner Trauer und mit dem vermeintlichen Erbe meiner Eltern beschäftigt, um die Realität zu erkennen." Ein sehnsüchtiger Schmerz flackert in ihren Augen auf, dann wird ihr Blick nachdenklich, schuldbewusst.

„Ich weiß, dass Eli sich immer um mich gesorgt hat, weil er glaubt, sich um mich kümmern zu müssen. Er hat mir sogar angeboten, Teilhaberin in seinem Unternehmen zu werden, aber ich wollte das nicht. Und auch wenn die Art, wie er versucht hat, sich um mich zu kümmern, nicht immer richtig war, hat er in vielem recht gehabt. Ich habe nur viel zu lange gebraucht, um das zu erkennen. Am *Melias* habe ich viel zu lange aus den falschen Gründen festgehalten, das ist mir klar geworden. Es war nie meine Bestimmung, ein B&B zu führen und dabei meine eigenen Träume aus den Augen zu verlieren. Das Schlimme ist, dass auch meine Eltern das nicht gewollt hätten. Es war diese tief empfundene Trauer, das Festhalten am Lebenswerk meiner Eltern, das mich dazu gebracht hat, das *Melias* nicht aufzugeben. Ich hatte das Gefühl, meine Eltern loszulassen, sie endgültig zu verlieren, wenn ich das *Melias* verkaufe, aber das ist vollkommener Unsinn. Meine Eltern leben in Eli und mir weiter, in unseren

Erinnerungen und Erzählungen, nicht in einem baufälligen Haus." Sie seufzt.

„Statt mir Wurzeln zu geben und mich zu erden, hat mich das *Melias* gefesselt und an der Stelle festgehalten, mich daran gehindert, meine eigene Bestimmung zu finden und dann meine eigenen Wurzeln irgendwo zu schlagen." Wieder seufzt sie und es klingt traurig, aber auch nach Erkenntnis und Neuanfang. Wow. So selbstreflektiert und tiefgründig habe ich Mel noch nie erlebt, und wieder hat sie mir unbewusst etwas von sich verraten, was mich dazu bringt, mich noch etwas mehr in sie zu verlieben. Ein weiteres Teil des Melody-Puzzels fügt sich in das Gesamtbild, ohne es schon zu vollenden. Ich habe das Gefühl, ich werde im Laufe der Zeit noch unzählig viele Teile hinzufügen müssen, um ein aussagekräftiges Bild von ihrem vielschichtigen Charakter zu erhalten. Ich streiche ihr sanft eine Strähne ihres wirren Haares zurück und küsse sie. Diese Frau geht mir unter die Haut wie keine andere vor ihr.

Melody

Nervös sitze ich am nächsten Tag in einem kleinen Café, das fußläufig von Wesleys Wohnung entfernt ist. Er ist heute mit dem Team nach San Francisco geflogen, weil sie dort ein wichtiges Spiel haben. Er wird erst morgen Abend wieder hier sein, was mir Zeit gibt, ein paar Dinge zu regeln. Zuerst muss ich mit Eli reden, um zu sehen, wo wir beide stehen. Und dann will ich mich um eine eigene, kleine Wohnung bemühen, jetzt, wo Eli mir meinen Anteil überwiesen hat, denn ich will und werde Wes nicht zur Last fallen. Mich auf seinen Vorschlag einzulassen und seine Hilfe anzunehmen, war im Nachhinein die richtige Entscheidung. Aber jetzt wird es auch Zeit, dass ich mir ein eigenes Leben aufbaue. Ich will dem, was zwischen Wes und mir ist, eine Chance geben. Will sehen, ob er derjenige ist, der mir Wurzeln geben und gleichzeitig damit umgehen kann, dass ich endlich , herausfinden muss, was ich will. Und wer ich bin.

„Mel?" Eine vertraute Stimme reißt mich aus meinen Gedanken und ich sehe Eli vor mir stehen. In seinen Augen, die meinen so ähnlich sind, kann ich deutlich einen Funken Schmerz erkennen. Aber auch Reue und einen flüchtigen Schimmer von Hoffnung. Ein dumpfer Schmerz bohrt sich in mein Herz, und ich bereue, dass wir uns gegenseitig so sehr verletzt haben, ohne es zu wollen.

„Eli, ich freue mich, dass du es einrichten konntest." Ich schenke ihm ein kleines Lächeln und es fühlt sich gut an. Richtig.

„Mel." Vorsichtig greift er nach meinen Händen, nachdem er sich gesetzt hat. Ganz leicht umschließt er meine Finger, so als hätte er Angst, ich könnte sie ihm entziehen. Oder aber, weil er mir genau diese Chance lassen will. Aber ich zucke nicht zurück. Es tut gut, Eli wiederzusehen.

„Eli, wir müssen reden", spreche ich das Offensichtliche aus.

„Ja, aber zuerst möchte ich dir nochmal sagen, wie leid
mir alles tut. Ich habe dich verletzt und du bist
vollkommen zu recht sauer auf mich." Er seufzt und ein
trauriger Ausdruck verdunkelt für einen kurzen
Moment das Grün in seinen Augen.
„Es war nicht richtig, über deinen Kopf entscheiden zu
wollen, was das Richtige für dich und dein Leben ist,
Mel. Aber ich konnte auch nicht zusehen, wie du mit
Mom und Dad deine Träume begraben hast. Das
Melias war ihr Traum, nicht deiner, Mel. Du..."
Ich drücke sanft seine Hand. Er wirkt so verzweifelt,
dass ein weiterer Teil meiner Wut auf ihn verraucht.
„Ich weiß das jetzt, Eli. Es hat gedauert, bis ich das
erkannt habe, und es war ein wirklich schmerzhafter
Prozess, mir das einzugestehen, aber ich weiß jetzt,
dass das *Melias* nur eine Flucht war. Eine Flucht vor
der Wahrheit, dass Mom und Dad tot sind." Und dann
erkläre ich ihm all das, was ich in der letzten Nacht
schon Wes gegenüber zugegeben habe, und ein weiterer
Teil meiner Wut und Enttäuschung verwandelt sich in
ein klägliches Häufchen Selbsterkenntnis. Eli hört mir
zu und ich sehe, wie ihm die Tränen in die Augen
steigen, je weiter ich mich ihm öffne. Ihm meine Seele
und mein Herz öffne, denn genau das ist es, was ich
plötzlich will. Nicht mehr die taffe, sture Mel sein,
sondern ihn sehen lassen, wie sehr mich unsere
Entfremdung mitnimmt. Als ich nichts mehr zu sagen,
nichts mehr von mir zu geben habe, sehe ich, wie Eli
weint. Stumme Tränen laufen ihm über die Wangen,
aber er wischt sie nicht weg. Eli, mein knallharter
Bruder, weint in aller Öffentlichkeit und es ist ihm
nicht mal peinlich.

„Mel, es tut mir so leid", flüstert er. „Ich hätte erkennen müssen, wie sehr du leidest. Wie sehr du Mom und Dad vermisst. Und wie sehr du meine Hilfe statt gut gemeinter Alleingänge meinerseits gebraucht hättest."
Er wischt sich jetzt doch verstohlen über die Augen, die ein Schatten aus Schuld und Scham verdunkelt.
„Wie hättest du etwas erkennen können, was ich selbst nicht erkannt habe?", versuche ich, ihn zu trösten, denn genau das ist die Wahrheit. Ich fühle mich plötzlich von einer Last befreit, von der ich nicht gewusst habe, dass ich sie trage. Aber das Gespräch mit Josie hat mich dazu gebracht, über vieles nachzudenken. Es hat mir aufgezeigt, dass Lebenszeit endlich ist und man sie nicht mit unwichtigen Dingen, Streitigkeiten oder dem Verschieben von Träumen verschwenden sollte. Natürlich muss man Prioritäten setzen. Und im Moment ist meine Priorität, das mit Eli wieder ins Reine zu bringen.
Eine Weile sitzen wir nur da, versuchen zu verstehen und zu fühlen, was da gerade mit uns passiert, lassen dieses erste Gespräch ohne Vorwürfe und Schuldzuweisungen, das wir seit sehr langer Zeit miteinander führen, auf uns wirken. Und ich merke, wie allmählich etwas in mir heilt. Und als ich endlich den Mut habe, Eli wieder anzusehen, weil ich erst in mich hineinfühlen musste, ob verzeihen wirklich möglich ist, und ob ich wirklich bereit dazu bin, weiß ich mit Sicherheit, dass es genau das ist, was ich will. Nach einer Weile räuspert er sich.
„Und was willst du jetzt mit dieser Erkenntnis anfangen, Mel? Was sind deine Pläne?"

„Ich weiß es nicht, Eli“, gebe ich ehrlich zu, denn
bisher hatte ich mehr damit zu tun, diese bittere Pille
der Selbsterkenntnis zu schlucken, als mir um meine
Zukunft Gedanken zu machen.

„Bist du... bist du mit diesem Wesley Milford
zusammen?“ Ich kann eine Spur Misstrauen und Sorge
in seiner Stimme hören, aber das nehme ich ihm nicht
übel. Eli ist und bleibt mein großer Bruder und seine
Sorge um mich gehört quasi zu seinen Aufgaben als
solcher.

„Ja, nein, also ich wohne zur Zeit bei Wes, aber ich will
mir eine eigene kleine Wohnung suchen. Ich will nicht
abhängig von ihm sein, das ist niemals ein guter
Ausgangspunkt für eine funktionierende Beziehung.“
Erst als ich es ausgesprochen habe, merke ich, was ich
da gesagt habe.

„Du... du bist also wirklich in einer Beziehung mit
ihm?“ Ungläubig sieht er mich an.

„Äh ja. Na ja, also wir haben dem Ganzen noch keinen
Namen gegeben, aber...“, ich stocke, weil es sich
merkwürdig anfühlt, nicht zu wissen, wie ich das, was
zwischen uns ist, bezeichnen soll.

„Mel!“ Eli sieht mich ernst an. „Ich will dir nicht
reinreden, nicht schon wieder, aber bist du dir sicher,
dass du.. ich meine, dass das eine gute Idee ist? Gerade
hast du noch gesagt, dass du erst herausfinden musst,
was du willst, und ich frage mich, ob du das kannst,
wenn du dich sofort in eine Beziehung stürzt, die...“ Er
sagt nichts weiter, drückt nur meine Hand. Dann
schüttelt er resigniert den Kopf.

„Das geht mich nichts an, Mel. Entschuldige. Ich habe
nur gedacht, du würdest vielleicht doch noch ein
Kunststudium beginnen, so wie du es immer wolltest.

Dich ausprobieren, leben, alles, was du bis jetzt immer hinten an gestellt hast, statt dich sofort auf einen Mann einzulassen und gleich eine Beziehung mit ihm einzugehen." Eli sieht mich mit so viel Zuneigung an, dass es eng in meiner Kehle wird.

„Du wolltest immer nach London oder Florenz. Dir die Galerien und Museen ansehen, in denen die Alten Meister ausgestellt sind. Du wolltest selber malen, deinen Stil perfektionieren, und dann vielleicht irgendwann deine eigenen Werke ausstellen." Ein kleiner Stich bohrt sich in mein Herz als mich die Erinnerung an all das einholt, was ich mir einmal vorgenommen hatte. Aber auch an den Tag, der alles veränderte, und seit dem nichts mehr so war wie vorher. Der Tag, an dem alles unwichtig wurde, außer dem Wunsch, Dad möge den Unfall überleben. Ich weiß, wie es ausgegangen ist, und dass ich mit Dad nicht nur meinen Vater, sondern auch meinen Traum begraben habe. Jetzt ist nichts mehr da, was mich daran hindert, meinen Traum von einem Kunststudium zu verwirklichen, oder? Aber will ich das überhaupt noch? Die letzten fünf Jahre haben mich verändert. Ich bin nicht mehr die sorglose Neunzehnjährige, die glaubt, die Welt steht ihr offen. Trotzdem fühlt sich gerade alles nach Neuanfang an. Bleibt die eine Frage, die ich mir stellen und beantworten muss: Was will ich mit dem Rest meines Lebens anfangen?

Wesley

Ich kann mich kaum bewegen. Das Spiel gegen die *Bats* war kräftezehrend. Wir sind nicht mit Pauken und Trompeten untergegangen, wie befürchtet. Beim Stand von 27:27 mussten wir sogar in die Overtime. Ein hart erkämpftes Field Goal hat uns dann tatsächlich mit 30:27 das Spiel gewinnen lassen. Allerdings haben mich ein paar wirklich harte Tackles erwischt und ich spüre meinen Körper wie nach einem Zusammenstoß mit einem LKW. Meine rechte Seite schillert blau, weil mich ein 160 Kilo D-Liner umgerannt hat wie ein Aggro-Nashorn, mein Knöchel pocht, weil mich dasselbe Nashorn unter sich begraben und dabei gefühlt meinen Fuß zerquetsch hat. Aber der Sieg war es wert. Ob er uns am Ende reichen wird, um in die Play-offs einzuziehen, kann man jetzt noch nicht sagen, aber immerhin haben wir gegen eine favorisierte Mannschaft ein Ausrufezeichen gesetzt.
Müde aber zufrieden betrete ich meine Wohnung und wieder empfängt mich ein verführerischer Duft nach Gebratenem. Und mein Herz weitet sich angesichts dieses warmen Gefühls, nach Hause zu kommen. Nicht nur in meine Wohnung, sondern... in ein wirkliches Zuhause, mit einem Menschen, der auf mich wartet und der sich freut, mich zu sehen.
„Wes!" Mel kommt auf mich zu und sie sieht zu süß aus in ihren weißen Shorts und dem pinkfarbenen Top, die Haare zu einem unordentliche Dutt zusammengefasst, und mit... Hasenpuschen an den

Füßen?! Sie umarmt mich, drückt mich an sich und ich lasse meine Tasche fallen, um es ihr gleich zu tun. Ich hatte ein bisschen Angst davor, dass es komisch zwischen uns sein würde, weil wir kaum Gelegenheit hatten, über uns und das, was wir jetzt sind, zu sprechen, aber Mel benimmt sich so unbeschwert, so natürlich, dass ich erleichtert bin. Und die Situation genießen kann, ohne alles zu zerreden oder zu zerdenken.

„Hey, Bunny Girl." Ich drücke ihr einen zarten Kuss auf die Schläfe.

„Bunny Girl?" Sie klingt gleichermaßen amüsiert wie entgeistert.

Amüsiert deute ich auf ihre Füße mit den Hasenpuschen. Plötzlich grinst sie.

„Na ja, die waren bei den Sachen, die mir diese Ally besorgt hat." Ich glaube ja eher, dass Allys kleiner Bruder Jamie dafür verantwortlich ist, denn sein liebstes Kuscheltier ist ein weißer Hase, den er fast überall mit hinnimmt. Aber da Mel weder Ally noch Jamie kennt, würde es nichts bringen, sie drüber aufzuklären. Was mich aber daran erinnert, dass ich ihr Ally möglichst bald vorstellen sollte.

„Was riecht denn hier so gut?" Schnuppernd ziehe ich diesen verführerischen Geruch in meine Nase.

„Es gibt Ofenkartoffeln mit Kräuterquark, dazu gedünsteten Broccoli und gegrillte Hähnchenbrust. Zum Nachtisch gibt es eine Quark-Vanille-Creme mit frischen Früchten." Stolz sieht sie mich an und ich verliebe mich noch ein bisschen mehr in sie. Mel ist einfach... perfekt! Nicht, weil sie für mich kocht, sondern weil sie sich für mich interessiert. Weil sie sich

Gedanken darüber macht, was mir wichtig ist. Weil sie
bemüht ist, sich an meinen Ernährungsplan zu halten,
den ich von dem Ernährungsberater der *Seagulls*
bekommen habe und dessen wichtigste Bausteine
zusammengefasst und ausgedruckt in einer
Küchenschublade liegen. Eigentlich für meine
Haushälterin und Köchin, die aber leider einer
Generation entspringt, die fettige, kalorienreiche
Hausmannskost für die Grundlage gesunder Ernährung
hält.

Ich kann nicht anders als sie an mich heranzuziehen
und zu küssen. Sie schmeckt süß, nach Himbeeren und
Vanille. Bestimmt hat sie bereits von dem Nachtisch
genascht.

„Setz dich, Wes. Das Essen ist fertig und ich möchte
nicht, dass es noch mal verbrennt." Energisch geht sie
auf den Ofen zu, öffnet die Tür und dreht sich dann mit
einem triumphierenden Grinsen zu mir um. Köstlicher
Duft flutet den Raum und mir läuft das Wasser im
Mund zusammen.

„Na bitte, wer sagt's denn! Seit ich den geheimen Bro-
Code dieses Ungeheuers kenne, macht er, was *ich*
will!"

„Mein Ofen hat einen Bro-Code?" Ich schwanke
zwischen Belustigung und Irritation.

„Ja, hat er. Nennt sich Bedienungsanleitung."
Jetzt muss ich wirklich lachen und Mel stimmt mit ein.
Diese Frau ist einfach unglaublich. Sie hat Humor, ist
empathisch, stur und... einfach nur perfekt. Das habe
ich noch nie von einer Frau gedacht. Und heute ist es
bereits das zweite Mal, dass ich diesen Begriff benutze.

Während sie mir Kartoffeln, Hähnchenbrust und Broccoli auf einen Teller häuft, fällt mir ein, dass sie sich ja mit ihrem Bruder treffen wollte.
„Hast du mit Elias geredet?"
„Ja, habe ich. Es ist... es war richtig, uns auszusprechen. Ich denke, wir sind auf einem guten Weg, unsere Beziehung wieder zu kitten." Ich kann nicht verhindern, dass mir ein leises Schnauben entweicht. Mel legt mir ein Hand auf den Arm und sieht mich ernst an.
„Wir haben beide Fehler gemacht und es ist nicht fair, nur Eli die Schuld an unsrem Streit zu geben."
„Streit?! Dein Bruder hat dich betrogen und sich nicht um dich gekümmert, als..."
„Weil er gar nicht wusste, dass es mir schlecht geht, Wes! Weil du es ihm nicht gesagt hast!" Sie verdreht genervt die Augen. „Und ja, er hat Geld aus dem *Melias* abgezweigt, was er nicht hätte tun dürfen, ohne es mir zu sagen, und das werde ich ihm auch nicht so schnell verzeihen, aber..." Mel holt Luft und sieht betroffen zu Boden. „Er hat mir sehr oft angeboten, Teilhaberin seiner Surfschule zu werden. Er hat mir Jobs bei sich angeboten, und nein, nicht, die Surfbretter zu putzen, falls du das jetzt denkst! Ich sollte seine Bücher führen oder das Marketing übernehmen, aber ich wollte das nicht, weil ich...", sie ringt die Hände und ihre Finger verschlingen sich so fest, dass ihre Knöchel weiß hervortreten, „weil ich..." Jetzt schluckt sie und als sie mich ansieht, stehen Tränen in ihren Augen. „Weil ich tief in meinem Inneren neidisch auf ihn war, weil er seinen Traum lebt und ich..." Sie zuckt hilflos die Schultern. Ich stehe auf und ziehe sie auf

meinen Schoß. Fest umarme ich sie, weil sie so hilflos und verzweifelt wirkt und ich sie am liebsten vor der ganzen Welt beschützen würde. Sie schnieft, legt aber ihren Kopf an meine Brust und schmiegt sich an mich. „Es ist mir peinlich, das zuzugeben, und ich habe das noch nie jemandem erzählt, noch nicht einmal Eli. Ich habe ihm seinen Erfolg nicht gegönnt, denn während das *Melias* immer tiefer in die roten Zahlen rutschte, wurde Eli mit seiner Surfschule immer bekannter. Ja, er hat dafür Geld aus dem laufenden Geschäft abgezweigt, was er nicht hätte tun sollen, aber wenn ich ehrlich bin, hätten diese Summen das B&B auch nicht gerettet." Wieder schnieft sie. „Ich... ich war so wütend auf ihn, weil... er bereits kurz nach den Tod unserer Mom das *Melias* verkaufen wollte. Für mich hat sich das angefühlt, als würde er unsere Eltern verraten. Als hätte er nicht den Anstand, wenigstens eine Zeit lang zu trauern, in dem er alles so lässt, wie es war. Ich war so verzweifelt, fühlte mich so allein in meiner eigenen Trauer. Dabei habe ich übersehen, dass er, im Gegensatz zu mir, die Veränderung brauchte, um über den Verlust hinwegzukommen, während ich an Vergangenem festhalten musste, um nicht von dem Schmerz über den Verlust übermannt zu werden. Eli zu unterstellen, dass er meine Eltern nicht vermissen würde war genau so falsch, wie mich an das *Melias* zu klammern, verstehst du?" Mein Herz zieht sich schmerzhaft zusammen. Mir vorzustellen, wie sehr Mel in dieser Zeit gelitten hat, wie sie alles mit sich allein ausgemacht hat, lässt meine Brust eng werden.
„Mel." Ich streiche ihr sanft über die Haare und drücke ihr einen Kuss auf den Scheitel. „Das alles tut mir sehr leid, wirklich." Ich weiß, dass jedes Wort an dieser

Stelle zu viel und doch zu wenig ist, um meine Gefühle
auszudrücken, also vertraue ich darauf, dass Mel auch
so fühlt, was ich ihr damit sagen will. Sie schnieft noch
ein paarmal, dann wischt sie sich energisch die Tränen
ab und löst sich von mir.

„Tut mir leid, dass ich... also dass ich dich hier so voll
heule, aber ich habe das Gefühl, dass sich in der letzten
Zeit so viel in mir angestaut hat, das einfach nur raus
will, dass ich...“ Ich drücke ihr einen Kuss auf die
Lippen, die nach dem Salz ihrer Tränen schmecken.

„Tu mir einen Gefallen, Mel. Entschuldige dich nie,
nie!, dafür, über deine Gefühle zu sprechen. Schon gar
nicht mir gegenüber. Das ist kein Zeichen von
Schwäche, Mel, das zeigt, wie stark und reflektiert du
bist. Und dafür...“ Ich zucke zusammen als mir klar
wird, was ich da gerade beinahe gesagt hätte. *Und
dafür liebe ich dich.* Kann das sein? Ich meine, ich bin
in sie verliebt, ja, aber Liebe? Das ist so etwas Großes,
so etwas Ernstes... Ich räuspere mich.

„Und dafür musst du dich nicht schämen.“ Das hört
sich besser an.

Melody

Die Nacht nach meinem emotionalen Zusammenbruch
hat Wes mich einfach nur gehalten. Seine Nähe, seine
Wärme, seine gesamte Präsenz haben mir eine
innerliche Ruhe vermittelt, die ich schon lange nicht
mehr so empfunden habe. Vielleicht sogar noch nie. Ich

fühlte mich einfach nur angenommen, in Ordnung, so, wie ich bin, mit all meinen Schwächen und Unzulänglichkeiten, die ich mir erstmals selber eingestanden habe. Ich konnte lange nicht einschlafen und an Wes' schweren Atemzügen erkannte ich, dass es ihm ebenso ging. Aber keiner von uns unterbrach dieses einvernehmliche Schweigen und die Schlaflosigkeit durch eine dieser Floskeln, die unweigerlich diese Nähe zerstört hätten, die wir beide fühlten. Er musste mich nicht fragen, wie es mir geht. Ich fühlte ganz deutlich, dass er es *wusste*. Und damit ersparte er mir auch eine nichtssagende Antwort. Denn *gut* wäre gelogen gewesen, *schlecht* aber auch. Ich fühlte mich vielmehr wie... in einer Schwebe, einem Umbruch, ohne zu wissen, was das bedeutete. Ich hätte es nicht erklären können, und auch das schien Wes zu spüren.

Jetzt sitze ich an einem liebevoll gedeckten Tisch und Wes brät Schinken und Eier in einer Pfanne an. Ich hatte erst etwas Angst, nach dieser Nacht könnte die Stimmung zwischen uns angespannt sein, aber das Gegenteil ist der Fall. Wes ist die Ruhe selbst, nichts von dem, was er tut oder sagt, gibt mir das Gefühl, ich müsste mich rechtfertigen. Und das fühlt sich gut an.

„Ich habe heute nur einen Physiotermin und eine leichte Auslaufeinheit. Ich denke, ich werde so gegen Mittag wieder hier sein." Er stellt einen Teller mit gebuttertem Toast und Rühreiern mit Speck vor mir ab und setzt sich dann. Er selbst hat sich nur eine riesige Portion Eier genommen und dazu einen Avocado-Mango-Salat mit Mozzarella.

„Willst du auch etwas von dem?" Er zeigt mit seiner Gabel auf den Salat.

„Schmeckt das denn?“ Ich bin skeptisch, weil ich
Avocados im Allgemeinen nicht viel abgewinnen kann.
Und dann diese Kombination? Lächelnd spießt er ein
Stück Avocado, ein Mangostück und einen Streifen
Mozzarella auf seine Gabel, zieht alles durch die
Marinade und hält es mir hin. Zweifelnd schließe ich
meine Lippen um die ziemlich große Portion und
versuche, möglichst elegant alles zusammen in den
Mund zu bekommen. Was mir gelingt, während Wes
mich keine Sekunde aus den Augen lässt. Sein Blick ist
starr auf meine Lippen gerichtet und seine Augen
verdunkeln sich in dem Moment, in dem ich mir über
die Lippen lecke, nachdem ich die Mischung gekostet
habe.
„Wow. Das schmeckt ungewohnt, aber lecker. Sehr
lecker“, muss ich zugeben. Wes schluckt, dann steht er
auf, holt mir eine Portion und setzt sich wieder.
„Bitte. Es ist genug da.“ Seine Stimme klingt seltsam
gepresst. Dunkel und voller... Verlangen. Dann räuspert
er sich und beginnt zu essen. Nach einer Weile hat er
sich offenbar wieder gefangen, denn er klingt einfach
nur interessiert als er mich fragt, was wir heute
Nachmittag zusammen unternehmen wollen.
„Ich bin noch nie im Great Wheel gefahren. Ich...“
„Noch nie?“ Wes' Augen werden groß, dann schüttelt er
gespielt entrüstet den Kopf.
„Du magst keine Marshmallows, hast keine Ahnung
von Football *und* bist noch nie in Seattles berühmtem
Riesenrad gefahren?“ Er grinst mich an und sieht dabei
so unfassbar attraktiv aus, dass das Flattervieh in
meinem Magen wieder loslegt.

„Ich fürchte, bei den Marshies kann ich dich nicht mehr umstimmen, aber bei deinem Abenteuerdefizit kann ich helfen." Er steht auf und will abräumen, aber ich lege meine Hand auf seine und halte ihn zurück.
„Bitte, Wes, es ist mir wichtig, mich nicht nur bedienen zu lassen, während ich hier bin. Worüber wir im Übrigen noch reden müssen, weil..."
„Mel, ich verstehe, dass du nicht von mir abhängig sein möchtest, wirklich, aber so lange du nicht weißt, was du in Zukunft machen möchtest, ob reisen oder vielleicht eine Ausbildung oder ein Studium, solltest du hier bleiben. Es wäre rausgeworfenes Geld, wenn du dir eine eigene Wohnung suchst, ohne zu wissen, ob du wirklich hier in Seattle bleiben willst." Seine Worte treffen mich unerwartet hart. Die Vorstellung, Seattle, und damit auch ihn, zu verlassen, lässt meine Brust eng werden. Genau so wie die Tatsache, dass Wes diese Option wie selbstverständlich in Erwägung zieht. Nüchtern, fast lässig redet er davon, dass ich wegziehen könnte, was meine Unsicherheit über unseren Beziehungsstatus nährt. Will er gar nicht, dass ich auf Dauer hier bleibe? Bei ihm? Sieht er das mit uns nur als eine kurze Affäre an?
„Meine Wohnung ist groß genug und ich bin ohnehin nicht so oft zuhause, weil wir demnächst ein paar Auswärtsspiele haben", fügt er schulterzuckend hinzu und ich muss schlucken. Das hört sich eher so als wären wir nur eine WG und kein, keine Ahnung, Paar? Zusammen? In einer Beziehung?
„Du würdest es also gut finden, wenn ich wirklich in Europa studiere? Wenn ich Seattle verlasse?" Ich versuche, ebenfalls möglichst neutral und beiläufig zu klingen, aber in Wirklichkeit blockiert ein dicker Kloß

meinen Hals und mein Herz zieht sich schmerzhaft
zusammen bei der Vorstellung, dass es das ist, was Wes
will. Eine lockere Beziehung, wenn man sich sieht,
passt es, und wenn nicht, dann eben nicht. Jeder mit
seinen Freiheiten und ohne Verpflichtung.
„Wenn es das ist, was du wirklich willst, dann ja, Mel."
Mehr sagt er nicht. Er klingt weder besorgt noch
skeptisch und ich frage mich einmal mehr, ob es Wes
vielleicht ganz recht wäre, wenn das zwischen uns nicht
enger wird. Ob er nicht eine gewisse Distanz gut findet.
Ich lasse das erst mal so stehen. Bis ich weiß, was ich
für meine Zukunft will, will ich mir alle Optionen offen
halten. Das einzige, was ich noch nicht weiß, ist, wie
ich herausfinden soll, was ich wirklich will. Vielleicht
reicht es für den Anfang, mir Zeit zu nehmen und in
Ruhe zu überlegen. Es auf mich zukommen zu lassen
und darauf zu hoffen, dass mir das Schicksal einen Weg
weist.

Wesley

„Du hast ganz schön was abbekommen, Wes." Matt,
mein Physio, sieht leicht besorgt aus. Er massiert schon
eine ganze Weile an meiner rechten Wade herum, aber
anscheinend lockert sich die Verspannung nicht. Über
die Hämatome, die meinen Körper in ein Wimmelbild
von Farben verwandeln, spricht er dagegen nicht. Ist
auch nicht seine Baustelle. Und außerdem nichts, was
nicht in ein paar Tagen mit einer entsprechenden Salbe

in den Griff zu bekommen wäre. Im Gegensatz zu dieser dummen Verspannung. Ich habe es gleich gefühlt als ich mich, um den Ball zu fangen, ein bisschen zu lang gemacht habe und dabei dieses Ziehen in der Wade gespürt habe. Vielleicht hätte ich sofort was sagen und mich im blauen Zelt durchchecken lassen sollen, aber mit der Menge an Adrenalin im Blut, die ein derart intensives Spiel wie das gegen die *San Francisco Bats* ausschüttet, fühlt man sich unverwundbar.

„Kriegst du das bin zum Wochenende wieder hin?“, ist das einzige, was mich interessiert. Wir haben ein Heimspiel und ich habe vor, Mel mit ins Stadion zu nehmen und ihr Football und meine Welt näherzubringen. Ich habe die Hoffnung, dass sie sich dazu entscheidet, in Seattle zu bleiben, und uns damit die Zeit gibt, uns besser kennenzulernen. Es hat mich alles an Überwindung gekostet, ihr diese Option mit Europa aufzuzählen, obwohl ich sie am liebsten gebeten hätte, hier bei mir zu bleiben. Aber dazu habe ich nicht das Recht. Sie ist noch so jung und soll sich nicht von mir oder dem, was zwischen uns ist, davon abhalten lassen, ihren Weg zu gehen. Und da ich vorhabe, nach dieser Saison aufzuhören, könnte ich sogar mit ihr gehen, wenn sie das wollte. Aber das werde ich ihr nicht sagen. Erst muss sie für sich herausfinden, was sie will.

Matt massiert und knetet weiter, wiegt aber nachdenklich den Kopf hin und her.

„Ich hoffe es, Wes. Ich spreche gleich mit dem Coach, er wartet auf meinen Bericht. Wir versuchen es mit Ruhe, das heißt, vorerst kein Training mit der Mannschaft. Dazu meine Wundersalbe“, er grinst, weil

er weiß, dass wir Spieler dieses Zeug hassen. Es ist seine eigene Mischung und stinkt wie ein verrottendes Stinktier, „und natürlich meine heilenden Händen."
„Oh, bitte, deine Hände sollten unter die Genfer Konvention fallen, als verbotene Folterwerkzeuge." Ich richte mich auf, weil Matt die Massage beendet hat und sich bereits die Hände wäscht.
„Du kannst gerne zu Lorie wechseln, wenn dir meine Behandlung nicht passt", grummelt er, allerdings höre ich deutlich seine Belustigung heraus. Er weiß genau, dass ich das tunlichst vermeiden möchte, denn Lorie scheint irgendwie auf mich zu stehen, sucht so oft es geht, meine Nähe und quasselt mich bei jeder Gelegenheit voll.
„Äh, nein, lieber nicht, Lorie fällt auch unter die Genfer Konvention der verbotenen Waffen. Ihre Waffe ist ihre Stimme." Was stimmt, denn sie ist derart hoch und nervtötend, dass ich mich wundere, warum die Physioabteilung noch intakte Glasfenster hat.
„Weißt du, dass sie neuerdings singt? Also bei der Arbeit?" Matt hört sich genau so gequält an wie ich mich unter seiner Behandlung gefühlt habe.
„Oh Gott, nein! Bitte, Matt, ich tue alles, was du willst, aber schick mich nicht zu Lorie!" Beide lachen wir gleichzeitig los, aber es ist nicht böse gemeint. Lorie ist eigentlich ganz in Ordnung, nur vielleicht etwas drüber. Nachdem Matt mir einen Tiegel mit der Stinktiersalbe abgefüllt hat, bin ich entlassen, und nachdem Coach Meyers Matts Vorschlag unterstützt, bin ich bis auf weiteres vom Training befreit. Was mir ganz gut in den Kram passt, denn so habe ich mehr Zeit für Mel.

Auf dem Nachhauseweg überlege ich mir noch schnell
ein paar Ziele, die Mel gefallen könnten und buche
schon mal Karten für das Great Wheel. Das passt gut,
denn am Pier gibt es ein paar gute Restaurants, in die
wir im Anschluss gehen können. Mel erwartet mich
bereits und ich kann deutlich sehen, dass sie aufgeregt
ist. Ich mag ihre natürliche, bescheidene Art, auch
wenn ich ihr gerne viel mehr Luxus gönnen würde.
Aber eine leise Stimme sagt mir, dass Mel nicht eine
dieser Frauen ist, die das brauchen. Oder einfordern,
nur weil ich mehr Geld habe, als ich in einem Leben
ausgeben kann.

Wir haben einen wirklich fantastischen Nachmittag, ich
zeige ihr das Lumen Field Stadion, wenn auch nur von
außen, aber es ist auch so ein imposanter Anblick. Dann
schlendern wir über den Pike Place Market und ich
liebe es, wie Mels Gesicht vor Freude und Aufregung
förmlich leuchtet, als wir in das bunte Treiben
eintauchen. Ein paar Mal werde ich erkannt und
angesprochen, obwohl ich eine Basecap tief ins Gesicht
gezogen und mich möglichst unauffällig gekleidet
habe, aber es hält sich in Grenzen. Mel hält sich jedes
mal still im Hintergrund, aber es scheint ihr nichts
auszumachen, zurückzutreten und mich den Fans zu
überlassen. Und auch das mag ich an ihr. Sie ist weder
jemand, der sich in den Vordergrund drängt, noch ist sie
genervt von der Aufmerksamkeit, die ich errege.
Schließlich schlendern wir zum Pier 57, an dem das
Riesenrad steht und ich fühle, wie Wärme mein Inneres
flutet, als Mel vollkommen fasziniert das bunt
beleuchtete Riesenrad bestaunt. Ich habe absichtlich bis
nach Einbruch der Dunkelheit gewartet, bevor ich mit
ihr hierher gekommen bin, um ihr dieses Erlebnis zu

gönnen. Sie staunt mit offenem Mund, ihre beinahe kindliche Freude erfüllt mich mit warmer Zufriedenheit und eine unsichtbare Macht zieht mich noch mehr in Mels Bann. Sie kichert und lacht, bekommt große Augen, als sich die Kabine vom Boden löst und in die Luft schwebt und presst sich an mich, als wir den höchsten Punkt erreichen. Aus einer Höhe von 53 Metern hat man einen atemberaubenden Blick auf die Skyline des abendlich beleuchteten Seattle. In Mels Augen schimmern die Lichter des Riesenrades, ihre Wangen glühen vor Aufregung und ich kann meine Augen nicht von ihr lassen. Der schönste Anblick ist für mich nicht das nächtliche Seattle, sondern sie. Sie zittert etwas, ob vor Kälte oder weil sie vielleicht doch Höhenangst hat, kann ich nicht sagen, aber auf jeden Fall ist das ein Grund, sie noch näher an mich zu ziehen. Und ich genieße es, ihr so nah zu sein, sie in meinen Armen zu halten und ihr die Welt quasi zu Füßen zu legen.

Als wir an diesem Abend nach Hause kommen, noch überwältigt von den Eindrücken dieses Ausflugs, gibt es kein scheues Abtasten mehr, keine Zweifel und als wir nach dem Sex erschöpft nebeneinander liegen und sich unsere Hände miteinander verflechten, fühle ich nichts als Zufriedenheit und eine innere Ruhe, die für eine kurze Zeit meine Welt anhält.

Melody

Die letzten Tage mit Wes waren wie ein einziger Rausch. Alles, was wir gemacht haben, war etwas Besonderes. Nicht an sich, aber Wes hat es zu etwas Besonderem gemacht. Wir waren im Woodland Park Zoo, wo uns im Schmetterlingshaus ein Picknick erwartete, das Wes beauftragt hatte. Keine Ahnung, wie er es geschafft hat, das Areal für uns zu mieten, aber wir waren allein dort und es war wunderschön mit den vielen Schmetterlingen und exotischen Bäumen. Wir machten eine Führung durch die unterirdischen Gänge des Pioneer Square, die älter als 120 Jahre sind, und natürlich eine Hafenrundfahrt. Allerdings in keinem dieser Touristenboote, sondern in einer eigens dafür gemieteten Yacht, deren purer Luxus mich fast den Sonnenuntergang und den Ausblick auf das in orangenes Licht getauchte Seattle hätte vergessen lassen.

Und gerade sitzen wir in einem abgetrennten Bereich des *SkyCity,* dem Drehrestaurant in der Space Needle, und wieder kann ich nur staunen, weil Wes dafür gesorgt hat, dass es sich intim und besonders anfühlt. Der Tisch ist festlich gedeckt, mit Kerzen, weißen Rosen und teurem Porzellan. Kleine, wie Brillanten geschliffene Kristallkugeln liegen wie zufällig verstreut auf der weißen Tischdecke, fangen das letzte Licht des Tages wie Prismen ein und spalten es in unzählige kleine Funken.

Nachdem wir gegessen haben, nimmt Wes einfach nur meine Hand und drückt sie. Schweigend blicken wir uns an. Jedes Wort würde den Zauber, den dieses Ambiente verströmt, zerstören, das wissen wir beide. Also schweigen wir gemeinsam und genießen den 360° Blick auf Seattle, den das sich drehende Restaurant bietet. Leider wird diese ruhige Stimmung irgendwann durch ein Klingeln unterbrochen, das von Wes' Handy kommt. Auf dem Display sehe ich kurz ein unfassbar schönes Gesicht lächeln und ich brauche gar nicht ihren Namen zu lesen, um zu wissen, wer da anruft. „Entschuldige mich kurz." Wes steht auf, nimmt das Gespräch an und ich höre noch, wie er „... *ist gerade schlecht*" sagt, dann ist er in Richtung Toilette unterwegs und außerhalb der Hörweite. Ich spüre diesen miesen, eifersüchtigen Stich, der mich immer heimsucht, wenn Wes mir ihr telefoniert. Was in den letzten Tagen häufig der Fall war. Zu häufig für meinen Geschmack, aber ich sage mir, dass ich mir keine Sorgen machen muss, denn Wes ist schließlich mit mir hier und nicht mit ihr. Und die Nächte gehört er mir ebenfalls. Aber trotzdem bildet sich ein bitterer Kloß in meinem Hals, denn ich weiß inzwischen, dass die beiden mal ein Paar waren. Nicht dass Wes mir das erzählt hätte, aber ich habe ihn heimlich gegoogelt. Aus Neugier. Ich bin nicht gerade stolz darauf, und eigentlich wollte ich auch nur mehr über seine sportliche Karriere wissen, um morgen, wenn er mich mit ins Stadion nimmt, wenigstens etwas über Football beitragen zu können, aber da ploppten schon diese Schlagzeilen von Wes' und Valeries Beziehung auf. Die turbulente zwei Jahre gedauert hat, wie ich den Medien entnommen habe.

Wes beendet das Gespräch, aber sein Lächeln, mit dem er mich bedenkt, wirkt unecht, weil es seine Augen nicht erreicht. Ich ertappe mich dabei, dass ich mich frage, ob das vielleicht mit seinem Gespräch mit Valerie zu tun hat.

„Sollen wir noch bleiben oder bist du müde und möchtest nach Hause?"

„Wir können gerne aufbrechen, ich bin wirklich etwas müde", antworte ich ihm und erhebe mich. Valeries Anruf hat meiner guten Laue tatsächlich einen Dämpfer verpasst. Vielleicht, weil er sie trotz der romantischen Stimmung zwischen uns nicht ignoriert hat. Was kann um diese Uhrzeit so wichtig sein, dass er rangehen muss, wenn sie anruft?!

„Okay, dann los."

Auf dem Weg durch die nächtlichen Straßen Seattles scheint Wes gar nicht zu bemerken, dass unser sonst oft einvernehmliches Schweigen diesmal eher angespannt ist. Tatsächlich wirkt er nachdenklich und ich wüsste zu gerne, über was er gerade nachgrübelt. Hat es vielleicht etwas mit dem Telefonat zu tun? Fragen werde ich ihn nicht. Wenn er mir etwas zu sagen hat, hoffe ich, wird er es tun. Wir haben Ehrlichkeit vereinbart, und darauf muss ich vertrauen.

„Wie machen wir das morgen?", frage ich in die Stille hinein, weil es langsam unangenehm wird, sich so anzuschweigen. Wes hat es tatsächlich geschafft, rechtzeitig für dieses Spiel fit zu werden. Er wollte es unbedingt, damit ich ihn in Aktion auf dem Footballfeld sehen kann. Aus irgendeinem Grund ist ihm das wichtig.

„Hm?“ Also ist er tatsächlich so in Gedanken, dass er meine Frage nicht mitbekommen hat.

„Tut mir, leid, ich war gerade mit den Gedanken woanders“, gibt er zu und er schüttelt kaum merklich den Kopf. Fragt sich nur, wo er in Gedanken war. Oder besser: bei wem.

„Wann musst du im Stadion sein? Und soll ich direkt mitkommen oder soll ich nachkommen?“, präzisiere ich meine Frage.

„Also, das Spiel beginnt um 20.15 Uhr. Ich muss früh genug da sein zur Teambesprechung und dann zum Aufwärmen. Du kannst gerne schon mitkommen, aber es reicht auch, wenn du erst kurz vorher da bist. Du hast einen Platz in der VIP-Lounge, daher spielt es keine Rolle.“

„Ich komme nach, das passt. Ich wollte gerne vorher noch in diesen Laden in der Pine Street. Sie haben dort eine große Auswahl an Zeichenbedarf.“ Tatsächlich ist er mir bereits vor ein paar Tagen aufgefallen, als wir vom Great Wheel nach Hause gefahren sind. Ich weiß nicht, woher so plötzlich der Wunsch kommt, wieder zu malen und zu zeichnen, weil ich seit dem Tod meiner Eltern kaum noch dazu gekommen bin. Zuerst konnte ich es nicht, weil es mir viel zu nah ging, viel zu weh tat, einen Stift oder Pinsel in die Hand zu nehmen und zu wissen, dass aus meinem Traum, Kunst zu studieren, nichts werden würde. Ich sah keinen Sinn darin, mich mit etwas zu beschäftigen, dass plötzlich wirklich einer brotlosen Kunst gleichkam, wie meine Eltern immer behauptet hatten. Und je mehr Zeit ich dann mit dem Führen des *Melias* beschäftigt war, um so mehr geriet meine einstige Passion in den Hintergrund. Aber in den letzten Tagen ist der Wunsch, wieder zu malen, immer größer geworden und ich will wissen, wie viel es mir noch bedeutet.

„Du willst wieder malen?" Wes sieht nachdenklich zu mir herüber.

„Ja. Ich muss wissen, ob es mir noch so viel gibt wie früher. Ob es noch das ist, was mich erfüllt."

„Dann... ist der Gedanke an ein Studium noch nicht vom Tisch?"

„Ich weiß nicht. Ich habe, bis auf ganz wenige Ausnahmen, seit fünf Jahren nichts mehr zu Papier oder auf die Leinwand gebracht. Vielleicht habe ich es verlernt? Vielleicht merke ich, dass ich es nur noch für mich machen will? Vielleicht fühle ich mit dem ersten Pinselstrich aber auch, dass es immer noch mein Traum ist, Kunst zu studieren." Das klingt alles sehr vage, aber es ist genau so, wie ich es sage. Es könnte eine berufliche Perspektive werden. Oder auch nur ein Hobby. Wieder schweigt Wes, dann, als wir schon fast zuhause sind, runzelt er plötzlich die Stirn.

„Hast du mal für einen kleinen Jungen, der mit seiner Mutter im *Melias* zu Gast war, ein Bild gemalt? Mit ihm und seiner Mutter auf dem Steg am Strand? Im Sonnenuntergang?" Irritiert sehe ich ihn an.

„Ja, ich erinnere mich. Weil das eine der wenigen Ausnahmen von meiner selbstauferlegten Zeichenabstinenz war. Der Kleine war so süß und seine Mutter so nett. Sie hat mir erzählt, dass sie lange auf diesen Urlaub mit ihrem Sohn gespart hat, aber dass es jeden Penny wert wäre, ihren Sohn so glücklich und unbeschwert zu sehen. Ich wollte ihnen etwas schenken, das sie immer an diesen Urlaub erinnert, aber es sollte sie nicht in Verlegenheit bringen, sich zu einer

Gegenleistung gezwungen zu fühlen, weil es einen bestimmten Wert hat. Und da habe ich ihnen dieses Bild gemalt." Wes hat inzwischen eingeparkt und den Motor abgestellt. Für einen kurzen Augenblick ist es so still, dass man nur unseren Atem hört. Dann räuspert er sich.

„Mel, das ist... ich kenne dieses Bild." Wes spricht so leise, dass ich ihn fast nicht verstehe. Seine Stimme vibriert vor Emotionen. Dann sieht er mich an und der Blick, der mich aus seinen schönen dunklen Augen trifft, bohrt sich direkt in mein Herz, weil er so roh, so wild und voller Emotionen ist, dass es mir den Atem raubt.

„Woher kennst du das Bild?", flüstere ich, während ich das überwältigende Gefühl habe, dass hier gerade etwas merkwürdig Verbindendes passiert.

„Ich kenne den Jungen und seine Mutter." Jetzt ist seine Stimme rau und er räuspert sich erneut, dann sieht er mich an.

„Erinnerst du dich, dass ich gesagt habe, ich wolle dir jemanden in Seattle vorstellen, damit du verstehst, warum ich ausgerechnet das *Melias* kaufen wollte? Nun, dieser jemand ist Timmy. Der Junge, hat eine sehr schwierige Herz OP hinter sich. Er hatte das Bild mit im Krankenhaus, eben weil es ihn an diesen schönen Urlaub erinnert hat." Ich halte die Luft an, weil ich den lebhaften kleinen Kerl nicht mit einer so schweren Erkrankung in Verbindung bringen kann. Woher kennt Wes ihn? Einen so großen Zufall kann es doch gar nicht geben, oder?!

„Du... du kennst ihn? Woher?", krächze ich.

„Wenn ich Zeit habe, besuche ich als Botschafter der *Heartbeat* Organisation herzkranke Kinder, um Zeit mit ihnen zu verbringen und sie für ein paar Stunden von ihrer Krankheit abzulenken. Dabei habe ich auch Timmy kennengelernt."

„Wow." Ich weiß nicht, worüber ich mehr erstaunt sein soll. Über Wes' Engagement oder diesen wirklich unglaublichen Zufall, dass er ausgerechnet Timmy dabei kennengelernt hat. Plötzlich nimmt Wes meine Hand und sieht mich ernst an.

„Ich hätte es dir schon längst sagen sollen, aber irgendwie war es nie der richtige Zeitpunkt. Aber jetzt..." Er holt Luft, dann sucht er meinen Blick und die Sanftheit, die darin liegt, berührt mich zutiefst.

„Wegen dieses Bildes habe ich ausgerechnet das *Melias* für meine Pläne haben wollen. Es hat mich sofort in seinen Bann gezogen. Es ist so wunderschön, so einzigartig, so berührend, dass ich förmlich die Emotionen spüren konnte, die der Künstler damit einfangen wollte. Die *du*, wie ich jetzt weiß, damit ausdrücken wolltest. Als ich die Fotos der Maklerin, die das *Melias* im Portfolio hatte, gesehen habe, habe ich mich sofort an dieses Bild erinnert. Und ich wusste in dieser Sekunde, dass genau das der Ort für mein Vorhaben ist." Er macht eine kurze Pause, und ich spüre, dass er sich für einen Augenblick sammeln muss, weil ihn seine Gefühle übermannen.

„Ich hatte vor, auf dem Gelände ein Reha-Zentrum für herzkranke Kinder zu errichten. Solche Kinder wie Timmy, deren Eltern es sich nicht leisten können, die sehr teure Nachsorge zu bezahlen." Oh mein Gott! Mein Herz stolpert und ich merke, wie mir Tränen in die Augen steigen. Das ist... das ist so viel

uneigennütziger, so viel empathischer, als ich jemals
vermutet hätte. Mein Herz schlägt plötzlich noch mehr
für diesen Mann, als es bisher schon der Fall war.
„Oh mein Gott, Wes! Das ist eine fantastische Idee!
Das ist...“ Dann erst fällt mir auf, dass er gesagt hat, er
hatte es vor. Vergangenheitsform. Verwirrt runzele ich
die Stirn.
„Aber warum hattest du es vor? Willst du das jetzt nicht
mehr?“ Ein beschämter, schuldbewusster Ausdruck
huscht über sein Gesicht.
„Seit ich dich kennengelernt habe, deine Hingabe,
deine Opferbreitschaft für das *Melias* miterleben
konnte, weiß ich nicht mehr, ob es wirklich der richtige
Ort dafür ist. Ich meine, dieses Reha-Zentrum kann ich
fast überall eröffnen, aber...“ Vehement schüttele ich
den Kopf.
„Nein! Für mich hört sich das so an, als wäre alles, was
in den letzten Wochen passiert ist, irgendwie Schicksal.
Das Bild, der Verkauf, deine Idee, etwas für diese
Kinder zu tun... Das *Melias* ist Geschichte, Wes, und
das sage ich nicht nur so. Es gehört zu meiner
Vergangenheit, aber nicht in meine Zukunft. Und meine
Eltern wären sehr stolz und glücklich, wenn der Ort,
der ihnen so viel bedeutet hat, für etwas so
Wundervolles, so Bedeutendes genutzt würde, wie
dieses Reha-Zentrum!“ Eine ganze Weile ist es still im
im Auto, nur das Knisternnd erkaltenden Motors ist zu
hören. Dann räuspert Wes sich.
„Mel...“
Ich nehme seine Hand und drücke sie. Er muss nichts
sagen. Ich verstehe ihn auch ohne Worte.
„Das bedeutet mir sehr viel, Mel.“

„Und ich hätte nicht gedacht, dass es mir so leicht fällt, das *Melias* loszulassen, aber es fühlt sich richtig an, Wes.“

Wesley

„Die *Hornets* haben, wenn überhaupt, nur eine Schwachstelle: ihre Defense! Darum müssen wir heute erstklassige Run-Option-Plays abliefern, um eine Chance zu haben, das Spiel zu gewinnen.“ Bei diesen Worten sieht Coach Meyers unseren Quarterback Jace an.

„Wir haben alles besprochen, Burns. Die Taktik ist so weit klar. Ich gebe dir die Richtung vor, aber ich vertraue darauf, dass du deine Pass-Plays situativ selbst entscheidest.“ Jace nickt, während Meyers sich an mich wendet.

„Milford, da Pellham immer noch nicht wieder zu hundert Prozent fit ist, steht er nur als Notfalloption zur Verfügung. Ich werde Pernell eine Chance geben.“ Er nickt Brandon zu, der erst starr vor Schreck die Augen aufreißt, dann aber eine Faust in die Luft reckt und „Yes!“ ruft. Der Junge ist wie ich Running Back und in seiner ersten Saison als Rookie bei den Seagulls. Ich freue mich für ihn, wenngleich es mir für Deshaun leid tut. Ich weiß genau, wie scheiße man sich fühlt, wenn man weite Teile des Spiels von der Bank aus verfolgen muss. Aber ich verstehe auch die Entscheidung des Coaches, den Jungen langsam aufzubauen. Pellham wird mich ersetzen, wenn ich Ende der Saison meinen

Hut nehme, aber für den Erfolg einer Mannschaft ist es
wichtig, gleichwertige Alternativen zu haben.

„Eins noch, Milford. Ich denke, sie werden dich
besonders im Auge behalten. Im letzten Spiel gegen sie
hast du gezeigt, dass du deinen Kadaver noch ziemlich
wendig über das Feld schleppen kannst." Belustigtes
Hüsteln begleitet Coach Meyers Worte. Einzig ein
leichtes Zucken seines Mundwinkels verrät seine
eigene Erheiterung.

„Wenn ich richtig liege, haben sie seit ihrem letzten
Spiel gegen die *Scorpions* nicht mehr viele Alternativen
in ihrer D-Line, mit denen sie unser Play stoppen
können. Maroon und Benito haben sie auf die Injured
List gesetzt, also sind ihre besten Abräumer raus.
Hastings ist angeschlagen, ich habe beim Aufwärmen
mitbekommen, dass er seine rechte Schulter schont. Ich
vermute, dass sie direkte Hits vermeiden und es statt
dessen mit Strips versuchen. Also versucht es zuerst
mit kurzen, präzisen Pässen und ab durch die Mitte.
Können sie dagegen halten, was ich bezweifele, dann
versucht es mit langen Pässen." Jetzt wendet er sich an
Paxton.

„Und Wycombe: Du bist auf Bewährung! Noch so eine
Zitteraalvorstellung wie letztens und du bist raus!",
spielt er darauf an, dass Pax irgendeine merkwürdige
Angst vor dem Wort *Pink* hat. Wieder unterdrücktes
Gelächter, außer von Pax, der sieht angepisst aus, hält
sich aber zurück und nickt nur.

„So, und jetzt geht da raus uns zeigt denen, was ihr
drauf habt. Das letzte Wort um den Einzug in die Play-
offs ist noch lange nicht gesprochen!", beendet er seine

Rede und verlässt unter zustimmendem Jubeln und Gejohle die Kabine.

„Wow, Mann, ich kann nicht glauben, dass ich heute dabei bin!", freut sich Brandon neben mir, während wir den langen Gang unter den Tribünen Richtung Tunnel gehen, durch den wir direkt aufs Spielfeld gelangen. „Ich wette mit dir, irgendwann werde ich MVP und hole den Super Bowl." Es berührt mich, diesen Jungen so enthusiastisch, voller Träume und Tatendrang zu sehen. Ich war in seinem Alter genau so.

„Bran, als Runningback hast du kaum Chancen auf den Titel des MVP. Das werden meist die Quarterbacks", dämpfe ich grinsend seinen jugendlichen Übermut.

„Pfff! Nur weil das meistens so ist, heißt das nicht, dass es *immer* so ist!", behauptet er im Brustton der Überzeugung und ich lasse das so stehen. Träume und Ziele sind wichtig, und wer bin ich, ihm den Glauben daran zu nehmen?! Kurz denke ich an Mel. Sie hat mir auch von ihren Träumen erzählt, von einem Kunststudium in Europa. Und wenn mir auch der Gedanke daran, sie in Europa und ich hier in den Vereinigten Staaten, Bauchschmerzen bereitet, so werde ich sie trotzdem darin unterstützen, wenn es das ist, was sie wirklich will.

Als ich durch die Rauchkanonen, die blaue, schwarze und weiße Nebelfontänen in den Himmel schicken, und unter tosendem Applaus der Fans aufs Feld laufe, fühle ich mich befangener als sonst. Weil sie hier ist. Mel. Und weil es mir wichtig ist, dass sie diesen Teil meines Lebens endlich kennenlernt. Die Kulisse ist wie immer atemberaubend. Man versteht sein eigenes Wort nicht, die Tribünen beben unter dem Stampfen der Fans und diese besondere Spannung erfüllt das Stadion, die nicht nur bei uns Spielern ein elektrisierendes Kribbeln hervorruft. Man hat das Gefühl, dass die Luft vibriert, wie vor einem Gewitter. Während aus den Lautsprechern *Seek & Distroy* von Metallica dröhnt, versuche ich, Mel auf der Tribüne zu erkennen, aber das ist kaum möglich. Die VIP-Lounge befindet sich hoch oben auf den Rängen und ist zudem verglast. Das Licht spiegelt sich in den Fenstern, aber mir genügt es zu wissen, dass sie da oben irgendwo ist. Ich habe Ally gebeten, sich etwas um Mel zu kümmern, was sie sofort zugesagt hat. Sie war ohnehin auf die Frau gespannt, für die sie die ganzen Klamotten besorgen sollte und die augenscheinlich auf dem besten Weg ist, mein Herz zu erobern.

Jace und der Quarterback der *Hornets* stehen sich bereits zum Coin Toss gegenüber und der Schiedsrichter wirft die Münze. Zeit, sich auf das Spiel zu konzentrieren.

Melody

„Haben dir die Hasenpantoffeln gefallen?" Jamie, Allys kleiner Bruder, sieht mich neugierig an. Er ist ein wirklich aufgeweckter Junge und ich mag ihn jetzt schon sehr. Genau wie Ally. Dabei kennen wir uns gerade mal eine Stunde. Ich war ziemlich nervös, als ich mich bei der Security gemeldet habe, die mich in die VIP-Lounge geleitet hat, weil ich nicht wusste, was mich erwartet. Ich meine, der Name VIP bedeutet ja

schon, dass hier keine gewöhnlichen Fans zu finden sind. Und nicht nur das: Es ist auch der Bereich, in dem die Familien, Freundinnen und Ehefrauen der *Seagulls* das Spiel verfolgen und ich weiß nicht, wie sie auf mich reagieren werden. Ich weiß ja selbst noch nicht einmal genau, wie ich meine Beziehung zu Wes einordnen soll, also als was soll ich mich vorstellen, wenn mich jemand fragt, zu wem ich gehöre?!
Aber dann waren da Ally und ihr Bruder Jamie, die mich sofort entdeckt und in ein Gespräch verwickelt haben. Und nachdem Ally mich gefragt hat, ob sie bei der ausgesuchten Kleidung meinen Geschmack getroffen hat, mischt sich jetzt Jamie ein.
„Die Hasenpantoffeln sind der Knaller, Jamie! Wes nennt mich deshalb jetzt Bunny Girl", verrate ich ihm, wobei Ally amüsiert die Augenbrauen hochzieht.
„Bunny Girl, so so", lacht sie und verstrubbelt Jamies Haare, was er mit einem unwilligen Murren quittiert.
„Lass das! Es könnte sein, dass sie uns nachher fotografieren und wenn Leah dann das Bild sieht..." Gequält verdreht er die Augen.
„Leah ist seine Klassenkameradin und er steht auf sie", erklärt Ally mit einem schelmischen Grinsen.
„Gar nicht!" Beleidigt dreht Jamie sich um und stapft zu einem großen, breitschultrigen Mann mit einer bezaubernden Frau an seiner Seite, die ein Kleinkind vor sich auf dem Schoß sitzen hat. Beide winken in unsere Richtung und Ally winkt zurück.
„Das sind Myles Cassidy und seine Frau Brit. Er war der Vorgänger von Jace, bevor ihn eine Verletzung dazu zwang, seine Karriere an den Nagel zu hängen", erklärt sie mir. „Um ein Haar hätte Jace die Chance, Myles abzulösen, verpasst, weil er damals einfach den Fokus

verloren und sich ein paar Eskapaden zu viel geleistet
hat." Sie zuckt die Schultern, zieht mich aber hinter
sich her auf die beiden zu, die sich inzwischen angeregt
mit Jamie unterhalten.

„Komm, ich stell dich vor." Bevor ich noch protestieren
kann, stehen wir bereits vor deren Sitzplätzen und Ally
macht uns miteinander bekannt. Beide sind wirklich
nett und wir unterhalten uns über Gott und die Welt. Ich
hätte ehrlich gesagt nicht gedacht, dass ich mich hier so
wohl fühlen würde.

„Gleich geht es los!", raunt Ally mir zu als der
Geräuschpegel deutlich ansteigt.

„Gerade noch geschafft!", höre ich eine Stimme
ausrufen und als ich mich zu ihr umdrehe, verschlägt es
mir den Atem. Was macht sie denn hier?! Fast
gleichzeitig entdeckt sie mich und ihre Miene wird
starr, bevor eine Mischung aus Irritation, Unglauben
und Eifersucht sie hässlich verzerrt. Es dauert nur
Sekundenbruchteile, dann hat sie sich wieder im Griff,
so dass ich mir das auch nur eingebildet haben könnte.
Was ich allerdings nicht glaube.

„Was machst du denn hier?", fragt sie mich dann auch
direkt, als sie sich vor mir aufbaut, während sie nach
einem freien Platz schielt.

„Wes hat mich eingeladen", bleibe ich neutral. Das
scheint mir das Beste zu sein, zumal ich ja selbst nicht
weiß, ob es ihm recht wäre, mich als seine Freundin zu
bezeichnen.

„Na so ein Zufall, mich auch!" Ich höre ihrem zickigen
Tonfall deutlich an, dass ihr das nicht passt. In meinem
Magen ballt sich etwas zusammen, das sich stark nach
Eifersucht anfühlt. Wieso hat Wes sie auch eingeladen?

Er musste doch wissen, dass wir hier aufeinander
treffen würden? Was hat er sich dabei gedacht, seine
eifersüchtige Ex mit seiner eifersüchtigen *Was-auch-
immer* zu konfrontieren?
„Bist du extra den weiten Weg von Bainbridge Island
hierher gekommen, um dir das Spiel anzusehen?",
versucht sie, ihren Unmut hinter einem freundlichen
Ton zu verstecken, was ihr nicht ganz gelingt.
Unterdessen sieht Ally mit zusammengekniffenen
Augen von mir zu ihr und wieder zurück.
„Ich..."
„Als Wes' Freundin musste sie das gar nicht. Der Weg
von seinem Apartment hier ins Lumen Field ist gar
nicht so weit", mischt sich Ally mit einer zuckersüßen
Stimme ein und Valerie zuckt getroffen zurück.
„Du... wohnst bei Wes?" Sie klingt ehrlich überrascht
und ich frage mich, warum sie das offensichtlich nicht
weiß. So oft, wie Wes mit ihr telefoniert, hätte er das
doch schon mal erwähnen können? Oder sogar müssen?
Die Unsicherheit in mir wächst, ob Wes es mit uns
wirklich ernst meint. Wenn er seiner Ex so eine
wichtige Information verschweigt, eine, mit der ein
deutliches Statement mir, aber vor allem auch ihr
gegenüber verbunden ist, kann das nur bedeuten, dass
er sich in Bezug auf uns nicht sicher ist. Dass er sich
alle Optionen offenhalten will, oder?!
„Dann bist du also der Grund, warum er in letzter Zeit
so unzuverlässig geworden ist, was unsere Treffen
angeht?", schnaubt sie verärgert. Ein fieser Stich bohrt
sich in mein Herz. Die beiden waren in letzter Zeit öfter
verabredet? Welcher Art sind diese *Treffen* gewesen?
Ging es dabei nur um ihre geschäftliche Beziehung,
oder steckt womöglich mehr dahinter? Lauernd

beobachtet sie meine Reaktion auf ihre Worte, dann grinst sie überheblich.

„Ich weiß nicht, ob er dir erzählt hat, dass wir mal ein Paar waren." Als ich nicke, lächelt sie diabolisch. „Gut, aber hat er dir auch erzählt, dass wir danach immer mal wieder... zusammengekommen sind?" Sie betont das so, dass kein Zweifel daran aufkommen kann, dass sie beide auch *gekommen* sind. Zusammen. Aus dem fiesen Stich wird etwas, das mir den Atem nimmt, mich lähmt und mein Herz förmlich zu einem kleinen, schmerzenden Klumpen schrumpeln lässt. Siegessicher lächelt sie mich an.

„Frag ihn, wenn du mir nicht glaubst." Ich öffne den Mund, aber kein Ton kommt heraus. Ich will mir nicht die Blöße geben, ihr zu zeigen, wie sehr mich die Eröffnung, dass sie offenbar so etwas wie eine On-off-Beziehung führen, verletzt. Deshalb drehe ich mich um, damit sie nicht sieht, wie ich um Fassung ringe. Am schlimmsten ist, dass sie vollkommen ehrlich klang. Unten auf dem Feld laufen unter dem Jubel der Fans die Spieler der *Seagulls* aus einem Tunnel und unter den ohrenbetäubenden Klängen eines Metallica-Songs, den ich zwar kenne, aber nicht weiß, wie er heißt, aufs Feld. Einige reißen die Arme hoch und fordern die Fans auf, noch lauter zu jubeln, andere hüpfen und springen, klopfen sich auf die Schulter oder laufen direkt auf den Spielfeldrand zu, an dem sich der Staff befindet, der augenscheinlich aus mehreren Trainern mit Headsets, Physiotherapeuten mit großen Koffern, Wasserträgern und einigen anderen besteht, deren Funktion sich mir nicht erschließt. Als Wes, den ich nur an seiner Nummer 10 auf dem Trikot erkenne, weil er seinen

Helm aufhat, sich zur VIP-Tribüne umdreht und winkt, springt Valerie auf, johlt, ruft seinen Namen und winkt zurück. Irritiert sieht Ally mich an, aber vor lauter Überforderung kann ich nicht anders reagieren als nur hilflos mit den Schultern zu zucken.

„Wer, um Himmels Willen, ist das?", fragt sie mich leise.

„Wes' Exfreundin", presse ich heraus, oder seine *immer-mal-wieder-Freundin*, und plötzlich wird mir das alles hier zu viel. Ich wollte mir in Ruhe mein erstes Footballspiel ansehen, aber damit ist es jetzt vorbei. Valerie hat mir diesen schönen Tag mit der Information, dass sie und Wes offenbar immer mal wieder zusammen im Bett landen, gründlich verdorben.

„Komm mit." Energisch steht Ally auf, wechselt ein paar Worte mit Myles und seiner Frau, dann nimmt sie meine Hand und zieht mich mit sich Richtung Tür.

„Ich vertrage das aufdringliche Parfum, das hier die Luft verpestet, nicht länger", haut sie in Richtung Valerie raus, die eine Sekunde braucht, um zu realisieren, dass damit sie gemeint ist, und die dann vor Empörung prompt rot anläuft. Ob oder wenn, was sie darauf sagt, hören wir nicht mehr, denn Ally schiebt mich in einen Fahrstuhl, der die Lounge mit dem Untergeschoss verbindet und direkt, wie ich feststelle, als sich die Türen öffnen, in einen abgetrennte Bereich hinter der Bank der Spieler mündet.

„Wo sind wir hier?", frage ich gegen den ohrenbetäubenden Lärm an, der mit dem der Kick-off der *Seagulls* einher geht.

„Das ist ein Bereich zu dem ebenfalls nur VIP-Gäste Zugang haben. Aber die meisten Sponsoren oder Gäste sind lieber oben, weil sie dort besser sehen können.

Und nicht zu vergessen, das fantastische Catering, das
oben angeboten wird, genießen können", grinst sie,
wird aber sofort wieder ernst.
„Ich habe allerdings nicht das Gefühl, dass du
besonders viel Wert auf die Vorteile legst, die die
Lounge oben dir bietet?" Das ist mehr eine Feststellung
als eine Frage und sie liegt damit goldrichtig. Und das
gilt auch ohne dass Wes' Ex-oder-was-auch-immer-
Freundin da oben ist. Die Stimmung hier unten, so nah
am Geschehen ist, brutaler, purer, echter. Man hört die
Kommandos, die sich die Spieler zurufen, hört das
dumpfe Geräusch, wenn zwei Gegner
aufeinanderprallen, und man spürt förmlich, wie die
Erde vibriert, wenn die Akteure im Kampf um den Ball
nah an der Seitenlinie vorbeirauschen. Ich kann mich
der Faszination nicht entziehen, die ich als absoluter
Footballneuling dabei empfinde, das Spiel, dessen
Regeln ich nur sehr unvollständig beherrsche, zu
verfolgen. Einer atemberaubenden Choreografie aus
Tänzern und Bulldozern, aus Ballett und Haka, dem
traditionellen Tanz der Maori, folgend, bewegen sich
diese Männer über das Feld. Und das ist, so martialisch
es auch rüberkommt, unglaublich mitreißend. Ich
beobachte Wes, wie er durch eine Lücke in der
Verteidigung der Gegner prescht und ein paar Yards
erläuft, bevor er von einem wahren Grizzly über die
Seitenlinie ins Aus gerammt wird, so dass er hart auf
dem Boden aufkommt, einen Linienrichter und einen
Physio mitreißt, und schließlich nah an der Stelle, an
der Ally und ich stehen, zum Stillstand kommt. Für
einen kurzen Augenblick scheint es so, als würde er
mich ansehen, aber ich kann es nicht mit Sicherheit

sagen, da der Helm seine Augen verdeckt, dann ist er
wieder auf den Beinen und rennt zurück aufs Feld. Und
wieder ist da dieser Zweifel, diese Unsicherheit, ob
Valerie die Wahrheit gesagt hat, und wenn ja, was das
für uns zu bedeuten hat.

Wesley

Wir mussten tatsächlich in die Overtime, haben die
Hornets aber schließlich mit einem 13:14 nach Hause
geschickt. Es war harte Arbeit, insgesamt gab es nur
drei Touchdowns, zwei mit verwandelten Extrapunkten
für uns, einen für die *Hornets*. Spiele wie diese sind in
der Regel für den Zuschauer nicht so attraktiv, da viel
Spielzeit dafür drauf geht, Yards zu erlaufen und neue
First Downs zu erreichen. Spektakulärer sind immer
Spiele mit vielen Touchdowns und langen, gefangenen
Pässen, aber damit konnten heute weder wir noch die
Hornets glänzen. Alles in allem war es also ein
Arbeitssieg, aber der zählt in der Endabrechnung nicht
weniger.
Ich dusche so schnell wie möglich, während meine
Teamkollegen noch mit der Aufarbeitung des Spiels
beschäftigt sind, was regelmäßig in einer hitzigen
Debatte darüber ausartet, wer besonders gut oder
besonders schlecht war.
„Ey, Bran, klasse Vorstellung!", lobt Tyler, unser
Wikinger Receiver, den Rookie, der wie ein
Honigkuchenpferd grinst.

„Alter, wie du diesen Fleischklops Vermont hast stehen
lassen! Allererste Sahne", pflichtet Monty ihm bei.
„Kommst du noch mit ins *Nest?* Die Groopies können
es bestimmt nicht erwarten, sich von dir ausführlich
und mit ganzem Körpereinsatz erklären zu lassen, wie
du das gemacht hast", lacht Pax und wackelt anzüglich
mit den Augenbrauen.
„Ne, lass mal, ich habe schon jemanden, dem ich das
nachher mit meinem Astralleib genauestens erklären
darf", wehrt Bran grinsend ab.
„Bestimmt kommt Wes auch nicht mit. Er hat da so was
angedeutet, dass er auch jemanden hat, der an sehr
intimen Details des Tacklings interessiert ist", feixt
Cam, lacht aber, als ich die Augen verdrehe.
„Das ist mein Stichwort, Jungs, viel Spaß im *Nest,* wir
sehen uns morgen in alter Frische!", verabschiede ich
mich eilig. Es ist spät geworden und ich will nicht, dass
Mel länger auf mich warten muss als unbedingt nötig.
Auf dem Weg zum Parkplatz warten noch ein paar
Reporter, die für seriöse Sportplattformen berichten
und die eine Akkreditierung für den Innenbereich hier
haben. Ich beantworte ein paar Fragen, es werden
Bilder geschossen, dann bin ich entlassen und sie
stürzen sich auf Bran, der der heimliche Star des
heutigen Abends ist. Und das hat er sich wirklich
verdient. Immerhin hat er einen Touchdown selbst
erlaufen und den anderen durch einen unfassbaren Lauf
bis in die fünf Yard Zone der *Hornets* vorbereitet.
Mel sieht von ihrem Handy auf, als ich zu meinem
Auto komme, an dem sie auf mich wartet. Meine
Freude, sie zu sehen, fällt in sich zusammen, als ich
ihren Gesichtsausdruck bemerke. Sie wirkt

nachdenklich, unsicher, aber auch verletzt, was ich mir nicht erklären kann. Was ist passiert? Hat sie jemand dumm angemacht? Ein Kerl? Eines dieser penetranten Groopies?

„Was ist los, Mel?" Die verschiedensten Emotionen verdunkeln ihre schönen grünen Augen. Sie sieht zu Boden, ich höre wie sie schluckt. Ein paar Sekunden sammelt sie sich, dann sieht sie mich an und bohrt ihren Blick in meinen.

„Du meinst, außer dass Valerie ebenfalls im Stadion war, weil du ihr eine VIP Karte besorgt hast?" Die funkelnden Lichter in ihren Iriden glühen auf wie grüne, fluoreszierende Opale. Und Himmel!, ist diese Frau schön, wenn sie wütend ist. Denn das ist sie, ich weiß nur nicht so genau, warum.

„Ja, sie hat mich darum gebeten, um ein wenig zu networken und ihre Visitenkarten zu verteilen." Das ist Mels Problem?! Dass Val ebenfalls da war?! Vielleicht sollte ich mich geschmeichelt fühlen, weil sie eifersüchtig auf Val zu sein scheint, aber mich nervt das eher. Ich brauche keine Frau an meiner Seite, die mir nicht vertraut. In meinem Business wird es immer Gerüchte, Fotos oder was auch immer geben, die man so oder so interpretieren kann! Und ich habe ihr bereits versichert, dass das zwischen Val und mir vorbei ist, und zwar schon lange!

„Und du bist dir sicher, dass da nicht mehr dahinter steckt? Von beiden Seiten aus?", fragt sie mich auch prompt und ich höre unter dem bissigen Ton, den sie anschlägt, wie verunsichert sie ist.

„Ja, da bin ich mir ganz sicher, Mel! Wir sind schon seit einer Ewigkeit getrennt!" Aufgebracht fahre ich mir durch die Haare. Ich will mich nicht mit ihr wegen Val

streiten, aber ich will auch nicht immer und immer
wieder betonen, dass zwischen mir und Val nichts ist.
Mel fixiert mich mit einem durchdringenden Blick.
„Und du bist dir ganz sicher, dass du seitdem nicht
wieder mit ihr im Bett gewesen bist?“ Für eine Sekunde
bleibt mein Herz stehen. Sie hat einen wunden Punkt
getroffen, und so, wie sie mich ansieht, weiß sie es
auch. Verdammt, Val! Was hast du ihr bloß erzählt?!
Leider weiß ich auch, dass meine Antwort Mel
verletzen wird, obwohl es da nur diesen einen
Ausrutscher gab. Und der immerhin zwei Jahre
zurückliegt, weswegen ich keine Veranlassung gesehen
habe, ihn zu erwähnen. Noch dazu, weil es für mich
bedeutungslos war. Sex ja, Gefühle nein.Und selbst
wenn, hätte Mel nicht das Recht, darauf so angepisst zu
reagieren, denn für die Zeit vor ihr bin ich ihr keine
Rechenschaft schuldig.
„Ich verstehe, Wes. Ich denke, ich schlafe heute Nacht
besser in einem Hotel.“ Damit entsperrt sie ihr Handy
und tippt darauf herum.
„Mel, bitte, ich...“, versuche ich zu retten, was
vielleicht noch zu retten ist, wenn ich ihr erkläre,
warum das damals so gekommen ist und dass es nur ein
Mal war und es nichts bedeutet hat...
„Bitte, Wes, ich weiß gerade gar nichts mehr“, sie fasst
sich an die Schläfen und massiert sie, während ihre
Stimme immer leiser wird. „Wir haben uns einmal
vorgenommen, immer ehrlich zueinander zu sein, und
ich frage mich, was daraus geworden ist.“ Müde sieht
sie mich an. „Und ich bin ehrlich, Wes, wenn ich dir
sage, dass ich nicht weiß, wo wir stehen, was wir
füreinander sind. Was ich mir für meine Zukunft

352

wünsche. Was ich..." Die Schranke des Sicherheitstores öffnet sich und ein Taxi fährt auf das Gelände.

„Bitte, gib mir die Zeit, das herauszufinden. Ich muss wissen, wer ich bin. Wer ich sein will und was ich sein will." Traurig sieht sie mich an, geht um das Taxi herum, steigt ein und lässt mich nachdenklich zurück. Vielleicht hat sie recht und wir brauchen wirklich Zeit, um herauszufinden, was wir wollen. Wir beide. Ich muss mir eingestehen, dass ich Mel viel zu schnell und viel zu selbstverständlich in eine Rolle gepresst habe, die sie möglicherweise gar nicht will. Die nicht zu ihr passt. Ich habe Dinge über ihren Kopf entschieden ohne sie zu fragen, was sie möchte. Ich denke immer noch, dass Mel bei dieser Sache mit Val überreagiert, aber ich gebe auch zu, dass das aus ihrer Sicht und so, wie sie davon erfahren hat, eine vollkommen falsche Interpretation zulässt.

Fuck! Alles, was ich im Moment weiß, ist, dass ich Mel die Zeit geben muss, die sie einfordert. Ich habe Angst, dass sie plötzlich alles infrage stellt, was bisher zwischen uns war, aber ich will auch, dass sie sich aus freien Stücken für mich entscheidet, sollte sie zu dem Schluss kommen, dass unsere Beziehung das wert ist.

Melody

Ich habe so gut wie gar nicht geschlafen und bin deshalb wie gerädert, als es Zeit ist, aufzustehen. Falls ich geglaubt habe, Abstand würde mir helfen, klarer zu sehen, habe ich mich getäuscht. Ich habe wieder und wieder alles zerdacht, habe alles, was ich über Valerie und Wes weiß, zusammengetragen, aber ich kann die Teile zu keinem schlüssigen Bild zusammenfügen. Vielleicht hätte ich ihn gestern erklären lassen sollen, was es mit Valeries Andeutungen auf sich hat. Es war nicht fair von mir, mich dieser Diskussion einfach zu entziehen, in dem ich quasi in ein Hotel geflohen bin. Mist.

Ich dusche schnell, ziehe mir die Sachen von gestern an, was sich unangenehm anfühlt, und bestelle mir ein Taxi zum Hotel. Wenn ich Glück habe, ist Wes noch zu Hause und wir können reden.

Tatsächlich empfängt mich der Duft nach frisch gebrühtem Kaffee an der Tür, nachdem ich den Fahrstuhl verlassen und die Schuhe ausgezogen habe.

„Melody?" Überrascht sieht Wes auf als ich in die Küche komme.

„Wir müssen reden." Verdammt. Meine Unsicherheit überspielend schieße ich im Tonfall über das Ziel hinaus. Ich höre mich anklagend und kühl an, dabei ist das Gegenteil der Fall. Ich will zwar immer noch wissen, was es mit ihm und Val auf sich hat, aber weder will ich ihn vorverurteilen, noch verärgern.

„Tut mir leid, das kam jetzt schärfer rüber als beabsichtigt", entschuldige ich mich, bevor er sich angegriffen fühlt und zumacht. Er sieht mich eine Weile an, ohne was zu sagen, dann nickt er.

„Willst du einen Kaffee oder hast du im Hotel gefrühstückt?" Ganz kann er seinen Ärger nicht aus seiner Stimme heraushalten, aber das ignoriere ich.

„Kaffee wäre prima." Während er mir einen Kaffee einschenkt, setze ich ich auf einen der Hocker an der Küchentheke.

„Mel, ich..."

„Wes, ich...", setzen wir beide gleichzeitig an, dann schüttelt Wes den Kopf.

„Ich zuerst. Mel, es tut mir leid, dass du aus dem, was Valerie dir erzählt, oder wie sie es möglicherweise erzählt hat, falsche Schlüsse gezogen hast. Ja, ich bin einmal rückfällig geworden und wieder mit ihr im Bett gelandet, nachdem wir getrennt waren, aber das war nur Sex. Wir haben uns zufällig auf einer Gala getroffen, haben was getrunken und, na ja, hatten Sex. Und schon als ich am nächsten Morgen neben ihr wach geworden bin, habe ich es bereut." Er klingt ehrlich, aber trotzdem bleibt da ein kleiner Stachel an Unsicherheit in meinem Herzen zurück, den seine Worte nicht herausreißen können.

Ich nicke, um ihm zu signalisieren, dass ich das Thema nicht länger und auch nicht tiefer erörtern möchte. Und auch, weil mir der Kloß im Hals das Sprechen unmöglich macht. Mit einem großen Schritt ist er bei mir und seine Hände zucken in meine Richtung, aber dann lässt er sie fallen, ohne mich zu berühren.

„Mel, glaub ihr nicht. Bitte glaub nicht alles, was du über mich liest oder hörst. Das meiste ist erfunden oder falsch interpretiert, um die Auflage zu erhöhen oder mehr Follower zu bekommen. Das hat nichts mit mir, mit dem Wesley zu tun, den du kennst, und der nicht gelogen hat, als er sagte, er wolle mit dir zusammen sein." Er sieht mich an und mir wird unter seinem flehenden Blick warm. Die Schmetterlinge in meinem Bauch drehen vorsichtig ein paar unsichere Runden, nachdem ich sie gestern in den vorzeitigen Winterschlaf geschickt habe.

„Es tut mir leid, Wes, dass ich gestern so... überreagiert habe. Ich hätte mir anhören müssen, was du dazu zu sagen hast, statt mich zurückzuziehen und zu spekulieren, was zwischen dir und Val ist oder was nicht. Das war nicht fair." Ich lege ihm eine Hand an die Wange und er schließt für einen Moment die Augen. Als er sie wieder öffnet, sehe ich pure Erleichterung aufflackern, aber auch so etwas wie Schuldbewusstsein.

„Ich bin froh, dass du mir glaubst, Mel, denn alles, was ich dir gesagt habe, ist die Wahrheit." Endlich zieht er mich an sich und küsst mich. Es ist der zurückhaltendste, sanfteste Kuss, den ich bisher von ihm bekommen habe. Er baut keine sexuelle Spannung auf, stattdessen fühlt er sich an wie Nach-Hause-Kommen. Wie eine heiße Tasse Kakao nach einem langen Spaziergang im Winter. Er ist unaufgeregt und träge, aber ich kann jedes einzelne Gefühl spüren, was er mir vermitteln soll.

Als Wes seine Lippen von meinen löst, fällt es mir schwer, in die Wirklichkeit zurückzukehren.

„Ich muss gleich zum Training", entschuldigt er sich, bevor er innehält.

„Wie hat dir überhaupt dein erstes Live-Footballspiel gefallen?"

„Mein erstes Footballspiel überhaupt", korrigiere ich ihn. „Und es war... ich weiß nicht. Martialisch, brutal, aber auch mitreißend und ich habe ein paar neue Dinge gelernt."

„Was für Dinge?"

„Zum Beispiel, dass ich Männer in engen Hosen und mit breiten Schulterpolstern unglaublich sexy finde."

„Männer?", knurrt er.

„Na ja, da waren schon ein paar sehr ansprechende Exemplare dabei", ärgere ich ihn. Ich bin froh, dass wir unseren ersten Streit so schnell hinter uns lassen konnten. Anscheinend ist Wes, ebenso wie ich, kein nachtragender Mensch. Und das gefällt mir.

Sein Handy klingelt und unterbricht unser leichtes Geplänkel

„Wir reden nachher weiter darüber, wen du sexy zu finden hast", raunt er mir augenzwinkernd zu, dann nimmt er das Gespräch an.

„Hallo Coach." Ich räume die Tassen in die Spülmaschine, drehe mich aber ruckartig um, als ich Wes krächzen höre.

„Was... wie geht es ihnen?" Sein Ton ist rau und heiser. Er reibt sich über die Augen.

„Verstehe. Shit!" Im Laufe der Unterhaltung wird sein Gesicht immer düsterer. Er wirkt erst fassungslos, dann erleichtert, dann wieder bestürzt. Ich reime mir aus dem, was er seinem Gesprächspartner erwidert, zusammen, dass es irgendetwas mit einem seiner Kollegen zu tun haben muss. Schließlich beendet er das Gespräch und atmet ein paarmal tief ein und aus. Dann dreht er sich zu mir um und ich erkenne sofort an seiner angespannten Haltung und dem ernsten Zug um seine Augen und Mundwinkel, dass es ihn sehr mitnimmt, was er gerade erfahren hat. Ich gehe zu ihm, lege ihm meine Hand auf den Arm und drücke ihn sanft. Wes blinzelt, schüttelt dann leicht den Kopf und sieht mich an.

„Drei meiner Mannschaftskollegen hatten einen Autounfall." Seine Stimme klingt gepresst. Ich weiß nicht, ob ich fragen soll, wie es ihnen geht. Wes wirkt ein bisschen durch den Wind, also wird es kein Bagatellunfall gewesen sein.

„Sie waren auf dem Weg zum Training. Ein LKW hat ihnen die Vorfahrt genommen." Oh mein Gott! Ich muss unwillkürlich an meinen Vater denken. Er hat seinen Unfall nicht überlebt, und bei ihm war es kein LKW, der ihn gerammt hat. Wesley drückt mit dem Daumen und Zeigefinger auf seine Lider und ein unterdrücktes Schluchzen entkommt ihm.

„Brandon, einer unserer Rookies. Er... er war gestern so glücklich, weil er ein fantastisches Spiel abgeliefert hat. Scheiße, er ist erst zwanzig Jahre alt, Mel!" Wes' Stimme zittert bedenklich.

„Er hat hinten gesessen, wo dieses Arschloch... der Truck ist direkt in seine Seite..." Ich kann nicht mitansehen, wie sehr Wes emotional leidet, aber ich weiß nicht, wie ich ihm helfen soll, außer ihm zuzuhören und seine Hand zu nehmen, die er jetzt an seiner Seite zu einer Faust geballt hat.

„Was.... was ist mit ihm?", frage ich leise, ohne zu wissen, ob ich die Antwort hören will. Aber Wes war für mich da, als es mir schlecht ging und jetzt bin ich eben für ihn da.

„Er... keine Ahnung, Coach Meyers hat gesagt, dass er mit einem schweren Schädel-Hirn-Trauma und einem Polytrauma auf der Intensivstation liegt." Bilder tauchen in meiner Erinnerung auf, wie mein Vater gegen den Tod und um sein Leben kämpft. Ich sehe ihn vor mir, leichenblass, mit diesen vielen Schläuchen in seinem Körper und dem Tubus in seiner Luftröhre. Ich höre das Piepsen der Monitore und das leise Zischen der Beatmungsmaschine. Bis es ganz ruhig wird. Wortwörtlich totenstill.

„Deshaun und Monty hat es ebenfalls ganz schön erwischt. Knochenbrüche, Prellungen... das ganze Programm, aber sie sind wenigstens nicht in Lebensgefahr." Mühsam blinzele ich mich zurück in Wes' Küche. Das gerade war ein heftiger Flashback. Ich brauche ein paar Atemzüge, bis ich wieder im Hier und Jetzt bin.

„Mel, es tut mir leid, aber ich muss los. Ich muss zum Team, ich muss..." Er fährt sich mit seiner freien Hand durch die Haare, während er mit der anderen meine Hand fast panisch umklammert.

„Ja, ich verstehe das, Wes. Geh. Ich komm schon klar." Dankbar sieht er mich an.

„Ich melde mich, wenn ich mehr weiß, Mel. Ich..."

„Geh." Sanft schiebe ich ihn von mir weg und zur Tür hin. Er sieht mich mit einer Mischung aus Zerrissenheit, Bedauern und Wärme an, und mein Herz zieht sich bei diesem Cocktail zusammen.

„Danke." Mehr sagt er nicht und mehr ist auch nicht nötig.

Wesley

Als ich das VMAC erreiche, spüre ich bereits diese unheilvolle Stimmung, die ein Unglück wie dieses begleitet. Wo sonst unzählige Stimmen, gebrüllte

Befehle, Scherze und das Stampfen und Fluchen der Profis zu hören ist, liegt heute eine bedrückende Stille über allem. Das Trainingsgelände ist ausgestorben, keine Menschenseele ist zu sehen, als ich mich auf den Weg von meinem Auto zum Gebäude mache, in dem sich alle versammelt haben, um auf Neuigkeiten aus dem Krankenhaus zu warten. War die Luft hier schon immer so stickig? Die Stille schon immer so... still? Der Geruch schon immer so mit Panik und Schmerz angereichert? Mein Weg führt mich automatisch in unsere Kabine, dem Ort, an dem wir uns alle dem Football und unseren Kameraden am nächsten fühlen, auch wenn es nur die Umkleide des Trainingszentrums und nicht die des Lumen Field Stadions ist, die wir nur an Spieltagen oder zu besonderen Anlässen betreten. Als ich die Tür öffne, wenden sich mir unzählige Augenpaare zu. In allen sehe ich Schmerz, Unglauben, Entsetzen und Hilflosigkeit.

„Meyers hat mich angerufen. Gibt es schon Neuigkeiten?", frage ich in die Runde, ernte aber nur Kopfschütteln. Jace erhebt sich schwerfällig, kommt auf mich zu und legt mir eine Hand auf die Schulter. „Wir wissen auch nur, dass es Brandon am schlimmsten getroffen hat. Er... scheiße." Jace Stimme bricht, aber er muss gar nichts weiter sagen. Wir alle fühlen das gleiche. Brandon ist ein guter Junge, jung und hungrig, voller Hoffnung, seine Träume zu verwirklichen und allen zu beweisen, dass er irgendwann die Auszeichnung als MVP und den Super Bowl gewinnen wird.

„Fuck!", schreit plötzlich Landon auf und rauft sich die

Haare. Jace lässt mich los und trottet mit hängendem Kopf auf seinen Platz.

Minuten werden zu Stunden, keine Ahnung, wie lange wir alle hier sitzen und auf Neuigkeiten warten. Die Stille, die nur ab und zu von unterdrücktem Seufzen, Rascheln oder einem leisen Fluch unterbrochen wird, drückt uns auf das Gemüt. Es scheint so, als wenn niemand mehr daran glaubt, dass es gute Neuigkeiten sein könnten, die man uns, wann auch immer, überbringt. Ich weiß nicht, wie lange wir so da sitzen, mit dieser unheilvollen Spannung im Raum, als sich die Tür öffnet und Coach Meyers zu uns hineinkommt. Sein Haut ist grau, tiefe Falten haben sich in sein Gesicht gegraben, und wenn das möglich ist, sind seine ehemals grauen Haare in den letzten Stunden weiß geworden. Er sieht müde und mitgenommen aus, wie wir alle, dann atmet er langsam aus und sieht uns an.

„Brandon ist über den Berg." Es bricht kein Jubel aus, wie nach einem Sieg, obwohl es sich sogar besser anfühlt, als ein Spiel gewonnen zu haben. Stattdessen erfüllt erleichtertes Ausatmen, Seufzen und sogar vereinzelt leises Schluchzen den Raum.

„Ich komme gerade aus dem Krankenhaus. Brandon...", er fährt sich müde durch die Haare, „der Junge wird überleben, aber niemand weiß zum jetzigen Zeitpunkt, ob er irreparable Schäden zurückbehalten wird. Nur eines ist sicher: Er wird niemals wieder professionell Football spielen können." Brandon wird leben, das ist im Moment das einzige, was von Bedeutung ist. Aber wir alle wissen, dass es kein leichter Weg ist, den Bran vor sich hat. Seine Träume und Wünsche, das Potential, das er mitgebracht hat, den Hunger und die Freude, die seine Persönlichkeit ausgemacht haben, von einem Tag

auf den anderen zerstört zu wissen, dieses Schicksal
anzunehmen, wird ihn mehr Kraft kosten als jedes
Match, jeder Super Bowl-Sieg von ihm gefordert
hätten.

„Geht nach Hause, Jungs. Hier könnt ihr nichts tun. Die
nächsten Tage sind entscheidend, wie es für Brandon
weitergeht. Ich stehe mit seiner Familie in Kontakt und
werde euch informieren, sobald es etwas Neues gibt.“
Meyers Stimme verrät, wie nah ihm diese Sache auch
persönlich geht. Niemand denkt gerade darüber nach,
welche sportlichen Konsequenzen es für die *Seagulls*
hat, dass drei wichtige Spieler für unbestimmte Zeit
ausfallen werden. Es gibt Dinge, die angesichts einer
solchen Tragödie an Bedeutung verlieren.

Melody

Wesley hat mich angerufen und mir mitgeteilt, dass er
heute nicht nach Hause kommen wird. Er will bei
seinem Team sein. Alle harren im Trainingszentrum aus
und warten auf Neuigkeiten bezüglich des Zustandes
von Brandon. Er hat mir erklärt, dass das etwas ist, was
sie als Mannschaft tun müssen, als Kameraden, als
Team, und dass es ihnen Halt gibt, zusammen zu sein.
Also habe ich meine Malsachen hervorgeholt, aber so
sehr ich mich auch bemühe, ich bringe keinen einzigen
Strich zu Papier. Oder auch auf die Leinwand. Ich habe
mir absichtlich Material für verschiedene Optionen

gekauft, aber ich kann mich nicht darauf konzentrieren,
zu malen. Früher hat es meine Gedanken abgelenkt, ich
bin zur Ruhe gekommen, sobald ich einen Stift oder
einen Pinsel in der Hand hatte, aber jetzt gerade ist das
Gegenteil der Fall. Meine Gedanken kreisen wie ein
Karussell in meinem Kopf und lenken mich vom Malen
ab.
Irgendwann gebe ich genervt auf. Heißt das jetzt, dass
ich die Leidenschaft für die Malerei verloren habe?
Oder lenkt mich diese Ungewissheit, die ich in jedem
Lebensbereich fühle, nur vom Wesentlichen ab?
Ich räume alles wieder zurück in das Gästezimmer, in
dem ich mich seit Tagen kaum noch aufhalte, weil ich
bei und mit Wes schlafe. Ich habe plötzlich das Gefühl,
dass mich die Situation mit Wes hemmt, dass ich es mir
zu bequem mache, mir immer nur *vornehme*, mir
Gedanken über meine Zukunft zu machen, es aber nicht
wirklich tue. Ich fühle mich wie in einem Hamsterrad,
oder auch wie in dem Film *Und täglich grüßt das
Murmeltier.*
Entschlossen nehme ich mein Handy und google nach
den Möglichkeiten, Kunst zu studieren. Hier in den
Vereinigten Staaten und Europa, nach Voraussetzungen
und Kosten, nach Abschlüssen und Inhalten. Ich mache
mir Notizen und notiere Fragen, die ich habe, und
beschließe, gleich morgen Kontakt mit den infrage
kommenden Instituten aufzunehmen. Auf den ersten
Blick spricht mich die *Accademia di Belle Arti di
Firenze* am meisten an. Die angebotenen Kurse, die
Transparenz, was Kosten und mögliche Stipendien
angeht, der hoch angesehene Abschluss, und dass es
eben Florenz ist, wem mache ich etwas vor?, spielt
dabei eine Rolle. Die Bewerbungsfrist für das

kommende Semester habe ich zwar verpasst, aber so
habe ich wenigstens Zeit, mir in Ruhe zu überlegen, ob
es wirklich das ist, was ich will.
Zufrieden mit mir und der Entscheidung, endlich den
ersten Schritt in Richtung Zukunft getan zu haben,
schlafe ich schließlich ein.
„Warum kommen Sie nicht einfach für einen Urlaub
nach Florenz, sehen sich alles an und entscheiden dann,
ob es das Richtige für Sie ist?" Francesca, wie sich mir
die Mitarbeiterin der Kunstakademie vorgestellt hat,
und an die ich heute morgen mit meinen Fragen
verwiesen wurde, klingt sympathisch. Der niedliche
italienische Akzent und der Enthusiasmus, den sie mit
jedem Wort versprüht, gefallen mir. Und auch die Idee,
mich erst einmal unverbindlich umzusehen - denn die
Entscheidung, für einen dreijährigen First-Level Kurs
nach Italien zu ziehen, sollte man nicht vorschnell
treffen - finde ich gut. Und in meinem Fall sollte ich
vorher auch mit Wes reden. Über uns und darüber, wie
wir damit umgehen würden, wenn ich mich wirklich
dazu entscheide, das durchzuziehen. Ich kann ein
Gähnen nicht unterdrücken, schließlich bin ich
aufgrund der Zeitumstellung in aller Herrgottsfrühe
aufgestanden, um in Italien jemanden innerhalb des
Beratungszeitraumes zwischen 12 und 14 Uhr zu
erreichen. Italienische Zeit, wohlgemerkt.
„Kommen Sie her und lassen sich von der
Einzigartigkeit, von der Faszination dieser Stadt
einfangen, und wenn Sie dann, was ich nicht glaube,
immer noch nicht überzeugt sind, dann haben Sie
wenigstens einen schönen Urlaub hier verbracht",
schwärmt Francesca. „Wussten Sie, dass Florenz mehr

Kunst pro Quadratmeter aufzuweisen hat als jede andere Stadt der Welt?" Ich höre deutlich den Stolz in Francescas Stimmer heraus. Und nein, das wusste ich nicht. Allein deswegen würde sich schon eine Reise in die Toskana lohnen. Um mir all diese Meisterwerke anzusehen.

„Wir sind vielleicht im Ranking der besten Universitäten nicht ganz so weit oben wie einige andere, aber glauben Sie mir, das, was Florenz zu bieten hat, ist etwas, was sie an keinem anderen Ort so vorfinden werden. Hier studieren Sie nicht nur Kunst, hier atmen Sie sie."

Francescas Begeisterung schwappt über mich hinweg, setzt sich in meinem Herzen fest, und ganz gleich, für was ich mich entscheide, ich werde Florenz zumindest einen Besuch abstatten, das steht fest. Ich bedanke mich herzlich für die Informationen und beschließe, erst mal einen Kaffee zu machen, bevor ich mich mit der *Rhode Island School Of Design* in Providence in Verbindung setze, die seit Jahren immer unter den ersten drei der renommiertesten Universitäten im Bereich Kunst zu finden ist. Das wäre immerhin näher als Florenz, aber immer noch am anderen Ende der USA.

Wesley

Müde reibe ich mir über die Augen, bevor ich den Fahrstuhl verlasse und mich nach Mel umsehe. Sie sitzt auf einem der Hocker am Tresen und telefoniert. Dabei notiert sie sich etwas auf einem Zettel.

„Okay, danke für die Info. Ja, mir tut es auch leid, aber so etwas habe ich mir schon gedacht." Seufzend beendet sie das Gespräch und schiebt das Handy von sich.

„Wenn das kein Wink des Schicksals ist", murmelt sie, den Blick auf den Tresen gerichtet und nippt an ihrem Kaffee.

„Von welchem Schicksal redest du und viel wichtiger, komme ich darin vor?", versuche ich mich an einem lockeren Ton. Denn das bin ich. Müde, aber erleichtert. Zumindest, was die Neuigkeiten angeht, die Coach Meyers uns vor einer Stunde überbracht hat. Brandon ist aus dem Koma erwacht und wird aller Voraussicht nach keine kognitiven Einschränkungen zurückbehalten. Die Verletzungen seiner Beine sind komplexer, aber mit viel Geduld und der entsprechenden Therapie wird er zumindest wieder gehen können. Der einzige Wermutstropfen ist und bleibt, dass er niemals wieder professionell Football spielen kann.

„Wes!", ruf sie überrascht, springt vom Hocker auf kommt auf mich zu. Nach einem forschenden Blick in mein Gesicht umarmt sie mich und flüstert: „Wie geht es Brandon? Und den anderen beiden?" Ich lege mein Kinn auf ihr Haar und atme ihrem süßen Duft ein. Sie riecht nach Vanille und Pfirsich und... nach Zuhause.

„Monty und Deshaun sind auf dem Weg der Besserung. Sie werden ihre Zeit brauchen, aber sie werden zurückkommen." Ich atme noch einmal tief ein, weil mich ihr Geruch, nein, ihre Umarmung und ihr gesamtes Wesen, erden und ich das jetzt brauche.

„Brandon... der Junge hat eine schwierige Zeit vor sich, aber er ist ein Kämpfer." Mehr kann ich dazu im Moment nicht sagen. Die Zeit wird zeigen, wie er mit seiner Diagnose umgeht.

Mel sagt nichts, aber was, außer Floskeln, gibt es dazu auch zu sagen? *Es wird schon wieder?* Nein, es wird nicht wieder. Es wird anders, aber niemals wieder wie vorher. Ihr Schweigen dagegen drückt mehr Empathie aus als Worte es hier könnten. Dankbar drücke ich ihr noch einen Kuss aufs Haar, dann schiebe ich sie von mir.

„Also, was ist Schicksal?", lenke ich das Gespräch auf ein hoffentlich leichteres Thema. In ihren schönen grünen Augen wechseln sich in Sekundenbruchteilen pure Begeisterung, Leidenschaft und Aufregung ab, bis sie von Skepsis und Unsicherheit abgelöst werden. Der Eindruck von einem Zwiespalt, in dem sie sich offensichtlich gerade befindet, wird dadurch verstärkt, dass sie sich von innen in die Wangen beißt und den Blick plötzlich senkt.

„Ich habe mich heute über die Möglichkeiten eines Kunststudiums in Providence informiert. Das wäre eine der besten Universitäten, die es weltweit in diesem Bereich gibt. Und sie wäre hier in den USA, aber sie nehmen für einen längeren Zeitraum keine Studenten mehr an, weil die Plätze dort begehrt sind und es lange Wartelisten gibt." Jetzt sieht sie mich an, aber es liegt kein Bedauern in ihrem Blick, was mich etwas irritiert. Allerdings nur so lange, bis ihre Augen, was sage ich da, ihre ganzes Gesicht förmlich zu leuchten beginnt.

„Es gibt da noch eine Option, die *Accademia di Belle Arti di Firenze* in Italien. Ich könnte da auch erst mal Urlaub machen, um zu sehen, ob das eine Option ist. Die Entfernung ist natürlich etwas, das man bedenken muss, es ist weit weg, die Zeitumstellung könnte ein Problem sein, die Sprache...“, beginnt sie nervös die Nachteile aufzuzählen. Allerdings kenne ich sie inzwischen gut genug, um zu bemerken, dass ihre Begeisterung für Florenz von ihren Bedenken, was das für uns und unsere Beziehung bedeuten könnte, überschattet wird.

„Mel, wenn es das ist, was du willst, dann tu es! Geh mach Florenz, schau dich um und entscheide dann, ob das eine Option für dich ist.“ Ich lege meine Hände an ihre Wangen und drehe ihren Kopf so, dass sie mir direkt in die Augen sehen kann.

„Aber was ist dann mit uns, Wes?“, fragt sie zögerlich

„Kein *Aber*, Mel. Wenn es das ist, was du willst, stehe ich hinter dir. Egal, ob es dich nach Europa oder wohin auch immer verschlägt, wir schaffen das. Erinnerst du dich daran, dass du mir erzählt hast, du wünscht dir Wurzeln, aber auch Flügel? Solange deine Wurzeln hier bei mir sind, kannst du fliegen, wohin du willst, denn du hast immer einen Ort, an den du zurückkommen kannst. Einen Ort, an dem ich auf dich warten werde, wie lange es auch dauert.“

Melody

„Wes..." Meine Worte ersticken an seiner Brust, an die er mich zieht. Fest, entschlossen, beschützend.

Bis gerade eben habe ich nicht gewusst, wie es sich anfühlt, jemanden wirklich zu *lieben,* aber jetzt weiß ich es. Ich liebe Wesley, weil er alles ist, was ich mir jemals gewünscht habe. Er ist mein Zuhause, mein Safe Place, aber auch jemand, der mich meine Träume leben lässt, ohne schlechtes Gewissen.

„Dieser Unfall heute hat uns allen schmerzlich vor Augen geführt, wie schnell Träume manchmal begraben werden müssen. Wie grausam das Schicksal zuschlagen kann, und dass wir viel zu viel für selbstverständlich halten, was es gar nicht ist. Brandon wird überleben, aber wird er auch *leben*? Er hatte nur für eine sehr begrenzte Zeit die Chance, seinen Traum zu leben, aber er hatte sie, und er hat sie ergriffen. Niemand weiß, was die Zukunft bringt, aber man hat nur dieses eine Leben und deswegen muss man es leben! Mit all den Möglichkeiten und Chancen, die sich einem bieten." In Wes' Stimme liegt so viel Traurigkeit, so viel Bedauern, aber gleichzeitig auch Entschlossenheit, dass ich schlucken muss. Ich muss plötzlich an Josie denken und frage mich, ob sie den Krebs besiegt hat und weiter an ihre Träume glauben darf. *Leben* darf. Sie hat, wenn auch mit anderen Worten, dieselbe Botschaft vermittelt, die in Wes' Worten mitschwingt.

„Danke." Mehr kann ich dazu nicht sagen, aber das
muss ich auch nicht. Wes drückt mir einen Kuss auf
den Scheitel, ohne mich aus seiner Umarmung zu
entlassen. Ich weiß nicht, wie lange wir so dastehen,
ohne Worte, weil es die nicht braucht, aber mit diesem
warmen Gefühl, dass wir zusammen alles schaffen
können, wenn wir es nur wirklich wollen. Schließlich
löst sich Wes von mir.

„Lass uns später weiterreden. Ich brauche zuerst eine
Dusche und einen Kaffee, und dann erzählst du mir
alles über deine Pläne und Florenz."

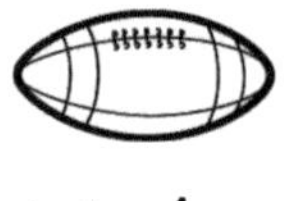

Wesley

Die letzten zwei Wochen waren turbulent. Wir haben
wider Erwarten nun doch eine reelle Chance, in die
Play-offs einzuziehen. Es scheint, als habe der Unfall
und seine tragischen Konsequenzen einen ganz neuen
Ehrgeiz in uns geweckt, jeden weiteren Sieg für die
drei zu erringen, die nicht dabei sein können. Deshaun
und Monty sind bereits auf dem Weg der Besserung,
haben uns beim Training besucht und Brandon hat,
nachdem er den ersten Schock über seine
Zukunftsprognose überwunden hatte, bereits
angekündigt, dann eben bei den Paralympics antreten
zu wollen. Gott sei Dank hat der Unfall ihm nicht diese
besondere Gabe genommen, seine Energie auf das zu
konzentrieren, was möglich ist, statt dem

nachzutrauern, was er verloren hat. Es hat uns alle
erleichtert, ihn einigermaßen stabil und gefasst zu
erleben, was zu einem nicht unerheblichen Teil auch an
seinem sozialen Umfeld und seiner Familie liegt, die
ihn bei allem unterstützt, was er in dieser schwierigen
Zeit verarbeiten und neu erlernen muss. Unser neuer
Owner, Victor Van Beek, hat sofort mit der
Marketingabteilung und einigen Sponsoren gesprochen
und wir werden in der Off-Season ein Benefizspiel,
ähnlich dem Pro Bowl austragen, damit Brandon, der
als Rookie noch keinen hoch dotierten Vertrag hatte,
wenigsten finanziell abgesichert ist.
Der Unfall hat aber nicht nur für die drei Jungs
Konsequenzen, sondern auch für mich. Ich habe nach
einem langen Gespräch mit Van Beek und unserem
Trainerstab entschieden, noch eine Saison
dranzuhängen, um so den Ausfall von Deshaun und
Brandon, die beide auf meiner Position gespielt und
mich dadurch ersetzt hätten, abzumildern. Natürlich
muss die Franchise im nächsten Draft auf dieser
Position einkaufen, aber auch diese jungen Spieler
müssen erst mal an die besonderen Anforderungen der
NFL herangeführt werden.
Ich seufze, denn dass ich noch eine Saison spielen und
wir sehr wahrscheinlich die Play-offs erreichen werden,
heißt auch, dass ich Mel nicht nach Florenz begleiten
kann, so wie wir es ursprünglich geplant hatten.
Ich war mehrmals kurz davor, sie zu bitten, hier zu
bleiben, aber das wäre egoistisch und falsch gewesen.
Sie soll ihre eigenen Erfahrungen machen,
herausfinden, was sie will, und zwar ohne Druck oder
den Gedanken, sich für oder gegen etwas entscheiden
zu müssen. Sie hat diese Reise akribisch vorbereitet

und wird erst mal für vier Wochen dort bleiben, sich alles ansehen und dann entscheiden, wie es weitergeht. Mein Handy vibriert und kündigt den Eingang einer WhatsApp-Nachricht an.

Mel: *Hey, Wes, bin gut angekommen. Der Flug war ruhig, bis auf ein paar Wackler über dem Nordatlantik. Francesca hat mich am Flughafen abgeholt. Ich bin schon ganz gespannt auf ihre WG. Das Wetter ist toll, hier sind es noch fünfzehn Grad und die Sonne scheint! Ich melde mich nachher nochmal.*

Ich muss lächeln, denn seit sie sich dazu entschlossen hat, diesen Schritt zu wagen, erlebe ich eine völlig andere Seite von ihr. Sie strahlt eine Freude und Neugier aus, die ich noch nie an ihr wahrgenommen habe. Es ist fast so, als habe sie einen alten, dunklen Mantel abgelegt, der das bunte Kleid, das darunter zum Vorschein kommt, bisher vor den Blicken ihrer Umwelt verborgen gehalten hat.

Wes: *Ich freue mich, dass du gut angekommen bist. Und Glück mit dem Wetter hast. Hier sind es gerade mal 5 Grad und es regnet. Gut, dass wir morgen nach L.A. fliegen, da kann ich dann bestimmt dein Traumwetter toppen. Ich weiß nicht, ob das mit dem telefonieren nachher klappt. Ich muss früh ins Bett, damit ich morgen ausgeruht bin. Aber schreib mir ruhig, ich lese es dann, wenn ich wach werde. Und du wahrscheinlich friedlich schlummerst.*

Zwinkersmily. *Und träum von mir!* xxx

Seufzend lege ich das Handy weg. Es wird nicht leicht sein, über diese Entfernung und mit diesem Zeitunterschied und meinem Job eine Beziehung zu führen. Ich tröste mich damit, dass es zunächst ja nur für vier Wochen ist. Wenn wir beide das wollen, wird es auch klappen.

Melody

„Oh mein Gott! Das war... einfach überwältigend", hauche ich, als ich mich neben Francesca fallen lasse, die in dem kleinen Café unweit der Uffizien auf mich wartet. Sie hatte noch Telefondienst im Infocenter der Uni, womit sie sich ein paar Euro dazuverdient. Ja, dass ich hier alles in Euro umrechnen muss, gehört ebenfalls zu den Dingen, die ich hier lernen musste. Am meisten aber stört mich, dass die Zeitverschiebung es Wes und mir nicht leicht macht, zu telefonieren oder zu Face-Timen. Geht er schlafen, stehe ich auf, sitze ich nachmittags bei einem leckeren Cappuccino mit den andern im Cafè, hat er Training. Ja, tatsächlich habe ich über Francesca hier eine Clique von jungen Leuten, überwiegend Studenten, getroffen, die mich sehr herzlich in ihren Kreis aufgenommen haben. Francesca, mit der ich beim ersten Kontakt mit der Uni telefoniert habe, hat sich in allen Belangen als Glücksgriff entpuppt. Sie hat mir das Zimmer einer Kommilitonin angeboten, die für ein Auslandssemester in Finnland ist, so dass ich mir kein Hotelzimmer mieten musste und gleich in diesem bunten Haufen ihrer WG gelandet bin. In einem wunderschönen alten Palazzo, der umgebaut wurde und jetzt über vier Apartments verfügt, die alle von Studenten bewohnt werden. So ist es nie

langweilig, irgendwo steigt immer eine Party und ich
habe das Gefühl, das nachzuholen, was ich in den
letzten Jahren verpasst habe. Und das fühlt sich gut an.
Was sich nicht gut anfühlt, ist, dass Wes mich nicht zu
vermissen scheint. Unsere Nachrichten oder Gespräche
drehen sich hauptsächlich um die alltäglichen Dinge.
Ich erzähle ihm von meinen Erlebnissen, er mir von
den Spielen und seinen Teamkollegen. Außerdem nagt
es immer noch an mir, wie selbstverständlich er mich
hat gehen lassen. Natürlich bin ich dankbar, dass er
mich unterstützt, aber ich hätte mir schon gewünscht, er
hätte mir wenigstens das Gefühl gegeben, dass es ihm
schwer fällt, mich gehen zu lassen.
„Ciao, bella! Du siehst mal wieder umwerfend aus!"
Mit diesen Worten unterbricht Giovanni meine düsteren
Gedanken und lässt sich neben mich auf einen Stuhl
fallen. Seine dunklen Augen blitzen vor
Unternehmungslust und er nimmt galant meine Hand,
um einen angedeuteten Kuss darauf zu hauchen.
„Lass das, du Casanova, ich bin vergeben!", lache ich
und entziehe ihm meine Hand.
„Ich weiß. Aber wenn du es nicht wärst, hätte ich dann
eine Chance?" Er wackelt mit den Augenbrauen.
„Wenigstens eine winzig kleine?"
Francesca wirft ihre Serviette nach ihm.
„Hast du vergessen, dass du mich das auch schon
gefragt hast? Vor ungefähr", sie sieht auf ihr Handy,
„einer Stunde?!", schnaubt sie entrüstet, aber Giovanni
grinst nur und presst sich theatralisch eine Hand aufs
Herz.
„Aber du hast mir noch keine Antwort gegeben, da lote
ich eben meine Chancen aus", feixt er und wir müssen

alle lachen. Gio ist ein Charmeur, ein waschechter Italiener, der alle Klischees bedient, die man italienischen Männern in Bezug auf Frauen nachsagt.
„Spinner", winkt Francesca ab und wendet sich dann wieder mir zu.
„Heute Abend steigt eine Fete bei Alessio. Er hat gerade seinen Bachelor gemacht und will das feiern. Kommst du mit?"
„Wann soll es denn losgehen?", frage ich denn heute Abend habe ich mich mit Wes zum Face Timen verabredet. Er hat kein Training, da die *Seagulls* gestern erst gespielt und deshalb heute frei haben.
„Um 20 Uhr, aber du kannst auch später nachkommen, wenn du erst noch mit deinem sexy Footballer Telefonsex haben willst." Den letzten Teil flüstert sie so leise, dass die Jungs es nicht mitbekommen, und dafür bin ich ihr dankbar. Sie hat letztens durch Zufall mitbekommen, dass Wes und ich, nun ja, dass wir ein sehr heißes Telefonat geführt haben, in dem es zur Abwechslung mal nicht um Football oder meine Erlebnisse in Florenz ging. Francesca hat es geschafft, für mich morgen eine Art Schnuppertag in einem Kurs bei einem der gefragtesten Dozenten der Uni auszuhandeln. Als Gegenleistung habe ich ihr versprochen, gleich für die WG zu kochen. Dafür muss ich noch einkaufen und da ich kein Auto habe, muss ich alles zu Fuß erledigen. Ich hoffe, bis 19 Uhr mit allem fertig zu sein, aber das passt schon. Dann ist es 10 Uhr in Seattle und Wes wird beim Frühstück sein. Wenn er kein Training hat, schläft er gerne länger.
„Okay, ich komme mit. Sex am Morgen soll ja sehr beliebt sein", grinse ich sie an und wackele mit den Augenbrauen. Dann brechen wir beide in lautes

Gelächter aus, was uns die Aufmerksamkeit der restlichen Truppe einbringt. Ich bin jetzt seit zwei Wochen hier in Florenz und ich liebe es. Ich habe wieder angefangen zu malen und freue mich, neue Freunde gefunden zu haben. In jeder Ecke lauert Inspiration und Florenz pulsiert förmlich vor Kreativität, jedenfalls empfinde ich das so. Aber gleichzeitig vermisse ich Wesley mit jedem Tag, der vergeht, mehr.

„Du vermisst deinen heißen Footballer, nicht wahr?" Francesca sieht mich mit einem nachsichtigen Lächeln an. Mit einem Kloß im Hals nicke ich.

„Ja, es ist toll hier, ihr seid alle so nett und Florenz ist toll, aber..."

„Geh morgen in den Kurs von Professor Romano. Danach wirst du wissen, wohin dein Weg dich führt."

„Wie meinst du das, Fran?"

„Dieser Mann hat das seltene Talent, die tiefsten Gefühle aus dir herauszukitzeln. Seine Aura, sein ganzes Auftreten zwingen einen förmlich dazu, in sich zu gehen und seine tiefsten Gefühle auf die Leinwand zu bringen. Und dann, wenn du dir ansiehst, was dabei herausgekommen ist, wirst du wissen, was dein Weg ist."

Wesley

Als mein Haustelefon läutet, verdrehe ich genervt die Augen. Ich bin mit Mel am Telefon verabredet und weil mir die wenigen Minuten am Tag, die wir miteinander sprechen können, heilig sind, will ich jetzt nicht gestört werden. Leider weiß Michael, der Concierge, dass ich zuhause bin und nur in dringenden Fällen gestört werden will. Also muss es wohl ein dringender Fall sein.

„Mr. Milford, hier ist Miss Michals für Sie." Valerie?! Leider bin ich sie nicht losgeworden, nachdem ich ihr nach dem Auftritt im Stadion die Leviten gelesen habe. Der Vertrag mit ihr enthält eine Klausel, nach der ich eine horrende Konventionalstrafe zahlen müsste, wenn ich nach Beginn der Bauarbeiten vom Vertrag zurücktrete. Das *Melias* ist inzwischen abgerissen worden, nachdem Mel mir grünes Licht gegeben hat, und das Geld, das ich Val zahlen müsste, würde selbst mir weh tun. Also lasse ich sie weiter arbeiten, halte mich aber privat so gut wie es eben geht, von ihr fern. Das, was sie mit Mel abgezogen hat, war unterste Schublade.

„Was will sie?"

„Sie, äh, abholen."

„Mich abholen?"

„Falls Mr. Milford nicht mehr weiß, dass wir heute zusammen zum Charity Frühstück der *Heartbeat* Organisation gehen, erinnern Sie ihn doch bitte daran, Michael", höre ich Val mit süßlicher Stimme sagen. Fuck! Das hatte ich ganz vergessen! Wir haben das extra auf meinen trainingsfreien Tag gelegt, und leider hielt der Vorsitzende der *Heartbeat*-Foundation es für ein gute Idee, Valerie mit einzubinden, da sie die verantwortliche Architektin für mein Projekt und somit maßgeblich daran beteiligt ist. Für Valerie ist es gleichzeitig fantastische Werbung, aber ich glaube, sie hat eher zugesagt, um sich mit mir in der Öffentlichkeit zu präsentieren. Ich traue ihr in Bezug auf ihre wahren Beweggründe nicht mehr.

Mein Handy klingelt. Mist. Ausgerechnet jetzt. Wir hatten zwar vereinbart, heute morgen Seattle-Zeit zu telefonieren, aber jetzt muss ich sie gleich abwürgen. Trotzdem nehme ich das Gespräch an, weil sie mir wichtig ist und ich nicht will, dass sie sich Sorgen macht, wenn ich trotz Verabredung nicht erreichbar bin.

„Hey Mel."

„Guten Morgen, Wes. Also bei dir. Hier heißt es buona sera, weil es schon nach sieben Uhr abends ist." Mel klingt fröhlich und allein ihre Stimme zu hören, tut mir gut. Viel zu lange schon haben wir uns nicht mehr gesehen. Ihre Stimme zu hören und sie nicht küssen, streicheln oder in meinen Armen halten zu können, frustriert mich zunehmend. Ich seufze, und jetzt habe ich noch nicht einmal mehr Zeit, mit ihr zu reden.

„Mel, ich habe vergessen, dir zu sagen, dass ich gleich einen wichtigen Termin mit der *Heartbeat* Organisation habe. Sie haben ein Frühstück organisiert, bei dem potentielle Spender und auch die Presse eingeladen sind, um auf ihre Arbeit aufmerksam zu machen. Und dabei soll auch auf mein Projekt hingewiesen werden. Wie du weißt, kann ich es auf Dauer nicht alleine stemmen und bin ebenfalls darauf angewiesen, dass ich ein paar Investoren an Land ziehe."

„Schade, dass du gerade keine Zeit hast, Wes, aber dieser Termin geht vor, das verstehe ich." Sie klingt traurig, aber wenigstens nicht ärgerlich.

„Ich wollte dir noch schnell erzählen, dass ich morgen
einen Kurs bei einem der angesagtesten Professoren der
Uni...“

„Kommst du jetzt endlich, Wes?“ Fuck. Ich habe
vergessen, das Haustelefon abzuschalten. Vals Stimme
klingt ärgerlich, aber deutlich, so als hätte sie Michael
den Hörer aus der Hand genommen. Zuzutrauen wäre
ihr das.

„Wes?“ Mel klingt jetzt irritiert und ich weiß nicht, was
ich ihr sagen soll. Die Wahrheit, dass leider Valerie
mich zu diesem Termin begleiten wird, weil der
Veranstalter es so will? Das würde sie mit Sicherheit
wieder misstrauisch werden lassen. Oder soll ich sie
anlügen, bevor sie sich wieder was zusammenreimt,
was nicht stimmt?

„Das war nur Ally. Sie... sie holt mich ab, weil... sie
und Jace begleiten mich.“ Fuck! Mein Mund
entscheidet sich für diese Version, ohne mir Zeit zu
geben, mir über die Konsequenzen Gedanken machen
zu können. Und leider auch ohne Einbeziehung meines
Verstandes! Ich weiß, ich sollte das besser sofort richtig
stellen, aber...

„Ah, okay, dann wünsche ich dir gleich viel Erfolg,
Wes.“ Mel klingt bedauernd, mit einem argwöhnischen
Unterton, aber ich kann mich auch irren. Vielleicht ist
sie einfach nur sauer, dass ich sie so kurzfristig
versetze.

„Melde dich, wenn du *Zeit* hast.“ Okay, sie *ist*
angepisst. Verdenken kann ich es ihr nicht. Bevor ich
noch etwas sagen kann, hat sie aufgelegt.

Melody

Ich habe verschlafen. Toll! Ausgerechnet heute. Ich
habe viel zu lange wach im Bett gelegen und darüber
nachgegrübelt, warum ich bei dem Gespräch mit Wes
ein so schlechtes Gefühl hatte. Es war nicht nur, dass
ich im ersten Moment dachte, die Frauenstimme, die
ich gehört habe, könnte zu Valerie gehören. Wes wirkte
während des unerwartet kurzen Gesprächs auch
irgendwie abgelenkt. Ich hatte sogar kurz das Gefühl,
er wolle mich abwimmeln. Aber warum?
„Ah, Signorina Davis", begrüßt mich Professor
Romano, als ich den Übungsraum betrete. Ich bin etwas
zu spät, weil ich mich nicht auf Anhieb zurecht
gefunden habe und den Raum erst suchen musste.
„Ich dachte schon, Sie würden einen Rückzieher
machen, weil Sie sich nicht mehr sicher sind, hier
mithalten zu können." Sein Englisch mit dem starken
italienischen Akzent lässt seine provokanten Worte
seltsam melodiös und eher wie ein Lob als wie eine
Zurechtweisung klingen. Ich spüre, dass ich rot werde,
weil mich die Blicke von mindestens zwanzig
anwesenden Studenten treffen, die im Gegensatz zu mir
augenscheinlich pünktlich waren.
„Per favore scusami", stottere ich. Ein paar Brocken
Italienisch kann ich, aber ob das jetzt richtig war? Ich
finde es nur höflich, es wenigstens in der
Landessprache zu versuchen. Professor Romano zieht

die Augenbrauen zusammen und mustert mich, ohne etwas zu sagen. Er ist ein großer, schlanker Mann mit durchdringenden grauen Augen. Er strahlt etwas aus, das mich schlucken lässt, weil ich mich plötzlich ganz klein und fehl am Platz fühle.

„Nun gut." Er deutet mit seinem Kopf auf einen Platz in der Mitte des Raumes, an dem eine große Leinwand steht.

„Ihr Platz für heute." Irritiert sehe ich ihn an.

„Ich soll... malen? Ich dachte, ich soll nur zusehen und..."

„Wollen Sie nicht etwas lernen?" Sein scharfer Ton erwischt mich kalt.

„Doch, schon, aber ich bin ja keine Studentin hier. Ich..."

„Zweifeln Sie, ob Sie mithalten können?" Er deutet mit dem Kinn zu den anderen Studenten, die unseren Wortwechsel aufmerksam verfolgen. Ich muss schlucken. *Ja, das tue ich.*

„Ich weiß nicht, ich meine..." Ich klammere mich an die Mappe, die ich in meiner Hand halte, und in der ein paar meiner Bilder sind. Plötzlich zweifele ich tatsächlich an meinem Können. Unsicher blicke ich auf das, was ich auf den Leinwänden der anderen Studenten sehen kann.

„Wenn Sie sich nicht sicher sind, was Sie können oder ob Sie schon bereit sind, sich Kritik zu stellen, dann sind Sie hier falsch." Ich zucke zusammen, weil jetzt noch nicht einmal sein weicher Akzent darüber hinwegtäuschen kann, dass er meine Anwesenheit hier als reine Zeitverschwendung sieht. Professor Romano zeigt auf die Mappe in meinen Händen und sieht mich mit einer Mischung aus Neugier und Provokation an.

„Darf ich sehen?" Es ist mucksmäuschenstill, während
er mir die Mappe abnimmt und darin blättert. Seine
Miene verrät nicht, was er denkt. Dann klappt er die
Mappe zu.
„Sie haben recht, das hier", er deutet in den Raum, „ist
eine Nummer zu groß für Sie. Ich sehe Sie am
Montmartre in Paris Portraits für Touristen malen. Oder
vielleicht schaffen Sie es auch ins Grafikdesign, aber
Künstlerin? Malerin? Das hier sind alles
Bleistiftzeichnungen. Austauschbar. Ohne Seele.
Handwerklich gut, aber sie berühren mich nicht. Haben
Sie schon mal mit etwas anderem experimentiert?
Acryl? Öl? Aquarellfarbe?" Ich spüre, wie sich Tränen
in meinen Augen bilden. Eine unsichtbare Faust presst
meine Brust zusammen. Ich bin nicht gut genug. Ich
bin nicht gut genug. *Brotlose Kunst* höre ich die
Stimmer meiner Eltern und meines Bruders in meinen
Ohren hämmern. Sie haben es mir gleich prophezeit,
aber ich wollte es ja nicht hören. Jetzt stehe ich hier,
mitten in einem Raum voller Studenten, die in
Professor Romanos Augen gut genug sind. Ich bin es
nicht. Ich spüre, wie hilflose Wut mich erfasst. Ich
fühle mich vorgeführt, gedemütigt und einfach nur
naiv, wieder daran geglaubt zu haben, ich könnte
meinen Traum leben. Ich bin nicht gut genug!
Mein Herz hämmert in meiner Brust. Tränen
verschleiern meinen Blick, und plötzlich habe ich einen
Pinsel in der Hand und stehe vor der Leinwand. Wie in
einem Tunnel beginne ich damit, das Weiß mit Farbe zu
füllen.
Aufgewühlt betrachte ich das Bild, das ich gerade
gemalt habe. Es hat nichts mit den Werken zu tun, die

ich früher angefertigt habe. Ich habe es immer geliebt, Portraits zu zeichnen, Menschen oder einfach nur Landschaften, alles sanft zu halten, beruhigend, aber das, was ich gerade auf die Leinwand gebracht habe, ist anders. Vollkommen abstrakt und wild und ja, auch aggressiv, aber ich habe das Gefühl, dass ich noch nie so sehr ich war, wie in diesen Mix aus Farben und Formen. Ich habe mich in diesem Rausch aus Wut, Leidenschaft und Trauer über verlorengegangene Träume verloren und doch auch gleichzeitig gefunden. Das Bild ist ebenso widersprüchlich, wie ich mich fühle, seit ich mein Leben neu strukturieren muss. Es hat nichts Subtiles, Verstecktes, stattdessen versprüht es eine offensichtliche Kraft und Stärke, die offenbar in mir wohnt, und die ich unbewusst ausgelebt habe. Mein Herz klopft wie nach einem Marathon, obwohl malen mich früher immer beruhigt hat. Jetzt hat es mich aufgewühlt und ich frage mich, warum das so ist. Wie aus einem Traum erwacht bemerke ich erst jetzt, dass ich mich immer noch in dem Seminarraum befinde, den ich, *wann? Vor Minuten, Stunden?*, betreten habe, und in dem ich jetzt mit wild pochendem Herzen stehe und nicht fassen kann, was gerade passiert ist. Ich blinzele, aber da ist niemand mehr. Kein Student. Nur... Professor Romano sitzt auf einem Stuhl ganz hinten in der Ecke und beobachtet mich. Ein mildes Lächeln liegt in seinen Zügen und er nickt mir zu.

„Ich wusste es. Sie haben etwas an sich, das mich gereizt hat, es herauszukitzeln, Melody. Ihre Zeichnungen sind gut, aber das hier", er deutet auf die Leinwand, während er sich erhebt und näher kommt, „das hier ist das, was Kunst ausmacht. Vollkommene

Hingabe, Selbstaufgabe. Reine, unverfälschte Gefühle." Anerkennend betrachtet er erst mich, dann wieder das Bild.

„Es tut mir leid, dass ich Sie so provoziert habe, aber ich hatte das Gefühl, ich müsste Sie erst, wie sagt man, *knacken?* Ihren Panzer durchbrechen, um zu sehen, wer Sie wirklich sind und was Sie zurückhalten." Seine Worte sind so ehrlich wie wirkungsvoll. Ich sehe das Bild an, dann ihn, der mich entschuldigend anlächelt.

„Sie sind gut, Melody, wirklich, und ich bedauere, dass Sie nicht bereits meine Schülerin sind. Aber wenn Sie es in Erwägung ziehen, im nächsten Semester hier zu studieren, werde ich mich für Sie verwenden. Ich will sehen, zu was Sie noch fähig sind."

„Danke." Das ist alles, was ich herausbringe.

Wesley

„Hey, Wes, ich dachte, da läuft nichts zwischen dir und dieser Architektin?" Anklagend sieht Landon mich an. „Jetzt weiß ich auch, warum sie mich hat abblitzen lassen", knurrt er zwischen zusammengebissenen Zähnen hervor. Er zerrt sich sein Schulterpad herunter und legt es auf der Bank ab. Wir hatten gerade eine anstrengende Trainingseinheit zusammen mit unserer Defense, und obwohl sie natürlich gehalten sind, nicht die eigenen Teamkollegen zu verletzen, haben die

Trainer beschlossen, dass wir zu unserem Schutz in voller Montur aufzulaufen haben.

„Was meinst du?" Irritiert sehe ich Landon an. „Val und ich haben nichts *am Laufen*!", greife ich seine Wortwahl auf.

„Ach nein? Da ist sich die Presse aber nicht so sicher." Er scheint ehrlich angepisst zu sein.

„Weißt du, ich war bei ihr im Büro und wollte sie engagieren. Sie soll was für mich bauen", mosert er.

„Ach, was denn? Einen rosa Stall für Gwendolyn? Oder doch lieber einen Playroom für Erwachsene, den du dann mit ihr einweihen kannst?", feixt Camden.

„Jungs, eine Architektin plant, sie baut nicht selbst", mischt sich Versus ein und verdreht die Augen.

„Dann eben planen, Mann. Hauptsache, sie macht das in meiner Nähe. Denn ich plane auch was, aber daraus scheint ja nichts zu werden, weil unser Schwerenöter hier", Landon deutet mit dem Finger auf mich, „bereits etwas mit ihr plant!" Herausfordernd sieht er mich an, aber ich weiß bei Gott nicht, wovon er redet und das sage ich ihm auch.

„Ach nein, dann sind das also Fake-News? Die Bilder sprechen aber eine andere Sprache." Er zieht eine Augenbraue hoch, dann entsperrt er sein Handy und hält es mir hin.

Läuten bald die Hochzeitsglocken?
Sechs Jahre nach ihrer Trennung und der folgenden On-off-Beziehung scheinen Wesley Milford und Valerie Michals es endlich ernst zu meinen. Wir haben die beiden heute morgen auf einer Veranstaltung der Heartbeat Organisation sehr innig miteinander erwischt. Die Zeichen scheinen auf ein Wiederaufflackern ihrer Liebe hinzudeuten. Der

Holy Shit! Wie kann etwas so schnell und so falsch in der Presse landen? Garniert wird der reißerische - und vollkommen aus der Luft gegriffene! - Artikel mit einigen Fotos, die Val und mich nebeneinander zeigen. Es wirkt wie eine Dokumentation unserer Beziehung, wobei es nur zufällige Begegnungen waren, aber das erwähnt der Artikel nicht. Unter den Fotos stehen die Jahreszahlen. Das erste Bild zeigt uns, damals noch glücklich, auf der Weihnachtsfeier meines damaligen Vereins. Dann eins aus dieser unglücklichen Nacht, in der ich rückfällig geworden bin, und leider sieht man dem Foto an, dass ich in diesem Moment scharf auf Val war. Fuck. Und dann die von heute morgen. Am Buffet, im Gespräch mit ein paar Spendern. Der Blickwinkel, aus dem die Fotos aufgenommen wurden, täuscht darüber, wie eng wir tatsächlich, *nicht!*, zusammengestanden haben. Perspektivisch wurde da ganz schön was bearbeitet. Aber ein Foto, das größte und plakativste, das über dem Artikel prangt und die Blicke auf sich zieht, ärgert mich besonders. Val hat ihre Arme um mich geschlungen und mir einen Kuss auf die Wange gegeben, was aus diesem Blickwinkel so wirkt, als würden wir uns küssen. Wovon es kein Bild gibt, ist, dass ich sie, kaum dass sie an meinem Hals hing, von mir weggestoßen habe. Ich fand ihre Freude über einen neuen Sponsoren, den ich für die Organisation gewonnen habe, gleich verdächtig, konnte

aber nicht mehr verhindern, dass sie mich umarmt hat.
Wütend gebe ich Landon sein Handy zurück.
„Gerade du solltest nicht alles glauben, was die Presse
schreibt, Landon. Wenn ich dir sage, da ist nichts, dann
ist da nichts!", schnauze ich ihn an, ziehe aber parallel
mein eigenes Handy heraus und wähle die Nummer
meines Anwalts.
Kurz darauf habe ich einen Termin in seinem Büro. Ich
bin mir sicher, dass Val das alles inszeniert hat und ich,
mal wieder, auf sie hereingefallen bin. Ich will sie
loswerden, ein für alle Mal. Es muss ein Schlupfloch in
diesem scheiß Vertrag geben, der mich an sie bindet.
Und wenn nicht werde ich in den sauren Apfel beißen
und die Konventionalstrafe bezahlen. Ich bin wütend
auf mich selbst. Wenn Mel die Fotos sieht, wird sie
sofort wissen, dass ich sie belogen habe, als ich ihr
sagte, Ally und Jace würden mich begleiten. Und sie
wird wieder glauben, ich hätte etwas zu verbergen, weil
ich mich ein weiteres Mal in Vals Bett verirrt hätte, so
wie es der Artikel andeutet. Fuck! Ich muss ihr das
erklären, bevor sie aus einer anderen Quelle davon
erfährt und falsche Schlüsse zieht. Leider ist
ausgerechnet jetzt mein Akku leer und das Ladekabel
liegt bei mir zuhause, weil ich es in der Hektik heute
morgen dort vergessen habe. Aber vielleicht ist es
sowieso besser, erst die Sache mit Val zu klären,
endgültig, damit Mel mir glaubt, dass an diesen
Gerüchten kein Fünkchen Wahrheit ist.
Eine Stunde später hat Frank dem Schmierblatt, das für
den Artikel verantwortlich ist, mit einer Klage und
einer unerhört hohen Geldforderung wegen
Rufschädigung gedroht, wenn sie nicht sofort den
Artikel löschen und eine Gegendarstellung

herausgeben. Allerdings hat er mir auch klar gemacht, dass, selbst wenn sie sofort reagieren, es nicht möglich ist, den Artikel jemals wieder aus dem Netz herauszubekommen. Wenn jemand ihn bereits kopiert und weitergeleitet hat, wenn er bereits in den sozialen Netzwerken gepostet worden ist, dann ist es unmöglich, ihn komplett zu eliminieren.

Genervt presse ich die Zähne aufeinander. Mist.

„Etwas besser sieht es mit der Vertragsauflösung aus, um deren Prüfung du mich gebeten hast.“ Er deutet auf den Vertrag, der vor ihm liegt. Ich habe Frank den Vertrag natürlich damals vorgelegt, bevor ich ihn unterschrieben habe. Er hat mir versichert, dass das ein Standardvertrag ist, auch mit der Klausel über die Konventionalstrafe.

„Die Klausel ist gültig und auch so üblich“, sagt er, was keine neue Erkenntnis ist, aber sein Grinsen verrät, dass er etwas gefunden hat, was mir helfen könnte, da herauszukommen.

„Kündigst du ihn nach Baubeginn, ist die Strafzahlung zu leisten.“ Ich verdrehe die Augen, weil er nicht jeden Passus wiederholen muss.

„Ja und?“

„Na ja, ist der Baubeginn denn schon erfolgt?“ Er hat ein listiges Lächeln aufgesetzt.

„Äh... ja. Also das *Melias* ist bereits abgerissen und...“

„Gibt es denn schon Tätigkeiten, die darauf schließen lassen, dass dort etwas gebaut werden soll? Also Maurer, Betonmischer, ein Fundament. Keine Ahnung, irgendetwas in der Art?“

„Nein, so weit ich weiß, liegt erst mal alles brach, weil noch nicht alle Firmen, die Val angefragt hat, ein

388

Angebot abgegeben haben." Ich ahne plötzlich, worauf
er hinauswill.

„Gut, dann sollten wir Miss Michals hierher bestellen
und sie damit konfrontieren, dass die Kündigung des
Vertrages deinerseits ihr keinen Geldsegen bescheren
wird."

„Bist du dir sicher, dass wir damit durchkommen
werden?", frage ich ihn skeptisch. Das erscheint mir zu
einfach.

„Nein, bin ich nicht, aber das weiß sie ja nicht. Wenn
wir etwas Druck aufbauen könnte es klappen, sie mit
nichts oder zumindest weniger als der vereinbarten
Summe nach Hause zu schicken. Du willst sie doch
loswerden?", erkundigt er sich vorsichtshalber und ich
nicke. Ja, und wenn ich doch zahlen muss, dann tue ich
das.

Melody

Mit klopfendem Herzen durchforste ich das Internet
nach etwas, das meinen Verdacht bestätigt. Ich hasse
mich dafür, Wes nicht zu vertrauen, aber nachdem ich
auf seinem Handy mehrfach nur die Mailbox erreicht
habe, habe ich, und auch dafür schäme ich mich, gerade
Ally angerufen. Eigentlich wollte ich nur bestätigt
haben, dass sie und Jace Wesley wirklich zu diesem
Event begleitet haben, aber leider hat sie mir, ohne dass
ich sie danach gefragt habe, erzählt, dass sie gestern
Vormittag mit Jamie und Jace im *Wings over*

Washington waren, einem Vergnügungspark, in dem man virtuell, wenn ich sie richtig verstanden habe, einem Adler gleich über Seattle fliegen kann. Ally war begeistert, aber ich konnte nur daran denken, dass Wes mich tatsächlich belogen hat. Er war nicht mit Ally und Jace zusammen auf diesem Event gewesen!

Ich muss nur Wes' und Vals Namen in die Suchleiste eingeben, schon ploppt ein Artikel auf, bei dessen Überschrift mir das Herz stehen bleibt.

Läuten bald die Hochzeitsglocken?

Dann wird ein chronologischer Ablauf von Wes' und Vals angeblicher On-off-Beziehung geliefert, und auch wenn ich weiß, dass man nicht alles glauben darf, was in der Presse erscheint, ist doch zumindest ein Körnchen Wahrheit darin. Immerhin weiß ich von Wes selbst, dass die beiden nach dem Ende ihrer Beziehung nochmal zusammen im Bett gelandet sind. Wirklich nur einmal? Oder hat Wes mich auch in diesem Punkt belogen? Anderseits: Warum sollte er das tun? Warum sollte er eine Beziehung mit mir eingehen, wenn Val diejenige ist, die er will? Das macht irgendwie alles keinen Sinn. Ich muss mit Wes selbst reden. Wenn das stimmt, was da steht, dann will ich das aus seinem Mund hören. Und ich will ihm dabei in die Augen sehen.

Entschlossen schließe ich die Seite mit dem Artikel und öffne stattdessen die Ticketbörse für Flüge nach Seattle. Zu meinem Erstaunen fühle ich kein Bedauern, diese wunderbare Stadt zu verlassen. Florenz war eine Erfahrung, ein Lecken am Traum meines neunzehnjährigen Ichs, aber ich weiß plötzlich mit einer beruhigenden Gewissheit, dass ich diesen Traum

nicht mehr ohne Wes leben will. Nicht tausende
Kilometer von ihm entfernt, nicht ohne neben ihm
einzuschlafen und neben ihm aufzuwachen. Wenn es
noch das ist, was *er* will.

Wesley

„Ah, Miss Michals, schön dass sie da sind." Frank
deutet höflich mit einer Hand auf den Stuhl neben mir.
Irritiert sieht Val von ihm zu mir und wieder zurück.
„Nun ja, Sie haben es eilig gemacht, Mr. Mancuso, also
bin ich hier." Sie setzt sich und stellt ihre Handtasche
ab.
„Also, Mr. Milford möchte den Vertrag mit Ihnen
kündigen, weil er keine Vertrauensbasis mehr in der
Zusammenarbeit mit Ihnen sieht." Überrascht zieht Val
die Augenbrauen hoch und sieht mich an.
„Ach ja, und darf man fragen, warum?" Sie klingt
verärgert.
„Bitte, Val, lass das. Du weiß genau, warum", schnauze
ich sie an und sie zuckt tatsächlich zusammen.
„Falls du diesen lächerlichen Artikel meinst, der durch
das Netz geistert, damit habe ich nichts zu tun",
verteidigt sie sich für meinen Geschmack zu schnell
und verdächtigerweise trifft sie genau den Punkt. Ich
kenne sie gut genug, um einen Anflug von Panik in
ihren Augen erkennen zu können. Frank räuspert sich,
nimmt den Vertragsentwurf, den er in der Zeit, in der
wir auf Val gewartet haben, angefertigt hat, und schiebt

ihn zu ihr hinüber. Aber statt ihn sich anzusehen, verschränkt sie nur bockig die Arme vor der Brust.

„Bitteschön, wenn Wesley die Summe bezahlen will, die als Vertragsstrafe ausgehandelt wurde, dann unterschreibe ich gerne." Überheblich grinsend wendet sie sich an mich.

„Das ist selbst für dich keine Pappenstiel, und das weißt du, Wes. Und für dein Projekt würde es wahrscheinlich auch das Aus bedeuten, zumindest aber eine erhebliche Verzögerung."

„Oh, da irren Sie sich, Ms. Michals. Laut Vertrag muss mein Mandant Ihnen keinen Penny zahlen, solange der Baubeginn noch gar nicht erfolgt ist", mischt sich Frank ein, seine Stimme sachlich, aber mit einem drohenden Unterton. Ungläubig sieht Val von ihm zu mir.

„Das ist nicht dein Ernst, Wes. Das kannst du nicht machen! Der Baubeginn ist erfolgt, das *Melias* bereits abgerissen und...

„Nun, die Definition von *Baubeginn* können wir natürlich sehr gerne auch von einem Gericht klären lassen, was nicht nur teuer wird, sondern auch viel negative Presse für Sie nach sich ziehen könnte, Miss Michals. Niemand möchte eine Architektin engagieren, die sich mit einem Bauherren bereits *vor Baubeginn*", Frank betont das mit einem Hauch Schärfe, „über Geld streitet." Milde lächelnd und vollkommen ruhig sieht Frank Val an. Sie weitet die Augen, atmet ein paarmal hektisch ein und wieder aus, dann sieht sie mich an.

„Erst servierst du mich wegen dieser...", sie schluckt deutlich daran, nicht auszusprechen, was sie eigentlich sagen wollte, „dieser Frau ab, und jetzt willst du mich auch beruflich kalt stellen?", faucht sie wütend, aber ich höre den verletzten Unterton in ihrer Stimme heraus.

„Niemand will dich beruflich kalt stellen, Val, ich will nur keine Zeit mehr mit dir verbringen müssen. Weder beruflich, noch privat! Und da du wiederholt die Grenzen, die ich dir gesetzt habe, überschritten hast, muss ich leider diesen Weg gehen." Sie wird erst weiß, dann rot. Getroffen von meinen deutlichen Worten schluckt sie. Für einen kurzen Augenblick tut sie mir leid, weil ich ihr das so deutlich, und dann noch vor Frank, gesagt habe, aber anders scheint sie es nicht zu verstehen. Der verletzte Ausdruck wird plötzlich von etwas verdrängt, das mich kalt erwischt. Hass? Nein, so sehr kann ich sie nicht verletzt haben, dass sie mich jetzt hasst. Oder doch? Sie schluckt ein paarmal, dann nimmt sie ihr Handy aus der Tasche.

„Ich rufe jetzt meinen Anwalt an, damit wir das hier klären können." Sie zieht den Aufhebungsvertrag zu sich heran.

„Darf ich darum bitten, dass ihr mich für ein paar Minuten alleine lasst?" Frank zögert erst, weil es ihm nicht passt, dass sie ihn quasi aus seinem eigenen Büro rauskomplimentiert, aber schließlich steht er auf.

„Komm, Wes, wir trinken kurz einen Kaffee." An Val gewandt sagt er: „Fünf Minuten, Miss Michals."

Als wir wenig später wieder das Büro betreten, hat Valerie es offenbar eilig.

„Es tut mir leid, aber ich habe einen dringenden Termin hereinbekommen. Ich melde mich in den nächsten Tagen wegen der Auflösung. So lange wird mein Anwalt brauchen, den Vertrag zu prüfen." Damit rauscht sie ab und hinterlässt ein ungutes Gefühl bei mir. Aber egal, jetzt muss ich erst mal Mel anrufen und ihr erzählen, was ich verbockt habe. Ich greife an meine Hosentasche, aber dann erinnere ich mich, dass ich mein Handy zum Laden hinten auf Franks Ablage gelegt habe. Gott sei Dank hatte er ein passendes Kabel.

Nach dem ersten Klingeln werde ich bereits auf die Mailbox weitergeleitet. Shit. Ich wollte persönlich mit ihr sprechen. Ich räuspere mich. Vielleicht sollte ich diesen Anruf lieber abbrechen? Andererseits, wenn die Mailbox schon mal dran ist...

Mel, ich habe Mist gebaut. Ich muss dir was sagen. Ich habe dich angelogen, ich war nicht mit Jace und Ally auf diesem Event. Ich war mit Valerie dort und... ich wollte es nicht, aber... es tut mir leid... beginne ich mein Geständnis, aber es hört sich irgendwie falsch an. Außerdem sagt mir ein Piepsen, dass ich wohl zu lange über die Formulierung nachgedacht habe, denn die Aufnahme bricht ab. Bevor ich es erneut versuchen kann, zeigt mein Display mir einen eingehenden Anruf an. Die kleine Hoffnung, dass es Mel sein könnte verpufft, als ich die Nummer von Coach Meyers sehe. Insgeheim bin ich froh über diesen Aufschub. Er gibt mit Zeit, meine Gedanken und Worte zu sortieren. Das unsichere Gestammel von gerade erklärt leider gar nichts. Ich weiß, dass ich mein Verhalten nicht mit ein paar lapidaren Worten abtun darf, dass Mel mehr als eine wirre Entschuldigung verdient. Also werde ich mich erst mal beruhigen und nachdenken, bevor ich mich weiter um Kopf und Kragen rede. Dann nehme ich das Gespräch an.

„Wo, zum Teufel, bist du, Milford?! Beweg deinen
Arsch sofort ins VMAC! Vergiss nicht…“
*…dein Arsch, deine Beine, deine Hände und dein Kopf,
Milford, gehören bis zum Ende der Saison mir!*
Ja, weiß ich doch, Coach.

Melody

Der Abschied von Fran und ihrer Clique war
tränenreich, aber kurz, weil ich das Glück hatte, ein
zurückgegebenes Ticket für mich zu ergattern. Wes
habe ich geschrieben, dass ich mit ihm reden muss und
deshalb meinen Urlaub abbreche. Ich habe ihm, in der
Hoffnung, dass er Zeit haben könnte, mich abzuholen.
Ankunftszeit und Flugnummer geschickt. Dieser
Artikel liegt mir nach wie vor schwer im Magen, auch
wenn mein Verstand mir immer wieder sagt, dass ich
nichts von dem glauben soll, was da steht. Mein Herz
dagegen scheint mit jedem Schlag etwas mehr zu
schmerzen, weil es bereits befürchtet, wieder einmal
enttäuscht zu werden.
Als ich nach der Landung mein Gepäck vom Band
nehme und dem Ausgang zustreben, ist mir schlecht.
Die Türen schieben sich auf und ich betrete die riesige
Halle, die vor lauter Menschen nur so wimmelt. Es fällt
mir schwer, die Menge zu überblicken, aber so sehr ich
mich auch anstrenge, ich kann Wes nicht finden.
Enttäuscht ziehe ich mein Gepäck hinter mir her und
gehe Richtung Ausgang, als mich eine Stimme aufhält.

„Melody!" Mist. Was macht Valerie denn hier.
Langsam drehe ich mich zu ihr um, obwohl ich sie am
liebsten ignorieren würde. Aber leider ist sie Teil der
Geschichte, der ich auf den Grund gehen will, also..
„Hallo Valerie. Hast du zufällig Wes hier irgendwo
gesehen? Ich habe gehofft, dass er mich abholt."
„Na ja, also er wird nicht selbst kommen. Er hat mich
geschickt, weil er... Oh Gott, ich weiß nicht, wie ich dir
das jetzt sagen soll. Er hielt es für besser, wenn er nicht
persönlich... er wollte dir nicht noch mehr weh tun,
weil ihr doch... " Mitleid flackert in ihren Augen auf
und eine Faust presst meine Brust zusammen.
„Was will er mir nicht persönlich sagen?" Misstrauisch
sehe ich sie an. Valerie ist nicht der Mensch, dem ich
alles einfach so glaube, dazu hat sie schon oft genug
gelogen oder die Wahrheit so verdreht, dass sie ihr
passt. Allerdings weiß sie ja offenbar genau, dass und
wann genau ich heute ankomme, und das wiederum
kann sie nur von Wes wissen, weil er der einzige ist,
dem ich das geschrieben habe. Und er hat es auch
gelesen, das haben mir die blauen Häkchen verraten.
„Dass... nun ja, dass..." Sie leckt sich verlegen über die
Lippen und sieht mich betroffen an. Ich kenne sie zu
wenig, um sagen zu können, ob sie es ehrlich meint.
„Na ja, dass... also... dass wir heiraten werden." Mein
Herz setzt einen Schlag aus.
Läuten bald die Hochzeitsglocken? Die Überschrift
drängt sich vor mein geistiges Auge und ich muss
schlucken. Aber das kann nicht sein. Ich war doch nur
gut zwei Wochen weg, und davor war alles gut
zwischen Wes und mir. Oder etwa nicht?

„Ich kann mir denken, dass dich das überrascht, aber
glaub mir, uns hat es auch überrascht. Und wenn es
diese kleine Bohne nicht gäbe, dann würden wir das
auch nicht so überstürzen. Aber Wes will geordnete
Verhältnisse, bevor das Kleine auf die Welt kommt.“
Mir wird schwindelig und das Blut rauscht in meinen
Ohren. *Das Kleine?*
„ Es muss damals passiert sein, als wir auf Bainbridge
Island waren, um uns das *Melias* anzusehen. Oder auch
kurz davor, du weiß ja, dass Wes und ich immer mal
wieder... na ja.“ Mein Herz hört einfach so auf, zu
schlagen, bevor es plötzlich rast. Lächelnd streichelt sie
ihren fachen Bauch. *Sie lügt.* Valerie lügt, wie schon so
oft, das kann nicht sein!
„Das glaube ich nicht! Wes liebt mich“, presse ich
verzweifelt hervor. Meine Beine zittern und mir ist
schlecht, aber ich will das nicht glauben.
„Ja, vielleicht, Melody. Aber das ändert nichts an der
Tatsache, dass er immer wieder zu mir zurückkommt
und in meinem Bett landet.“ Sie zieht die Stirn kraus,
so als ob sie überlegen würde, was sie tun könnte, um
mich davon zu überzeugen, dass sie nicht lügt. Dann
gleitet ein triumphierendes Lächeln über ihr Gesicht
und sie zieht ihr Handy aus ihrer Umhängetasche.
„Ich müsste das nicht tun, Melody, aber wie ich sehe,
glaubst du mir nicht. Dabei habe ich dich nie
angelogen, auch nicht damals im Stadion. Es ist Wes,
der dich immer wieder belügt.“ Sie tippt auf ihrem
Handy herum als suche sie etwas. Ich denke an die
Situation zurück, die sie erwähnt hat. Und ja, im
Nachhinein hat Wes tatsächlich zugegeben, dass er
nach ihrer Trennung nochmal mit Val im Bett gelandet
ist. Also ja, Val hat tatsächlich damals die Wahrheit

gesagt. Plötzlich hält sie mir ihr Handydisplay vor die Nase. Das Bild zeigt sie, mit nackten Brüsten, die sie deutlich und stolz in die Kamera hält, und neben ihr... Wes. Ebenfalls mit nackten Oberkörper. Er scheint zu schlafen, denn seine Augen sind geschlossen, aber er hat ein leichtes Lächeln im Gesicht. So als ob, als... Ich schlucke hart. Ich weiß, dass ich mir diese Blöße nicht geben sollte, nicht vor ihr, aber ich höre selbst, wie aufgewühlt und verzweifelt ich klinge.
„Das... das bedeutet gar nichts, ihr wart mal zusammen, das Bild kann alt sein und...“
„Siehst du den Verband an seiner Hand? Die Verletzung hat er sich beim Spiel gegen die *Arizona Hornets* zugezogen. Du kannst gerne googeln, wann das war, wenn du mir nicht glaubst.“ Mitleid und Triumph glänzen in ihrem Blick, den sie jetzt nicht mehr von mir abwendet, und der sich wie glühende Kohlen durch meine Eingeweide frisst. Ich will ihr nicht glauben, aber da ist diese überhebliche Sicherheit, die sie mir gegenüber an den Tag legt, die mir sagt, dass das Bild nicht alt ist. Und auch der Hinweis, dass ich es ruhig überprüfen kann spricht eher dafür, dass sie nicht lügt.
„Es ist egal, ob du mir glaubst oder nicht, Melody, Fakt ist, dass ich ein Kind von ihm bekomme. Und wenn du ihn wirklich kennst, dann weißt du, dass Wes niemand ist, der sich vor der Verantwortung drückt. Deswegen wird er mich heiraten, weil er unserem Kind ein stabiles Umfeld und Sicherheit bieten will...“ Sie sagt noch mehr, aber in meinen Ohren rauscht es. Für ein paar Sekunden verschwimmt die Welt vor meinen Augen. Ich schwanke. Um nicht zu fallen, umklammere ich den Griff meines Koffers.

„Aber..." Ich will das nicht glauben, will Valerie nicht
kampflos das Feld überlassen, aber ihre nächsten Worte
treffen mich tief in meinem Herzen.
„Brich den Kontakt zu Wesley ab. Vielleicht liebt er
mich nicht so sehr, wie ich es mir wünschen würde,
aber wir bekommen ein Kind zusammen. Das
verbindet, und irgendwann wird er erkennen, dass es
richtig war, sich für mich und das Kind zu entscheiden.
Lass Wes in Ruhe. Du kennst ihn nicht so lange wie ich
und deshalb weiß ich, dass er niemals mit dir glücklich
werden wird, wenn er dafür auf unser Kind verzichten
müsste. Und das müsste er, wenn er sich für dich
entscheidet." Sie klingt ruhig, fast flehentlich, aber ich
höre auch den drohenden Unterton, der mitschwingt.
Aber es wäre gar nicht nötig, mir zu drohen. Ich bin
niemand, der eine Familie zerstört, auch wenn es sie als
solche noch gar nicht gibt. Kraftlos nicke ich.
„Und noch etwas, Melody. Niemand soll vorerst von
dieser Hochzeit erfahren, vor allem die Presse nicht.
Wir werden es ganz klein und intim halten, auch das
Team wird vorerst nicht informiert, damit sich die
Jungs auf die Play-offs konzentrieren können. Nur Wes'
Mom und meine Eltern. Könntest du das bitte auch für
dich behalten?" Wieder kann ich nur kraftlos nicken.
Zufrieden presst sie die Lippen zusammen, dann lässt
sie mich stehen und eilt in Richtung Ausgang.
Meine Gedanken überschlagen sich. Wenn ich nicht
mehr zu Wes kann, habe ich keine Bleibe. Ich weiß
nicht, wohin. Meine Brust fühlt sich an als hätte sich
ein scharfes Messer hineingebohrt und in meinem Kopf
hämmert und rauscht es.
Ich brauche ein Uber, ein Hotel und einen Plan, was ich
jetzt tun soll. Ich ziehe mein Handy aus der Tasche und

deaktiviere den Flugmodus. Bevor ich mir allerdings
ein Hotel buchen kann, erscheint auf dem Display das
Symbol für eine eingegangene Sprachnachricht. Eine
winzig kleine Hoffnung, dass Valerie gelogen haben
könnte, dass alles anders ist, als sie es darstellt, flammt
in mir auf. Aber als ich Wes' zögerliches Atmen höre,
sein Räuspern und dann seine unsichere,
schuldbewusste Stimme, zerplatzt auch der letzte Funke
Zuversicht, dass alles nur ein Irrtum ist.
*Mel, ich habe Mist gebaut. Ich muss dir was sagen. Ich
habe dich angelogen, ich war nicht mit Jace und Ally
auf diesem Event. Ich war mit Valerie dort und... ich
wollte es nicht, aber... es tut mir leid...*
An dieser Stelle bricht die Nachricht ab.
Es tut ihm leid. Was genau? Dass er mich belogen hat?
Oder dass er mich betrogen hat? Dass er mit einer
anderen ein Kind bekommt? Dass er mich einfach so
abserviert? Dass er...
Nein, nicht mir mir. So viel Stolz besitze ich noch.
Wenn er nicht mit mir reden will, dann werde ich es uns
ganz einfach machen, indem ich uns die Peinlichkeit
unehrlicher Entschuldigungen und fadenscheiniger
Ausreden erspare. Mit einem bitteren Geschmack im
Hals blockiere ich Wes' Kontakt. Nein, ich will nicht
mehr reden, nicht noch mehr verletzt werden. Wie kann
er nur so feige und taktlos sein, ausgerechnet Val zu
schicken, um mir diese Nachricht zu übermitteln?! Er
muss doch wissen, wie sehr es mich demütigt und
verletzt, ausgerechnet Valerie über mich triumphieren
zu sehen. Das ist sogar noch schlimmer als seine
Ausflüchte, seine Lügen und die Tatsache, dass er -
wieder mal - mit Val im Bett gelandet ist. Dass er sich

400

offensichtlich keinen Deut darum schert, wie sehr es mich zerreißt, Val hinterher zusehen, die in eine glückliche Zukunft mit ihm stapft, während meine hier in der unpersönlichen Halle des Flughafen endet.

Wesley

Ich versuche bestimmt zum tausendsten Mal in den letzten zwei Tagen, Melody zu erreichen, aber mein Anruf wird immer wieder abgelehnt. Fast so, als wenn sie mich blockiert hätte. Aber warum? Warum sollte sie das tun? Okay, vielleicht hat sie den Artikel gelesen, aber sie muss mir doch die Chance geben, ihr alles zu erklären?! Ich habe ihr doch bereits gestanden, dass ich Mist gebaut habe? So langsam verwandelt sich meine Verzweiflung in Wut. Was ist in den paar Wochen, die wir getrennt waren, passiert, dass wir uns so entfremdet haben? Dass sie nicht mehr mit mir reden will? Denn so verstehe ich es, dass sie mich blockiert hat. Und gleichzeitig bin ich wütend auf sie, weil sie mir offensichtlich nicht vertraut. Weil sie wahrscheinlich den Artikel gelesen hat und den Medien mehr glaubt als mir. Ich habe ihr bereits vor einiger Zeit gesagt, dass das so nicht funktioniert. Ohne Vertrauen kann keine Beziehung auskommen.

Als Valerie Franks Büro betritt, stecke ich mein Handy ein. Um die Sache mit Mel kümmere ich mich später, jetzt werde ich erst mal unter das Kapitel mit Val einen Schlussstrich ziehen.

Mit einer ungewöhnlichen Gelassenheit, die verdächtig nah an Arroganz ist, lässt Val sich auf den Stuhl neben mir fallen.

„Ich habe mit meinem Anwalt gesprochen. Rein rechtlich steht Ihre Argumentation, der Bau habe noch nicht begonnen, auf ziemlich schwachen Füßen. Aber ich will einen langwierigen Rechtsstreit verhindern, also unterschreibe ich." Erleichtert atme ich auf.

„Allerdings habe ich eine Bedingung." Natürlich. Schließlich handelt es sich hier um Valerie! Verärgert schnaube ich meinen Unmut heraus. Tadelnd sieht sie mich an.

„Hast du wirklich geglaubt, ich lasse mich einfach so ausbooten, Wes? Ich verlange im Gegenzug für den Verzicht auf die Zahlung, dass du mich in anderer Form entschädigst." Sprachlos klappt mir der Kiefer herunter.

„Falls du das so meinst, wie ich es verstehe, dann NEIN, Val. Niemals!" Ihr Kichern foltert mein Gehör, weil es schrill und falsch klingt. Nicht so weich und echt wie Mels. Verdammt. Ich bekomme sie einfach nicht aus meinem Kopf.

„Ich bitte dich, Wes, nicht das, was du denkst. Du warst neulich ziemlich deutlich. Und ich bin keine Frau, die sich erniedrigt und bettelt, dafür bin ich zu stolz!" Sie schnalzt mit der Zunge.

„Wahrscheinlich ist das einfach deine Art, den Frauen, mit denen du dich abgibst, ständig Dinge zu unterstellen, die gar nicht zutreffen. Deswegen ist es wohl auch kein Wunder, dass deine neueste Flamme die Reißleine gezogen und dich abgeschossen hat." Es dauert ein paar Sekunden, bis ich den Sinn dahinter verstehe.

„Melody? Was hat sie denn damit zu tun?“ Irritiert sehe ich Val an, aber ihre Augen spiegeln meine Irritation.
„Äh, also ich wollte nicht... vielleicht habe ich da was missverstanden.“ Sie leckt sich verlegen über die Lippen und in ihren Blick schleicht sich Bedauern. Und etwas... Verschlagenes?
„Dann habe ich das vielleicht falsch interpretiert? Aber ich dachte...“
„Was dachtest du? Wovon redest du überhaupt?“, knurre ich sie an, aber in meinem Magen macht sich ein ungutes Gefühl breit.
„Ich habe sie vorgestern zufällig am Flughafen getroffen. Der Termin, wegen dem ich so schnell aufbrechen musste? Erinnerst du dich? Also ich musste dort einen potentiellen Kunden abholen, einen Unternehmer, mit dem zusammen ich gerne ein Projekt starten würde, deswegen...“ Sie schwafelt. So gut kenne ich sie, dass sie das immer tut, wenn sie mir eigentlich etwas Unangenehmes sagen muss, es aber noch herauszögern will.
„Ich dachte ja auch, dass Melody in Florenz ist, das hast du mal erwähnt, deswegen war ich auch so überrascht. Ich dachte erst, ich hätte mich geirrt, weil sie nicht alleine war. Ich habe sie angesprochen, aber ich hatte das Gefühl, dass es ihr unangenehm war und...“
„Valerie!“, unterbreche ich sie, weil ich endlich wissen will, was das alles mit Melody zu tun hat.
„Na ja, sie war in Begleitung eines jungen Mannes mit einem sehr sexy italienischen Akzent. Sie sahen sehr vertraut miteinander aus, also habe ich sie angesprochen, weil ich ja weiß, dass du mit ihr zusammen bist. Sie war erst verlegen, aber dann hat sie

mir zu verstehen gegeben, dass es mich nichts angeht und ich mich da nicht einmischen soll. Sie wäre außerdem nur noch zurückgekommen, um hier ein paar Formalitäten abzuwickeln, bevor sie endgültig nach Italien geht." Val sieht mich mit einer Mischung aus Neugier und Genugtuung an.

Mein Herz klopft, als plötzlich alle Ungereimtheiten einen Sinn ergeben. Mel hat mich blockiert, weil sie zu feige ist, mir zu sagen, dass sie in Italien jemanden kennengelernt hat, der... was weiß ich, was er für sie ist. Aber offenbar wichtig genug, hier ihre Zelte abzubrechen, nach Italien auszuwandern und mich ohne eine Erklärung lieber feige zu ghosten.

Als ich in Vals Augen sehe, um den Wahrheitsgehalt ihrer Erzählung zu überprüfen, weil sie schon oft genug Lügen oder Halbwahrheiten zu ihren Gunsten erzählt hat, flammt für einen Sekundenbruchteil so etwas wie Genugtuung in ihren Iriden auf, aber sie schlägt sofort ihren Blick nieder, so dass ich mir nicht sicher bin. Als sie wieder zu mir aufblickt, ist ihr Blick unleserlich.

„Ich könnte jetzt sagen, dass es mir leid tut, aber das wäre gelogen, Wes." Ihre Stimme ist dabei so kalt, dass es mich fast fröstelt, aber was mich noch mehr trifft, ist der Hass, den sie mir mit jeder Silbe entgegenschleudert.

„Ich finde, es ist nur gerecht, dass du auch mal derjenige bist, der enttäuscht und verlassen wird. Der hilflos mit ansehen muss, wie seine *große Liebe*", sie spuckt mir die Wörter förmlich entgegen, aber ihre Stimme zittert und in ihren Augen schimmert ein verletzter Ausdruck mit, „mit einem anderen zusammen ist. "

Melody

Vier verdammte Wochen versuche ich jetzt schon, mit diesem harten, kalten Klumpen in meiner Brust zu leben, aber man kann es nicht wirklich leben nennen. Es ist eher ein Überleben, von Tag zu Tag. Ich kann kaum essen, schlafen oder mich dazu aufraffen, wenigstens das Nötigste einzukaufen. Das Einzige, was ich, seit ich vor zwei Wochen in das kleine, überteuerte Apartment eingezogen bin, mache, ist malen. Es ist wie eine Besessenheit, meine Gefühle und Gedanken auf die Leinwand zu bannen. Inzwischen steht alles voll mit Bildern, in denen ich meinen Schmerz und meine Traurigkeit verarbeite. Ich wollte es nicht, wirklich, aber weil ich ganz offensichtlich einen masochistischen Zug besitze, habe ich nach Wesley und dem Spiel gegen die *Hornets* gegoogelt. Und tatsächlich gab es Bilder von ihm mit diesem Verband an der Hand. Es spielt keine Rolle, dass wir zu diesem Zeitpunkt noch nicht wirklich zusammen waren. Wahrscheinlich hätte ich damit leben können, wenn er es mir erzählt hätte, aber das hat er nicht. Im Gegenteil. Er hat immer und immer wieder behauptet, dass da nichts mehr zwischen ihm und Valerie ist. Und genau diese Lüge ist es, die ich ihm nicht verzeihen kann. Weil ich deswegen annehmen muss, dass er nichts von dem, was er zu mir oder über uns gesagt hat, wirklich ehrlich gemeint hat. Wie von selbst fällt mein Blick auf ein Portrait von *ihm*. Wesley. Sein ausdrucksstarkes Gesicht, schattiert und akzentuiert, alles, was ihn so besonders macht, aber anstatt bei der klassischen Bleistiftzeichnung zu bleiben, habe ich wie im Zwang zu bunten Acrylfarben gegriffen und die Konturen damit ausgefüllt. Das fertige Bild ist etwas, das ich so noch nie gemalt habe. Es ist abstrakt und doch gleichzeitig auch klassisch. Es ist schreiend bunt und doch auch zurückhaltend. Es zeigt auf den ersten, vordergründigen Blick Wes' Gesicht, aber ich sehe dahinter so viel mehr, so viel... Mit Tränen in den Augen wende ich mich ab, weil ich es nie lange ertrage, ihn anzusehen, auch wenn es nur ein Bild von ihm ist. Er fehlt mir so sehr.

In den vergangenen Wochen habe ich gefühlt tausend Mal darüber nachgedacht, ihn doch noch mal anzurufen, um für mich einen Abschluss zu finden. Um weitermachen zu können. Um diese eine, letzte Erklärung von ihm zu bekommen, warum er mir verschwiegen hat, dass er wieder mit Val im Bett gelandet ist. Ich frage mich auch, ob sie ihn vielleicht sogar reingelegt hat mit diesem Kind, aber selbst wenn, in einem hat Valerie recht: Niemals würde Wesley sie oder das Kind in dieser Situation im Stich lassen. So ein Mann ist Wes nicht. Also ist es auch müßig, darüber nachzudenken. Und außerdem hat Wes ja selbst zugegeben, Mist gebaut zu haben. Mich angelogen zu haben.

Leider ist da diese fiese Stimme in meinem Kopf, die mir sagt, dass es nicht sehr erwachsen war, ihn gleich zu blockieren. Ich hätte ihm die Chance geben müssen, es mir zu erklären. Es war unfair, besonders, wenn auch er von dieser Nachricht überrascht worden ist. Aber da ist auch der Zweifel, die Unsicherheit, die mir einflüstern, dass es ihm ganz gelegen schien, dass ich nach Florenz gegangen bin. Ich erinnere mich, dass er gar nicht versucht hat, mich zum Bleiben zu überreden. Hat er insgeheim gehofft, dass ich mich vielleicht dazu entscheiden würde, dort zu bleiben, um zu studieren? Das wäre doch für ihn die einfachste Lösung gewesen, oder?!

Dass er mich nicht vom Flughafen abgeholt hat, obwohl er ja wusste, dass und wann ich zurückkomme, und stattdessen Val vorgeschickt hat, zeigt allerdings sehr deutlich, dass er die Konfrontation mit mir scheut. Kurz nachdem ich von Val und Wes erfahren habe, hat sich Ally noch mal bei mir gemeldet. Leider haben die *Seagulls* ihr erstes Play-off-Spiel verloren, womit die Saison für sie vorbei ist. Danach hat der Coach alle für drei Wochen in den Urlaub geschickt, um neue Kraft zu tanken, bevor die Vorbereitungen für die nächste Saison beginnen. Ally war ganz aufgeregt, weil Jace sie mit einem Urlaub auf Hawaii überrascht hat. Sie klang so überschwänglich, so glücklich und aufgeregt, dass sie gar nicht bemerkt hat, wie einsilbig ich war. Ich war drauf und dran, sie nach Wes zu fragen, habe es dann aber gelassen. Was sollte das auch bringen? Entweder, sie weiß von dieser *geheimen* Heirat, dann würde sie es wahrscheinlich vermeiden, darüber zu reden, weil sie Wes gegenüber loyal ist. Oder sie weiß es nicht, dann könnte sie mir auch keine weiteren Details verraten, die ich im übrigen auch gar nicht wissen wollte. Lüge. Dummerweise würde ich es wissen wollen. In mir steckt leider ein Masochist, das hat mir diese Sache mit Wes bewiesen. Ich habe ihn gegoogelt, aber außer ein paar sportlichen Details und einem weiteren Foto von ihm und Val, das kurz nach der Sache am Flughafen

geschossen worden sein muss, habe ich nichts
gefunden. Natürlich nicht, vielleicht sind er und Val ja
auch gerade im Urlaub in... irgendwo. Verdammt.
Genervt von dem Gedankenkarussell nehme ich mir
eine neue Leinwand. Diesmal wird Schwarz
dominieren.

Wesley

Müde betrete ich meine Wohnung und stelle die große
Reisetasche neben der Tür ab. Ich habe mich nach dem
Aus in den Play-offs für drei Wochen bei meiner Mutter
verkrochen, um zur Ruhe zu kommen, und auch, um
hier in Seattle nicht immer an Mel erinnert zu werden.
Ihre Sachen habe ich, nachdem ich mir eingeredet habe,
keine Möglichkeit mehr zu haben, Mel zu kontaktieren
- was faktisch gesehen nicht stimmt, weil ich ja ihren
Bruder nach ihr fragen könnte - in Kisten gepackt und
in den Keller gebracht. Ich werde sie einer
gemeinnützigen Organisation spenden, wenn ich...
wenn ich mich irgendwann endgültig davon trennen
kann. Im Augenblick vermitteln sie mir noch das
trügerische Gefühl, dass Mel irgendwann
zurückkommt. Fuck!
Noch nie ist mir meine Wohnung so leer vorgekommen
wie jetzt gerade. Wie kann man jemanden, der einen so
krass verarscht hat, nur so sehr vermissen?! Ich sollte
sie eigentlich dafür hassen, was sie da mit mir
abgezogen hat, aber das kann ich nicht. Das einzige,

was ich ihr vorwerfe ist, dass sie mir nicht persönlich
gesagt hat, dass sie jemand anderen kennengelernt hat
und nach Italien geht. Immerhin war das mit dem
Studium immer ihr Traum. Den sie sich jetzt erfüllt,
und das kann ich ihr schwerlich vorhalten. Ich wäre
gerne der Mann gewesen, der dabei an ihrer Seite ist,
der sie unterstützt und den sie liebt, aber sie hat es
anders entschieden.

Meine Mutter hat mir geraten, mich mit ihr
auszusprechen, weil sie gesehen hat, wie sehr ich
darunter leide, Mel verloren zu haben, aber ich habe es
abgelehnt. Weil Mel es ja ganz offensichtlich nicht
wollte, sonst hätte sie meine Nummer nicht blockiert.
Allerdings spüre ich mit jedem Tag, der vergeht, mehr,
dass ich einen Abschluss brauche. Eine Erklärung,
warum ich ihr, nach allem, was zwischen uns war, nicht
wichtig genug war, mir persönlich zu sagen, dass sie
jemand andern kennengelernt hat. Wenn ich daran
denke, wie erwachsen, wie reflektiert und selbstkritisch
sie den Streit mit ihrem Bruder aus der Welt geräumt
hat, kann ich einfach nicht glauben, dass sie zu feige
war, sich mir und der Situation zu stellen. Das ist es
auch, was mich stört, was nicht in das Bild passt, das
ich von Mel habe. Es passt nicht zu ihrem Charakter.
Und deswegen habe ich beschlossen, diesen leisen
Zweifel, dass an der ganzen Sache etwas faul sein
könnte, zu beseitigen, indem ich mit Mel spreche. Und
wenn ich dafür nach Italien reisen muss, dann ist das
so. Ich muss mit eigenen Augen sehen, dass Valerie die
Wahrheit gesagt hat, auch wenn es meinem Herzen
einen irreparablen Schaden zufügen wird, Mel mit
einem anderen Mann zu sehen.

Entschlossen drehe ich mich um und steige wieder in den Fahrstuhl.

Melody

„Und? Hast du dich schon entschieden, ob du im nächsten Semester in Florenz studieren willst? Professor Romano erkundigt sich ständig nach dir." Frans sanften italienischen Akzent zu hören, lässt mich wehmütig lächeln. Es tut so gut, ihre Stimme zu hören, die mich an meine wunderschöne Zeit in Florenz erinnert. Aber leider auch an das jähe Ende, das ich bei meiner Rückkehr nach Seattle so nicht erwartet hätte. Außerdem spricht sie gerade einen wunden Punkt an, denn ich habe noch immer nicht entschieden, was ich tun soll. Jeder Tag rauscht wie eine zähe Masse an mir vorbei und es kostet mich unglaublich viel Energie, morgens überhaupt aufzustehen. Wie soll ich da die notwendige Konzentration und den Willen aufbringen, um mir über meine Zukunft Gedanken zu machen?

„Nein, Fran, ich habe mich noch nicht entschieden. Ich denke, ich werde mich an mehreren Universitäten bewerben und mich dann unter den Zusagen entscheiden." Oder aber gar nicht studieren und die nächsten Jahre einfach nur im Bett bleiben, weil mich dieser nicht nachlassende Herzschmerz daran hindert, ein Leben außerhalb meiner eigenen vier Wände zu führen.

„Okay, wie du meinst, aber du weißt, dass Professor Romano ganz erpicht darauf ist, dich unter seine Fittiche zu nehmen?“ Ein schmales Lächeln schleicht sich auf mein Gesicht. Egal, wie ich mich entscheide, es tut gut, jemanden zu haben, der an mich glaubt. Wenn auch nur im künstlerischen Sinn.
„Das kann ich gar nicht vergessen, weil du mich jedes Mal, wenn wir telefonieren, daran erinnerst.“
Nachdem wir das Gespräch beendet haben, betrachte ich selbstkritisch die vielen Leinwände, die inzwischen fast jeden freien Platz in meiner kleinen Wohnung einnehmen. Ich seufze, weil es so einfach nicht weitergehen kann. Malen ist Balsam für meine Seele, es fühlt sich an wie ein stetiger Heilungsprozess, mit Farben ausdrücken zu können, was ich nicht in Worte fassen kann, aber entweder muss ich mir bald eine größere Wohnung suchen, wozu mir das Geld fehlt, versuchen, ein paar Bilder zu verkaufen, wozu mir der berühmte Name und die potentiellen Käufer fehlen, oder ich muss damit anfangen, mich wieder dem Leben da draußen zu stellen.
Das Klingeln meines Handys nimmt mir die Entscheidung ab, wenigstes für die Dauer des Gespräches.
„Hey, Eli“, begrüße ich seufzend meinen Bruder. Ich habe eigentlich keine Lust, mir wieder anzuhören, dass ich ich gefälligst aufhören soll, diesem Idioten hinterher zu trauern, der mich nur verarscht hat, und endlich wieder anfangen soll, zu leben und zu daten.
„Hey, Mel. Ich...“
„Wenn du mir wieder sagen willst, dass ich Wes...“
„Er war hier.“ Ich schnappe nach Luft, nachdem seine Worte in meinem Gehirn angekommen sind.

„Wann?“
„Er ist gerade wieder gefahren.“
„Warum?“ Anscheinend ist mir die Fähigkeit,
vollständige Sätze zu bilden, abhandengekommen.
„Warum er gefahren ist?“ Eli klingt verwirrt.
„Nein, warum er überhaupt da war.“
„Es wollte dich sprechen, aber da er nicht weiß, wo du
bist, wollte er das von mir erfahren.“
„Und? Hast du ihm gesagt...“
„Er glaubt, du bist in Italien, Mel.“
„Was? Wie kommt er darauf?“ Mein Herz klopft
schnell und hart in meiner Brust.
„Woher soll ich das wissen?“, schnauzt er, aber ich höre
deutlich heraus, dass er besorgt ist. Um mich. Und
deswegen nehme ich ihm seinen Ton nicht übel.
„Hör zu, Mel, ich weiß, dass du immer noch an diesem
Idioten hängst, aber er hat dich verarscht! Was immer
er jetzt von dir will, lass dich nicht darauf ein“,
versucht er, mir ins Gewissen zu reden, aber ich höre
ihm gar nicht mehr zu. Vor ein paar Minuten habe ich
doch bereits erkannt, dass es so, wie es gerade ist, nicht
weitergehen kann. Vielleicht hilft es mir wirklich, mit
Wes zu reden, seine Version der Ereignisse zu hören.
Und vielleicht, vielleicht kann ich mich dann endlich
damit abfinden und akzeptieren, dass er sich für Valerie
und das Kind und gegen mich entschieden hat.
„Ich muss Schluss machen, Eli. Danke, dass du mich
gleich angerufen hast.“ Ich höre noch, wie er
verzweifelt *Mel, bitte!* ruft, aber mein Entschluss steht
fest.

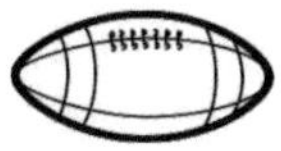

Wesley

Ich weiß schon, warum ich diesen arroganten Penner nicht leiden kann! Erst hintergeht er Mel und es ist ihm scheißegal, was das für sie bedeutet, und jetzt spielt er sich als ihr großer Beschützer auf.

Es wird schon seinen Grund haben, warum sie nicht mit dir reden will! Arschloch. Er hat mir noch nicht einmal bestätigt, dass sie in Italien ist, geschweige denn, mir ihre Adresse gegeben. Wütend knalle ich mein Handy auf den Küchentresen. Ich habe ihn gebeten, Mel zu sagen, dass ich mit ihr sprechen möchte, aber so, wie er reagiert hat, ist fraglich, ob er das auch tut. So wie ich das sehe, ist der Ball wieder mal bei Mel, aber da sie bereits deutlich gemacht hat, dass sie nicht mir mir reden will, werde ich es jetzt gut sein lassen. Ich habe es versucht. Vielleicht ist das auch ein Zeichen. Mom sagt immer, nichts geschieht ohne Grund.

Immer noch wütend schnappe ich mir meine Sporttasche. Ich muss mich an etwas abreagieren, und der Fitnessraum des VMAC scheint mir dafür der passende Ort zu sein. Zwar hat das offizielle Training noch nicht begonnen, aber für uns Kaderspieler steht er jederzeit offen. Und nach den letzten drei Wochen Selbstmitleid und Frustessen bei Mom können mir ein paar zusätzliche Einheiten bestimmt nicht schaden.

Melody

Ich weiß nicht, was ich jetzt tun soll. Einfach so zu seiner Wohnung zu fahren, ist bestimmt keine gute Idee.

Womöglich treffe ich statt auf ihn auf Valerie, und das möchte ich mir lieber ersparen. Leider weiß ich auch nicht, ob er bereits wieder trainiert, weil die Saison ja vorbei ist und die nächste erst, ja, wann überhaupt?, beginnt. Da ich immer noch keine Ahnung von Football habe, weiß ich es einfach nicht, aber ich kann mir nicht vorstellen, dass Profisportler nicht ständig trainieren müssen, um in Form zu bleiben. Aber wo trainiert er? Im Stadion? Oder gibt es ein externes Trainingscenter? Also bleibt mir wohl nichts anderes übrig, als ihn anzurufen, und falls er sich immer noch mit mir treffen will, können wir uns vielleicht an einem neutralen Ort verabreden. Ich atme einmal tief durch, dann entsperre ich seine blockierte Nummer. Ich weiß nicht, was ich erwartet habe, aber das nicht. Das Display zeigt mir unzählig viele Anrufe, bis er wohl kapiert hat, dass ich ihn blockiert habe. Mein schlechtes Gewissen meldet sich, weil er anscheinend doch versucht hat, mit mir zu sprechen. Was ich nach all dem, was passiert ist, nicht erwartet habe. Mit klopfendem Herzen drücke ich auf den grünen Anrufbutton.

Ich bin leider gerade verhindert, bitte melden Sie sich später noch einmal oder sprechen Sie auf die Mailbox.

Ich räuspere mich, weil mich mein Mut gerade verlässt, dafür aber ein dicker Kloß in meinem Hals wächst, der mir das Sprechen erschwert.

„Wes, ich bin es. Mel. Ich... du warst bei Eli und wolltest mich sprechen. Ich...“ Der langgezogene Ton sagt mir, dass meine Sprechzeit vorüber ist. Mist. Das war nicht annähernd das, was ich sagen wollte. Oder besser, es war nicht alles, was ich noch hätte sagen wollen. Zum Beispiel, ob wir uns treffen könnten. In einem Café oder so.

Mein Handy läutet und ich zucke zusammen. Wenn das Wes...

Nein, es ist Ally. Kurz zögere ich, aber vielleicht kann sie mir dabei helfen, Wes zu kontaktieren.

„Hallo Ally.“

„Hallo Mel. Wir sind gerade aus Hawaii zurück und ich frage mich, was ich verpasst habe.“ Sie klingt angefressen und ärgerlich.

„Äh, was du verpasst hast?“ Irritiert runzele ich die Brauen.

„Na ja, ich muss etwas Entscheidendes verpasst haben, weil Wes gerade wie ein gereiztes Walross an mir vorbei gestapft ist, als ich Jace zum Training gefahren habe. Und kaum, dass ich zuhause bin, ruft Jace mich an, weil er sich Sorgen um Wes macht, weil dieser nämlich Gewichte stemmt wie Obelix, nachdem er eine ganze Flasche von diesem Zaubertrunk geschluckt hat. Und weil Wes auf - ich betone: auf freundliche, teilnahmsvolle Nachfrage! - nur sehr unhöflich geknurrt hat, du dürftest gerne in deiner neuen Heimat Italien bleiben, wo der Pfeffer wächst. obwohl... kommt der nicht eigentlich aus Indien? Ist ja auch egal, jedenfalls hätte er es oft genug versucht, eine Erklärung

von dir zu bekommen, warum du zu feige warst, ihm
die Wahrheit ins Gesicht zu sagen und ihn stattdessen
einfach so abserviert hast." Sie holt Luft.
„Und ja, wegen dieser kryptischen Aussage frage ich
mich, was ich verpasst habe." *Ja, das frage ich mich
gerade auch.*
„Ich weiß nicht, warum Wesley glaubt, dass ich in
Italien bin, wirklich nicht", stelle ich klar, aber für den
Rest habe ich auch keine Erklärung.
„Was ist passiert, während wir auf Hawaii waren?" Sie
klingt jetzt misstrauisch, fast ärgerlich. Klar, dass sie
Wes glaubt, immerhin kennt sie ihn viel länger als mich
und zudem sind sie befreundet.
„Tja, bis auf dass Wes, statt selbst zum Flughafen zu
kommen, als ich aus Florenz zurückkam, Val geschickt
hat, um mir mitzuteilen, dass er im Begriff ist, sie zu
heiraten, weil sie zusammen ein Kind bekommen..", ich
tippe mir mit dem Zeigefinger gegen die Lippe, „nein,
mehr war da nicht, wirklich." Ich weiß nicht, warum
ich Ally das erzähle, aber ich habe das Gefühl, mich
rechtfertigen zu müssen. So, wie Wes es dargestellt hat,
bin ich einfach nach Italien abgehauen und habe ihn
abserviert?! Ich ihn? Also bitte. Er hat mich doch...
„Was ist das für eine gequirlte Scheiße, die ihr da
verzapft? Wes ist nicht verheiratet und er wird auch
nicht Vater, das wüsste ich! Also eher Jace, aber das ist
ja das gleiche!", schnauzt sie mich an.
„Aber Valerie hat...", versuche ich, zu erklären, warum
ich ihr glaube, aber...
„Wie kannst du nur ein Wort glauben, das aus dem
Mund dieser verlogenen Tussi kommt, Mel?!"

„Aber da war dieser Artikel, mit diesen Fotos, und sie
war am Flughafen, und Wes hat mir auf die Mailbox
gesprochen und zugegeben, dass er mich angelogen hat
und dass er Mist gebaut hat, und dann dieses Foto von
ihr und ihm Bett...“, verhaspele ich mich, weil es in
meinem Kopf gerade ziemlich durcheinander geht.
„Heilige Scheiße, ich steig da nicht mehr durch“, flucht
sie ungehalten. „Ich hole dich jetzt ab und dann erzählst
du mir in Ruhe, was passiert ist, vielleicht kapiere ich
es dann.“ Sie schnaubt verärgert.
„Wo bist du gerade?“ Ich nenne ihr meine Adresse und
fühle mich irgendwie überfahren, aber gleichzeitig fühlt
es sich auch gut an, mit jemandem über diese Sache zu
reden.

Wesley

„Schluss jetzt!“ Energisch hält Jace die Stange mit den
Gewichten über mir fest. Meine Muskeln brennen und
der Schweiß rinnt mir in Strömen vom Gesicht.
„Lass mich!“, knurre ich ihn an, aber er schüttelt nur
den Kopf.
„Nein, da du noch eine Saison dranhängst, und wir dich
brauchen, will ich dem Coach nicht erklären müssen,
warum du dich in meinem Beisein beim Krafttraining
verletzt hast. Und ich möchte meine Eier behalten,
denn die wird er mit garantiert abreißen, wenn er davon
Wind bekommt, dass ich dich nicht davon abhalte, dir
sämtliche Muskeln und Bänder zu reißen!“
Wütend setze ich mich auf und funkele ihn an.

„Dann hau doch ab, wenn du solche Angst um deine
Eier hast!"

„Nein, meine Eier und ich bleiben genau da, wo wir
jetzt sind, weil du mir gefälligst erklären wirst, warum
du dich für Obelix hältst, dabei schnaufst wie ein
Walross, das sich an einem Pinguin verschluckt hat,
und in etwa so gut gelaunt bist wie Jamie, wenn sein
heißgeliebtes Schokoeis ausverkauft ist." Jace ist wie
immer, seit er Ally kennt, die Ruhe selbst. Ich wische
mir den Schweiß ab.

„Weil... ach, vergiss es. Nicht so wichtig", winke ich
ab, obwohl es eine faustdicke Lüge ist. Es ist wichtig.
Für mich. Aber auch aussichtslos, weil die einzige, die
dieses Chaos in mir klären könnte, Mel ist, und wie sie
zu einem klärenden Gespräch steht, hat sie mehr als
deutlich gemacht.

Sein Handy klingelt.

„Hey, Süße, ist gerade schlecht. Ich versuche gerade,
einen durchgeknallten Footballer, der sich für Obelix
hält, vor größerem Schaden zu bewahren." Kurz hört er
Ally zu, die ich bis zu mir schimpfen höre.

„Äh...WAS?" Während er ihrer Tirade zuhört, ab und
an abfällig schnaubt und mich derweil mit Blicken
bedenkt, die zwischen Unglauben, Irritation und
Unverständnis hin und her schwanken, lege ich mich
wieder hin und greife nach der Hantelstange. Jace'
unheilvolles Knurren lässt mich kurz zögern, aber
schließlich bin ich noch nicht erschöpft genug, um
mein Gedankenkarussell zum Stillstand zu bringen und
aufzuhören. Mit einem finsteren Blick beendet Jace das
Gespräch, nimmt mir wieder die Hantelstange ab und
zerrt mich an Kragen meines Sportshirts hoch.

„Mitkommen!", befiehlt er. Ich denke kurz darüber
nach, mich zu wehren, aber dann siegt die Resignation.
Und vielleicht brennen meine Muskeln auch schon wie
Feuer, was er aber nicht wissen muss. Er schubst mich
in die Mannschaftskabine und deutet auf den
Nassbereich.

„Duschen." Sein Ton verrät, dass ich besser nicht
widerspreche.

„Wow, seit wann bist du unter die Drill Sergeants
gegangen? Und seit wann ist das hier ein Bootcamp?"

„Seit ich der Kapitän dieses Narrenschiffs hier bin",
schnauzt er und deutet vage in die Kabine.

„Aye aye Sir, Captain, Sir!", salutiere ich gehorsam,
bevor ich in die Dusche gehe. Arschloch.

Sein unheilvoll geknurrtes „Penner!" lässt mich leise
auflachen. Es geht doch nichts über eine solide
Männerfreundschaft.

Als ich Allys und Jace' gerade erst bezogenes Haus
betrete, fühle ich mich unwohl. Ich weiß nicht, ob ich
der Inquisition, die garantiert auf mich wartet, wirklich
gewachsen bin, aber vielleicht tut es ganz gut, mir alles
von der Seele zu reden.

Womit ich allerdings nicht gerechnet habe, ist die
Person, die sich bei meinem Anblick hektisch von
einem lindgrünen Sofa erhebt. Ihre Augen weiten sich
überrascht, bevor sich ihre Haltung verspannt.
Ängstlich und zugleich herausfordernd, wie nur sie
diese Widersprüchlichkeit in sich vereint, sieht sie mich
an. Da sind so viele Emotionen, die das Grün ihrer
Augen in Sekundenbruchteilen immer wieder
verändern, dass ich kaum mitkomme. Verletztheit,
Traurigkeit, Ratlosigkeit... das alles irritiert mich, aber
was mich wie eine geschüttelte Sektflasche explodieren

lässt, ist diese verdammte Unschuld, die ihre gesamte Haltung ausdrückt.

„Was machst du denn hier? Hat dir dein Bruder etwa doch gesagt, dass ich mit dir reden will? Dafür hättest du nicht aus Italien herkommen müssen, das hätten wir auch am Telefon klären können!“, fahre ich sie an. Ich weiß nicht, was ich gerade fühle, nur dass ihr Anblick, so müde, so schmal, blass und mit dunklen Ringen unter den Augen, etwas in mir berührt. Gleichzeitig bin ich so sauer, so verletzt, fühle mich von ihr verarscht, dass ich meine Wut auf sie nicht unterdrücken kann.

„Ach nein,“, ich schlage mir übertrieben gegen die Stirn, „ich vergaß. Du hast ja meine Nummer blockiert!“ Sie zuckt kurz zusammen, so als hätte sie ein schlechtes Gewissen, aber dann schaltet sie in den Angriffsmodus.

„Ja, das habe ich! Und dafür hatte ich einen guten Grund, Wesley. Du hast dich wie ein feiges Arschloch verhalten und mich am Flughafen einfach so stehen lassen, anstatt mir zu erklären...“

„Moment! Ich habe dich nicht am Flughafen sehen lassen, weil du mir gar nicht gesagt hast, dass und wann du dort ankommst.“ Ich schnaube und verschränke abwehrend die Arme vor meiner Brust.

„Außerdem: Was hätte denn wohl dein italienisches Amore-Mitbringsel dazu gesagt, dass dich der Typ abholt, dessen Bett du noch vor gar nicht langer Zeit gewärmt hast?! Ich hab mal gehört, Südländer sollen sehr eifersüchtig sein!“

„Ally, haben wir Popcorn im Haus?“ Jace fläzt sich grinsend auf der Couch, während Ally wie beim Tennis den Kopf von mir zu Mel dreht. Und zurück. Und zu mir.

„Du hast ja Nerven! Das einzige, was ich aus Italien mitgebracht habe, ist mein Koffer, du Arschloch! Wie kommst du überhaupt dazu, solche Behauptungen aufzustellen?! Brauchst du einen Sündenbock dafür, dass *du* es vergeigt hast? Ist es dir vor Ally und Jace peinlich, zuzugeben, was du dir geleistet hast?“, faucht sie, während sie heftig atmet und sich eine wütende Röte in ihr Gesicht schleicht. „DU bist doch der, der zu feige war, mir ins Gesicht zu sagen, dass er eine andere heiratet, weil sie ein Kind von ihm bekommt!“

Kurz blinzele ich. *What the fuck?!*

„Was redest du da für einen Scheiß?! Nimmst du Drogen?“, schnauze ich sie an.

„Ob ich Drogen nehme?! Ich?! Wahrscheinlich hast du was genommen, bevor du Valerie geschwängert hast!“

„Ich habe WAS?!“

„Valerie geschwängert, weswegen ihr geheiratet habt und...“

„Vielleicht doch lieber irgendetwas Hochprozentiges, Ally.“ Jace sieht zunehmend amüsiert aus, wie ich nach einem kurzen, Blick auf ihn irritiert feststelle.

„Wie kommst du darauf, dass ich Valerie geschwängert hätte?“ Fassungslos starre ich sie an.

„Ach bitte! Muss ich dir erklären, wie so was passiert?“

„Ja, bitte. Es sei denn, Valerie wäre nach der Heiligen Jungfrau Maria die erste, die ohne Sex schwanger wird! Also jedenfalls von mir!“

Mel fasst sich an die Stirn, schüttelt den Kopf und versucht, wieder runter zu kommen.

„Was soll das alles hier, Wes? Ich bin nicht hier, um dir Vorwürfe zu machen. Ich wollte nur, *will* nur verstehen, warum ich dir nicht wichtig genug war, mir das alles persönlich zu sagen. Warum du ausgerechnet Valerie geschickt hast..."

„Ich habe Val nicht geschickt! Warum sollte ich das tun? Nichts von dem, was du mir gerade um die Ohren gehauen hast, habe ich getan." Ich weiß nicht, warum ich plötzlich ein ganz dummes Gefühl habe. Oder doch, ich weiß es genau.

„Du hast Val am Flughafen getroffen und sie hat dir das alles erzählt?", frage ich vorsichtshalber.

„Oh, nicht nur erzählt, sie hat mir sogar ein Foto von sich und dir gezeigt. In ihrem BETT! Nach dem Spiel gegen diese *Hornets*! Du hattest diesen Verband an der Hand, weswegen ich das so genau zurückverfolgen konnte, also..."

„Uhhh! 1.0 für Mel!", grinst Jace und reckt die Faust in die Luft. Arschloch. „Ally, bring auch noch Nachos mit, es wird immer interessanter!"

„Sie hat dir was gezeigt?" Ich stehe auf dem Schlauch. Fieberhaft überlege ich, dann...

„Dieses Biest!"

„Du gibst es also zu?" Mel verschränkt die Arme vor der Brust. Ihr Schutz. Ihr Panzer.

„Ja. Nein. Ich habe *in* ihrem Bett aber nicht *mit ihr* geschlafen, Melody. Ich erinnere mich, dass ich an diesem Abend zu viel getrunken hatte und..."

„Oh bitte! Das ist eine billige Ausrede und das weißt du auch!", schnauzt sie mich an. Und sie hat recht. Es hätte niemals so weit kommen dürfen, dass ich in Vals Bett lande, auch wenn wir keinen Sex hatten.

„Selbst wenn es so war, hättest du es mir erzählen

müssen, Wesley. Wie war das? Eine Beziehung funktioniert nur mit Ehrlichkeit?", höhnt sie.

„Uhhh. 2:0 für Mel!" Jace, dieser Penner, amüsiert sich, als wäre das hier ein Hollywood-Blockbuster mit mir als Bad Boy und Mel als Jeanne d'Arc.

„Ja, du hast recht, Mel. Ehrlichkeit ist wichtig. Ich habe dir nichts davon erzählt, weil es keine Bedeutung für mich hatte. Weil nichts passiert ist, was ich dir hätte beichten oder wofür ich mich hätte entschuldigen müssen!" Ich bin so wütend, weil sie sich jetzt hier als die Betrogene und mich als den Lügner hinstellt!

„Aber weiß du, was auch wichtig ist: Vertrauen, Mel! Du hättest mich fragen können, statt Valerie einfach so alles zu glauben, was aus ihrem verlogenen Mund kommt. Du hättest mir vertrauen müssen. Mir, nicht Valerie! Aber du hast mich ja sofort blockiert, hast jeden Kontakt zu mir abgebrochen, statt mir die Chance zu geben, dir meine Version der Geschichte zu erzählen!", schnaube ich, enttäuscht und wütend, weil sich das alles hier so falsch anfühlt.

„Jetzt würde ich sagen: 2:1. Wes holt auf!", stellt Jace nüchtern fest.

„Halt die Klappe, Jace!", mischt sich jetzt Ally ein und hält die Hand hoch wie ein Schiedsrichter bei einem Boxkampf. Wenn es nicht so ernst wäre, wäre es direkt lustig.

„Statt hier zu sitzen und den beiden dabei zuzusehen, wie sie sich gegenseitig die Schuld an dem Schlamassel geben, solltest du als Teamkapitän eigentlich genügend Ernsthaftigkeit und Übersicht haben und dazwischengehen. Und *beide* darauf hinweisen, was so offensichtlich ist wie die Tatsache, dass sich die beiden lieben!" Jace grinst Ally an, die nur den Kopf schüttelt.

„Du bist so heiß, wenn du dich aufregst", stellt er fest
und wirft ihr einen flammenden Blick zu.
„Aber du hast recht. Wir müssen den beiden wohl auf
die Sprünge helfen, bevor sie sich hier zerfleischen."
„Was zur Hölle...", knurre ich, weil ich nicht verstehe...
Weil ich plötzlich doch verstehe.
„Valerie!" Wenn sie gerade hier wäre, würde ich ihr den
Hals umdrehen. Mel sieht ebenso irritiert aus, wie ich
es bis gerade noch war, dann scheint auch ihr ein Licht
aufzugehen. Ein leichtes Unbehagen schleicht sich in
ihren Blick. Dann leckt sie sich verlegen über die
Lippen.
„Sie hat dir also erzählt, ich wäre mit einem anderen
Mann zusammen?" Sie formuliert das als Frage, aber
im Grunde ist uns beiden klar, was passiert ist. Ich atme
tief ein, mein Herz zieht sich schmerzhaft zusammen,
als mir die ganze Tragweite dessen klar wird, was mit
uns passiert ist. Zögerlich gehe ich einen Schritt auf
Mel zu. Ich würde sie am liebsten in meine Arme
reißen und all ihre Zweifel und Unsicherheiten einfach
wegküssen, bis sie keine Luft mehr bekommt, aber ich
sehe, dass sie noch nicht so weit ist.
„Aber woher wusste sie, wann ich am Flughafen
ankomme? Ich habe nur dir meine Ankunftszeit
geschrieben."
„Ich schwöre dir, Mel, ich habe nie eine WhatsApp mit
diesen Daten bekommen." Ich ziehe mein Handy aus
meiner Hosentasche und rufe unseren Chat auf.
Gleichzeitig fummelt sie an ihrem Handy herum.
„Aber du hast die Nachricht gelesen! Die Häkchen sind
blau", beharrt sie auf ihrem Standpunkt. Nach einem

424

Blick auf das Handy des jeweils anderen haben wir irgendwie beide recht.

„Aber wie kann das sein?“ Ratlos sehen wir uns an.

„Hast du vielleicht mal dein Telefon in Valeries Nähe unbeobachtet gelassen? Vielleicht hat sie zufällig diese Nachricht gelesen und dann gelöscht. Das würde auch erklären, woher sie wusste, wann du ankommst, Mel“, überlegt Ally mit gerunzelter Stirn.

„Nein, ich habe mein Handy immer bei mir. Es wäre mir aufgefallen, wenn Val es sich genommen hätte.“

„Und außerdem war da ja auch noch deine Nachricht, dass du Mist gebaut und mich angelogen hast und...“

„Ja, weil ich dir gesagt habe, dass mich Ally und Jace zu diesem Event begleitet haben.“ Schuldbewusst sehe ich zu den beiden rüber.

„Weil ich genau das verhindern wollte, was jetzt passiert ist. Dass du nämlich glaubst, dass ich immer noch, oder schon wieder, oder was weiß ich, was mit Val habe.“

„Oh mein Gott, und ich habe geglaubt...“ Mel schlägt sich die Hände vors Gesicht und jetzt hält mich nichts mehr.

„Mel, ich liebe dich. Ich hätte dir das viel früher sagen sollen, aber ich wollte dir bei deiner Entscheidung, vielleicht in Florenz zu studieren, nicht das Gefühl geben, dich mir oder meinen Gefühlen für dich verpflichtet zu fühlen.“ Ich lege meine Hände um ihre Wangen und streichele sanft mit den Daumen über ihren Kiefer. Ihre Augen füllen sich mit Tränen und ein Anflug von Schuld huscht über ihr Gesicht.

„Es tut mir so leid, Wes. Ich hätte dich nicht gleich blockieren sollen. Ich hätte mit dir reden sollen. Ich hätte dir vertrauen müssen. Ich...“

„Schtscht. Das alles trifft genau so auf mich zu, Mel." Ganz sanft küsse ich sie. Vorsichtig, zurückhaltend, bis uns eine Stimme unterbricht.

„Hallelujah!" Jace springt auf und klopft mir auf die Schulter.

„Nachdem wir das jetzt geklärt hätten", er nickt Ally zu, „ist es Zeit für Champagner. Holst du bitte welchen?"

„Sehr gerne! Und dazu eine Prise Strychnin für diese miese Schlampe..."

„Was ist Stri.. Strych... nin?" Jamie, Allys kleiner Bruder, steht plötzlich in der Tür.

„Sollte ich mich fragen, warum er nach Strychnin und nicht danach fragt, was eine Schlampe ist?" funkelt sie Jace böse an, der ertappt die Augen aufreißt.

„Äh, also Jace hat mir schon erklärt, was..." Mit einem Satz ist Jace bei Jamie und hält ihm den Mund zu.

„Was eine Schlange ist. Nicht Schlampe, Jamie. Damals als wir im Zoo waren und du mich gefragt hast, was Würfelkot ist. Also Wombatkacke. Erinnerst du dich? Da war auch diese Schlange..." Eifrig nickt er in Richtung Ally.

Ally verdreht nur die Augen, sieht aber nicht böse, sondern eher genervt aus.

„Männer!", murmelt sie und Mel kann nicht länger ein leises Kichern unterdrücken. Und dieser Laut löst den hässlichen Knoten aus Schmerz und Wut in meiner Brust auf, legt sich wie Balsam über die vielen Risse und Wunden, die die Zeit ohne Mel in meinen Körper und mein Herz geschlagen hat. Alles fällt plötzlich von mir ab. Zweifel, Anspannung und dieser Druck auf meiner Brust. Weil ich Mel wiederhabe. Sie wieder in meinen Armen halten zu dürfen, sie lieben und beschützen zu dürfen, mit ihr zu streiten und mich mit ihr zu versöhnen, ist alles, was ich mir gewünscht habe. Zwar ist noch nicht alles geklärt, aber wir sind auf einem guten Weg.

Epilog

Wesley

Eine Woche später sitzen Mel und ich auf dem Sofa in Jace' Haus und warten auf Valerie.

Jace hatte die Idee, sie unter dem Vorwand, er plane ein Ferienhaus am Lake Whatcom, hierher zu locken, denn die Geschichte hat ein paar zu viele Zufälle und Ungereimtheiten, die wir nicht so stehen lassen wollen. Natürlich weiß sie nicht, dass sie uns hier treffen wird. Allein ihre Reaktion darauf ist hoffentlich aufschlussreich.

Als es endlich klingelt nehme ich Mels Hand in meine und drücke sie beruhigend.

„Ich freue mich, dass Sie mich für dieses Projekt...“, flötet sie, verstummt aber abrupt, als sie Mel und mich entdeckt. Sie hat sich gut im Griff und jemandem, der sie nicht so gut kennt wie ich, wäre das fast unsichtbare, enttäuschte Aufflackern in ihren Augen entgangen.

„Oh, hallo Wes. Hallo... Mel.“ Mels Namen würgt sie hervor wie eine Anakonda die Überreste der letzten Mahlzeit.

„Hallo Valerie." Ich muss mich bemühen, ruhig zu bleiben. Mel dagegen nickt ihr nur zu und ich weiß, dass sie sich unwohl fühlt.

„Was... macht ihr denn hier?" Unsicher sieht sie von mir zu Mel und leckt sich über die Lippen.

„Ja, weiß du, wir haben, obwohl sich jemand sehr bemüht hat, uns auseinander zu bringen, alle Lügen", ich beiße die Zähne zusammen und kann nur mühsam meine Wut unterdrücken, „ausgeräumt und wieder zusammengefunden." Ich drücke Mels Hand, aber diesmal, um mich zu beruhigen.

„Und um deine Frage zu beantworten: Wir sind hier, weil wir wissen wollen, wie du es geschafft hast, diese Intrige zu spinnen. Und was du dir davon versprochen hast. Du musst doch gewusst haben, dass alles irgendwann auffliegt. Warum also?" Kurz sehe ich Unsicherheit in ihrem Blick, dann wendet sie sich ab und will in Richtung Tür gehen, aber Jace versperrt ihr den Weg.

„Lassen Sie mich durch."

„Erst, wenn Sie Wes' Fragen beantwortet haben." Er klingt so düster und entschlossen, dass Val kurz zusammenzuckt. Dann strafft sie ihre Schultern und dreht sich wieder zu uns um. Ihr Blick enthält so viel Hass, so viel Skrupellosigkeit, dass ich unweigerlich zusammenzucke. Mit dem Finger zeigt sie auf mich.

„Du willst wissen, warum ich das getan habe?! Weißt du wie es ist, wenn dich jemand, den du liebst, immer wieder zurückweist? Wie es ist, wenn da plötzlich eine Frau auftaucht und deinen Platz einnimmt? Ich wollte dir einfach mal deine eigene Medizin zu schmecken

428

geben!“, schreit sie mich an und rote Flecken bilden
sich auf ihrer hellen Haut.

„Val, das mit uns ist schon so lange vorbei...“

„Ja, für dich vielleicht! Ich habe wirklich geglaubt, wir
hätten noch eine Chance, Wes! Deine Gesten, deine
Worte... Ich musste doch glauben, dass da noch was ist!
Aber dann kam sie!“ Mit dem Finger deutet Val jetzt
auf Mel und ihr Blick verdunkelt sich.

„Was hat sie, was ich nicht habe? WAS, verdammt
nochmal?!“, echauffiert sie sich wütend, ihre Stimme
voller Hass. Aber ich höre auch, wie verzweifelt sie
hinter ihrer eiskalten, wütenden Maske ist.

„Und dann, als wenn das alles nicht schon schlimm
genug wäre, hast du auch noch unseren Vertrag
aufgekündigt! Ich habe mich da wirklich reingehängt,
Wes, weil ich daran geglaubt habe. An das Projekt und
an uns! Und ich bin mir sicher, du hättest irgendwann
schon noch erkannt, dass ich die Richtige für dich bin.
Ich, nicht sie!“ Sie macht einen drohenden Schritt auf
Mel zu aber Jace stellt sich ihr in den Weg und hindert
sie daran, näher zu kommen.

„Ich habe dir im Büro deines Anwalts gesagt, dass ich
dir wünsche, dass du am eigenen Leib erfährst, wie das
ist, abserviert zu werden. Und ja, zumindest für eine
Zeit lang scheint das ja auch geklappt zu haben.“ Sie
stößt ein irres Lachen aus. Langsam wird mir unwohl.
Diese Val, die da vor uns steht, mit diesem irren Blick
und dem hysterischen Lachen, ist mir fremd.

„Ich hätte selbst niemals für möglich gehalten, dass es
überhaupt klappt, aber anscheinend war ich wirklich
überzeugend! Gott sei Dank hatte ich dieses Foto! Ich
hatte es eigentlich nur als Erinnerung für mich
gemacht, aber dann kam mir die Idee, es dieser kleinen

Schlampe zu zeigen. Und sie hat mir wirklich alles geglaubt!" Ihr höhnischer Tonfall und die Beleidigung bringen mein Blut zum Kochen. *Bleib ruhig Wes,* ermahne ich mich.

„Woher wusstest du überhaupt, wann Mel am Flughafen ankommt?" Meine Stimme verrät Gott sei Dank nicht, wie aufgebracht ich bin. In der Stimmung, in der Valerie ist, muss ich auf jeden Fall eine Eskalation verhindern.

„Na ja, sie hat dir eine WhatsApp-Nachricht geschickt, da stand alles drin."

„Und wie bist du an mein Handy gekommen, um sie zu lesen?" Das interessiert mich wirklich. Val verdreht zuerst ungläubig die Augen, dann grinst sie mich überheblich an.

„Das war nicht schwer, Wes. Du hattest es im Büro deines Anwalts an den Strom angeschlossen und als ihr beide dann draußen wart, damit ich meinen Anwalt anrufen konnte, ploppte diese Nachricht auf und... mein Gott, es kam mir so vor, als wollte mir das Universum einen Schubs geben. Ich habe die Nachricht gelesen und gelöscht, und mir dann sehr spontan überlegt, was ich mit dieser Information anfangen könnte. Und dann, plötzlich, wusste ich, was ich tun musste. Ich meine, komm schon, das alles kann doch kein Zufall gewesen sein!" Ein hysterisches Lachen entweicht ihr und langsam glaube ich, dass Val krank ist. Im pathologischen Sinn. Auch Jace scheint das zu denken, denn er beobachtet sie misstrauisch und mit gerunzelten Brauen.

„Um die Nachricht zu lesen und zu löschen brauchst du

aber seinen Pin-Code" mischt sich Jace ein. Sie sieht
erst ihn, dann mich spöttisch an.
„Im Ernst? Männer sind so einfach gestrickt und Wes
ist da keine Ausnahme. Seine Codes sind keine
Raketenwissenschaft! Immer seine Trikotnummer plus
sein Geburtstag. Mehr kann er sich einfach nicht
merken!", stellt sie spöttisch grinsend fest.
Ally kichert unterdrückt, Jace stöhnt und ich ziehe
ertappt die Schultern ein.
„Was denn?", frage ich angepisst in die Runde.
„Kann ich jetzt gehen?" Valerie scheint sich keiner
Schuld bewusst zu sein. Selbstbewusst blickt sie uns
der Reihe nach an. In diesem Augenblick empfinde ich
nur noch Mitleid mit ihr. Natürlich bin ich immer noch
wütend, aber ich ahne, dass hinter ihrer kämpferischen
Fassade eine zutiefst verunsicherte, verletzte Seele
schlummert. Und dass ich eine Mitschuld an diesem
ganzen Theater trage, weil ich nicht ehe erkannt habe,
dass Val eigentlich nur verzweifelt auf der Suche nach
Anerkennung und Liebe ist. Für ein paar Sekunden
treffen sich unsere Blicke und es scheint, als wenn sie
erst in diesem Moment realisiert, was sie wirklich getan
hat.
„Val", ich gehe auf sie zu und streiche ihr eine Strähne
aus dem Gesicht, die sich während ihres wütenden,
hasserfüllten Geständnisses aus ihrem Zopf gelöst hat,
„du hast diese Intrigen und Lügen nicht nötig. Du bist
eine tolle Frau, aber ich glaube, du musst dir Hilfe
holen, um das zu erkennen und die Vergangenheit
loszulassen." Ich habe das Gefühl, dass wir beide
diesen versöhnlichen Abschluss brauchen. Dass wir
beide, sie den Hass und die Hoffnung auf ein Leben mit

mir, und ich die Wut auf sie wegen dieser Intrige, überwinden müssen.

Ein Anflug von Scham und Reue huscht über ihr Gesicht.

„Kann ich jetzt gehen?“, fragt sie noch einmal, diesmal allerdings leise und in ihren Augen stehen jetzt Tränen, die sie nur mühsam zurückhalten kann. Nach einem Blick zu mir und Mel gibt Jace den Weg zur Tür frei. Plötzlich bleibt sie stehen, ihr Kopf senkt sich und ich erkenne an dem Zucken ihrer Schultern, dass sie weint. „Es tut mir leid“, flüstert sie und ich weiß, wie schwer ihr diese Worte gefallen sind. Dann ist sie verschwunden und auch, wenn wir immer noch nicht alle Antworten haben, soll es damit gut sein. Manchmal muss man die Vergangenheit einfach da lassen, wo sie hin gehört.

Ein Jahr später

Melody

„Und du bist dir wirklich sicher, dass Gwendolyn nicht vielleicht doch als Therapieschwein...“

„Ich bin mir sehr sicher, Landon!“ Genervt und auch ein bisschen hilflos sieht Wes mich an. Ich kann mir ein Lachen kaum verbeißen. Seit einer geschlagenen Stunde versucht Landon, Wes davon zu überzeugen, sein Hausschwein bei uns unterzubringen. Das Reha-Zentrum ist gerade erst eröffnet worden, morgen kommen die ersten kleinen Patienten.

„Warum willst du das arme Schwein denn jetzt so plötzlich loswerden? Gwen liebt dich *tierisch,* Bro.“

„Ja, äh, das ist ja das Problem. Wenn ich mal eine Frau zu mir einlade, drängt sie sich mit ihren 90 Kilo dazwischen und will kuscheln.“ Bei Landons ernstem Tonfall und den Bildern, die mir dabei durch den Kopf schießen, muss ich grinsen Und dann lachen, weil Wes Landon so entsetzt ansieht als würde ihm ein rosafarbenes Horn aus der Stirn wachsen.

„Dann sperr sie doch einfach in ihren Stall, wenn du Damenbesuch hast!“ Wes rollt die Augen, aber auch er klingt belustigt.

„Gwen ist ein sehr kluges Schwein, Wes, sie kann den Riegel ihrer Stalltür selbstständig öffnen. Und dann kommt sie wie ein Bulldozer über den Rasen geflitzt und grunzt so lange vor der Terrassentür, bis auch der letzte Funken Romantik verflogen ist! Mein letztes Date wollte am Ende sogar lieber mit Gwen kuscheln als mit mir! Du glaubst gar nicht, welche Töne aus einer Frau rauskommen können, wenn sie im Ach-Wie-Niedlich-Modus ist! Dabei vergeht mir und meinem Schwanz jede Lust auf Sex!“, stöhnt Landon gequält.

„Kannst du nicht nochmal darüber nachdenken, ob sie nicht doch vielleicht hier... ich meine, Gwen liebt Kinder über alles!“ Landon scheint wirklich verzweifelt zu sein.

„Sie hat noch nie was mit Kindern zu tun gehabt, Landon!“, weist Wes ihn zurecht.

„Doch, sie mag zum Beispiel Jamie! Als Ally und Jace mich neulich besucht haben...“

„Herrgott! Dann frag doch die beiden, ob sie deine Gwen adoptieren!“, schnauzt Wes ihn an. Überrascht und nachdenklich sieht Landon seinen ehemaligen

Teamkollegen an. Ja, tatsächlich hat Wes mit Ende der Saison aufgehört. Allerdings wird er ein paar besonders anhängliche Exemplare seiner Kameraden nicht los, wie Landon gerade beweist.

„Meinst du echt, ich sollte sie mal fragen?" Eifrig suchend sieht er sich um.

„Äh, entschuldigt mal, aber... ist das ein Waschbär?" Landons Blick bleibt an Digger hängen, der mal wieder nach dem Rechten sieht. Vorsichtig und aus sicherer Entfernung beäugt er uns neugierig. Ich habe zuerst gedacht, die Bauarbeiten würden ihn vertreiben, aber anscheinend ist er ein aus der Art geschlagenes Exemplar, denn er hat sich nicht vertreiben lassen.

„Nein, natürlich nicht! Das ist einer der Therapeuten", knurrt Wes und verdreht die Augen. Landon sieht ihn angepisst an.

„Schon gut, Wes. Sag ruhig, dass ich dich nerve."

„Du nervst."

„Warum denn, ich frage ja nur..."

An dieser Stelle klinke ich mich aus und gehe zu Ally, die mit einem Glas Sekt in der Hand am Strand steht und aufs Wasser blickt. Als sie mich bemerkt, dreht sie sich zu mir um.

„Es ist so schön hier, Mel."

„Ja, das ist es."

„Vermisst du dein altes B&B?"

„Nein", sage ich im Brustton der Überzeugung. Und das stimmt. Das, was Wes hier aus dem Boden gestampft hat, ist unglaublich. Das neue Reha-Zentrum bietet zunächst Platz für zehn kleine Patienten. Ein Anbau ist schon geplant, aber wir wollen erst mal sehen, ob wir das alles stemmen und den Kleinen das bieten können, was sie brauchen.

„Bereust du es, nicht nach Florenz gegangen zu sein, um zu studieren?“

„Nein.“ Auch das stimmt. Ich habe mich stattdessen an der *Washington School of Arts* eingeschrieben. Ich habe erkannt, dass mir die Nähe zu Wes, meinem Bruder und Amy und meinen Freunden wichtiger ist, als ein Auslandsstudium. Außerdem habe ich ja noch Professor Romano, der zwar sehr enttäuscht war, dass ich mich gegen die *Accademia di Belle Arti di Firenze* entschieden habe, mich aber aus der Ferne so gut er kann, unterstützt. Denn er sieht in mir ein Talent, das er unbedingt fördern will. Wes wäre mit mir überall hingegangen, nachdem er nicht mehr aktiv Football spielt, aber ich wollte am Ende nicht mehr von hier fort. Ich habe lange für diese Erkenntnis gebraucht, aber dafür bin ich mir jetzt um so sicherer, dass das Leben, für das ich mich entschieden habe, das richtige ist.

„Äh, Ally, ich hab mal eine Frage!“ Landon kommt angeschlendert und ich muss grinsen. So verrückt auch alle sind, es tut gut, solche Freunde zu haben.

Nachwort

Eigentlich hatten sich ja Paxton und Pink mit ihrer Geschichte gemeldet, aber dann kam Wesley mit dem Argument in meine Schreibstube, dass er ja schließlich in seiner letzten Saison spielt und deswegen das Vorrecht hätte, seine Geschichte zuerst zu erzählen, weil sonst kein Hahn mehr nach ihm kräht.
Und, nun ja, diesem sehr schlüssigen Vortrag konnte ich mich nicht widersetzen und - voilà - Wesleys und Melodys Geschichte konntet ihr hier in *Runningback's lonely Melody* lesen.

Jetzt sitzt mir aber wieder Paxton im Nacken, er will euch erzählen, warum er mit Pink nicht so gut klar kommt. Oder vielleicht, warum sie nicht so gut mit ihm klar kommt.
Beeide kennen sich aus der Schulzeit, und da gab es die ein oder andere Begegnung, die es aufzuarbeiten gilt.
Seine Geschichte wird die nächste aus dem Kosmos der *Seattle Seagulls* sein.

Bis dahin!
Lovis

P.S. Falls ihr gerne mehr über die Sahneschnittchen der *Seagulls* lesen möchtet, und die ersten beiden Bände noch nicht kennt: Ihr könnt sie überall bestellen, als Paperback oder Ebook.

Lest hier, worum es geht:

Band 1:

Quarterback Meets CinderAlly
ISBN: 978-3757829360

Jace: Ich habe nur einen Traum: Ich will einmal im Leben den Super Bowl gewinnen. Leider bin ich aber nur Backup für unseren Quarterback Myles und außerdem das Enfant terrible der Liga. Als Myles verletzungsbedingt ausfällt, ist meine Chance gekommen.
Doch dann passiert etwas, das mich meinen Platz in der Mannschaft und sogar die anstehende Verlängerung meines Profivertrages kostet.

Ally: Seit zwei Jahren kümmere ich mich jetzt schon um meinen kleinen Bruder und wir schlagen uns in Seattle mehr schlecht als recht durch. Ich habe drei Jobs, oder besser gesagt, hatte, denn wegen eines arroganten Footballers verliere ich alle drei. So ein Vollidiot! Aber leider sieht es so aus, als würde ich die Hilfe, die er mir anbietet, annehmen müssen, wenn ich nicht wieder mit Jamie auf der Straße landen will. Leider wird die Presse auf uns aufmerksam und plötzlich finde ich mich mitten in einer Schmutzkampagne wieder, die die Gefühle, die Jace und ich füreinander haben, auf die Probe stellt.

Als die Situation außer Kontrolle gerät, muss Jace nicht mehr nur um seine Zukunft bei den Seagulls kämpfen...

Band 2:

Wide Receivers Heart Needs Hope
ISBN: 978-3758382413

Tyler
Ist es vielleicht einfach Schicksal, wenn man einer
Fremden in einem Unwetter bei einer Autopanne hilft
und sie dann 1500 Meilen entfernt unerwartet
wiedertrifft? Denn plötzlich steht sie als neue PR-
Praktikantin bei den Seattle Seagulls vor mir, bei denen
ich als Wide Receiver mein Geld verdiene! Ich werde
das Gefühl nicht los, dass sie etwas vor mir verbirgt,
und das macht mich trotz der Anziehung, die wir
füreinander empfinden, misstrauisch. Aber es kommt,
wie es kommen muss und wir landen zusammen im
Bett. Das mit ihr fühlt sich für mich irgendwie nach
mehr an, jedenfalls so lange, bis sie eine Erinnerung an
eine tiefe Verletzung aus meiner Vergangenheit
heraufbeschwört, die mich glauben lässt, dass sie mich
hintergeht. Und das kann ich kein zweites Mal
zulassen.

Hope
Mein Bruder Victor hat sich tatsächlich ein
Footballteam gekauft! Und jetzt braucht er meine Hilfe.
Ich soll mich als PR-Praktikantin unauffällig innerhalb
des Teams umhören, um einen Dopingvorfall aus der
Vergangenheit aufzuklären. Er überredet mich
tatsächlich, auf diesem Weg Informationen zu
sammeln. Dass ich Tyler unverhofft bei den Seagulls
wiedertreffe und mich auch noch in ihn verliebe, war

438

nicht geplant und macht alles nur komplizierter, denn auch ihm kann ich nicht die Wahrheit sagen. Dann passiert etwas, das mich Tyler von einer anderen Seite kennenlernen lässt und ich muss mich der schmerzhaften Realität stellen. Nämlich, dass ich niemals mit einem Mann glücklich werden kann, der auf meinen Gefühlen und meinem Herzen so herumtrampelt, wie Tyler es tut.

Als Tyler erkennt, dass sein Fehler ihn alles gekostet hat, was ihm wichtig ist, beginnt er, um sein Glück zu kämpfen. Nur... kann er seine Vergangenheit wirklich hinter sich lassen und Hope zurückgewinnen?